Wald und Lodges
Lodges
Mensa
Haus Leah
Brücke
Kletterfelsen
Fechthalle
Berge

DRESSLER

Marah Woolf

Götterfunke

Liebe mich nicht

BUCH I

Dressler Verlag · Hamburg

Das Hörbuch zu *GötterFunke. Liebe mich nicht*
ist bei *Oetinger Audio* erschienen.

Gedicht auf S. 5 aus:
Liebe ist nicht Lieb allein. Altgriechische Liebesgedichte.
Hrsg. und ausgew. von Herbert Greiner-Mai.
Aus d. Griech. übers. von Dietrich Ebener.
Aufbau-Verlag Berlin und Weimar, 1984

Zitate auf S. 125 und 126 aus:
Aischylos: Der Gefesselte Prometheus.
Aus dem Griechischen übersetzt von Walther Kraus.
Philipp Reclam jun. GmbH & CO. KG, Stuttgart,
S. 11 Zeile 88–95; S. 41, 42 Zeile 907–911.

FSC www.fsc.org
MIX
Papier aus verantwortungsvollen Quellen
FSC® C014496

Originalausgabe
1. Auflage

Dieses Werk wurde vermittelt durch die
AVA international GmbH Autoren- und Verlagsagentur, München.
www.ava-international.de
http://marahwoolf.com/
Umschlaggestaltung: Frauke Schneider unter Verwendung
eines Motivs von: © Andrea Magin /quadratiges.de
Schriftrolle © timboosch
Satz: Dörlemann Satz, Lemförde
Druck und Bindung: GGP Media GmbH,
Karl-Marx-Straße 24, 07381 Pößneck, Deutschland
Printed 2017
ISBN 978-3-7915-0029-4
www.dressler-verlag.de

Triff mich mit Feuer und Schneesturm und
ganz nach Belieben mit Blitzen,
stoß mich in den Abgrund hinab oder ins wogende Meer.
Wen schon die Sehnsucht zermürbte und Eros
mit Macht unterjochte,
dem verursacht auch Zeus keinerlei Qual
mehr durch den Blitz.

Altgriechisches Liebesgedicht
Dichter unbekannt

Regeln des göttlichen Wettstreits

**Folgende Regeln sind festgeschrieben
und für alle Zeit unabänderlich.**

*Hiermit gewährt Zeus dem Prometheus
alle einhundert Jahre die Gunst, durch einen Wettstreit
seine Sterblichkeit zu erlangen.*

Der Oberste der Götter bestimmt den Ort des Wettstreits.

*Athene, die Göttin der Weisheit, wählt das Mädchen,
um das Prometheus kämpfen muss, als wollte er sie
wirklich für sich gewinnen.*

*Gibt sich dieses Mädchen Prometheus im Zeitraum
von sechzig Tagen hin, so verliert er den Wettstreit
und bleibt unsterblich.*

*Weist sie ihn jedoch ab, macht Zeus ihn zu einem
gewöhnlichen Menschen.*

*Zeus gestattet dem Prometheus in jedem Jahrhundert
drei Versuche.*

*Alle Beteiligten schwören, sich an die Regeln
des Wettstreits zu halten, fair zu kämpfen und
weder zu lügen noch zu betrügen.*

Aufzeichnungen des Hermes

I.

Prometheus hatte sich diesen lächerlichen menschlichen Namen gegeben. Cayden – angeblich bedeutete es Kampfgeist, und eins musste man dem Jungen lassen: Kampfgeist hatte er.

Alle olympischen Götter hatten sich in der Großen Halle von Mytikas versammelt, um dem Schauspiel erneut beizuwohnen. Prometheus hatte auf seinem Recht bestanden und Zeus gewährte es ihm. So war es vor einer Ewigkeit vereinbart worden. Doch wie immer würde Prometheus auch diesmal verlieren. Er hatte sich von Zeus hinters Licht führen lassen. Das wusste er und gab trotzdem nicht auf.

Mit einem Fingerschnippen beschwor der Vater der Götter ein Bild herauf, das an der weißen Wand der Palastmauer erschien. Hier würden die Götter, die Mytikas nicht verlassen durften, das Spektakel verfolgen.

Ab morgen würde es mein Job sein, die Götter über das Geschehen auf dem Laufenden zu halten, und bei mir genügte kein Schnippen. Ich würde herumfliegen müssen, um sicherzustellen, dass ich nichts Wichtiges verpasste. Diese Spiele waren für mich der reinste Stress, denn jeden Abend erwarteten die Götter von mir eine Zusammenfassung darüber, was bei den Menschen vor sich ging.

Ich nahm mir einen Teller voll Orangenstücken und Erdbeeren und machte es mir auf meiner Liege gemütlich. Heute lagen meine Flügelschuhe noch neben der Liege. Die kommenden Wochen würden anstrengend genug werden.

»Lasset die Spiele beginnen«, verkündete mein Vater Zeus mit lauter Stimme und legte sich zu seiner Ehefrau Hera.

Nichts hasste ich mehr als Gewitter, vor allem, wenn der Wind dabei so durch die Bäume heulte, als wäre er ein wildes Tier, das nur darauf wartete, von der Leine gelassen zu werden und mich zu verschlingen. Wenn ich ehrlich war, hasste ich Unwetter nicht nur, ich fürchtete mich zu Tode. Es war albern, Angst vor Blitzen und Donner zu haben. Aber ich konnte es nicht ändern. Angst war mein zweiter Vorname. Ich hatte Angst vor Unwettern, Angst vorm Fliegen, Angst vor Schlangen und anderem Getier. Ich litt unter diversen Phobien mit seltsamen lateinischen Namen. Astraphobie nannte sich die Angst vor Gewittern. Und ausgerechnet ich saß in einem Auto mitten in den Rockys, während aus dem Nichts heftiger Regen und undurchdringliche Finsternis über uns hereinbrachen. Gerade noch war der Himmel strahlend blau und voller weißer Schäfchenwolken gewesen, als sich von einem Moment auf den nächsten die Sonne verdunkelt hatte. Die Szenerie glich einem Weltuntergang in einem Katastrophenfilm. Genau um solche Situationen zu vermeiden, checkte ich normalerweise sehr sorgfältig meine Wetter-App. Aber die hatte offensichtlich versagt. Man sollte die Typen verklagen, die so einen Mist programmierten. Selbst Robyn, meine beste Freundin seit unserem ersten Tag an der Junior High, die sonst nicht so leicht aus der Ruhe zu bringen war, umfasste das Lenkrad mit ihren sorgfältig manikürten Fingern fester, während ich mich zwingen musste, meine ohnehin zu kurzen Nägel nicht bis auf die Haut abzuknabbern. Eine ziemlich eklige Angewohnheit, die mich immer dann überkam, wenn ich nervös war.

Wieder erklang das Heulen. Diesmal viel näher. Das war nicht der Wind. Ich hätte mich mehr mit der Fauna in den Rockys beschäftigen sollen als mit dem Wetter, bevor ich Robyn überredet hatte, mit mir nach Camp Mount, das jenseits jeglicher Zivilisation lag, zu fahren. Der Regen, der auf die Frontscheibe des Wagens prasselte, klang wie die Salven eines Maschinengewehrs. Trotz des Mistwetters fuhr Robyn die schmale Straße, die sich durch die Wälder wand, entlang, als nähme sie an einem Wettrennen teil. Wenn ich zu ängstlich war, war sie zu mutig. Das Wort *Vorsicht* kam in ihrem Sprachgebrauch so gut wie nicht vor.

Ich wischte mit der Handfläche über das beschlagene Glas. Das Wasser auf der Scheibe war eiskalt. Mein Blick huschte zur Temperaturanzeige. Die Außentemperatur war angeblich auf null Grad gefallen. Das Ding musste defekt sein, obwohl der Wagen funkelnagelneu war. Robyns Dad hatte ihn ihr letzten Monat zu ihrem siebzehnten Geburtstag geschenkt, und sie hatte darauf bestanden, dass wir allein ins Sommercamp fuhren. Sonst hatte das ein Chauffeur erledigt und dabei hatte ich mich deutlich wohler gefühlt. Ich konnte nur hoffen, dass das

Navi funktionierte. Kälte kroch jetzt durch die Lüftungsschlitze ins Auto. Gänsehaut überzog meine Arme und Robyn hantierte an den Armaturen herum. Gerade als es mir fast gelungen war, mir einzureden, dass das schaurige Heulen nur Einbildung gewesen war, erklang es wieder. Noch näher diesmal und noch unheimlicher stieg es auf in die purpurfarbenen Wolken, die von einem Blitz zerrissen wurden. Die Angst packte mich mit ihren Krallen, meine Lunge schrumpfte auf Erbsengröße. Auf den Blitz folgte ein mächtiger Donner. Ich schnappte wie ein Fisch auf dem Trockenen nach Luft. Eine Silhouette zeichnete sich in der Dunkelheit ab und ich erhaschte einen Blick auf einen jungen Mann. Unbeeindruckt von dem Unwetter, stand er reglos am Straßenrand und reckte sein Gesicht in den Himmel. Obwohl er vor Nässe triefte, schien ihm der Regen nichts auszumachen. Im Gegenteil. Offenbar genoss er das Chaos. Ich hoffte, er war nicht derjenige, der so geheult hatte. Aber Werwölfe waren noch unwahrscheinlicher als echte Wölfe, oder? Der Wind zerrte an seinen Klamotten. Sein schneeweißes Haar und seine helle Haut hoben sich von der Dunkelheit ab. Wie in Zeitlupe glitt unser Auto an ihm vorbei. Andächtig stand er dort und ließ den Regen über sein Gesicht laufen. Er neigte träge den Kopf und öffnete die Augen. Rote Rubine funkelten mich an. Seine Blicke machten den Blitzen am Himmel Konkurrenz und die Härchen auf meinen Unterarmen richteten sich auf. Ich hatte noch nie einen menschlichen Albino gesehen. Seine Lippen verzogen sich zu einem schmalen Strich. Ich riss den Blick von ihm los, und die Dunkelheit hinter uns verschluckte ihn so gründlich, dass nicht mal mehr ein Schemen zu erkennen war.

»Hast du den gesehen?«, fragte ich Robyn. »Er muss verrückt sein.«

Robyn nahm den Blick nicht von der Straße. »Wovon redest du?«

»Da stand ein Albino am Straßenrand.« Meine Stimme überschlug sich fast.

»Da stand niemand.« Verärgert schüttelte sie den Kopf. »Das hast du dir nur eingebildet. Mach mich nicht wahnsinnig. Der Regen nervt schon genug. Reiß dich zusammen.«

Nicht ausflippen!, befahl ich mir. Selbst wenn es hier Wölfe gab, griffen diese bestimmt keine Menschen an. Und niemand hielt sich bei dem Wetter freiwillig draußen auf. Der Typ war nur ein Produkt meiner Fantasie gewesen. Anders war er nicht zu erklären. Meine überreizten Nerven hatten mir einen Streich gespielt. Ich schwieg, um Robyn nicht noch nervöser zu machen.

Wieder ertönte ein ohrenbetäubendes Krachen. Es war kein Donner: Im Licht der Autoscheinwerfer sah ich, wie ein Baum auf die Straße stürzte. Robyn trat auf die Bremsen und kreischte gleichzeitig meinen Namen. Ihr *»Jess!«* hallte mir in den Ohren, als der Wagen zu schlingern begann und auf das Ungetüm zurutschte, das uns mit seinen krakenartigen Ästen den Weg versperrte. Robyn schlug die Hände vors Gesicht und überließ das Auto damit sich selbst. Ich wollte nach dem Lenkrad greifen, als mein Körper nach vorn geschleudert wurde. Der Sicherheitsgurt schnitt mir in die Brust. Vor Schmerz stöhnte ich auf. Alles um mich herum drehte sich in atemberaubender Geschwindigkeit. Mein Kopf knallte auf etwas Hartes. Es fühlte sich an, als würde er in zwei Hälften gespalten. Glassplitter rieselten auf mein Gesicht und meine nackten Arme. Ein metallisches Kreischen ertönte, das meinen Körper sprengen zu wollen schien. Der Gurt löste sich unter der Wucht des Aufpralls. Ich versuchte, mich festzuhalten, aber meine Hände griffen ins Leere. Ein Knacken ertönte und die Knochen meiner Beine brachen. Es müsste wehtun, dachte ich, aber ich spürte gar nichts. Angst flutete meinen Kopf. Thanatophobie – Furcht vor dem Tod. Eine meiner zahlreichen Ängste. Wurde sie Wirklichkeit? Starb ich gerade? Einfach so, ohne Vorwarnung? Da war kein helles Licht, kein langer Tunnel. Alles in mir rebellierte. Es gab zu viel, was ich noch tun wollte. So vieles, worum ich mich kümmern musste. Meine kleine Schwester Phoebe brauchte mich. Mom konnte allein nicht für sie sorgen. Ich hatte noch nicht mal geküsst. Jedenfalls nicht so richtig. Doch jetzt war es womöglich zu spät dafür. Die Welt um mich herum explodierte. Ich flog durch die Luft. Dunkelheit umfing mich und Stille. Endlose Stille. Ich schwebte. Alles war ganz leicht. Ich trieb auf einem unendlichen Ozean dahin. Es war schön – friedlich.

Neben meinem Ohr ertönte ein Knurren.

Aufzeichnungen des Hermes

II.

Gott, war das spannend! Aber musste das Bild im entscheidenden Moment flackern und krisseln? Jetzt hatten wir den Unfall verpasst! Zeus' Kräfte waren auch nicht mehr das, was sie mal gewesen waren. Ihm hätte klar sein müssen, dass Apoll es vermasseln würde. Menschen hatten Angst vor Wölfen.

Wilde Tiere und Gewitter waren nichts, womit Menschen heutzutage gut klarkamen, und schon gar nicht zwei Mädchen, die in einem Auto allein durch einen Wald fuhren.

Noch keine halbe Stunde in der Menschenwelt und schon zwei Tote! Prometheus jammerte vermutlich längst wieder darüber, was die Götter seiner Schöpfung antaten. Sein Pech, dass er sie nicht widerstandsfähiger erschaffen hatte.

Allerdings hatte Zeus es mit dem Gewitter auch ganz schön übertrieben. Musste er auch noch Bäume umstürzen lassen?

Immer dieses Tamtam. Ich schielte zu ihm hinüber. Er sah selbst ganz verdutzt aus. Wahrscheinlich hatte er ein schlechtes Gewissen. Aber seine Reue würde nicht lange anhalten. Es gab noch jede Menge anderer Mädchen auf der Welt. Athene würde bestimmt keine Schwierigkeiten haben, welche zu finden.

Meine Erinnerungen setzten sich nur stückchenweise zusammen, wie bei einem Puzzle. Da waren Schemen neben dem Auto gewesen und dann ein Aufprall und wahnsinnige Schmerzen. Ich rieb über meine Arme und betastete meine Beine. Alles war dort, wo es sein musste, und sogar die Schmerzen waren verschwunden. Vorsichtig richtete ich mich auf und kam auf die Knie, bevor meine zitternden Beine es mir erlaubten, aufzustehen. Ich machte einen ersten Schritt, und es fühlte sich an, als liefe ich über Götterspeise. Nebel umgab mich und machte mir das Atmen schwer. Ich wedelte mit den Armen. Der weiße Dunst hob und senkte sich, als ließe er sich von mir dirigieren. Ich stand in einer Art Dampfsauna, nur die Hitze fehlte. Mit den Fingern strich ich über meinen Körper. Mein T-Shirt und meine Hose waren verschwunden. Trotzdem war ich nicht nackt, trug aber auch keine Kleidung. Licht umhüllte mich wie ein schimmernder Stoff. Als wäre es eine zweite Haut, schmiegte es sich um meinen Körper.

»Musste das sein?« Eine Stimme durchschnitt die Stille und

hallte wie ein Echo in meinem Kopf nach. Sie klang besorgt, aber der Nebel versperrte mir die Sicht auf den Sprecher. Ich wollte nach ihm rufen, doch aus meiner Kehle kam nur ein Krächzen.

»Ich trage keine Schuld daran«, verteidigte sich eine zweite Stimme. »Da hat sich jemand anders einen Scherz erlaubt.«

»Das war kein Scherz!«, schnaubte der erste Sprecher. Ich hörte ihn jetzt deutlicher und der Klang seiner Stimme war tröstlich. Meine Angst verschwand. Er würde mir helfen. Wo auch immer ich mich befand und was auch geschehen war, er würde dafür sorgen, dass es wieder in Ordnung kam.

Etwas Flauschiges strich an meinem Bein entlang. Als ich nach unten schaute, sah ich in graue Wolfsaugen. Das Tier war schneeweiß und in den viel zu menschlichen Augen stand ein seltsamer Ausdruck. Eigentlich hätte ich mich vor ihm fürchten müssen, doch ich spürte keine Angst. Es fühlte sich richtig an, dass er bei mir war. Ich kniete mich neben das Tier und legte die Arme um seinen Hals. Mein Gesicht vergrub ich in dem seidigen Fell. Ein beruhigendes Brummen vibrierte durch den Körper des Tiers und übertrug sich auf mich.

Bilder flackerten vor meinem inneren Auge auf. Ich hörte das Kreischen von Metall, sah einen Baum herabstürzen und spürte den Aufprall. Erschrocken richtete ich mich wieder auf. Stechender Schmerz raste durch meine Schläfen. Der Wolf knurrte warnend und stützte mich, als ich schwankte.

»Robyn muss hier irgendwo sein«, erläuterte ich ihm und krallte eine Hand in sein Fell. »Kannst du mich zu ihr bringen?«

Das Tier legte den Kopf schief und musterte mich. Der Dunst um uns herum hob sich und ich schrak zusammen. Ein Körper mit seltsam verdrehten Gliedern lag zu meinen Füßen. Ungläubig musterte ich ihn. Ein Wimmern entwich mir und die Bewegung spiegelte sich im Gesicht des leblosen Wesens. Unkontrolliert begann ich zu zittern. Das war ich selbst! Trotz des nach hinten geneigten Kopfs, trotz des Schmutzes, der die Wangen bedeckte, erkannte ich mein blasses Gesicht und mein rotes Haar. Wie Schlingpflanzen wand es sich um meinen Hals. Dann sah ich das Blut. Es war überall und versickerte beunruhigend schnell in dem moosbedeckten Boden. Unwillkürlich strich ich über die Wangen meines unverletzten Ichs und musterte meine Hände. Sie waren sauber, durchscheinend. Ich wich zurück. Meine Füße berührten nicht den Boden unter mir. Ich schwebte. Als ich aufkeuchte, krampfte sich mein anderes Ich zusammen, als spürte es den Schock ebenfalls. Ich musste hier weg. So weit weg, wie ich konnte. Aber einem Traum konnte man nicht entfliehen. Man musste aufwachen.

Eine Hand legte sich auf die Stirn meines verletzten Körpers. »Sie lebt«, stellte eine Mädchenstimme erstaunt fest, als wäre es unmöglich, dass in diesem kaputten Etwas noch Leben war. Die Umrisse ihres Gesichts verschwammen vor meinen Augen. »Aber nicht mehr lange«, setzte sie bedauernd hinzu.

Meine Kraft, oder was immer mich in der Nähe meines Körpers hielt, verließ mich, und ich kniete mich auf den Waldboden. Tränen liefen mir über die Wangen. Ich griff nach meiner eigenen leblosen Hand. Noch war sie warm, aber eine Kälte, die aus dem Körper zu kommen schien, verwandelte das Blut in meinen Adern in Eiswasser. Einer der Finger bewegte sich noch schwach.

»Heile sie!«, verlangte eine Männerstimme in meinem Rücken. Der Wolf neben mir brummte zustimmend. Er wich mir nicht von der Seite. Sein heißer Atem wärmte meinen Nacken.

»Sie ist dem Tode geweiht. Ihre Seele hat den Körper bereits verlassen. Ich kann ihr nicht mehr helfen«, antwortete ein zweiter Mann. Wer tummelte sich hier alles, und warum taten sie nichts, um Robyn und mir zu helfen?

Einen so schrägen Traum hatte ich noch nie gehabt. Meine Seele hatte meinen Körper verlassen? Wovon redete der Kerl?

»Wir haben nicht viel Zeit. Du hilfst ihnen!«, forderte auch das Mädchen.

Ich strich meinem Körper das Haar aus dem Gesicht und das Blut und den Schmutz von der Wange. Als ich wieder aufschaute, fixierte mich ein Paar grüner Augen von der Seite. Ein Junge saß neben mir. Aber obwohl er so nah war, konnte ich sein Gesicht nicht erkennen. Da waren nur Schemen.

»Deine Zeit ist noch nicht gekommen«, erklärte er, und mir stockte der Atem. »Hab keine Angst. Ich bin bei dir.«

Er sah mich. Und mit *mich* meine ich nicht meinen kaputten Körper, sondern diesen losgelösten Teil. Meine Seele?! Warme Finger fuhren über meine schimmernde Haut, die unter dieser Berührung zu kribbeln begann. Er durfte mich nicht so anschauen. Diese Augen und die Sorge darin paralysierten mich fast. Dabei konnte ich mich um mich selbst kümmern. Dazu brauchte ich keinen grünäugigen Jungen. Ich versuchte, den Blick von ihm zu lösen.

»Du kannst mir vertrauen. Alles wird gut.« Seine Zuversicht legte sich um mich wie ein wärmendes Tuch. Woher er seinen Optimismus nahm, war mir schleierhaft.

Langsam nickte ich, und er lächelte so strahlend, dass sich kleine Grübchen in seinen Wangen zeigten. Komisch, dass ich das bemerkte, wo ich doch sein Gesicht nicht richtig erkennen konnte. Aber das hier war ein Traum, rief ich mir ins Gedächtnis. In einem Traum galten andere Regeln, da durfte ich mir die kleine Schwäche erlauben, die Grübchen eines Jungen zu bewundern. Trotzdem sollte ein Lächeln nicht so eine Wirkung auf mich haben, dagegen war ich doch sonst immun.

»Sie kommen beide in die engere Wahl«, erklärte das Mädchen gerade. Offensichtlich hatte ich während des viel zu intensiven Blickkontakts die Hälfte des Schlagabtauschs verpasst. Wovon sprach sie?

»Sie passen perfekt.«

Der Junge mit den grünen Augen schüttelte den Kopf, als würde auch er nicht verstehen, wovon sie sprach. Damit waren wir schon zwei.

»Es tut mir leid«, flüsterte er, bevor er meinen Körper sanft auf seinen Schoß hob. Selbst der körperlose Teil von mir fühlte den Schmerz, der meine Glieder erfasste. Er raste durch jede einzelne Zelle. Mein Kopf kippte nach hinten und vorsichtig bettete er ihn an seine Schulter. So verrückt das klang, aber ich war neidisch auf meinen Körper.

»Schhh«, flüsterte der Junge in mein schmutziges Haar. »Es wird alles gut. Du musst zurückwollen. Ihr seid immer noch verbunden.« Wieder fixierten mich seine Augen. »Du darfst dich nicht aufgeben.« Er nahm die Hand meiner Seele in seine. Jetzt war es kein harmloses Kribbeln mehr, die Berührung durchfuhr mich wie ein Stromschlag. Schockiert sah er mich an.

»Tue deine Pflicht!«, forderte er den anderen auf, der irgendwo hinter mir stehen musste. Ich konnte mich nicht umdrehen, die grünen Augen hielten mich fest.

Belustigtes Lachen ertönte. »Dein Wunsch ist mir Befehl. Wenn Hades sie nicht will, kann sie ebenso gut noch bleiben. Auf eine mehr oder weniger kommt es nicht an. Deine Schöpfung vermehrt sich schließlich wie Unkraut.«

Der uncharmante Sprecher umrundete mich und legte meinem Körper die Finger an die Schläfen. Wohlige Wärme durchströmte mich. Sie breitete sich in meinem Inneren aus, bis mein Blut in Flammen zu stehen schien. Glühend pulsierte es durch meine Adern. Als er losließ und zurücktrat, bäumte ich mich auf. Die Arme meines Beschützers schlossen sich fester um mich. Er murmelte Worte in mein nasses Haar, die ich nicht verstand, die mich aber beruhigten. Nach einer gefühlten Ewigkeit ebbte der Schmerz ab. Meine Seele wurde durchsichtiger und durchsichtiger. Ich löste mich praktisch auf und konnte nichts dagegen tun. »Hab keine Angst. Alles wird gut«, hörte ich seine Stimme in meinem Kopf. »Du musst dich nicht fürchten. Ich bin da.«

Ein würziger, wilder Duft kroch in meine Nase. Ich vergrub das Gesicht im T-Shirt meines Retters und vernahm ein leises Lachen. Ich hoffte, er würde mich nicht loslassen. So mies der Traum begonnen hatte, jetzt wünschte ich, er würde noch eine Weile andauern.

Erschrocken fuhr ich auf. Im Radio lief Countrymusik. Diesen Sender konnte unmöglich Robyn eingestellt haben. Mein Nacken schmerzte, und meine Muskeln fühlten sich an, als wäre ich einen Marathon gelaufen.

Robyn schlief neben mir. Ihr fast weißblondes Haar lag ordentlich geflochten über ihrer Schulter. Ich blinzelte erleichtert. Gott sei Dank! Der Albtraum war vorbei. Das Auto parkte unversehrt in einer der unzähligen Haltebuchten entlang der einsamen Straße. Immerhin regnete es nicht mehr. Ich öffnete die Tür und atmete die frische Luft ein. Der Wind hatte sich gelegt. Altes Laub und Tannennadeln zerbröselten unter meinen Füßen, als ich ausstieg. Es raschelte im Unterholz und ich zuckte zusammen. Ein Kaninchen sprang aus dem Dickicht und hoppelte in den Wald. Ich schlang die Arme um meinen Körper, weil mir plötzlich kalt wurde. Der Traum war so wirklich gewesen. Diese grünen Augen würde ich nie vergessen. Etwas knisterte unter meinen Fingern und ich klaubte ein vertrocknetes Blatt von meinem Pulli. Wo kam das her? Merkwürdig. Mit ihrem Auto war Robyn sehr penibel. Undenkbar, dass etwas, was nicht aus Plastik und industriell hergestellt war, seinen Weg in ihren Wagen hinein fand. Ich zerrieb das Blatt zwischen den Fingern, angelte meinen schwarzen Hoodie vom Rücksitz und mummelte mich darin ein. Die Stimmen klangen in meinem Kopf nach. Ich betrachtete meine Beine, die in einer schwarzen Jeans steckten, und wackelte mit den Zehen. Alles war so, wie es sein sollte. Beruhigt stieg ich wieder ein.

»Hey, wach auf, du Schlafmütze. Wir müssen weiter.« Ich kitzelte Robyn mit dem Ende ihres Zopfes die Wange.

Verschlafen rieb sie sich übers Gesicht und verschmierte dabei dunkle Mascara. »Sorry, ich musste anhalten. Ich war plötzlich total müde.«

»Warum hast du mich nicht geweckt? Dann wäre ich gefahren?«

»Als wenn ich dir mein Baby anvertrauen würde.« Sie klopfte auf das Armaturenbrett. »Außerdem hast du geschlafen wie eine Tote.«

»Ich hatte einen merkwürdigen Traum.«

Robyn startete den Motor. »Ich hoffe, es kamen ein paar heiße Typen darin vor.«

»Eher Stimmen.«

»Stimmen?« Robyn schüttelte den Kopf. »Kein Mensch träumt von Stimmen.«

Ich antwortete ihr nicht, sondern versuchte, das Halbdunkel zwischen den Bäumen mit meinen Blicken zu durchdringen. Plötzlich hatte ich das Gefühl, aus dem Schatten der Bäume beobachtet zu werden. Die Sonne stahl sich zwischen den Wolken hervor und etwas Rotes blitzte auf. Der Albino fiel mir wieder ein. Hatte er wirklich am Wegesrand gestanden oder war er bereits Teil meines Traumes gewesen? Es waren nicht so sehr die roten Augen, die mir Angst gemacht hatten, es war der Ausdruck darin gewesen, der mir auch jetzt noch eine Gänsehaut über den Rücken jagte. Heute war nicht mein Tag.

Robyn bog mit quietschenden Reifen auf die Interstate ein, die uns zum Camp bringen sollte. Erleichtert lehnte ich mich zurück. Ich brauchte eine heiße Dusche und eine kalte Coke, danach würde ich sicher wieder ich selbst sein.

Ein gewundener Waldweg führte zur Anmeldung des Camps. Der Spätnachmittagshimmel leuchtete in hundert Nuancen von Blau. Von dem Unwetter zeugten nur noch ein paar Pfützen. Neugierig sah ich mich um. Überall waren Schüler und Erwachsene unterwegs. Robyn parkte direkt neben der Rezeption, obwohl ein riesiges Schild darauf hinwies, dass dies ein Behindertenparkplatz war. Ich hatte es längst aufgegeben, sie zu belehren. Robyn hielt sich nur sehr selten an Regeln und gewöhnlich brauchte sie das auch nicht. Ich schlüpfte in meine Doc Martens, die ich während der Fahrt ausgezogen hatte, und stieg aus. Die frische Luft strich durch mein widerspenstiges rotes Haar, das sich bei der Feuchtigkeit sofort kräuselte. Alles roch nach Moos und Pilzen und Wald. Der Geruch erinnerte mich an die Wanderungen mit meinem Dad, meiner Mom und Phoebe. Es schien Ewigkeiten her zu sein. Damals, als meine Welt noch in Ordnung gewesen war. So schnell, wie der Gedanke gekommen war, schob ich ihn auch wieder beiseite und streckte meine Glieder.

Zwischen den Bäumen standen Blockhütten in verschiedenen Größen. Sie sahen so verwittert aus, als wären sie von den ersten Siedlern erbaut worden. Doch das Camp gab es erst seit gut zehn Jahren, und so spartanisch die Siedler gelebt hatten, so luxuriös war unser Wohnkomfort. Dieser Vintagecharme sollte nur die richtige Wohlfühlatmosphäre für verwöhnte Großstadtkids schaffen. Zu etwas anderem hätte ich Robyn auch nicht überreden können. Camping war undenkbar für sie. Vor den hohen Fenstern der Hütten hingen bunte Gardinen. Aus einem zweistöckigen Gebäude aus Naturstein erklang Musik. Langsam folgte ich Robyn die glitschige Holztreppe zur Anmeldung hinauf.

Hinter der Theke saß eine mollige Frau und strahlte uns an. Halb vorwurfsvoll, halb mitleidig wackelte sie mit ihrer grauen Dauerwelle.

»Langsam habe ich mir Sorgen um euch gemacht!«, rief sie uns entgegen. »Ich bin Rosie. Rosie Hale.« Sie reichte uns die Anmeldeformulare. »Und ihr müsst Robyn Channing und Jessica Harper sein.«

»Nur Jess«, bat ich.

»Wie du willst, Kleines. Dabei ist Jessica ein so schöner Name. Er bedeutet *Gott sieht dich*. Das kann man immer brauchen. Aber das weißt du sicher.«

Verwundert sah ich sie an. Das hatte ich nicht gewusst. »Ihr seid die Letzten. Fehlen nur noch die Kinder vom Boss. Hattet ihr Schwierigkeiten?«

»Wir mussten eine Pause machen. Bei dem Regen konnten wir nicht weiterfahren. Wenn wir gewusst hätten, dass es hier wie aus Eimern schüttet, hätten wir das Boot genommen«, erklärte Robyn etwas hochnäsig. »Ansonsten war alles in Ordnung.«

Ihre Ironie war an Rosie verschwendet. »Es hat doch nur ein bisschen getröpfelt«, wunderte diese sich, und ich hörte sie etwas wie »Stadtkinder« in ihren Damenbart murmeln.

Wenn diese Sintflut ein Tröpfeln gewesen war, wollte ich nicht erleben, was Rosie unter richtigem Regen verstand. Geduldig versuchte sie, uns den Weg zu unserer Lodge zu erklären. Als sie unsere verständnislosen Gesichter sah, schob sie einen Plan über die polierte Holztheke und zeichnete den Weg darauf ein.

»Lasst euch Zeit, aber seid pünktlich gegen halb acht im Versammlungshaus. Wir machen ein Barbecue mit Disco. So könnt ihr euch gleich alle kennenlernen.« Sie wippte mit ihren mächtigen Hüften und entlockte Robyn und mir damit ein Kichern. »Ich wünsche euch eine schöne Zeit. Wenn ihr irgendwelche Fragen habt, wendet euch an mich. Mein Mann Henry und ich sorgen dafür, dass alles wie am Schnürchen läuft. Also keine falsche Zurückhaltung – und parkt das nächste Mal anständig.« Sie zwinkerte Robyn lächelnd, aber bestimmt zu. »Wir haben hier auch Parkkrallen.«

»In welcher Lodge sind Cameron Shelby und Joshua Erskine?«, fragte Robyn, ohne auf diese Drohung einzugehen.

»Ihr kennt die hübschen Burschen?« Rosie rieb sich die Hände. »So nette Jungs. Die werden uns bestimmt Ärger machen. Ich muss daran denken, Taschentücher nachzubestellen.«

Ich verkniff mir ein Grinsen, als Robyn sich räusperte. »Cameron Shelby ist mein Freund. Seit über einem Jahr«, belehrte sie Rosie.

»Da hast du aber einen guten Fang gemacht. Pass gut auf ihn auf«, sagte Rosie. Dann tippte sie auf eine Lodge, die gar nicht so weit entfernt von unserer lag.

Robyn schulterte ihre Edelhandtasche und trippelte hinaus. Im Schritttempo fuhren wir zu unserer Unterkunft. Robyn schmollte und ich verkniff mir einen Kommentar. Die winzige Bemerkung von Rosie hatte gereicht, um sie zu verärgern. Als ob Cameron sich auch nur nach einem anderen Mädchen umdrehen würde. Die Vorstellung war absurd und das wusste sie. Aber allein der Gedanke reichte schon aus, um sie in schlechte

Laune zu versetzen. Wenn sie in so einer Stimmung war, sagte ich lieber nichts. In der Regel beruhigte sie sich am schnellsten wieder, wenn man sie in Ruhe ließ.

Wir schleppten unsere Koffer in die Lodge und nahmen alles in Augenschein. Das Innere des Hauses war trotz seines rustikalen Charmes sehr luxuriös. Es bestand aus einem Wohnraum mit bequemen Sofas, auf denen bunte Kissen lagen. Ein riesiger Flachbildschirm hing an einer der Wände. In der Küchennische befand sich ein Kühlschrank, der mit reichlich Schokolade und Softdrinks bestückt war. Außerdem gab es zwei Bäder und drei Schlafzimmer. Robyn belegte umgehend das größte Zimmer. Von dort sah man zwischen den Bäumen in der Ferne den See schimmern, der zum Camp gehörte. Mir sollte es recht sein.

»Ich habe keine Lust auf die Party. Ich bin einfach nur müde.« Protestierend knarrte Robyns Bett unter meinem Gewicht, als ich mich rückwärts darauffallen ließ. Ich ignorierte es geflissentlich und starrte an die mit hellem Holz getäfelte Decke. Im Gegensatz zu Robyn, die sich keine Gelegenheit entgehen ließ, ihre Designerklamotten auf eine Tanzfläche zu schleppen, und mich regelmäßig zwang, sie zu begleiten, war ich eher der Typ Stubenhocker. Aber ich wusste jetzt schon, dass ich nicht drum herumkommen würde.

»Sei nicht so eine Spielverderberin. Du hast den halben Tag verschlafen.« Robyn tippte wie wild auf ihrem Smartphone herum, hielt es dann in die Luft und fluchte leise vor sich hin. Der Netzempfang ließ zu wünschen übrig, aber etwas anderes hatte ich in dieser Wildnis auch nicht erwartet.

»Du könntest rübergehen und mit Cameron reden. Er wohnt nicht besonders weit weg.«

Sie warf mir ihr Kissen ins Gesicht. »Ich muss erst mal meine Schuhe auspacken und entscheiden, welche davon ich auf den Waldwegen ruinieren kann.«

Ich lachte ungläubig. »Du hast ja wohl nicht nur High Heels mit?« Ihr pikierter Blick belehrte mich eines Besseren. »Flip-Flops?«, hakte ich nach.

Ihr Gesicht hellte sich auf. »Mom hat mir ein Paar eingesteckt. Damit müsste es gehen. Allerdings kommen meine Beine darin nicht so gut zur Geltung.«

Ich stöhnte und drückte mein Gesicht in ihr Kissen. »Cameron kennt deine Beine.«

»Darum ist es so wichtig, ihm zu zeigen, dass sie nichts von ihrer Attraktivität verloren haben.«

»Du machst mich fertig.«

»Dir würde ein Sommerkleid auch gut stehen«, belehrte Robyn mich. »Ich kriege noch Depressionen, weil du ständig in schwarzen Klamotten rumrennst. Es ist niemand gestorben. Dein Vater hat euch bloß verlassen und das ist zwei Jahre her. Wie alt ist diese Jeans?«

»Schwarz macht schlank«, erinnerte ich sie an ihren Lieblingsspruch, ohne auf die Bemerkung zu meinem Vater einzugehen. »Und die Jeans ist erst ein halbes Jahr alt. Sie sitzt immer noch perfekt. Ich mag Schwarz. Es ist mein Statement zum Zustand der Welt. Du weißt schon: Kriege, Hunger, Katastrophen.«

Robyn rümpfte ihre Stupsnase. »Damit änderst du gar nichts.

Dich macht Schwarz nur noch dürrer, als du ohnehin schon bist. Ich frage mich, wo die ganzen Burger und Chips landen, die du ständig in dich reinstopfst.«

»Wenn du mal einen Burger mit Pommes und Majo probieren würdest, dann hättest du die Antwort auf deine Frage.« Eigentlich trug ich nur deshalb so viel Schwarz, weil es sich nicht mit meinen roten Haaren biss.

»Eher geht die Welt unter.« Robyn warf mir ein hellgrünes Top zu. »Das ziehst du heute Abend an, und keine Widerrede! Es passt gut zu deinem Haar, das du übrigens unbedingt glätten musst. So gehe ich mit dir nirgendwohin.«

Ich stöhnte auf, aber Robyn ignorierte mich. »Hilfst du mir, mein Bett zu beziehen?« Sie war eine Nervensäge, aber trotzdem der Mensch, der mir nach Phoebe am nächsten stand. Obwohl ich mich im letzten Jahr mehr als einmal gefragt hatte, ob wir beide noch so gut zusammenpassten wie früher. Dabei war Robyn nicht mal schuld an der Veränderung. *Ich* hatte mich verändert, besser gesagt: Mein Leben hatte sich verändert. Sie war die Alte geblieben, während ich die Welt mittlerweile mit anderen Augen sah.

»Na klar.« Ich schnappte mir das Kissen und zog einen Überzug darüber, der nach Lavendel roch.

»Wir werden das Beste aus der Zeit hier machen«, beschloss Robyn und drehte sich vor dem Spiegel, während ich ihr Laken aufzog. »Auch wenn ich dich daran erinnern möchte, dass ich nach Kalifornien an den Strand wollte. Aber egal. Dir tut jede Abwechslung gut. Du musstest dringend raus aus dem Irrenhaus. Ich würde es keinen Tag mit deiner Mutter aushalten.

Vergiss nicht, dass dein Leben nicht nur aus Schule und Arbeit besteht. Du musst langsam wieder anfangen, dich wie ein echter Teenager zu benehmen. Das hier ist zwar nicht der perfekte Ort dafür, aber immerhin besser als zu Hause.«

Robyn zog ihr Zopfgummi ab, schüttelte ihre blonde Mähne und verschwand im Bad. Kurze Zeit später hörte ich das Wasser der Dusche rauschen. Ich bezog auch noch ihre Bettdecke und ging in mein Zimmer, um auszupacken. Während ich mein Bett machte, glitten meine Gedanken zurück zu dem Traum und zu den Händen, die mich gehalten hatten, und zu der Stimme, die mir meine Angst genommen hatte. Schmetterlinge tanzten in meinem Bauch. Das war schon schräg. Robyn hatte recht. Ich sollte Spaß haben und mich amüsieren, mit echten Jungs. Trotzdem schade, dass ich mich nicht an das Gesicht des Jungen erinnern konnte. Bestimmt hatte er unverschämt gut ausgesehen. Ich kicherte leise. Das würde ich nun nie herausfinden. Man träumte denselben Traum nicht zweimal.

Nach dem *Tröpfeln*, wie Rosie es genannt hatte, sah alles wie frisch gewaschen aus. Obwohl es bereits zu dämmern begann, als wir unsere Lodge verließen, war es noch angenehm warm. Ich hatte eine Jeans und das Top angezogen. Am liebsten hätte ich noch meine schwarze Strickjacke darübergestreift, aber Robyn war vehement dagegen gewesen. Sie selbst trug ein schmal geschnittenes, helles Kleid und Ballerinas, die sie doch noch in den Untiefen ihres Koffers gefunden hatte.

Neugierig sah ich mich um, während wir zum Haupthaus gingen. Es herrschte rege Betriebsamkeit auf den Wegen zwischen den Lodges. Ständig mussten wir kleinen Wagen mit Campmitarbeitern und Grüppchen von Schülern ausweichen. Aus einem größeren Gebäude ertönten Geschrei und das Pingpong von Tischtennisbällen.

»Gott, ist das steil«, fluchte Robyn.

»Du bist in den Bergen«, konnte ich mir nicht verkneifen, zu sagen.

»Müssen wir für jede Mahlzeit zum Haupthaus oder gibt es einen Lieferdienst?«

»Klar, *dir* bringen sie das Essen persönlich vorbei.«

»Teuer genug ist das Camp ja, da wäre es das Mindeste.«

»Du hast doch gelesen, was auf der Website stand. *Gemeinsames Erleben der ursprünglichen Seite des Wilden Westens, verbunden mit einem abwechslungsreichen Kursprogramm.* Denkst du, den ersten Siedlern wurde ihr Essen auf silbernen Tellern geliefert?«

Erschrocken sah Robyn mich an. »Ich muss hoffentlich nichts totschießen oder im Wald sammeln gehen.«

Ich grinste. »Davon stand da nichts, aber wer weiß das schon?«

»Wozu habe ich mich nur überreden lassen?« Tapfer stapfte sie weiter.

Mein schlechtes Gewissen regte sich. Dieses abgelegene Camp war meine Idee gewesen. Normalerweise bestimmte Robyn, wohin wir fuhren. Aber dieses Mal nicht, und das, obwohl ihre Eltern das Camp für uns beide bezahlten. Meine Mom hätte sich das nie leisten können.

»Immerhin hast du Cameron und Josh überzeugt, uns zu

begleiten. Obwohl Europa bestimmt wesentlich spannender ist.«

»Cameron sollte mir dankbar sein, dass er nicht mit seinen Eltern nach Italien fliegen musste. Er braucht Ferien von seinem Dad. Ich habe ihn praktisch gerettet. Er weiß es nur noch nicht. Außerdem hätte ich die Vorstellung nicht ertragen, wie er mit schwarzhaarigen Mädchen flirtet.«

»Würde er doch nie tun«, verteidigte ich ihren Freund. Wehmütig sah ich in die Baumkronen der hohen Kiefern. Vermutlich war dies unser letzter gemeinsamer Sommer. Deshalb hatten die Jungs beschlossen, uns zu begleiten. Im nächsten Jahr würden wir unseren Abschluss machen und danach an unterschiedlichen Orten studieren. Mich gruselte es jetzt schon vor der Zeit, wenn ich meine Freunde nicht mehr täglich sehen würde. Robyn wollte nach Harvard gehen, während ich versuchen musste, einen Platz an einem College in San Francisco zu bekommen. Dann konnte ich von unserem Heimatstädtchen Monterey aus pendeln. Ich würde meinen Job in der Pizzeria behalten und bei meiner Mom und meiner kleinen Schwester bleiben können. Robyn hatte mich angefleht, mit ihr nach Boston zu gehen. Sie hatte regelrechte Heulattacken bekommen, aber diesmal war ich standhaft geblieben. Allerdings hatte ich auch wirklich keine Wahl gehabt. Robyn kam allein klar, Phoebe nicht.

Diesen letzten Sommer mit meinen Freunden wollte ich daher richtig genießen. Wer wusste schon, wann wir wieder so viel gemeinsame Zeit miteinander verbringen würden? Nur noch ein Schuljahr, und die drei würden in die große, weite Welt ziehen, während ich angekettet an meine Familie zurückbliebe. Mein Vater hatte uns verlassen und ich konnte mich meiner Verantwortung für die beiden nicht auch noch entziehen. Immer noch versuchte ich, mir einzureden, dass es mir nichts ausmachte.

Mein Telefon klingelte, als wir außer Atem am Haupthaus ankamen.

»Es ist Phoebe«, sagte ich nach einem Blick auf das Display. »Geh ruhig schon rein.«

»Ich bestelle uns einen Drink.« Robyn verschwand durch die Schwingtür.

»Phoebe? Ist etwas passiert?«

Meine kleine Schwester lachte. »Nichts Schlimmes. Du sollst dir nicht immer so viele Sorgen machen.«

»Warum rufst du mich dann an? Wir haben verabredet, nur im Notfall zu telefonieren. Ich habe fast einen Herzinfarkt bekommen.«

»Das ist ein Notfall.«

Ich setzte mich auf einen abgesägten Baumstamm. »Na, dann bin ich ja mal gespannt.«

»Ich habe die Hauptrolle«, flüsterte Phoebe aufgeregt. »Im Sommertheater.«

»Nein!« Am liebsten hätte ich sie in meine Arme gerissen.

»Doch«, quietschte sie. »Ich werde die Odette tanzen. Ist das nicht der Wahnsinn?«

Phoebe hatte für die Rolle in *Schwanensee* fast ein ganzes Jahr trainiert. Das Sommertheater war die alljährliche große Aufführung ihrer Ballettschule. »Ich bin so stolz auf dich.«

»Ihr seid zur Abschlussvorführung doch zurück, oder?«, fragte sie besorgt.

»Aber sicher. Denkst du, wir lassen uns das entgehen? Du musst uns vier Karten reservieren. In der ersten Reihe.«

»Ich spreche gleich morgen mit Madame Bereton. Robyns Eltern kommen auch.«

»Du hast es ihrer Mom schon erzählt?«

»Sie hat mich abgeholt.« Phoebe klang zerknirscht. »Ich wäre auch mit dem Rad gefahren, aber sie meinte, das wäre zu gefährlich.«

»Ist schon in Ordnung«, tröstete ich sie. Ihr war es genauso unangenehm, Hilfe anzunehmen, wie mir. Aber ich war froh, dass sie in guten Händen war. Eine Sorge weniger.

»Ich muss Schluss machen«, sagte Phoebe. »Ich will noch üben. Hab dich lieb.«

»Ich dich lieber.«

Einen Moment lang starrte ich auf das dunkle Display. Ich hatte sie nicht gefragt, wie es unserer Mutter ging. Das schlechte Gewissen regte sich umgehend. Ich verdrängte den Gedanken schnell wieder. Meine Schwester tanzte ihre erste Hauptrolle. Ich konnte es nicht fassen. In ihrem kleinen, mageren Körper steckte eine echte Kämpferin. Wenn sie sich etwas vornahm, zog sie es durch. Egal, wie sehr ihre Füße bluteten. Sie würde die tollste Odette aller Zeiten sein. Mit vor Stolz geschwellter Brust wollte ich Robyn folgen, als mich ein Schwall eiskalten Wassers traf. Wie erstarrt blieb ich stehen. Ein weißer Volvo war durch die einzige größere Pfütze gefahren, die sich in einer Mulde auf dem Weg gebildet hatte. Unbeeindruckt setzte der

Fahrer seine Fahrt fort. Fassungslos sah ich dem Auto hinterher. Der Wagen stoppte vor der Anmeldung und blieb mitten auf dem Pfad stehen. Konnte der Idiot nicht wie jeder normale Mensch einparken? Musste er auch noch den Weg versperren? Das war ja noch schlimmer als Robyns Allüren. Der Fahrer stieg aus und sah sich um.

»Tickst du noch richtig?«, rief ich schon von Weitem. Mein Top klebte nass auf meiner Haut. Die Haare hingen mir ins Gesicht. Bestimmt sah ich aus wie eine Furie.

Der Junge, der das Auto gefahren hatte, drehte sich zu mir um. Grüne Augen musterten mich aufmerksam. Das war unmöglich. Ich blieb stehen und starrte ihn an. Es waren dieselben Augen. Seine Augen. Die Augen aus meinem Traum, und nun wusste ich auch, wie der Rest von ihm aussah. Meine Annahme *unverschämt gut* war eindeutig untertrieben gewesen.

»Du?«, krächzte ich und biss mir sofort auf die Zunge. Er würde mich für übergeschnappt halten, wenn ich ihn fragte, was er in meinem Traum verloren gehabt hatte, und ich könnte es ihm nicht mal verübeln. Es klang wie die blödeste Anmache aller Zeiten.

Er legte den Kopf schief und einen Arm auf das Wagendach. Abwartend sah er mich an. Ich täuschte mich nicht. Diese Augen waren unverwechselbar. Er hatte jemanden überredet, meine Seele wieder mit meinem Körper zu vereinen. Gruselige Vorstellung, aber vor allem völlig blödsinnig, ermahnte ich mich. Ich musste mich zusammenreißen. Verzweifelt versuchte ich, meine Fassung zurückzugewinnen und nicht daran zu denken, wie meine Haut unter seiner Berührung gekribbelt hatte. Ich konnte einem Wildfremden nicht unterstellen, durch meine Träume zu spazieren. »Du hast mich nass gespritzt«, erklärte ich stattdessen lahm. »Mit deiner Angeberkarre. Sieh dir an, was du angerichtet hast.«

Sein Blick wanderte über meinen Körper. Es fühlte sich an, als bliebe die Zeit stehen. So genau sollte er nun auch nicht hinsehen. Ich holte tief Luft. Vielleicht sollte ich zukünftig einen BH unter meine Tops ziehen, obwohl es da leider nicht viel zu halten gab. Aber wer hätte schon ahnen können, dass das Stückchen Stoff an meiner Haut festkleben würde. Wütend verschränkte ich die Arme vor der Brust. »Normalerweise hält man an und entschuldigt sich.«

»Es tut mir leid. Hast du den Wagen nicht kommen sehen?«, fragte er mit warmer Stimme.

Es war dieselbe *Stimme*. Ein Irrtum war ausgeschlossen. Was hatte der Junge in meinem Traum eigentlich angehabt? Ich hatte nicht darauf geachtet. Ich hatte bis auf diese Augen und Hände nichts von ihm gesehen. Der hier trug ein dunkles Hemd, das locker über einer schwarzen Jeans hing. Es verhüllte seinen muskulösen Körper und den flachen Bauch nur mittelmäßig. Vor allem aber war es sauber und frei von Blutspuren oder Sabber. Der Typ hatte bestimmt nicht im Schlamm gekniet und eine blutige Leiche im Arm gehalten.

Dennoch hätte ich schwören können, dass es der gleiche Junge war. Wenn ich an ihm riechen könnte, hätte ich Gewissheit. Ich schüttelte den Kopf in der Hoffnung, dass meine wirren Gedanken herausfielen. An ihm riechen – so weit kam es noch! Das Dreckwasser musste meinen Verstand verflüssigt haben.

Ich räusperte mich. »Ich habe im Hinterkopf keine Augen!« Der Kerl war ein Blödmann. Ganz anders als der Junge aus meinem Traum. Seine Augen brachten mich trotzdem durcheinander und weckten in mir den hirnrissigen Wunsch, mich in seine Arme zu werfen und mich von ihm beschützen zu lassen. Pfff! Als ob irgendein Kerl mich beschützen müsste. Schnell fixierte ich stattdessen den obersten Knopf seines Hemdes. Das war allerdings auch nicht viel besser, da ich so einen direkten Blick auf die Kuhle an seinem Hals hatte, der in eine glatte Brust überging.

»Beim nächsten Mal solltest du nicht mitten auf der Straße telefonieren«, erklärte er. »Es könnte sonst noch viel Schlimmeres passieren. Du könntest sterben.«

Ungläubig öffnete ich den Mund. Hatte er gerade vom Sterben geredet? Das musste ein Zufall sein. ER WAR ES NICHT! Ich stemmte die Arme in die Hüften. »Bin ich jetzt etwa selbst schuld?«

»Das habe nicht ich, sondern das hast du gesagt. Ich bitte dich nur, zukünftig vorsichtiger zu sein.« Er zog etwas aus dem Auto, kam zu mir und legte mir eine Jacke um die Schultern. »Du solltest dich umziehen, sonst erkältest du dich noch.«

Da war sie – die Gewissheit. Die Jacke roch wie der Junge aus dem Traum. Als ich vor Überraschung schwankte, legte er seine Hände auf meine Oberarme, um mich festzuhalten. Ein Irrtum war ausgeschlossen. Träumte ich vielleicht immer noch? Ich sah zu ihm auf. Sein ebenmäßiges Gesicht war direkt über meinem. Kleine Grübchen saßen in seinen Wangen. Er beugte sich zu mir und sein Atem traf meine Lippen.

»Ich kenne dich«, flüsterte ich, dabei wollte ich am liebsten schreien. Bestimmt verlor ich gerade den Verstand.

Er ließ mich los, als hätte er sich verbrannt. Dann schüttelte er den Kopf, aber ich sah Unsicherheit in seinem Blick aufflackern. Ohne ein weiteres Wort wandte er sich ab und lief die Treppe zur Rezeption hinauf.

Ich konnte ihm nur mit offenem Mund hinterherstarren.

»Er hat dich wirklich nicht gesehen«, sagte eine Frauenstimme und klang dabei ziemlich belustigt. Mein Mund klappte zu. Zwei weitere Personen standen neben dem Auto und hatten unserem Schlagabtausch wortlos gelauscht. Wo kamen die beiden her? Ich hatte offensichtlich nur Augen für den anderen Jungen gehabt. Meine Wangen glühten.

»Er war nur etwas abgelenkt.« Das Mädchen sah mich an. Ob sie seine Freundin war? Die Glückliche!

»Es war seine erste Autofahrt«, versicherte mir der schwarzhaarige Junge, der neben ihr stand und seine Arme auf dem Autodach verschränkt hatte. Er zwinkerte mir zu. »Ich hätte es besser hingekriegt, aber keiner der beiden wollte mir dieses stinkende Ding aus Metall anvertrauen. Dabei lenkt niemand einen Wagen besser als ich.«

Mein Blick glitt zwischen den beiden hin und her. »Äh, ja, ich geh dann mal.« Ich griff in mein feuchtes Haar. »Man sieht sich.«

»Worauf du dich verlassen kannst«, antwortete der Junge. Ich wandte mich ab, zog die Jacke enger um mich und stutzte. Zwei Jungs und ein Mädchen. Genau wie in meinem Traum. Konnte das Zufall sein?

Aufzeichnungen des Hermes

III.

Wer hätte das gedacht? Athene hatte ihren Bruder Apoll gezwungen, die Mädchen zu retten. Die Blonde sah ja auch zum Anbeißen aus. Jetzt waren sie alle in diesem Camp versammelt. Merkwürdige Wahl von Zeus, das Spiel mitten in der Einöde stattfinden zu lassen. Aber er hatte schon viel merkwürdigere Entscheidungen getroffen. Vielleicht war er es leid, in den Städten der Menschen rumzuhängen. Die Großstädte von heute waren laut und stanken. Beim letzten Mal vor einhundert Jahren waren wir zudem mitten in einen Krieg geraten, das war nicht lustig gewesen. Das griechische Feuer war ein Witz gegen die Waffen, mit denen dort gekämpft worden war.

Zeus hatte verboten, dass wir uns einmischten. Aber natürlich hatte Prometheus nicht auf ihn gehört. Er hatte noch nie tatenlos zusehen können, wenn seine Schöpfung sich die Köpfe einschlug. Wahrscheinlich hatte Zeus deshalb dieses abgelegene Camp gewählt. Hier würden wir uns höchstens zu Tode langweilen.

Die kleine Rothaarige würde Prometheus in null Komma nichts rumkriegen. Auf die würde ich keine einzige Drachme setzen. Ihr lief ja schon der Sabber aus dem Mund, wenn er nur mit ihr sprach. Bei der Blonden würde er sich mehr anstrengen müssen. Sie würde sich eine Weile sträuben und ihn zappeln lassen. Aber vielleicht wählte Athene auch keine von den beiden. Ich wartete lieber noch ab, bevor ich meine Wette abgab.

Ich schickte Robyn eine kurze Nachricht und machte mich auf den Rückweg, um mich umzuziehen. Trotz der wärmenden Jacke kroch mir die Kälte in die Glieder. Ich zog die Jacke fester um mich. Sie roch nach ihm. Wild und würzig. War das Rosmarin oder Thymian? Mit zitternden Fingern schloss ich die Tür auf und stürmte ins Bad. Nur widerwillig hängte ich die Jacke an einen Haken, riss mir die Klamotten vom Leib und rubbelte mich trocken. Mein Handy piepte in der Zwischenzeit mindestens dreimal. *Wo bleibst du?*, blinkte im Nachrichtenfeld. Robyn hasste es, zu warten, aber darauf konnte ich gerade keine Rücksicht nehmen. Am ersten Campabend durfte man nicht aussehen wie eine Vogelscheuche. Das war so etwas wie ein ungeschriebenes Gesetz. Ich föhnte meine Haare, die mir trotzdem vom Kopf abstanden, als hätte ich in eine Steckdose gefasst. Dabei war ich mit der roten Farbe schon genug gestraft. Ich sah aus wie Merida aus dem gleichnamigen Disneytrickfilm. Wütend knurrte ich mein Spiegelbild an. Aber ich hatte keine Zeit, die Locken noch mal zu glätten.

Als ich aus dem Bad kam, stand das Volvo-Mädchen in unserem Wohnzimmer. Sie war allein.

»Ich bin Athene.« Sie streckte mir die Hand hin. »Wir wohnen wohl zusammen hier …«

Athene, die Göttin der Weisheit. Wer, bitte schön, gab seiner Tochter so einen Namen? Fast tat sie mir ein bisschen leid. Jessica war zwar auch megaaltmodisch, aber immer noch besser als Athene. »Hast du einen Spitznamen?«, fragte ich und schlug mir sofort gegen die Stirn. »Sorry, das war unhöflich.«

Athene lachte nur. »Kein Problem, mit dem Namen bin ich Kummer gewöhnt.«

Zerknirscht sah ich sie an.

»Verrätst du mir deinen?«

»Ja klar. Ich bin Jess. Das da ist mein Zimmer und in dem da wohnt meine Freundin Robyn. Sie wartet auf mich und ist ganz bestimmt sauer, wenn ich sie noch länger schmoren lasse.«

»Geh ruhig. Ich komme schon zurecht.« Athene drehte ihr Haar, das ihr fast bis zum Po reichte, geschickt zu einem Knoten und nahm ihre Tasche. »Es tut Cayden übrigens aufrichtig leid«, sagte sie noch, bevor sie ihr Zimmer betrat.

»Cayden?« Ich folgte ihr neugierig. So viel Zeit musste sein.

Athene nickte. »Mein Cousin.«

Nicht seine Freundin, registrierte ich und versuchte, nicht zu grinsen. »Schon okay. Ich bin wohl der Typ, den man leicht übersieht.«

Sie sah mich an und verzog das Gesicht zu einem Lächeln. »Das glaube ich kaum.«

Ich zuckte mit den Schultern und vergrub die Hände in den

Taschen meiner Jeans. »War ja nur ein bisschen Wasser. Ich habe wohl überreagiert.«

»Das sieht auch sehr hübsch aus.« Athene wies auf mein schlichtes schwarzes T-Shirt und ich verdrehte innerlich die Augen. Robyn würde mich lynchen, wenn ich so auf der Party auftauchte, aber das konnte ich nun nicht ändern. Athene trug ein Top, das im selben Hellblau schimmerte wie ihre Augen, und eine enge weiße Jeans. So schlichte schwarze Klamotten würde sie vermutlich nicht mal mit der Kneifzange anfassen.

»Danke schön. Ich bin dann mal weg«, sagte ich. Das Mädchen schien nett zu sein. So ein Glück hatte man nicht immer, wenn man mit wildfremden Mädchen eine Lodge teilte. Robyn und ich hatten schon manchen Sommer ziemliches Pech dabei gehabt.

Ich ging zur Tür und wandte mich noch mal nach ihr um. »Kommst du auch zum Barbecue? Dann lernst du Robyn gleich kennen.«

»Warum nicht?« Sie lächelte und ich sah Erleichterung in ihrem Blick. »Ich komme gleich nach.«

Robyn hatte hoffentlich nichts dagegen, wenn wir uns um Athene kümmerten. Ich schnappte mir Caydens Jacke und trat vor die Tür. Eilig legte ich den Weg zum dritten Mal zurück. Mittlerweile war es deutlich schummeriger. Völlig aus der Puste kam ich im Haupthaus an und stieß die schwere Holztür auf. Ich brauchte einen Moment, bis meine Augen sich an die bunten Lichter in dem Raum gewöhnt hatten, der bereits rappelvoll war. Justin Bieber erklang blechern aus den Lautsprechern, und wie befürchtet hatten sich die meisten Mädchen aufgebrezelt und quatschten nun aufgeregt durcheinander. Viele waren offensichtlich nicht zum ersten Mal in diesem Camp und kannten sich bereits. Ich hoffte, dass das mich und Robyn nicht zu Außenseitern machte. Aber um Robyn brauchte ich mich eigentlich nicht zu sorgen. Sie fand immer schnell Anschluss und davon profitierte ich automatisch.

Die Jungs lehnten an den Wänden und begutachteten die *Beute*. Ich reckte mich, um Ausschau nach Robyn zu halten. Wenn ich ehrlich zu mir selbst war, hoffte ich auch darauf, Cayden zu entdecken. Ich musste mich vergewissern, dass er unmöglich der Junge aus dem Traum sein konnte. Er war in dem Gewühl nicht zu sehen. Vielleicht kam er gar nicht. Ich legte mir seine Jacke wieder um die Schultern. Wenn er nicht hier war, hatte ich einen guten Grund, sie noch eine Weile zu behalten. Sie gab mir ein Gefühl von Geborgenheit. Unauffällig schnupperte ich an dem Stoff. Es war Thymian. In meinem Nacken kribbelte es. Mit der Hand fuhr ich unter mein Haar. Hoffentlich war mir keine Spinne daruntergekrochen – bei dem Übermaß an Natur hier war alles denkbar. Aber das Kribbeln ließ sich nicht vertreiben. Es fühlte sich an, als würde mich jemand beobachten. Ich drehte mich um. Cayden lehnte ein paar Meter entfernt an einem der Stützpfeiler aus Holz und ließ mich nicht aus den Augen, obwohl die Mädchen um ihn herum aufgeregt tuschelten. Seine breiten Schultern steckten in einem weißen Leinenhemd. Das Kribbeln aus meinem Nacken wanderte in meinen Bauch und wurde stärker. Cayden lächelte sein Grübchenlächeln, und ich spürte, wie mir die Röte in die Wangen kroch. Sicher hatte er gesehen, wie ich an seiner Jacke geschnuppert hatte. Peinlich. Sein Blick wurde intensiver, als wollte er mir etwas sagen. Eine Erklärung, wie er in meinen Traum gelangt war, wäre durchaus angebracht. Als er sich in Bewegung setzte und auf mich zukam, versuchte ich mich an einer unbeteiligten Miene. Trotzdem geriet der Rhythmus meines Herzens durcheinander. Cayden stoppte, zog die Augenbrauen zusammen und vergrub die Hände in den Taschen seiner Jeans. Dann, als hätte er es sich anders überlegt, wechselte er die Richtung und verschwand zwischen den plappernden Mädchen. Ich atmete auf und ärgerte mich gleichzeitig. Ich wollte nicht, dass er mich so aus dem Konzept brachte. Trotzdem folgte mein Blick seiner muskulösen Gestalt, als er zielstrebig die Bar ansteuerte. Etwas Raubtierhaftes ging von ihm aus, so geschmeidig schob er sich durch die Menge. Elegant und trotzdem gefährlich. Noch einmal drehte er sich zu mir um und sah mich so intensiv an, dass meine Wangen zu brennen anfingen. Eine Warnung lag in seinem Blick.

Kaum zu glauben, aber es schien in den letzten Minuten tatsächlich noch voller geworden zu sein. Ich versuchte weiter, mich zur Bar durchzudrängeln. Leider sah es bei mir nur halb so elegant aus wie bei Cayden. Mit gerade mal einem Meter fünfundsechzig kam man eben nur durchs Leben, wenn man drängelte und boxte.

»Wir wollen alle an die Bar, Kleines«, erklang eine Stimme hinter mir. »Also stell dich gefälligst an.« Ich drehte mich um und grinste.

»Josh!« Erleichterung durchströmte mich, als ich in das Gesicht meines besten Freundes schaute.

Er schlang einen Arm um mich, und ich musste mich zusammenreißen, um ihn nicht vor Freude zu erwürgen. Mühelos hob er mich hoch und drückte mich an sich.

»Ich krieg keine Luft«, röchelte er, und ich kicherte.

»Du bist doch derjenige, der mich zerquetscht.« Ich schmiegte mich an ihn und genoss seine vertraute Umarmung.

Behutsam stellte Josh mich zurück auf die Füße. »Entschuldige. Ich habe vergessen, wie zerbrechlich du bist.«

»Bin ich nicht.« Ich schlug ihm gegen den Bauch, was sich umgehend rächte. »Autsch. Was hast du gemacht?« Josh war eigentlich eher der schlaksige als der durchtrainierte Typ.

»Mit meinem Cousin Phil an meinem Sixpack gearbeitet. Du müsstest ihn sehen. Er hat solche Oberarme.« Josh zeigte mit den Händen einen unmöglichen Umfang, lachte und strahlte mich an. Er war zwei Wochen bei seinen Großeltern und Cousins in Florida gewesen. Mir kam es vor, als hätte ich ihn mindestens zwei Monate nicht gesehen. »Ich habe dich vermisst«, sagte er und gab mir einen Stups auf die Nase. »Du hast da mindestens zwei neue Sommersprossen und du bist gewachsen.« Er griff nach meiner Hand und zwang mich so, mich einmal um die eigene Achse zu drehen. »Fast hatte ich vergessen, was für eine hübsche beste Freundin ich habe.«

»Du bist und bleibst eben eine treulose Tomate«, neckte ich ihn. »Aus den Augen, aus dem Sinn. Ein paar Nachrichten mehr hätten dich nicht umgebracht.«

»Ich war schwer beschäftigt. Du weißt schon.« Vermutlich hatte er reihenweise Mädchenherzen gebrochen. Josh zwinkerte mir zu, hielt meine Hand fest und bahnte sich einen Weg durch die Menge. So musste Moses sich gefühlt haben, als sich das Meer vor ihm teilte. Mit Josh an meiner Seite fühlte ich mich inmitten der vielen Fremden gleich viel sicherer.

Robyn, Cameron, Josh und ich waren seit der Grundschule befreundet. Wenn Robyn und ich schon unterschiedlich waren, dann traf das auf die Jungs noch mehr zu. Cameron war der Streber und Schulsprecher und Josh der Inbegriff eines Bad Boy. Cameron glänzte im Debattierklub und plante, in die Fußstapfen seines Dads zu treten, der als Senator im Kongress saß. Josh hingegen spielte in der Schulband und brach den Mädchen reihenweise das Herz. Cameron war schon ewig in Robyn verknallt, auch wenn sie ihn erst letztes Jahr erhört hatte. Er trat nur geschniegelt und gebügelt auf, während Josh in fleckigen Jeans und zerrissenen Shirts herumlief. Keine Ahnung, was die beiden aneinander fanden. Wahrscheinlich stimmte hier ausnahmsweise der blödsinnige Spruch *Gegensätze ziehen sich an.*

Robyn sah strahlend zu Josh auf, als wir uns endlich zu ihr durchgedrängelt hatten. »Hey, da seid ihr ja. Ich dachte schon, ich muss den Abend allein verbringen.« Sie verzog ihren Schmollmund, bis Josh sie umarmte. »Wo ist Cameron?«

»Er telefoniert noch mit seinem Dad.« Josh sah sie gespielt mitleidig an. »Er muss ihn jeden Tag zur gleichen Zeit anrufen und Bericht erstatten. Wenn du mich fragst, ist das nicht normal.«

»Solange er es gern macht, sollten wir das akzeptieren.« Robyn zuckte mit den Schultern. »Er und sein Dad haben ein ganz besonderes Verhältnis.«

»Du musst ja nicht mit ihm in einer Lodge wohnen«, erklärte Josh. »Die zwei unterhalten sich ständig über Politik.« Aus seinem Mund klang es, als redete Cameron mit seinem Vater über eine Ungezieferplage.

Robyn ließ ein helles Lachen hören. »Und ich wette, du bist ständig anderer Meinung als die beiden Ultrarepublikaner.«

»Darauf kannst du Gift nehmen.«

Ich folgte ihrer Unterhaltung nur mit einem Ohr und schaute mich dabei um. Die Blicke der Mädchen wanderten zwischen Cayden und Josh hin und her. Offensichtlich bildeten sich bereits zwei Fraktionen. Eine, die auf verlotterte, schlaksige Künstler stand, die jeden zum Lachen bringen können, und eine, die eher attraktive Anführertypen bevorzugte.

Ein Mädchen mit langem blondem Haar schlenderte zu Cayden hinüber. Es war zu laut, um zu hören, was sie zu ihm sagte, aber ihre Körpersprache war eindeutig. Cayden winkte dem Barkeeper und orderte zwei Getränke.

»Es war so klar, dass Melissa sich an ihn ranschmeißt!«

Verwundert sah ich das Mädchen an, das hinter dem Tresen stand und Gläser polierte. Sie grinste entschuldigend. »Hey, ich bin Leah.«

»Jess«, stellte ich mich vor. »Kennst du sie?«

Leah nickte. »Melissa Pratt. Selbst ernannte Schönheitskönigin des Camps. Sie kommt seit Jahren her und angelt sich immer am ersten Tag den attraktivsten Typen.«

»Und das klappt?«, fragte ich einerseits verwundert und andererseits unfreiwillig beeindruckt.

»Schau es dir doch an.« Leah hatte keine Probleme damit, die beiden zu beobachten, die jetzt vertraulich ihre Köpfe zusammensteckten.

»Bestimmt ist er ein totaler Blödmann«, sagte ich nicht ganz überzeugt.

»Na, dann hätten sich ja zwei gefunden. Wir sollten es ihr allerdings nicht verraten.« Leah zwinkerte verschwörerisch. »Eigentlich kann sie einem leidtun, die Jungs lassen sie nach dem Ende der Ferien fallen wie eine heiße Kartoffel. Aber diese Hohlbirne lernt nicht dazu. Willst du was trinken? Geht aufs Haus.«

»Eine Coke.«

»Light?«

»Sehe ich aus, als wollte ich mich vergiften?«

Leah lachte, brachte zwei Cola und stieß mit mir an. »Egal, was du wissen willst, frag mich. Ich weiß über alles Bescheid. Rosie ist meine Grandma. Ich verbringe hier meine Ferien, seit ich laufen kann. So fühlt es sich jedenfalls an.«

»Darauf komme ich zurück«, versprach ich. Diese Leah schien nett zu sein.

Sie beugte sich über den Tresen und nickte mit dem Kopf zu Josh. »Wer ist das? Dein Freund?«

»Mein bester Freund, aber mehr nicht.«

»Ist er zu haben?«, fragte sie neugierig.

Ich zuckte mit den Schultern. »Du kannst dein Glück ja versuchen. Aber erhoffe dir nichts Festes.« Ich wollte sie lieber vorwarnen. Josh war nicht auf der Suche nach einer festen Beziehung.

»Ich will im Sommer nur meinen Spaß haben. Er soll mich nicht heiraten.« Sie wandte sich drei Mädchen zu und nahm deren Bestellung auf. Ihre lila gefärbten Haare standen wie die Stacheln eines Igels zu Berge. In der Lippe und in der rechten

Augenbraue hatte sie ein Piercing. Ihr verrückter Look passte zu ihrem offenen Lachen. Keine Ahnung, ob sie bei Josh eine Chance hatte. Sein Beuteschema war normalerweise *langbeinig und dunkelhaarig*.

Aus dem Augenwinkel sah ich, wie Cayden diese Melissa auf die Tanzfläche führte. Sie konnte kaum die Hände von ihm lassen. Peinlicher ging es ja wohl nicht. Bisher hatte ich gedacht, nur Jungs steckten so offensiv ihr Revier ab.

»Er und sein Cousin teilen sich mit mir und Cameron die Lodge«, erklärte Josh in diesem Moment. Er trank einen Schluck von seiner Cola. »Da hat er sich gleich die heißeste Braut geschnappt«, bemerkte er dann mit fachmännischer Miene.

Ich verdrehte die Augen und verzichtete auf eine Antwort. Was Mädchen anging, hörte Josh nie auf meine Ratschläge. Allerdings flüchtete er ständig zu mir, wenn seine Eroberungen zu besitzergreifend wurden.

Athene kam auf uns zu, in ihrem Schlepptau den dunkelhaarigen Jungen, mit dem ich am Auto gesprochen hatte. Sie lächelte Josh an und wandte sich dann an mich. »Meinen Bruder Apoll kennst du ja schon, aber er hat vergessen, sich dir vorzustellen. Normalerweise ist er höflicher.«

Apoll grinste. »Du bist wieder trocken, wie schade.« Unverschämter Kerl.

Ich sah ihn böse an, aber er musterte die Tanzenden. »Mein Cousin hat also schon Gesellschaft gefunden.«

»Wundert dich das?«, fragte ich. Er hatte doch ganz sicher auch keine Schwierigkeiten, ein Mädchen zu finden, das sich ihm sofort an den Hals warf.

»Eigentlich nicht. Die Mädchen liegen ihm zu Füßen, kaum dass er auftaucht. Aber sein Frauengeschmack ist miserabel. Findest du nicht?«

»Fragst du mich das ernsthaft?« Ich musterte ihn aus zusammengekniffenen Augen.

»Offensichtlich.«

»Mir ist es egal, mit wem er rumhängt. Und wenn es die Kaiserin von China wäre.«

Apoll grinste und beugte sich zu mir. »Dafür beobachtest du ihn aber ein bisschen zu interessiert.«

Röte stieg mir ins Gesicht. »Ich checke nur die Lage«, versuchte ich, so locker wie möglich zu erklären. »Entscheide, wer ein Idiot ist, und so.« Ich wedelte mit den Händen und stieß aus Versehen an mein Colaglas. Die braune Brühe lief die Holztheke hinunter. Na toll.

»Klar.« Apoll verzog die Lippen zu einem Grinsen. »Das tun wir schließlich alle am ersten Tag. Abwägen, Lage checken, die Leute nach ihrem Äußeren beurteilen.« Er hob das Glas auf und verkniff sich einen Kommentar zu meiner Ungeschicklichkeit.

»Ich beurteile niemanden nach seinem Aussehen. Aber man kann nicht früh genug damit anfangen, sich zu überlegen, mit wem man die nächsten sechs Wochen verbringen möchte«, konterte ich und winkte Leah zu, um sie um einen Lappen zu bitten. Ich würde mich nicht von ihm verunsichern lassen. Da musste er schon früher aufstehen.

»Cayden ist jedenfalls keine gute Wahl für dich«, riet Apoll mir.

Damit brachte er mich etwas aus dem Konzept. Ich hatte doch nicht explizit Cayden gemeint. »Du magst deinen Cousin wohl nicht besonders?«

»Doch, ich mag ihn sogar sehr. Ich wollte dich nur davor warnen, dein Herz an ihn zu verlieren.«

Ich schüttelte den Kopf. Dieses Gespräch führte ich nicht ernsthaft gerade mit einem wildfremden Jungen, oder? »Um mein Herz musst du dir keine Sorgen machen. Das habe ich hübsch und sicher verpackt zu Hause gelassen.«

Apoll lachte laut auf. Leah stellte zwei Gläser vor uns hin und wischte die restliche Cola weg. Apoll zwinkerte ihr zu, nahm sein Glas und stieß damit gegen meins. »Gut zu wissen. Ich hoffe nur, niemand packt es dort verbotenerweise aus und benutzt es. Wäre schade drum.«

Ich prostete ihm zu. »Ich bin schon ein großes Mädchen. Ich habe es gut versteckt. Ihm droht keine Gefahr.« Langsam begann mir, der Schlagabtausch mit ihm Spaß zu machen, und er lenkte mich definitiv von Cayden ab.

Apoll musterte mich. Er überragte mich um einen Kopf. »Dann muss ich mir ja keine Sorgen um dich machen.«

»Auf keinen Fall«, versuchte ich, so locker wie möglich zu erwidern. Es war meine Horrorvorstellung, dass sich auch hier jemand um mich sorgte. Diese sechs Wochen im Jahr wollte ich einfach nur meine Ruhe haben und wie jedes andere Mädchen behandelt werden. Ohne Lehrer, Freunde oder Eltern von Freunden, die mir mein hartes Los erleichtern wollten. So schrecklich war mein Leben nun auch nicht.

»Unsere Eltern leiten das Camp«, erklärte Athene Josh gerade. Ich drehte mich zu den beiden um, froh über die Ablenkung.

»Habt ihr griechische Vorfahren?« Robyn sah sie neugierig an. Selbst ihr waren die ungewöhnlichen Vornamen aufgefallen.

»Lässt sich wohl nicht leugnen«, antwortete Apoll.

»Warum wohnt ihr eigentlich nicht bei euren Eltern?«

»Es ist viel lustiger, wenn wir nicht bei ihnen wohnen«, antwortete Athene.

Robyn nickte verständnisvoll. Sie hatte selbst Eltern, die sie überbehüteten – und Phoebe und mich gleich noch mit.

Apoll hatte sich von uns abgewandt, und ich nutzte die Gelegenheit, ihn genauer zu mustern. Er schien trotz seiner blöden Bemerkungen ganz nett zu sein. Er trug ein schneeweißes, enges T-Shirt und eine schwarze Cargohose, die ihm tief auf den Hüften hing. Sein pechschwarzes, strubbeliges Haar bildete einen interessanten Kontrast zu seinen himmelblauen, etwas schräg stehenden Augen. Ich fragte mich, ob das Kontaktlinsen waren. So eine Augenfarbe hatte kein Mensch. Wenn ich ehrlich war, dann sah er fast etwas gefährlich aus. Zumindest gefährlich gut. Er erinnerte mich ein bisschen an den Wolf aus meinem Traum. Warum auch immer. Gerade wandte er sich an Leah und hielt ihr das leere Glas hin. »Bekomme ich das noch mal, bitte? Das Zeug schmeckt verboten gut.« Es klang, als hätte er vorher noch nie Cola getrunken.

Sie nickte eifrig und bekam zur Belohnung ein strahlendes Lächeln. Es grenzte an ein Wunder, dass ihr vor Entzücken nicht die Beine wegknickten. Nachdem sie ihm sein Glas gereicht hatte, wandte sie sich zu mir und formte mit ihren Lippen das Wörtchen *heiß*. Ich musste mir ein Grinsen verkneifen. Das traf es ziemlich genau. Leider herrschte hinter solch hübschen Fassaden meist gähnende Leere. Bei Apoll war ich mir da allerdings nicht so sicher.

Nachdem Leah ein paar andere Kids bedient hatte, kam sie wieder zu mir. »Da hat sich Melissa wohl zu früh entschieden, meinst du nicht?«

Ich zuckte mit den Schultern und sah wieder zu Cayden. Die beiden tanzten nicht mehr, sondern standen an einem kleinen Tisch. Melissa plapperte auf ihn ein. Auch ein paar andere Mädchen hatten sich zu ihnen gestellt. Sie schmachteten Cayden an und ihm schien es zu gefallen. Er fing meinen Blick auf und zuckte entschuldigend mit den Schultern. Lächelnd wandte ich mich ab.

»Du tust es schon wieder«, flüsterte Apoll mir ins Ohr. Als Antwort stieß ich ihm meinen Ellenbogen in den Bauch. Er stöhnte gespielt auf und ich lachte. Selbst schuld.

Cameron schob sich durch die Menge zu uns durch, besser gesagt, er bat die Umstehenden höflich, durchgelassen zu werden. Er würde niemals jemanden zur Seite schubsen, der ihm im Weg stand. Bei uns angekommen, legte er besitzergreifend einen Arm um Robyn und gab ihr einen Kuss auf die Schläfe. Apoll ließ er dabei nicht aus den Augen. »Entschuldige bitte. Ich hatte noch ein dringendes Telefonat«, erklärte er. Er hörte sich schon jetzt wie ein Politiker an und nicht wie ein Achtzehnjähriger, der die ersten beiden Sommerferienwochen von seiner Freundin getrennt gewesen war und sich vor Sehnsucht kaum bremsen konnte, sie an sich zu reißen. Zu allem Überfluss trug er ein hellblaues Hemd und eine Anzughose mit Bügelfalte, als käme er direkt aus einer Verhandlung mit dem russischen Präsidenten. Robyn schien das nicht zu stören. Sie strahlte und schmiegte sich an ihn.

Jetzt nickte Cameron Apoll knapp zu, dessen Augen übermütig glitzerten. Mir war das eindeutig zu viel Testosteron. Ich rutschte vom Barhocker, was Josh als Aufforderung betrachtete, mich auf die Tanzfläche zu ziehen.

»Was hältst du von Cayden und Apoll?« In dem Gewühl konnten wir uns kaum bewegen.

»Ich glaube, sie sind okay. Über die Verteilung der Mädels werden wir uns schon einig, schätze ich.«

»Du bist unmöglich.« Jemand schubste uns und Josh schlang seine Arme fester um mich.

»Das finden die Mädchen ja so toll an mir«, flüsterte er mir ins Ohr. »Aber verrate keiner, dass das mein Geheimrezept ist.«

Ich schob ihn von mir weg. »Den Fehler mache ich nicht noch mal und warne eine vor dir«, erklärte ich, obwohl ich diese Regel bei Leah gerade selbst gebrochen hatte. Zum Dank für meine guten Ratschläge hatten im letzten Schuljahr ständig Post-its an meinem Spind geklebt, auf denen ich als Schlampe und Betrügerin beschimpft worden war. Die Lektion hatte ich gelernt.

Josh strubbelte durch meine Haare. »Du solltest dich von den beiden fernhalten. Es gefällt mir nicht, wie sie dich anstarren. Die Jungs sind nicht deine Liga.«

Obwohl es wie eine Beleidigung klang, war mir klar, dass Josh es nicht so meinte. Er wusste, was solche Jungs mit Mädchenherzen anstellen konnten, und ich wusste es auch. Ich hatte meine Kindheit mit einem Prinzenpapa verbracht, der sich als Froschvater entpuppt hatte. Meine Mom hatte diese Erfahrung gerade so überlebt. Allerdings nur mithilfe einer großen Menge Alkohol. Ich würde niemals in die gleiche Falle tappen.

Nach ein paar Liedern brachte Josh mich an die Bar zurück und bestellte mir ein Wasser. Leah strahlte ihn an, als sie es mir reichte. Langsam nippte ich daran. Robyn tanzte, eng an Cameron geschmiegt, zu einem langsamen Song.

»Sie sind ein schönes Paar.« Athene setzte sich neben mich auf einen der Barhocker. »Sind sie schon lange zusammen?«

Ich nickte. »Seit über einem Jahr.«

Sie lächelte zufrieden, auch wenn ich nicht genau wusste, weshalb. Auf eine herbe Art sah sie sehr gut aus mit ihrem klassischen Profil und der etwas zu langen Nase, die ihrem Gesicht Persönlichkeit verlieh. Ihre Haare hatte sie kunstvoll zu einem Knoten geflochten.

»Er tut alles für sie«, fügte ich hinzu. »Die beiden haben sich gesucht und gefunden.« Keine Ahnung, weshalb ich ihr das erzählte. Schließlich ging es sie nichts an.

»Glaubst du, sie sind füreinander bestimmt?« Athene sah mich interessiert an.

Bevor ich mich über die seltsame Formulierung wundern konnte, nickte ich automatisch.

»Das reicht, Athene.« Cayden stand plötzlich neben uns und funkelte seine Cousine böse an.

Sie lächelte entschuldigend. »Sorry, ich bin etwas zu neugierig. Menschen interessieren mich.«

»Musst du dich nicht noch einrichten?« Seine Stimme klang schneidend und seine Wortwahl wirkte irgendwie unpassend für einen Jungen unseres Alters. Nicht mal Cameron drückte sich so aus.

Ich sah Athene an. So eine Bevormundung würde ich mir nicht gefallen lassen. Auch nicht von meinem Cousin. Aber was wusste ich schon? Abgesehen von meiner Schwester und meiner Mom hatte ich keine Familie.

»Du hast recht. Ich gehe mal das Bett beziehen und die Koffer auspacken.« Athene wandte sich mir zu. »Wir sehen uns.«

»Bis später.« Ich nippte an meinem Glas und erwartete, dass auch Cayden verschwinden würde.

»Das war nicht besonders nett von dir«, erklärte ich, als er stehen blieb und das Schweigen peinlich zu werden drohte.

Er rückte näher an mich heran. Ganz schlechte Idee. »Das sollte es auch nicht sein.«

Gänsehaut lief mir über den Rücken. Es war die Stimme. Das war gruselig. Dummerweise weckte ihr Klang in mir trotzdem das Bedürfnis, mich in seine Arme zu werfen. Ich brauchte wohl dringend eine Therapeutin, denn so bedürftig war ich normalerweise nicht. Vielleicht lag es an der vielen frischen Waldluft. Mein Kopf war nur an salzige Meeresbrisen gewöhnt.

»Ich mag es nicht, wenn Athene die Leute ausfragt.« Cayden strich meine Lockenmähne zur Seite, die ich als Schutzschild vor mein Gesicht hatte fallen lassen. Als seine Fingerspitzen dabei meine Haut berührten, erstarrte ich. Die Härchen auf meinen Armen richteten sich auf.

»Alles in Ordnung? Du bist so blass.« Er klang besorgt.

Ich trank einen großen Schluck Wasser. »Sie hat mich nicht ausgefragt. Und ich bin immer so blass.« Ich wies auf mein rotes Haar. »Ist ein Naturgesetz.«

Sein Blick wurde noch intensiver, wenn das überhaupt möglich war. »Wie nennst du es dann?« Seine Stimme klang jetzt spöttisch. Ich musste erst mal meine Gedanken sammeln, um zu kapieren, dass sich die Frage auf mein Gespräch mit Athene bezog. In meinem Kopf wirbelte alles durcheinander. Ich schnupperte an meinem Glas. Definitiv harmloses Wasser. Vielleicht ein bisschen zu chlorig, aber harmlos. Er war es, der mich so verwirrte.

Cayden lächelte wissend. »Wer weiß, was du ihr als Nächstes erzählt hättest. Sie ist sehr geschickt.«

Mir fiel ein winziger Leberfleck neben seiner schmalen, sehr geraden Nase auf. »Ich hätte keine Staatsgeheimnisse verraten«, antwortete ich und drehte mich weg in der Hoffnung, Josh auf meiner anderen Seite vorzufinden. Aber der war verschwunden.

Caydens leises Lachen erklang viel zu nah an meinem Ohr. »Pass auf, was du ihr anvertraust«, flüsterte er, drehte meinen Barhocker wieder zu sich herum und hielt ihn fest. »Was mich zu *meiner* Frage bringt: Bist du mit Josh zusammen?«

Fragte er mich das tatsächlich? »Wie bitte?«

Er seufzte entnervt. »Was ist an dieser Frage nicht zu verstehen? Er umarmt dich, ihr tanzt zusammen, da liegt es nahe, dass ihr ein Paar seid.«

»Das geht dich nichts an.« Warum sagte ich nicht einfach Nein?

»Also nicht.« Zufrieden verschränkte er die Arme vor der

Brust. »Dachte ich es mir doch. Er hält sich mit deiner Hilfe die Mädchen vom Hals. Du solltest dich nicht von ihm benutzen lassen.«

Was bildete der Kerl sich ein? Normalerweise wäre ich jetzt gegangen, aber eine unbekannte Macht hielt mich auf dem Stuhl. Na gut. So unbekannt war sie nicht.

»Ich wollte mich noch bei dir entschuldigen«, überraschte er mich ein weiteres Mal.

»Und wofür soll diese Entschuldigung gelten? Dafür, dass du mich nass gespritzt, ausgefragt oder beleidigt hast?«

Er lachte. Der Klang löste ein warmes Gefühl in meinem Bauch aus. Jemand drehte die Musik lauter, und Cayden beugte sich noch näher zu mir, damit ich ihn verstand. »Ich hätte vorhin besser achtgeben müssen und dann habe ich dir auch noch die Schuld an dem Missgeschick gegeben. Das war nicht sehr nett von mir. Ich hoffe, du verzeihst mir.« Sein Atem kitzelte an meiner Wange und dieser Thymianduft kroch in meine Nase. Allerdings roch ich jetzt auch noch einen Hauch von Zimt.

»Du warst in meinem Traum.« Ich biss mir auf die Zunge, aber es war zu spät.

Das Grün seiner Augen verdunkelte sich. Bestimmt hielt er mich für übergeschnappt, aber immerhin lachte er mich nicht aus und ließ auch den Hocker nicht los. Verlegen blickte ich auf seine Lippen. Ganz großer Fehler. Sein Mund war womöglich noch perfekter als der Rest von ihm. Scharf gezeichnete Konturen, nicht zu schmal und nicht zu dick. Sicher brachten seine Küsse die Mädchen reihenweise um den Verstand. Warum dachte ich ausgerechnet jetzt an Küsse? Ich schob meine Hände unter meine Oberschenkel, bevor meine Finger sich selbstständig machten und ihn an unpassenden Stellen berührten. Ich war keins von den Mädchen, die sich einem Jungen ungefragt an den Hals warfen.

Er blickte mich nur weiter schweigend an, doch wenigstens stritt er es nicht ab.

»Wie hast du das gemacht?«, quetschte ich mutiger, als ich mich fühlte, hervor. »Du hast mir das Leben gerettet.« Jetzt war eh alles egal.

Cayden stellte sein Glas auf den Tresen. »Ich gehe mal besser. Es ist spät.«

Das war deutlich. Ich zog seine Jacke von den Schultern und reichte sie ihm. Er schüttelte den Kopf. »Gib sie mir morgen, es ist kühl draußen.«

Dann drängelte er sich zur Eingangstür durch und verschwand. Na ja, was hätte er auch sagen sollen? Bestimmt behauptete nicht alle Tage ein Mädchen, ihn in ihren Träumen gesehen zu haben. Ich hätte wissen müssen, dass er mich für verrückt halten würde. Andererseits – jeder andere Junge hätte mich ausgelacht. Ich war unsicher, ob ich froh oder beunruhigt darüber sein sollte, dass er es nicht getan hatte. Jedenfalls redete er so schnell bestimmt nicht wieder mit mir. Aber das war mir egal, versuchte ich, mir einzureden. Leider erfolglos.

Aufzeichnungen des Hermes

IV.

Hatte das Mädchen Prometheus tatsächlich auf den Kopf zugesagt, dass er in ihrem Traum gewesen war? Ich musste mich verhört haben. Gerade hatte ich es mir auf dem Tresen gemütlich gemacht, der übrigens ziemlich klebrig war, als sie die Bombe platzen ließ. Es hatte schon sein Gutes, der Götterbote zu sein. Ich konnte mich unsichtbar machen und gehen, wohin ich wollte. Meine Brüder und Schwestern hingen in Mytikas fest, bis Zeus ihnen erlaubte, es zu verlassen. Die Ärmsten!

Mir wäre vor Schreck fast das Glas mit dem dunklen Zuckerzeug aus der Hand gefallen, das die Teenager in dieser Zeit so gern tranken. Echt eklig. Früher hatten die Kinder verdünnten Wein bekommen. Aber ich wollte den alten Zeiten nicht nachtrauern. Wenn ich eins gelernt hatte, dann, dass jedes Zeitalter seine Vorzüge besaß. In diesem war es nicht die Getränkeauswahl, aber ich würde schon noch dahinterkommen, welche es waren. Die Mädchen trugen ziemlich freizügige Klamotten, das war schon mal besser als diese hochgeschlossenen Kleider, bei denen man nicht ein Fitzelchen Haut gesehen hatte.

Aber zurück zum Thema. Dieses rothaarige Ding mit den

Sommersprossen auf der Nase konnte sich erinnern, dass Prometheus ihr das Leben gerettet hatte. Ich schätzte, ich musste Zeus diese Information überbringen. Er hatte mit Hera und mir den Palast kurz nach dem Unfall verlassen und ein echt nettes Haus auf dem Campgelände bezogen. Ausgerechnet jetzt, da es interessant wurde, musste ich los.

Aber gut, Job war Job. Vielleicht hatte Hera Zitronenkuchen gebacken.

Die Sonne schickte einen fiesen, hellen Strahl durch die winzige Lücke in den Vorhängen, der genau auf mein Gesicht fiel. Im Bad hörte ich Robyn rumoren. Konnte man nicht mal in den Ferien ausschlafen? Als Antwort ertönte aus irgendwelchen Lautsprechern von draußen ein Weckton, auf den Musik folgte. Das war kein Ferien-, sondern ein Bootcamp. Die Website hatte das leider verschwiegen. Ich angelte nach meinem Handy. Halb acht. Stöhnend ließ ich den Kopf zurück in die Kissen fallen. Sonderlich gut geschlafen hatte ich nicht. Ständig war ich aufgewacht und hatte mir eingebildet, eine Stimme zu hören. Caydens Stimme. Wobei *hören* es eigentlich nicht richtig traf. *Heimgesucht* hatte die Stimme mich.

Robyn stürmte, ohne anzuklopfen, in mein Zimmer. Sie war bereits perfekt geschminkt und frisiert. Außerdem trug sie schon enge Shorts und ein buntes Top. »Los, steh auf!« Sie zog mir die Decke weg. »Cameron und Cayden kommen uns gleich abholen.«

Ich fuhr hoch und musterte meine Freundin misstrauisch, die

sich abgewandt hatte und in meinen Klamotten wühlte. »Was hast du gerade gesagt?«

»Cayden und Cameron holen uns gleich zum Frühstück ab. Schließlich haben wir denselben Weg.«

»Das hast du eingefädelt, oder?«

Sie guckte mich ganz unschuldig an. »Habe ich nicht. Cayden hat sich laut Cameron ganz allein angeboten. Wenn du es also nicht vermasseln willst, dann stehst du jetzt auf und machst dich fertig. So solltest du ihm nicht unter die Augen kommen.« Ihr Blick glitt missbilligend über mein Top und mein kurzes Baumwollhöschen.

»Ich weiß nicht, was du hast«, murrte ich. »Alles superbequem und strapazierfähig.«

»Und zum Umfallen sexy«, setzte sie hinzu und warf ein paar Klamotten auf mein Bett. »Das ziehst du an!«

»Ich bin nicht hier, um Jungs anzumachen. Die stehen ganz unten auf meiner Liste für diesen Sommer«, protestierte ich und quetschte Zahnpasta auf meine Zahnbürste.

»Auf deiner vielleicht, aber nicht auf meiner. Es wird Zeit, dass du ein bisschen Spaß hast.«

»Ich habe Spaß«, blubberte ich und schrubbte meine Zähne.

»Du spielst vierundzwanzig Stunden am Tag den Babysitter für deine Mom und deine Schwester, zwischendurch schuftest du in der Pizzeria und hast trotzdem noch bessere Noten als ich«, rief sie mir hinterher. »Das würde niemand außer dir für Spaß halten.«

Ich zuckte mit den Schultern. Diese Diskussion hatten wir zu oft geführt, als dass ich noch darauf eingehen würde.

»Du hast zehn Minuten!«, rief Robyn mir durch die Badezimmertür zu. »Wenn du dann nicht fertig bist, lasse ich Cayden rein, egal, was du anhast.«

Pünktlich zehn Minuten später stand ich mit gebändigtem Haar und einem dunkelblauen Sommerkleid vor unserer Lodge.

Robyn warf sich Cameron an den Hals und Cayden gesellte sich zu mir.

»Du siehst sehr hübsch aus«, erklärte er. Aber mir entging der Blick nicht, den er Robyn zuwarf. Sie sah in ihrem Outfit mal wieder phänomenal aus.

Schweigend liefen wir nebeneinander zum Frühstück. Ich hatte nicht erwartet, dass ich so schnell wieder auf ihn treffen würde, und wusste nicht, was ich sagen sollte. Im Grunde hatte ich mich unmöglich gemacht.

»Hast du gut geschlafen?«, fragte er.

Ich schüttelte den Kopf.

»Hast du schlecht geträumt?«, fragte er weiter, und in seinen Augen blitzte es.

Er wollte sich nicht wirklich mit mir über Träume unterhalten, oder? Das konnte er vergessen.

Zum Glück unterbrach Cameron unser Gespräch und versuchte, ihn in politische Diskussionen zu verwickeln. Ich konnte es nicht fassen. Wir hatten noch nicht mal gefrühstückt.

Eine halbe Stunde später saßen wir an einem der langen Holztische. Das Chaos der Party war beseitigt. Der Lärm der Gespräche und das Klappern von Tellern und Besteck erfüllten den Raum, in dem sich anscheinend sämtliche einhundertfünfzig

Campteilnehmer auf einmal zum Frühstück versammelt hatten. Das Frühstücksbuffet ließ keine Wünsche offen. Von frisch zubereitetem Omelett bis zu appetitlich aufgeschnittenem Obst gab es alles, was das Herz begehrte. Man musste es sich nur an einer Theke holen, hinter der zwei Frauen für ständigen Nachschub sorgten. Dennoch stocherte ich eher appetitlos in meinem Porridge herum, während Cameron mir gegenüber eine riesige Portion Rührei verschlang.

Vermutlich lag das an Caydens Anwesenheit. Er saß ganz dicht neben mir und auch er schien nicht besonders viel Appetit zu haben. Seine Gabel steckte in einem Stück Apfel, mit dem er Kreise auf seinen Teller malte. Melissa, die sich auf seine andere Seite gedrängelt hatte, quasselte auf ihn ein, aber ich hatte nicht den Eindruck, dass er ihr zuhörte. Unvermittelt hob er den Kopf und erwiderte meinen Blick. Schnell sah ich weg und schüttete mit zittrigen Fingern Zucker in mein Porridge. Ich zwang ein paar Löffel in mich hinein. Mit leerem Magen wurde ich schnell ungenießbar.

»Kann ich dir noch etwas holen?«, fragte er mich. »Einen Tee oder Kaffee?«

»Einen Cappuccino bitte.«

Wieder kam ich in den Genuss seines Lächelns. »Bin gleich wieder da. Geh nicht weg.«

Eher würde die Welt untergehen. Melissa beschoss mich mit Blicken, die mich vermutlich töten sollten. Doch ich fühlte mich irgendwie unverwundbar.

»Ich melde mich auf jeden Fall für den Reitkurs an«, erklärte Robyn gerade.

Bei dem Gedanken an meine erste und einzige Reitstunde verzog ich das Gesicht. Die blauen Flecken waren ewig nicht verschwunden. Vorher war mir nicht klar gewesen, wie hoch so ein Gaul war oder, besser gesagt, wie tief der Fall.

»Macht ihr bei irgendwelchen Kursen mit oder seid ihr nur zum Spaß hier?«, wandte ich mich an Apoll.

»Das erlauben unsere Eltern leider nicht.« Das Bedauern in seiner Stimme war nicht zu überhören. »Dabei hatte ich mich auf einen Sommer am Pool gefreut.«

»Dafür bleibt bestimmt noch genug Zeit«, tröstete ich ihn.

»Dein Wort in Gottes Ohr.« Er grinste und die Lachfältchen um seine Augen vertieften sich. »Wir besuchen in jedem Fall die Altgriechischkurse.«

»Cayden auch?« Ich konnte mir beim besten Willen nicht vorstellen, was so coole Typen mit Altgriechisch anfangen wollten.

Apoll nickte wissend, und ich spürte, wie meine Ohrläppchen rot wurden. »Wir wurden als Kinder praktisch mit Altgriechisch gefüttert, also ist es leichter als ein Mathematik- oder Geschichtskurs.«

»Klingt logisch.« Ich verriet ihm lieber nicht, dass ich auch vorhatte, diesen Kurs zu belegen, denn bestimmt blamierte ich mich fürchterlich mit meinen rudimentären Kenntnissen. Ich tupfte mir den Mund mit der Serviette ab.

Robyn war unserem Gespräch mit verärgerter Miene gefolgt. Sie war jetzt schon sauer, dass ich mich weigerte, mit ihr zum Reiten zu kommen. »Lass uns erst mal zur Infostunde im Theater gehen und die Führung durchs Camp machen«, wandte ich mich daher an sie, um Zeit zu gewinnen. Ich wollte die Griechischkurse belegen, das immerhin wusste sie. Den Fechtkurs belegten wir zusammen. Dass ich auch zum Kickboxen wollte, hatte ich ihr noch nicht erzählt. Theaterkurs und Reiten standen definitiv nicht auf meinem Plan, aber das musste ich Robyn diplomatisch beibringen. Letztes Jahr hatte sie mich zu Tanzkursen gezwungen, das würde mir nicht noch mal passieren. Allerdings würde es schwierig werden, ihr begreiflich zu machen, dass sie nicht mehr ständig über mein Freizeitprogramm bestimmen konnte. Sie war zwar meine beste Freundin, aber sie war eben auch ein verwöhntes Einzelkind. Für mich waren die Griechischkurse der Grund, weshalb ich dieses Camp ausgesucht hatte. Das durfte ich nicht schon am ersten Tag aus dem Blick verlieren.

Cayden kam zurück und stellte eine Tasse vor mich. »Danke schön«, hauchte ich und ärgerte mich im selben Moment. Es war nur eine Tasse Kaffee, nicht mehr und nicht weniger. Josh hatte mir schon hundert Mal Kaffee mitgebracht. Trotzdem fühlte sich das hier anders an.

»Wir könnten zusammen zu der Führung gehen«, verkündete Athene. »Das wird sicher lustig.«

»Kennst du das Camp nicht schon?«

Sie nippte an ihrer Teetasse. »Wir sind auch erst gestern angekommen. Unsere Eltern leiten dieses Camp zum ersten Mal. Für mich wird es genauso spannend wie für dich.«

Dass es spannend werden würde, bezweifelte ich zwar, aber ich wollte Athenes Enthusiasmus nicht bremsen.

Sie stand auf und gemeinsam brachten wir das benutzte Geschirr zur Theke zurück. Gestern war mir gar nicht aufgefallen, wie grazil Athene war. Sie schwebte förmlich über die dunklen, zerkratzten Holzdielen, die den Boden der Mensa bedeckten. Ihre langen Haare hingen zu einem Zopf geflochten ihren Rücken hinab und gingen ihr fast bis zum Po. Cayden und die anderen folgten uns. Zu meinem Leidwesen hängte Melissa sich sofort an seinen Arm.

Aufgeregtes Stimmengewirr hing in der Luft, als wir am Theater ankamen. Wir hielten Ausschau nach freien Plätzen, bevor wir die Stufen entlang der Sitzreihen nach unten liefen. Das Theater des Camps lag am Rande der Anlage und war wie ein römisches Amphitheater an einen Abhang gebaut. Die halbrunden Sitzbänke waren aus hellem Holz gezimmert. Vor dem Bühnenbild am Fuß der Sitzreihen standen mehrere Erwachsene. Einige von ihnen hatte ich schon gestern auf der Party gesehen. Das mussten die Gruppenleiter und Trainer sein. Der Campleiter war ein hochgewachsener, mittelblonder Mann. Sein Gesicht war braun gebrannt und von feinen Falten durchzogen. Trotzdem wirkte er seltsam alterslos. Ein Lächeln lag auf seinen Lippen, während er mit zwei Frauen in Sportklamotten sprach. Die Ähnlichkeit mit Athene war unverkennbar. Apoll hingegen sah weder wie seine Mutter noch wie sein Vater aus. Mrs. Ross, deren Bild ich von der Camp-Homepage kannte, stand am Rand der Bühne und betrachtete die Schüler, die sich ausgelassen unterhielten. Apoll hob die Hand und winkte ihr zu. Sie lächelte und ging dann zu ihrem Mann, der gerade in das Mikro pustete, um es zu testen. Sie waren ein attraktives Paar. Das hatte man allerdings von meinen Eltern auch behauptet, dachte ich wehmütig.

Nach und nach verstummten die Gespräche und die Aufmerksamkeit richtete sich auf Mr. Ross.

»Guten Morgen«, begrüßte er uns mit melodischer Stimme und rieb sich die Hände. »Meine Frau und ich sind sehr froh, dass ihr es alle pünktlich hergeschafft habt. Vor euch liegen sechs hoffentlich unvergessliche Wochen.«

Jubel unterbrach seine Rede und auch ich konnte mir ein Lachen nicht verkneifen. Langsam begann ich mich zu entspannen. Ich saß zwischen Apoll und Athene. Robyn hatte mit Cameron eine Reihe unter uns Platz gefunden. Josh hingegen war noch nicht aufgetaucht und Cayden hatte ich in dem Gewühl am Eingang aus den Augen verloren. Melissa saß inmitten der Schar ihrer Bewunderinnen. Ihr Kopf drehte sich wie ein Propeller, als wollte sie losfliegen und sich auf Cayden stürzen, sobald er auftauchte.

Plötzlich entstand Unruhe in unserer Sitzreihe. Cayden drängelte sich zu uns durch und quetschte sich zwischen mich und Apoll. Mein Magen begann zu rumoren und das lag nicht an dem mageren Frühstück.

»Was fällt dir ein?«, protestierte sein Cousin. »Ich saß zuerst neben Jess.«

»Jetzt nicht mehr.«

Robyn drehte sich zu uns um und ich zuckte nur mit den Achseln.

»Das war nicht besonders höflich«, flüsterte ich Cayden zu. Er saß so nah neben mir, dass sich unsere Arme und Beine berührten.

»Apoll verkraftet das schon«, erklärte er mit ruhiger Stimme. »Oder wolltest du lieber neben ihm sitzen?«

Ich gab ihm keine Antwort und versuchte stattdessen, ein wenig von ihm abzurutschen, doch Athene ließ mir nicht genug Platz dafür. Mir blieb nichts anderes übrig, als sein Bein an meinem zu ignorieren. Was dazu führte, dass ich immer zappeliger wurde.

»Sitz still«, ermahnte mich Cayden, griff nach meiner Hand und hielt sie fest.

Reglos saß ich da, unschlüssig, ob ich meine Hand wieder wegziehen sollte, als ich merkte, dass ich tatsächlich ruhiger wurde. Aus dem Augenwinkel sah ich zu ihm hoch.

»Besser?«, fragte er und lächelte.

Er musste übernatürliche Fähigkeiten haben. Sein Daumen strich über meine Handfläche. Wenn er so weitermachte, würde mein Puls sich schneller wieder beschleunigen, als er ahnte. Bedauernd zog ich meine Hand zurück.

Mr. Ross führte aus, welche Aktivitäten für die nächsten Wochen geplant waren und wie die Summer School organisiert war. Ich versuchte, mich auf seine Worte zu konzentrieren, und schaute auf den Infozettel, der auf meiner Bank gelegen hatte.

»Um halb acht ist Wecken«, verkündete er und erntete kollektives Aufstöhnen.

»Ich weiß, das ist hart, aber ihr werdet es überleben. Die ersten Kurse beginnen um neun. Ihr könnt euch nachher dafür eintragen, wenn ihr das nicht schon gestern gemacht habt. Jeder Schüler muss am Tag mindestens zwei Kurse belegen, gern auch mehr. Das können akademische Kurse, Kunst- oder Sportkurse sein. In der Auswahl seid ihr frei. Denkt daran, dass das Camp euch etwas bringen soll, also wählt nicht einfach ein Fach, nur weil ihr müsst oder es euch leichtfällt«, ermahnte er uns.

Damit stieß er wohl bei der Mehrheit auf taube Ohren. Schließlich waren das unsere wohlverdienten Ferien.

»Was belegst du?«, fragte mich Cayden. Offensichtlich hatte er tatsächlich beschlossen, meine Traumbemerkungen zu vergessen, was ziemlich nett von ihm war. Ich schwor mir, nie wieder damit anzufangen. Blieb die Frage, warum ein Junge wie er sich ausgerechnet für mich interessierte.

»Altgriechisch, Fechten und Kickboxen«, antwortete ich wie aus der Pistole geschossen.

»Wie gut ist dein Griechisch?«, hakte er nach.

»Nicht besonders gut«, gab ich zähneknirschend zu.

»Es gibt eine Mittagspause, einen Nachmittagsblock und ein Abendprogramm«, erklärte Mr. Ross nun. »Das Abendprogramm ist Pflicht. Ich möchte euch nicht in euren Lodges herumlungern sehen. Wir bieten jeden Abend verschiedene Möglichkeiten der Unterhaltung an.«

»Stricken und häkeln wollen wir aber nicht«, brüllte ein Junge ein paar Bankreihen über uns. »Wir wollen Party und Spaß.« Er erntete für diese Bemerkung spontanen Beifall und Gelächter der anderen Kids.

»Spaß wirst du haben, mein Junge.« Mr. Ross lächelte gutmütig. »Auf den Bänken liegen Zettel mit den Campregeln«, dozierte er unbeirrt weiter. »Lest sie aufmerksam durch. Wer sich nicht daran hält, muss das Camp verlassen. Ich bestehe darauf, dass eure Eltern euch in diesem Fall abholen. Das Telefonat, um sie davon in Kenntnis zu setzen, überlasse ich gern euch.«

Das darauffolgende Lachen war nur noch halb so laut, und der Junge, der ihn unterbrochen hatte, zog den Kopf ein.

»Angsthase«, hörte ich Cayden neben mir flüstern. Fasziniert betrachtete ich seine langen, schlanken Finger, die den Infozettel methodisch zerrupften. Er trug einen Ring, der mir gestern nicht aufgefallen war. Dabei hatte ich ihn nun wirklich ausgiebig betrachtet. Es war ein schmaler Reif mit einer silbernen Fassung, in der ein sandfarbener Kiesel steckte. Normalerweise mochte ich Schmuck an Jungs nicht, aber der Ring passte zu ihm.

Obwohl er das Geschehen auf der Bühne verfolgte, schien Cayden mit seinen Gedanken woanders zu sein. Ich konnte förmlich sehen, wie es hinter seiner Stirn ratterte.

»Ich hätte dich gestern nicht so stehen lassen dürfen«, flüsterte er plötzlich und sah mich an. Seine Stimme klang weich und verführerisch wie flüssige Schokolade. »Ich bessere mich«, versprach er.

Meine Hoffnung, dass wir das Ganze einfach vergessen konnten, war dann wohl doch zu schön gewesen, um wahr zu sein. Vermutlich hatte er mich heute früh nur abgeholt, um mich noch mal darauf anzusprechen. »Es war meine Schuld. Ich war etwas durcheinander. Die lange Fahrt und so.« Ich brach ab, weil es für meine Bemerkung eigentlich keine rationale Erklärung gab.

Cayden lächelte. »Wir könnten noch mal von vorn anfangen. Ohne uns nass zu spritzen und ohne peinliche Unterstellungen.«

»Ich bin nicht sicher, ob wir das schaffen«, zog ich ihn auf. »Aber ich gebe dir eine zweite Chance, wenn du versprichst, dich von Pfützen und Autos fernzuhalten.«

Er grinste verschmitzt. »Und aus deinen Träumen.«

Hitze schoss mir ins Gesicht. Musste er das so explizit erwähnen? Er schob mir eine Haarsträhne hinters Ohr. Eigentlich eine viel zu vertrauliche Geste dafür, dass wir uns kaum kannten. Ich beschloss, seine Bemerkung zu ignorieren.

Zufrieden lächelte Cayden. »Dann wäre das ja geklärt.«

»Das war erst mal das Wichtigste«, verkündete Mr. Ross gerade, als ich meine Aufmerksamkeit wieder auf ihn richtete. »Wenn ihr Fragen habt, wendet euch an Rosie.« Die ältere Frau, die uns gestern begrüßt hatte, trat neben ihn und winkte in die Runde. »Diejenigen, die schon öfter hier waren, kennen sie ja bereits. Für die anderen: Rosie ist die gute Seele von Camp Mount. Und ihr Mann ist für alles zuständig, was kaputtgeht. Nur nicht für gebrochene Herzen.« Die Jungs johlten und ich schüttelte den Kopf.

Mrs. Ross übernahm das Mikrofon. »Die Campführungen starten direkt im Anschluss. Am Eingang warten die Betreuer und Trainer. Teilt euch auf. In jeder Gruppe sollten maximal zehn Schüler mitlaufen. Ihr könnt alles fragen, was ihr möchtet. Wir zeigen euch die Sportplätze und die Unterrichtsräume. Dort hängen auch die Listen, in die ihr euch für eure Kurse eintragen könnt. Wir hoffen, dass wir alle Wünsche berücksichtigen können. Wenn ein Kurs zu voll wird, müsst ihr eventuell tauschen. Also macht euch schon mal Gedanken über einen Plan B.«

Ich stöhnte. Einen Plan B hatte ich nicht.

Fast zeitgleich erhoben sich alle Anwesenden und drängten nach draußen. Ich verlor Athene und Apoll aus den Augen. Cayden blieb dicht hinter mir und achtete darauf, dass ich nicht von jüngeren Schülern umgerempelt wurde. Er warf ihnen so böse Blicke zu, dass sie sofort auf Abstand gingen. Das war zwar überflüssig, aber irgendwie auch süß.

Als wir endlich am Ausgang ankamen, machten sich mehrere Gruppen bereits auf den Weg. Ich steuerte auf eine junge Frau im Jogginganzug zu, die mit zwei Mädchen in ein Gespräch vertieft war. Cayden wich mir nicht von der Seite. Als wir die Betreuerin erreicht hatten, sah sie auf. Er nannte ihr unsere Namen. Da nahm er es mit dem Neuanfang aber allzu genau. Ich konnte durchaus für mich selbst sprechen.

»Ich bin Jeanne«, verkündete die Trainerin, als sich genug Schüler eingefunden hatten. Wir trabten ihr hinterher, und missmutig registrierte ich, wie sich im letzten Moment Melissa in unsere Gruppe drängelte und Cayden in ein Gespräch verwickelte. Ich lief nun neben Jeanne her, lauschte ihren Ausführungen aber nur mit halbem Ohr. Wahrscheinlich war Cayden einfach zu allen Mädchen nett. Eine durchaus positive Eigenschaft. Ich versuchte, meinen Ärger hinunterzuschlucken.

Jeanne kam aus Frankreich und arbeitete seit drei Jahren im Camp. Im Gegensatz zu uns blieb sie die gesamten Ferien, neun Wochen lang.

»Wird das nicht langweilig, so weit weg von jeglicher Zivilisation?«, fragte ein Junge.

Jeanne schüttelte den Kopf. »Ich mag es genau so.« Sie sprach mit leichtem französischem Akzent. »Ich lebe in Paris. Die Stadt ist sehr laut. Hier gebe ich Kletter- und Französischkurse und bin in der Natur. Ihr werdet sehen, in ein paar Wochen möchtet ihr nicht mehr nach Hause.«

Die meisten von uns lachten.

»Noch seid ihr skeptisch«, verkündete Jeanne. »Aber es gibt immer Tränen, wenn das Camp zu Ende geht. Auch diesmal wird es so sein. Ihr werdet Freunde finden, von denen ihr euch trennen müsst, ohne zu wissen, ob ihr sie je wiedersehen werdet. Das kann sehr traurig sein.«

Jeanne zeigte uns die Stallungen und die Sport- und Fechthalle. Dann liefen wir zum See, in dessen Mitte ein Sprungturm stand und an dessen Ufer Kanus vertäut lagen. Dort stellte sie uns Pete vor, den Schwimm- und Kanutrainer. Drei Jungs blieben direkt bei ihm, damit er ihnen den Trainingsplan erklärte. Wir anderen folgten Jeanne zu den Kletterfelsen. Cayden unterhielt sich immer noch angeregt mit Melissa. Neidisch beobachtete ich die beiden. Einmal hörte ich ihn auflachen, und sofort durchzuckte mich etwas, das sich verdächtig nach Eifersucht anfühlte. Ich musste mich zusammenreißen. Schließlich war ich nicht das einzige Mädchen im Camp, und es grenzte schon an ein Wunder, dass er mich überhaupt bemerkt hatte. Wahrscheinlich sollte ich der Pfütze dankbar sein, ohne sie wüsste er nicht mal, dass ich existierte.

»Alles klar?« Jeanne ging wieder neben mir.

Ich nickte, aber ihr war mein Blick nicht entgangen. Sie beugte sich zu mir. »Er sieht sehr gut aus«, flüsterte sie. »Du solltest dein Glück bei ihm versuchen. Obwohl ich nicht sicher bin, ob du sein – wie sagt man? – Typ bist.« Ihr französischer Akzent sorgte dafür, dass ich ihr ihre Worte nicht übel nehmen konnte.

»Ich glaube nicht«, stimmte ich ihr bedauernd zu.

Sie klimperte verschwörerisch mit ihren langen schwarzen Wimpern. »Mach dir nichts draus. Solche Jungs kenne ich. Du kannst sie nicht halten. Sie sind wie Schmetterlinge und fliegen von Blüte zu Blüte. Sie sind heute nett zu dir und morgen zur Nächsten. Sie können nicht anders.«

Meine Lippen zuckten, als ich mir Cayden mit Flügeln vorstellte. Zumal mit bunten. Heute war er komplett in Schwarz gekleidet. Farbtechnisch passten wir eigentlich gut zueinander.

Natürlich entging ihm nicht, dass wir über ihn sprachen, und er kam zu uns herübergeschlendert. Mit Kennermiene betrachtete er den Kletterfelsen.

»Möchtest du es probieren?«, fragte Jeanne. »Oder traust du dich nicht?«

Er ließ sich nicht provozieren und schüttelte nur den Kopf. »Ein anderes Mal.«

»Schade.« Ungeniert musterte sie ihn, obwohl sie bestimmt vier oder fünf Jahre älter war als er. »Okay, dann sind wir hier fertig«, rief sie den anderen zu.

»Möchtest du mit uns zurück ins Camp gehen?«, fragte Cayden. Melissa baute sich neben ihm auf und sah mich böse an.

Auf Zickenkrieg hatte ich wirklich keine Lust. Ich schüttelte den Kopf, und Melissa versuchte, Cayden wegzuziehen, doch er sah mich nur noch eindringlicher an.

»Ganz sicher. Geht nur. Ich komme schon klar«, sagte ich mit Nachdruck.

»Okay. Wie du willst«, verabschiedete er sich, und ich hatte das Gefühl, ihn wieder verärgert zu haben.

Er wandte sich ab und lief mit den Mädchen zurück. Melissa grapschte nach seiner Hand und zu meinem Leidwesen ließ er es zu.

Vielleicht hätte ich doch mitgehen sollen. Und dann? Ich konnte mir schlecht seine andere Hand greifen. Die Blöße würde ich mir nicht geben.

»Wenn du ihn dir schnappen willst, dann musst du dich beeilen«, erklärte Jeanne. »Allerdings könnte es passieren, dass er dir das Herz bricht. Klüger wäre es, du hältst dich von ihm fern.« Sie begann, ein paar Taue aufzuwickeln, und ich half ihr dabei, die Kletterschuhe und die Karabinerhaken zu sortieren.

»Hast du einen Freund?«, fragte ich.

Jeanne nickte und strahlte. »Ich bin mit Pete zusammen.«

»Dem Schwimmtrainer?«

»Oui. Leider sehen wir uns nur im Sommer. Ich studiere an der Sorbonne.«

Allein der Name klang unerreichbar exotisch für mich.

»Aber er hat versprochen, im nächsten Jahr nach Europa zu kommen.« Sie sah glücklich aus. »Du wirst eines Tages den Jungen treffen, der der Richtige für dich ist«, versprach sie. »Ganz sicher.«

Ich klopfte mir die Hände an der Hose ab. »Dein Wort in Gottes Ohr«, murmelte ich.

»Oh, der liebe Gott hat damit nichts zu tun.«

Ich lachte auf. »Vorher gehe ich mich mal besser für meine Kurse einschreiben.«

Jeanne gab mir rechts und links einen Kuss auf die Wange. »Tu das, und wenn du dich mal auspowern willst, komm zu mir, und wir klettern eine Runde. Nirgendwo bekommt man den Kopf so gut frei wie auf dem Gipfel eines Berges.«

»Das werde ich mir merken«, versprach ich.

Aufzeichnungen des Hermes

V.

Etwas an der Kleinen war merkwürdig, ich kam nur nicht darauf, was es war. Aber Prometheus entging es auch nicht. Er interessierte sich ein bisschen zu sehr für sie.

Allerdings war sie ihm bereits verfallen und damit hoffentlich aus dem Rennen. Ich konnte mir beim besten Willen nicht vorstellen, dass Athene sich für sie entscheiden würde. Aber auch ich konnte mich ja mal irren. Obwohl ich bisher immer richtiggelegen hatte.

Jedes einzelne Mal, wenn Prometheus einen neuen Versuch gestartet hatte, seine Sterblichkeit zu erringen, hatte ich schon vorher gewusst, dass es wieder nicht klappen würde. Zeus hatte ihm eine unmögliche Aufgabe gestellt. Trotzdem gab es immer wieder ein paar Verblendete, die darauf setzten, dass Prometheus gewinnen würde. Meistens waren es diese dummen Nymphen. Wahrscheinlich, weil sie selbst die Männer am langen Arm verhungern ließen. Die kleinen Biester waren dermaßen wählerisch.

Athene gab ihr Bestes, Prometheus zu helfen. In den vergangenen Jahrhunderten waren einige Mädchen dabei gewesen, die es ihm wirklich schwer gemacht hatten, aber zum Schluss waren sie ihm alle verfallen. Ausnahmslos. Das würde in diesem Jahrhundert nicht anders sein. Im Gegenteil. Es würde noch schwieriger werden. Diese Mädchen küssten ja sogar in aller Öffentlichkeit.

Meine Granny hatte mir als Kind ständig die *Ilias*, *Die Irrfahrten des Odysseus* und andere griechische Sagen vorgelesen. Seitdem träumte ich davon, Schätze und versunkene Städte zu entdecken. Mit zehn Jahren hatte ich beschlossen, eine berühmte Archäologin zu werden. Damals war es völlig unwichtig gewesen, ob ein Job mich ernähren könnte oder nicht. Ich wollte mein Leben mit Dingen verbringen, die mir Spaß machten. Meine Familie schwamm damals im Geld. Vor zwei Jahren war ich dann in der wirklichen Welt gelandet. Mein Vater verschwand von einem Tag auf den anderen mit unserem Geld und einer sehr viel jüngeren Frau. Jetzt stand in den Sternen, ob ich es mir überhaupt leisten konnte, zu studieren. Aber ich war nicht bereit, meinen Traum aufzugeben. Das war auch der Grund, warum ich unbedingt diesen Altgriechischkurs machen wollte, auch wenn Robyn mich dafür ausgelacht hatte. Dieses Mal hatte ich mich nicht dazu überreden lassen, in ein dämliches Tanzcamp zu fahren.

Wie von Mrs. Ross angekündigt, hing der Anmeldezettel für

den Kurs direkt neben dem Unterrichtsraum im Haupthaus. Der Kurs in Altgriechisch war erstaunlicherweise fast ausgebucht. Eigentlich hatte ich befürchtet, dort allein zu sitzen, doch es standen bereits sechzehn Schüler auf dem Zettel. Maximal zwanzig durften teilnehmen. Mein Blick flog über die Namen. Hoffentlich blamierte ich mich nicht. Alles, was ich wusste, hatte ich mir mit kostenlosen YouTube-Videos beigebracht. Viel war nicht dabei herumgekommen. Die Schriftzeichen waren wirklich kompliziert und das Schreiben fiel mir schwer. Aber ich wollte jetzt keinen Rückzieher mehr machen. Allein würde ich nie ein vernünftiges Sprachlevel erreichen.

Neben dem Grundkurs wurde noch ein Lektürekurs angeboten. Robyn würde mir zwar den Kopf abreißen, wenn ich meine Nase die ganze Zeit in Bücher steckte, aber darauf konnte ich keine Rücksicht nehmen. Wir würden uns beim Fechten sehen. Und außerdem hatte sie Cameron, der sich um sie kümmern konnte. Ich kaute auf meiner Unterlippe. Das Dumme bei Robyn war, dass sie es hasste, allein zu sein. Ganz im Gegensatz zu mir. Allerdings kam das in meinem Leben auch nur selten vor. Meine Mom hockte ständig zu Hause und blies Trübsal. Wenn ich allein sein wollte, dann musste ich am Strand joggen gehen. Da leisteten mir maximal ein paar Möwen Gesellschaft.

In die Liste für den Lektürekurs hatten sich bisher nur fünf Schüler eingetragen. Cayden stand auf keiner der beiden Listen. Vielleicht belegte er gar kein Altgriechisch? Die Vorstellung störte mich irgendwie, obwohl es mir egal sein sollte. Seine Anwesenheit würde mich eh nur ablenken.

Mrs. Ross leitete den Lektürekurs persönlich. Vielleicht sollte ich sie fragen, ob ich eine Stunde reinschnuppern konnte. Wenn es zu schwer war, könnte ich mir immer noch etwas anderes suchen.

Jemand trat mit leisen Schritten hinter mich. Ich brauchte mich nicht umzudrehen, um zu wissen, wer es war. Der Thymian-Zimt-Duft traf mich mit voller Wucht. Wenn ich einmal in Ruhe an ihm schnuppern könnte, fielen mir bestimmt noch ein paar Kräuter mehr ein, nach denen er roch. Lag da nicht auch noch ein Hauch von Minze in der Luft? Ein hysterisches Kichern bahnte sich seinen Weg nach oben. Ich bemühte mich so hektisch, den Lachanfall zu unterdrücken, dass ich davon Schluckauf bekam.

»Traust du dich nicht?«

»Hicks.« Ich schlug mir eine Hand vor den Mund. »Ich versuche nur, meine Fähigkeiten richtig einzuschätzen, und die sind leider sehr begrenzt.«

Aus dem Nichts tauchte Melissa hinter Cayden auf und grinste mich gehässig an. »Dann solltest du dir vielleicht einen anderen Kurs suchen«, schlug sie vor. »Ich habe seit drei Jahren Unterricht in Altgriechisch.« Sie nahm den Stift und trug ihren Namen in die Liste ein. Dann reichte sie ihn Cayden. »Es ist wirklich sehr anspruchsvoll«, setzte sie an mich gewandt hinzu.

Wo war die denn hergekommen? Wenn ich sie früher gesehen hätte, hätte ich mich nie zu diesem Geständnis hinreißen lassen. Blöd von mir, aber ich hatte nur Augen für Cayden gehabt. Er verwandelte mein Gehirn in Matsch. Warum hing er immer noch mit Melissa herum? Die war doch ganz offensichtlich eine blöde Kuh. Weil ich ihn selbst weggeschickt hatte, beantwortete ich mir meine eigene Frage.

»Soll ich dich mit eintragen?«, riss Cayden mich aus meinen Gedanken. »Mein Onkel und meine Tante nehmen mit Sicherheit Rücksicht auf die unterschiedlichen Niveaus in den Gruppen.«

Er meinte es bestimmt nett, aber sein mitleidiger Blick machte es nur noch schlimmer. Ich nahm ihm den Stift aus der Hand und trug mich bei beiden Kursen ein. Ich konnte das schaffen!

»Überschätzt du dich da nicht ein bisschen?«, fragte Melissa und lehnte sich an Cayden. Sie klimperte mit ihren aufgeklebten Wimpern.

Ich musste dringend hier weg, bevor ich der Versuchung, ihr die Augen auszukratzen, nicht mehr widerstehen konnte. Ich hatte mich noch nie, ich betone, *noch nie,* auf so einen blöden Kampf um die Aufmerksamkeit eines Jungen eingelassen. Allerdings war ich bisher auch noch nie in so eine Situation gekommen. Was war nur mit mir los? Was hatte Cayden an sich, das ihn für mich so interessant machte? Ich hatte mir verboten, mich in diesem Sommer zu verlieben, und daran würde ich mich halten. Ich musste mich auf meine Ziele konzentrieren. Zudem hatte meine Mutter mir in den vergangenen zwei Jahren gefühlte eine Million Mal eingebläut, keinem Mann so einfach zu vertrauen. Und ich dumme Kuh ließ mich von den ersten grünen Augen, die mir über den Weg liefen, aus dem Gleichgewicht bringen.

»Ich finde es gut, wenn du es wenigstens versuchst«, sagte Cayden in diesem Moment.

Ähm, ja. Vielen Dank auch für die aufbauenden Worte. Ich drehte mich um, bevor ich etwas Dummes sagen konnte, und ging einfach.

»Sie trägt immer Schwarz, als wäre sie in Trauer oder so«, hörte ich Melissa hinter mir leise flüstern. Diese blöde, gehässige Kuh konnte nicht mal warten, bis ich außer Hörweite war.

»Er sieht unverschämt gut aus. Findest du nicht?« Wir lagen am Pool, und Robyn schielte zu Cayden, der im Wasser seine Bahnen zog. Die Jungs, die um ihn herum tobten, schienen ihn nicht im Geringsten zu stören.

»Hhhm«, murmelte ich hinter meinem Buch, das mehr zur Tarnung diente, als dass ich darin las. Wir mussten über die Ferien *Der scharlachrote Buchstabe* lesen, und zum ersten Mal hatte ich keine Lust dazu, obwohl die Geschichte eigentlich ganz spannend war. Immer wieder lugte ich zu Caydens karamellfarbenem Rücken hinüber. Seine gleichmäßigen Bewegungen waren perfekt aufeinander abgestimmt. Gegen ihn wirkte jeder andere im Wasser wie eine betrunkene Ente.

Robyn kicherte und schob mein Buch weg. »Ich weiß genau, dass du guckst. Wollen wir reingehen? Wir könnten ihn ein bisschen ärgern. Untertauchen und so.«

»Wir sind keine zehn mehr«, erklärte ich. »Aber geh ruhig. Ich lese noch etwas.« Ich drehte mich auf den Bauch und versuchte, mich auf den Text zu konzentrieren. Leider konnte ich nicht anders, als unter meinem Arm hindurchzulinsen.

Sie grinste. »Du willst es ja nicht anders. Cameron ist beim

Rhetorikkurs und telefoniert dann noch mit seinem Vater. Da muss ich mich anderweitig amüsieren und du bist langweilig.«

»Tu, was du nicht lassen kannst«, erklärte ich, obwohl mir die Vorstellung, wie die beiden durchs Wasser tobten, nicht sonderlich behagte.

Robyn grinste. »Das werde ich auch. Ich fühle ihm mal auf den Zahn, ob er nicht vielleicht auch auf dich steht. Es ist praktisch ein Freundschaftsdienst.«

»Untersteh dich!«, fuhr ich sie an. »Und was heißt *auch*? *Ich* stehe jedenfalls nicht auf ihn.«

Robyn zog die Augenbrauen hoch. »Bist du dir da ganz sicher?«

Ich hielt mir mein Buch vor die Nase, damit sie nicht sah, wie ich rot wurde. Lügen gehörte nicht zu meinen Stärken. »Hundertprozentig sicher.«

»Dann hast du sicher nichts dagegen, wenn *ich* ein bisschen mit ihm flirte. Man will ja nicht aus der Übung kommen.« Robyn lachte und stand auf. Langsam ging sie zum Rand des Schwimmbeckens. Ihr weißer Bikini saß perfekt und unterstrich ihre gleichmäßige Bräune. Die Haare hatte sie zu einem Knoten aufgesteckt, und in ihrem Bauchnabel funkelte ein Edelsteinpiercing, von dem ihre Eltern nichts wissen durften. Elegant ließ sie sich ins Wasser gleiten. Als Cayden an ihr vorbeischwamm, tippte sie ihn an. Prustend stoppte er, strich sich das nasse Haar aus dem Gesicht und schenkte ihr ein entwaffnendes Lächeln. Das war der Moment, in dem ich mich endgültig abwandte. Er war nicht nur zu mir nett und höflich. So war er zu allen Mädchen. Er lächelte, flirtete, führte nette Gespräche, hielt Händchen. Grrrr! Es war zum Verrücktwerden. Wahrscheinlich war genau das seine Masche. Die Bad-Boy-Allüren überließ er seinem Cousin. Cayden blinzelte lieber mit seinen unverschämt langen Wimpern, lieh einem seine Jacke und schon war es um einen geschehen.

Das Schicksal von Hester Prynne aus *Der scharlachrote Buchstabe* konnte mich nun endgültig nicht mehr fesseln. Die ganze Zeit drang Caydens und Robyns Gelächter an mein Ohr. Sie schienen sich prächtig zu amüsieren. Wo zum Teufel blieb Cameron? Dem war es bestimmt nicht recht, wenn Robyn ungeniert mit einem fast fremden Jungen flirtete. Aber Robyn war einfach unverbesserlich. Wahrscheinlich wollte sie ihn mit Cayden eifersüchtig machen. Wäre nicht das erste Mal. Allerdings störte es mich diesmal massiv.

Ich versuchte zu belauschen, worüber Robyn und Cayden sprachen, aber bei dem Geräuschpegel hatte ich keine Chance. Als ich mich endlich entschloss, auch ins Wasser zu gehen, waren die beiden verschwunden. Verwirrt schaute ich mich um, bis ich sie an dem Regal mit den Handtüchern entdeckte. Gerade reichte Cayden Robyn eins der Tücher und sie wuschelte ihm damit durch die Haare. Cayden legte einen Arm um ihre Schultern, und gemeinsam schlenderten sie zu der Bar, die am Rand des Pools aufgebaut war. Das war nicht mehr einfach nur nett. Ich erinnerte mich an den Blick, den er Robyn heute früh zugeworfen hatte. Ging es vielleicht gar nicht um mich?

Ich hätte einfach zur Bar gehen können. Immerhin hatte auch ich Durst. Es war brütend heiß, selbst unter dem Sonnenschirm.

Aber wenn sie mich hätten dabeihaben wollen, hätten sie mich gefragt. Ich würde mich nicht aufdrängen. Beleidigt vertiefte ich mich wieder in das Buch, das meine Meinung über Männer nur bestätigte.

Als Cameron mit Josh am Pool auftauchte, saßen Cayden und Robyn noch immer an der Bar.

Ich blickte von meinem Buch auf. Himmel! Sogar Camerons Badehose hatte eine Bügelfalte. Seine Haare waren so sorgfältig aus der Stirn gekämmt, dass sich seine Frisur bestimmt nicht mal im Wasser zu verrutschen traute.

Er legte sich auf Robyns verwaiste Liege. Josh sprang ins Wasser, und es dauerte nur fünf Minuten, bis ihn eine Schar Mädchen umringte. Sie stürzten sich auf ihn und lachend ließ er sich von ihnen unter Wasser drücken.

»Wie lange sitzen die beiden da schon?« Cameron schaute nicht zu mir, sondern stierte in die Luft. Da er eine Sonnenbrille trug, konnte ich seine Augen nicht sehen.

»Noch nicht lange«, flunkerte ich.

»Warum bist du nicht mitgegangen?«

Ich hielt mein Buch hoch. »Keine Lust. Außerdem wollte ich lesen.«

»So spannend ist die Geschichte nun auch nicht.«

»Spannender als Cayden allemal«, erklärte ich.

»Der Meinung scheint Robyn nicht zu sein.«

»Sie hat sich gelangweilt. Du weißt doch, wie sie ist. Was ist schon dabei?«

»Du meinst, ich brauche mir keine Sorgen zu machen?«

Ich zuckte mit den Schultern. »Machst du dir welche?«

»Bis jetzt nicht.«

Robyns Lachen drang bis zu uns herüber. Sie nippte an einem bunten Cocktail. Cayden und sie saßen viel zu nah beieinander.

»Ich mache dem jetzt ein Ende.« Cameron sprang auf. Normalerweise war er die Ruhe in Person. Allerdings kam ihm normalerweise auch niemand in die Quere. In diesem Camp schien nicht nur ich seltsame Verhaltensweisen zu entwickeln.

Als ich aus dem Pool kam, saß Robyn ohne die Spur eines schlechten Gewissens wieder auf ihrer Liege. »Wo ist Cayden?«, fragte ich und trocknete mich ab.

Robyn reichte Cameron ein Handtuch und rubbelte ihm, wie vorhin Cayden, das Haar trocken. Cameron zog sie an sich und gab ihr einen Kuss.

Lachend löste sie sich von ihm. »Bei eurem Kurs.«

»Mist!« Das hatte ich ganz vergessen. Heute Nachmittag war die Einführung. Ich schnappte mir meine Sachen und rannte zu unserer Lodge. Weil ich es zu eilig hatte, um meine Flip-Flops anzuziehen, pikste ich mir die Fußsohlen an Kienäpfeln und Tannennadeln auf. Zehn Minuten zu spät humpelte ich in den Unterrichtsraum. Mein Haar war unordentlich zu einem Zopf gebunden und mein schwarzes Top trug ich falsch herum. Jetzt stand auf meinem Rücken: *Nach all den Jahren bin ich fast perfekt.* Es war ein bisschen albern, aber meine kleine Schwester hatte mir das T-Shirt geschenkt, da musste ich es auch tragen. Die anderen starrten mich an wie eine Erscheinung. Nur Mr. Ross begrüßte mich freundlich.

»Jessica Harper?«

»Nur Jess bitte«, antwortete ich und wünschte, mein Kopf sähe nicht wie eine Tomate aus.

»Dort hinten ist noch ein Stuhl frei.«

Ich humpelte durch den Gang, sah Apolls Grinsen und Caydens besorgten Blick. Den konnte er sich sparen. Er hätte mir bloß Bescheid sagen müssen. Jetzt war ich bis auf die Knochen blamiert. Melissa, die fast auf Caydens Schoß saß, kicherte. Das gab mir den Rest. Hoffentlich hatte sie bei ihren Altgriechischkenntnissen übertrieben. Als ich an ihr vorbeiging, schlug sie ihre schlanken Beine übereinander. Ich widerstand dem Impuls, ihr gegen das Schienbein zu treten, und beglückwünschte mich selbst zu dieser Leistung, kaum dass ich an meinem Tisch saß.

Mein Blick wanderte zu Cayden. *Magnetische Anziehung* bekam eine völlig neue Bedeutung für mich. Warum konnte ich ihn nicht einfach ignorieren? War ich gerade tatsächlich auf meine beste Freundin eifersüchtig gewesen? Die beiden hatten nur ein bisschen Spaß miteinander gehabt. Robyn flirtete eigentlich ständig, bisher hatte mich das nie gestört. Gerade mal vierundzwanzig Stunden in diesem Camp und in meinem Kopf herrschte ein heilloses Durcheinander.

Ich schlug das Buch auf und lauschte Mr. Ross' Altgriechisch, ohne allzu viel zu verstehen. »Wir machen erst ein paar Übungen zum Aufwärmen«, verkündete er dann auf Englisch. »Danach kann ich einschätzen, wie euer Kenntnisstand ist. Ich möchte den Unterricht für jeden so optimal wie möglich gestalten. Niemand soll sich langweilen oder sich überfordert fühlen.«

Ich nahm mir die Übungsblätter, die er herumreichte, und vertiefte mich in die Aufgaben. Ein paar waren ganz schön kniffelig, aber alles in allem war ich mit mir zufrieden, als Mr. Ross die Zettel einsammelte.

»Während ich die Aufgaben kontrolliere, arbeitet ihr bitte in Zweiergruppen zusammen. Erzählt euch etwas, damit ihr euch besser kennenlernt. Und konjugiert nebenbei die Verben, die hier an der Tafel stehen.«

Ich hatte keinen Banknachbarn, was mich aber nicht störte. So konnte ich mich ganz auf die Verben konzentrieren.

Ich beugte mich gerade über mein Buch, als Mr. Ross' Stimme erklang. »Cayden, sei so nett und setz dich zu Jess.«

»Ich komme schon klar«, rief ich, da er mich für heute genug durcheinandergebracht hatte, schaute aber nicht auf. Offensichtlich machte er keine Anstalten, aufzustehen, denn sonst hätte ich das Scharren eines Stuhls hören müssen. War er zu dem Schluss gekommen, dass er mir genug Aufmerksamkeit geschenkt hatte?

»Cayden!«, forderte Mr. Ross ihn noch mal auf. Seine Stimme duldete keinen Widerspruch.

Dann hörte ich das Scharren, und zwar gleich zweimal.

»Ich schaffe das allein. Vielen Dank.« Als ich aufschaute, standen Athene und Cayden vor meinem Tisch. »Bist du sicher?«, fragte er und musterte mich.

»Die paar Verben schaffe ich.« Warum war er bloß so verdammt nett, wo ich gerade beschlossen hatte, sauer auf ihn zu sein? Es gab schließlich genug andere Mädchen, die ihn anhimmelten. In die Schlange wollte ich mich nicht einreihen.

»Ich mache das schon.« Athene schob ihn zur Seite. »Du kannst Melissa helfen oder Sandy. Die sind bestimmt dankbar.«

Böse schaute er seine Cousine an. Fehlte nur noch, dass er sagte: *Ich war zuerst hier.*

Bevor er Besitzansprüche geltend machen konnte, wandte ich mich an Athene. »Ein bisschen Hilfe könnte ich schon brauchen.« Sie war die vernünftigere Wahl. Die Situation verwirrte mich bereits genug, da musste ich ihn nicht auch noch in Anfassnähe haben.

Cayden schnaubte und drehte sich um. Schnurstracks ging er zu einem Tisch, an dem zwei dunkelhaarige Mädchen saßen, die ihn verzückt ansahen. Er griff sich einen Stuhl und lächelte die beiden strahlend an. Die zwei würden in den nächsten Wochen sicher keinen anderen Jungen mehr anschauen. Ich wandte den Blick ab. Es störte mich nicht im Geringsten. Wirklich nicht. Von mir aus konnte er mit der ganzen Welt flirten.

Athene, die diese verzwickte tote Sprache mindestens ebenso gut beherrschte wie ihr Vater, übte geduldig die Konjugationen mit mir und verbesserte meine Aussprache. Mir war schleierhaft, wie diese Sprache so schöne Texte hervorgebracht haben konnte. Aber wäre sie nur halb so kompliziert gewesen, wäre sie sicher nicht ausgestorben.

In den nächsten Tagen lief mir Cayden nur selten über den Weg, und wenn, dann war er in Gesellschaft von ständig wechselnden Mädchen. Ab und zu schenkte er mir ein Lächeln, aber wir sprachen nicht mehr miteinander. Er hatte mich abgecheckt und für nicht interessant genug befunden, um mir noch mehr Aufmerksamkeit zu schenken. Es gefiel mir nicht, aber ich konnte es auch nicht ändern. Also verbannte ich ihn aus meinen Gedanken. Jedenfalls versuchte ich es. Dieser blöde Traum war nicht mehr gewesen als eben das: ein Traum. Alles, was ich danach daraus gemacht hatte, war nur meiner Fantasie entsprungen.

Ich stand morgens auf und besuchte nach dem Frühstück meinen Griechischkurs und einen meiner Sportkurse mit Josh. Nach der Mittagspause machte ich meine Hausaufgaben, begleitete Robyn zum Hip-Hop oder wir gingen zum Pool. Abends suchte ich mir eine Veranstaltung, bei der ich Cayden nicht über den Weg lief. Meistens ging ich zum Dart oder Bowlen, obwohl ich das nicht sonderlich unterhaltsam fand. Aber da war er bisher nicht aufgetaucht. Leider konnte ich meinen Augen nicht verbieten, ihn zu beobachten, sobald er in meine Nähe kam. Sie machten, was sie wollten.

Leah und ich schlenderten vom Dart nach Hause. Ich hatte haushoch gegen sie verloren. Es war einfach nicht mein Spiel. Ich kapierte nicht mal, wie man die Punkte zählte. Als wir am Spielplatz vorbeigingen, hörte ich jemanden lachen. Die Bezeichnung *Spielplatz* war eigentlich etwas übertrieben, weil lediglich ein paar Schaukeln von den Ästen zweier alter Bäume hingen. Auf einer saß ein Mädchen. Cayden stand daneben und sorgte dafür, dass die Schaukel gleichmäßig hin- und herschwang.

»Der lässt echt nichts anbrennen«, bemerkte Leah. »Und seine Masche ist nicht mal schlecht.«

»Lass uns verschwinden, sonst denkt er, wir stalken ihn.« Ich versuchte, sie wegzuziehen, aber Leah rührte sich nicht von der Stelle. »Ob er auch mit allen rumknutscht?« Sie wirbelte zu mir herum. »Hat er dich geküsst?« Ihre Augen funkelten neugierig im spärlichen Licht der Lampen.

»Bist du verrückt?«, sagte ich etwas zu laut. Wahrscheinlich hörte sie das *leider* heraus. »Ich würde ihn nicht mal küssen, wenn er der einzige Junge im Camp wäre.«

»Gut zu wissen«, erklang Caydens Stimme hinter uns. Sein arroganter Blick traf mich. Das Mädchen an seiner Seite grinste und hielt seinen Arm umklammert. Es war Robyn, stellte ich zu meinem Erschrecken fest. In dem schummerigen Licht hatte ich sie nicht erkannt.

»Ich habe nicht von dir gesprochen«, fuhr ich ihn an.

»Von wem dann?«, hakte er nach. »Nur mal interessehalber. Ich könnte den armen Kerl warnen, dass er sich nicht weiter zu bemühen braucht.«

Schnaufend drehte ich mich um und stapfte davon. Das musste ich mir nicht gefallen lassen. Leah lief mir hinterher. »Was war das denn?«

»Nichts«, erklärte ich kurz angebunden, weil ich meinen überstürzten Abgang längst bereute. Es war eine kindische Reaktion gewesen und ich bildete mir normalerweise etwas auf meine Selbstbeherrschung ein. Bei ihm versagte sie regelmäßig.

Als ich im Bett lag, ärgerte ich mich noch immer über meine dumme Reaktion. Mit Sicherheit hatte er gemerkt, dass ich neidisch auf Robyn war. Warum traf sie sich heimlich mit ihm? Im Dunkeln? Ich hatte mein Fenster weit geöffnet. Der Wind fuhr durch die Kronen der Bäume. Ich versuchte, mich auf das Geräusch zu konzentrieren und einzuschlafen, als ich noch etwas anderes hörte. Ein Flüstern, direkt vor meinem Fenster. Langsam richtete ich mich auf. Ich wollte nur nachsehen, wer sich da herumtrieb. Meine Augen weiteten sich, als ich die beiden erkannte: Robyn und Cayden standen ganz dicht beieinander. Er hatte eine ihrer Haarsträhnen um seinen Finger gewickelt. Sie flüsterten so leise, dass ich nicht verstehen konnte, worüber sie sprachen. Vorsichtig zog ich mich zurück und schloss mein Fenster.

Angespannt wie eine Bogensehne, wartete ich unter meiner dünnen Decke, bis Robyn in unsere Lodge kam.

Sie summte vor sich hin, als ich ihr Zimmer betrat, und fischte gerade eins ihrer durchsichtigen Schlafhemdchen aus dem Schrank. Ich lehnte mich an den Türrahmen. »Was läuft da zwischen euch beiden?«

Robyn wirbelte herum. Wenn sie ein schlechtes Gewissen hatte, dann versteckte sie es gut. »Nichts. Wir haben uns nur getroffen und Cayden hat mich nach Hause gebracht.«

»Weiß Cameron davon?«

Ihre Augen verengten sich zu Schlitzen. »Ich wüsste nicht, was dich das angeht.«

»Du hast mit ihm geflirtet und er mit dir.« Ich klang wie eine neidische Ziege.

»Jess.« Sie kam näher. »Ich will mich ein bisschen amüsieren. Ich kann nichts dafür, dass du Probleme hast, Jungs kennenzulernen.«

Ich presste die Zähne aufeinander. »Du hast recht. Es geht mich nichts an.« Damit drehte ich mich um und ging in mein Zimmer.

»Jetzt warte doch!«, rief Robyn und lief mir hinterher. »Da war nichts, okay?«

»Okay«, lenkte ich ein. »Gute Nacht.«

»Schlaf gut.«

Leah hatte versprochen, nach dem Kickboxtraining auf mich zu warten. Heute war es noch heißer und drückender als in den vergangenen Tagen, und ich war froh, als ich das Training hinter mir hatte. Den Rest des Tages würde ich faulenzen, am Pool liegen und Eis in mich hineinstopfen. Dabei mochte ich das Training wirklich. Der Trainer war gut und ich hatte in den paar Tagen schon ein paar neue, interessante Techniken gelernt.

Josh hatte mich vor einem Jahr, kurz nachdem meine Welt ein zweites Mal ins Wanken geraten war, in einem Kampfsportstudio angemeldet. Damals hatten wir unser Anwesen aufgeben und in ein kleineres Haus ziehen müssen. Solange wir in unserer vertrauten Umgebung hatten bleiben können, war der Verrat meines Vaters gar nicht so real gewesen. Jedenfalls nicht für mich. Okay, wir hatten kein Geld mehr im Überfluss, und meine Mutter war immer mehr in ihre eigene Welt abgedriftet, aber wenigstens hatten die äußeren Umstände noch gestimmt. Bis die Gerichtsvollzieher vor der Tür standen. Sie hatten uns genau drei Tage gegeben, um zu verschwinden und uns eine neue Bleibe zu suchen. Josh war der Meinung gewesen, dass ich etwas brauchte, um meine Wut auf meinen Vater loszuwerden. Obwohl ich mir wirklich Mühe gegeben hatte, mir nichts anmerken zu lassen – ihn hatte ich damit nicht täuschen können.

Außerdem hatte er argumentiert, dass ich mit Fechten, der einzigen Verteidigungstechnik, die ich bis dahin beherrschte, auf der Straße nicht viel anfangen konnte. Er fand, ein Mädchen müsse sich wehren können.

Ich war froh, dass es auch im Camp Kickboxkurse gab. Hier konnte ich den Sandsack fast noch mehr brauchen als zu Hause und schuld war nur eine einzige Person. Sie hatte grüne Augen und dunkelblondes Haar.

Eilig stopfte ich nach der Trainingseinheit meine Sachen in die Tasche, winkte Josh zu und lief aus der Halle. Die frische Luft tat nach dem Hallenmief richtig gut. Erschöpft wischte ich mir den Schweiß von der Stirn.

Von Leah war noch nichts zu sehen. Ich beschloss, ihr eine Nachricht zu schicken, dass ich schon duschen gehen würde. Sie konnte mich auch in der Lodge abholen. Mein Handy hatte sich zwischen meinen Sportklamotten versteckt. Während ich mich auf den Rückweg machte, kramte ich in meiner Tasche und wurde unsanft gestoppt, als ich gegen eine Wand knallte.

»Mist!« Fluchend massierte ich mir den Kopf.

»Hast du dir wehgetan?«, fragte die Wand.

Der hatte mir gerade noch gefehlt! Ich schüttelte den Kopf und hoffte, dass Cayden weitergehen würde. Leider tat er mir diesen Gefallen nicht.

»Hast du dir eine Metallplatte auf die Brust genagelt?«, stellte ich entnervt eine Gegenfrage.

Als Antwort erntete ich Caydens seltsam vertrautes Lachen. Ich saugte den Klang auf wie eine Verdurstende einen Schluck Wasser.

»Zeig mal her.« Vorsichtig nahm er meine Hand von der Stirn, hob meinen Kopf ein wenig an und rieb über die Stelle.

»Autsch.« Ich würde ihn nicht ansehen. Seine Berührung verursachte auch so Chaos genug in meinem Körper. Es war zum Verrücktwerden. Er sollte damit aufhören. Entschlossen presste ich die Augen zusammen. *Bitte streichele noch mal über die Stelle*, sagte gleichzeitig eine Stimme in meinem Kopf. Bei mir war wirklich Hopfen und Malz verloren.

»Du solltest einen Kühlakku darauflegen«, ließ Cayden sich vernehmen.

Ich nickte. Noch einmal strich er über die Stelle an meiner Stirn, nur sanfter, sodass ich es fast nicht spürte. Seine andere Hand in meinem Nacken spürte ich dafür umso mehr. Was tat er da eigentlich? Er konnte nicht einfach so daherkommen und mich so anfassen.

»Willst du deine Augen nicht aufmachen?«

Ich schüttelte den Kopf.

»So findest du nie zu deiner Lodge zurück, und wenn du es versuchst, könntest du dich tatsächlich ernsthaft verletzen. Hier stehen ziemlich viele Bäume. Es sei denn, du veranstaltest irgendein Experiment oder so, dann will ich dich nicht aufhalten.«

»Sobald du mich loslässt und verschwunden bist, mache ich die Augen auf. Versprochen.«

»Warum möchtest du mich nicht ansehen?« Seine Finger streichelten die Haut unter meinem Haar. Es fühlte sich so gut an, dass ich am liebsten geschnurrt hätte.

»Ich habe etwas ins Auge bekommen«, improvisierte ich. Ich

konnte schlecht zugeben, dass ich gerade dahinschmolz und dass ich ihn nicht ansehen konnte, weil seine grünen Augen mich immer völlig durcheinanderbrachten. Allerdings wusste er das vermutlich längst. Kein Wunder, dass er Mädchen wie Melissa und Robyn, die nicht so durchschaubar waren, spannender fand.

»Dann ist es wahrscheinlich wirklich besser, wenn du sie zulässt.«

Bildete ich mir das nur ein oder zog er mich näher zu sich heran? Ich spürte seinen Atem auf meiner Wange.

»Jess?«, sagte Leah keuchend, als sie unvermittelt neben uns auftauchte. Sie hatte ich für einen Moment tatsächlich vergessen. Cayden ließ mich los und trat einen Schritt zurück. Plötzlich hörte ich wieder das Rascheln der Bäume und das Zwitschern der Vögel. Gerade noch war es mir vorgekommen, als wären wir allein auf der Welt. Das war doch nicht normal.

»Hey, Cayden«, begrüßte Leah nun auch ihn. »Hast du Training?«

Ich nahm an, dass er nickte, denn er griff nach seiner Tasche, die auf dem Boden stand. »Und ich bin spät dran.« Er ging an mir vorbei und für eine Sekunde berührten sich unsere Hände. Dann hörte ich nur noch das Knacken der trockenen Kiefernnadeln unter seinen Füßen.

Leah musterte mich neugierig, aber ich zuckte nur mit den Schultern.

»Jess!«, erklang da Caydens Stimme.

Ich drehte mich zu ihm um.

Er grinste und in seinen grünen Augen glitzerte es amüsiert.

»Vergiss den Kühlakku nicht. Du hast dir an etwas ziemlich Hartem den Kopf gestoßen. Damit ist nicht zu spaßen.«

»Blödmann.« Ich funkelte ihn wütend an.

»Das habe ich gehört.« Er drehte sich weg und ging pfeifend davon.

»Das solltest du auch!«, rief ich ihm hinterher. Gegen meinen Willen musste ich lachen.

»Gibt es etwas, was du mir erzählen möchtest? Ich dachte, du kannst ihn nicht mehr leiden.« Leah hatte mich durchschaut.

Ich trank einen großen Schluck aus meiner Wasserflasche, während ich überlegte, was ich sagen sollte. »Du bist spät dran.« Es sollte kein Vorwurf sein, aber wenn sie pünktlich gewesen wäre, dann wäre mir diese Situation erspart geblieben. Vorsichtig berührte ich die Stelle in meinem Nacken, wo seine Finger gelegen hatten. Ich spürte sie noch immer auf meiner Haut.

»Granny hat mir erst jetzt freigegeben.« Leah verdiente sich mit diversen Jobs im Camp ihr Taschengeld. »Wollen wir ein Eis essen?«

Ob ich meinen Kopf in einen ganzen Kübel stecken konnte? Ich brauchte dringend eine Abkühlung. »Klar. Ich muss nur vorher duschen.« Gemeinsam schlenderten wir zu unserer Lodge.

»Hast du Josh heute schon gesehen?« Leah schleuderte einen Stein zwischen die Bäume.

»Er war beim Training.« Ich lugte zu ihr hinüber.

»Ihr seid doch ziemlich gut befreundet, oder?«

»Ja«, erwiderte ich vorsichtig.

»Funktioniert das denn?«

»Was meinst du?« Ich hielt an und band mir den Schnürsenkel meines Turnschuhs neu.

»Na ja, er sieht so toll aus, wolltest du nie mehr?«

»Igitt. Natürlich nicht«, erwiderte ich und stand wieder auf. »Stehst du auf ihn?«

»Pfff. Er ist nicht mein Typ.«

Ich lachte laut los. »Das kannst du deiner Granny erzählen. Du fragst mich ständig über ihn aus.«

Leah zog es vor, den Rest des Weges zu schweigen. Als wir die Lodge erreichten, war niemand dort.

»Wir könnten auch hier unser Eis essen und dabei einen Film gucken«, schlug ich vor. Immerhin war die Lodge klimatisiert.

»Von mir aus. Du gehst duschen und ich besorge Eis und Kekse.« Leah sauste davon, bevor ich etwas sagen konnte.

Als ich aus dem Bad kam, hatte sie einen Monatsvorrat Eiscreme auf dem Tisch aufgebaut. Wenn sie mich weiter so mästete, konnte ich nach Monterey zurückrollen.

Kaum hatten wir es uns auf der Couch bequem gemacht, kam Robyn hereingeschlendert. »Wolltet ihr etwa ohne mich das ganze Eis futtern?« Irgendwas hatte sie wütend gemacht, das sah ich ihr an der Nasenspitze an. Wir hatten nicht mehr über den Abend gesprochen, an dem ich sie mit Cayden erwischt hatte. Aber ich hatte das Gefühl, sie ging mir seitdem aus dem Weg.

»Wir dachten, du bist noch im Theater«, verteidigte Leah uns. »Oder hängst mit Cayden ab«, setzte sie hinzu. Die Bemerkung hätte sie sich ruhig sparen können.

»Hast du was dagegen?« Robyn funkelte Leah an, die nur

mit den Schultern zuckte. Dann schnappte Robyn sich eine Schüssel, löffelte Eis hinein und goss Schokosoße darüber. »Ich hatte echt keine Lust mehr auf die Probe. Außerdem brauche ich unbedingt ganz viel Zucker. Diese Melissa ist eine Nervensäge.«

Leah grinste. »Ich habe euch gewarnt. Spielt sie die Hauptrolle in eurem Theaterstück?«

Robyn nickte. »Und sie führt sich auf wie eine Diva. Cayden hat sie gebracht und ist fast bis zum Schluss geblieben«, sagte sie zu niemand Bestimmtem, aber der Ärger darüber war ihr anzusehen. Eigentlich sollte es ihr völlig egal sein, mit wem Cayden seine Zeit verbrachte.

Ich füllte mir ebenfalls Eis in ein Schälchen und setzte mich wieder auf unser gemütliches Sofa.

Robyn schnappte sich die Fernbedienung und zappte sich durch Netflix. Sie fragte uns nicht, worauf wir Lust hatten, sondern wählte ihren Lieblings-Disney-Film aus. *Hercules*. Leah hatte keine Einwände.

Ich versuchte krampfhaft, mich nicht über den Film zu ärgern. Doch an dessen Story stimmte auch gar nichts. Es ging schon damit los, dass Herkules nicht Heras Sohn war, sondern eigentlich der Sohn der Alkmene. Eine der Frauen, die Zeus verführt hatte. Er musste in seiner Jugend unersättlich gewesen sein. Offensichtlich war das aber den Filmemachern egal gewesen. Am Schluss holte Herkules Megs Seele aus dem Hades zurück. Ich musste schlucken und fragte mich unwillkürlich, ob meine Seele auch in diesem grünen Fluss geendet hätte, wenn der Junge in meinem Traum mich nicht zurückgeholt hätte.

Die Griechen glaubten, dass jeder, der vom Wasser des Flusses Lethe trank, der den Hades durchfloss, die Erinnerung an sein vorheriges Leben verlieren würde.

Mir wurde kalt, und das kam nicht von dem Eis, das ich viel zu schnell gegessen hatte. Cayden hatte nie wirklich abgestritten, dass er der Typ aus meinem Traum war. Aber wenn es *ihn* wirklich gab, war der Traum vielleicht gar kein Traum gewesen? Der Gedanke war mir bereits letzte Nacht gekommen, aber ich hatte mir verboten, ihn weiterzudenken, denn das würde bedeuten, ich wäre fast gestorben. Doch eines war seltsam: Jeder andere Junge hätte mich ausgelacht oder seinen Kumpels von meiner dummen Bemerkung erzählt. Er nicht. Ich fuhr mir mit der Hand in den Nacken, an die Stelle, wo er mich berührt hatte. Cayden stellte etwas Merkwürdiges mit mir an, und ich wollte, dass es aufhörte.

Robyn hatte die meiste Zeit wild auf ihrem Handy herumgetippt, obwohl sie den Film ausgesucht hatte. Das war wieder mal typisch für sie. Kaum war er zu Ende, verkündete sie, dass Cameron auf sie warte, und verschwand.

»Meine Schicht in der Küche fängt gleich an«, erklärte Leah. »Kann ich dich mit dem Chaos allein lassen?«

»Ja klar.« Die paar Krümel waren kaum der Rede wert, aber Leah fragte wenigstens, Robyn war einfach verschwunden. Sie gab mir einen Kuss und dann war ich allein.

Ich warf die Chipstüten in den Müll und löffelte das letzte Eis aus. Dann wischte ich den Tisch ab und beschloss, joggen zu gehen. Frische Luft half immer, den Kopf freizubekommen. Cayden-frei.

Aufzeichnungen des Hermes

VI.

Ich könnte wetten, Athene hatte längst entschieden, welches Mädchen Prometheus endgültig umwerben sollte. Aber etwas hielt sie davon ab, es zu verkünden. Was bezweckte sie damit? Wollte sie uns auf die Folter spannen? Prometheus konnte es sicher gar nicht erwarten, sich auf das Zielobjekt zu stürzen. Er war noch nie der Geduldigste gewesen.

Die Regeln waren mehr als eindeutig, man sollte meinen, die Sache ginge schneller über die Bühne.

Der Junge würde sowieso für immer ein Gott bleiben, und je früher er das begriff, umso besser für ihn. Er war zu nett und er sah zu gut aus. Niemals würde ein Mädchen zu ihm Nein sagen. Das war undenkbar.

Auf der ausgeschilderten Laufstrecke des Camps waren nicht allzu viele andere Läufer unterwegs. Die meisten machten sich wahrscheinlich gerade zum Abendessen fertig. Das würde ich heute ausfallen lassen, mir lag das Eis mit Schokosoße noch im Magen. Es war immer noch zu heiß zum Joggen und die Luft hing feucht zwischen den Bäumen. Aber das war mir gerade egal. Je mehr ich schwitzte, umso besser. Danach würde ich duschen und tot ins Bett fallen. Vielleicht bliebe ich dann von Träumen und zu vielem Denken verschont. Ich bog von dem Weg ab und rannte an dem Bach entlang, der quer durch das Lager verlief. Einen Kilometer weiter bog ich in einen schmalen Pfad ein, der in den Wald führte. Ich drehte meine Musik lauter. Auf Mozarts Violinkonzert Nummer 4 folgten rockigere Songs. Ich lief und lief.

Es dämmerte bereits, als ich schweißüberströmt und völlig außer Atem eine Pause einlegte. Ich hatte mich zu sehr verausgabt. Das war unvernünftig, zumal die Luft kaum abgekühlt war. Goldene Schlieren zerteilten den inzwischen dunkelblauen Himmel und ich hatte noch den ganzen Rückweg vor mir. Stöhnend stützte ich mich auf meine Oberschenkel und versuchte, gleichmäßiger Luft zu holen. Mittlerweile musste ich weit entfernt vom Camp sein. Ich wischte mir den Schweiß von der Stirn und trank ein paar Schlucke Wasser. Es war ganz still, nur die Bäume raschelten im Wind. Ich ging gerade meine Playlist durch, denn für den Rückweg brauchte ich etwas Ruhiges, als über das Rascheln der Bäume hinweg Stimmen zu hören waren. Sie waren ganz nah. Wer trieb sich wohl außer mir um diese Zeit im Wald herum? Bestimmt noch jemand aus dem Camp. Ansonsten war hier ja weit und breit nichts. Es wäre besser, zu zweit oder zu dritt zurückzulaufen, überlegte ich. Allerdings könnten es auch wildfremde Männer sein. Jäger oder so. Das war mir doch zu unheimlich. Ich hatte gerade beschlossen, zurückzuschleichen, als eine der Stimmen lauter wurde. Ich erkannte sie sofort. Es war Caydens. Was hatte er hier zu suchen? Es wäre sicher klüger, abzuhauen. Nachher kam er noch auf den Gedanken, dass ich ihn verfolgte. Meine Neugier trieb mich dennoch vorwärts. Vorsichtig pirschte ich mich von Baum zu Baum.

»Dein Bruder hat mehr Anstand als du.« Die zweite Stimme kannte ich nicht.

»Mein Bruder ist auch dümmer als ich.«

Wer immer sein Bruder war, er tat mir leid. Ich schaute um den Baumstamm herum, hinter dem ich mich versteckt hatte. Cayden stand mit verschränkten Armen vor einem Mann, der ihm so ähnlich sah, dass es sein Vater sein musste. Dessen Haare hatten dieselbe Farbe, nur ohne die hellen Strähnen, und genau wie bei Cayden hingen sie unordentlich um ein gut geschnittenes Gesicht. Ein seltsamer Schimmer umgab den Mann.

Es sah aus wie ein Glühen. Völlig unwirklich. Ich rieb mir die Augen, aber das Licht verschwand nicht. Caydens Vater trug ein weißes Hemd und eine weite weiße Pluderhose. Damit wirkte er im Wald leicht fehl am Platz. Ob er Arzt war? Dagegen sprach der Speer, auf den er sich stützte. Im Grunde sah er ein bisschen wie ein Schauspieler aus. Blieb nur die Frage, weshalb er sein Equipment mit sich herumschleppte. Und warum die beiden sich nicht im Camp trafen, sondern in der Wildnis. Zufällig waren sie sich hier bestimmt nicht über den Weg gelaufen.

»Du solltest nicht so von deinem Bruder reden«, rügte sein Vater ihn mit sanfter Stimme. »Er besucht eure Mutter wenigstens regelmäßig. Das hat nichts mit Klugheit zu tun.«

»Ihr habt ihm seinen Namen gegeben, nicht ich.«

Ich verstand überhaupt nichts mehr.

»Wie geht es dir?«, fragte sein Vater nach einer Weile des Schweigens, und es klang nicht nach einer Floskel, sondern als ob es ihn wirklich interessierte.

»Gut.« Ging es noch kürzer? Ich lehnte meine Stirn gegen den Baum. Wie kam ich unauffällig von hier weg?

»So siehst du aber nicht aus. Wie lange lässt du ihn noch sein Spiel mit dir spielen?«

»So lange wie nötig.« Caydens Stimme war voller Trotz, wie bei einem Kleinkind. Wenn mein Vater sich nur halb so viel Mühe geben würde, läge ich schon in seinen Armen. Leider interessierte mein Dad sich nicht mehr die Bohne für mich.

»Du musst dem ein Ende machen, Cayden!«, forderte sein Vater. »Das ist deiner nicht würdig.«

»Das kann ich nicht und das weißt du. Zeus und ich haben einen Deal, und solange er sich an unsere Abmachung hält, tue ich es auch. Diesmal kämpfe ich mit offenem Visier. Ich versuche nicht, ihn zu überlisten. Das hat mir diesen Schlamassel erst eingebrockt.«

»Du hast dir das ganz allein eingebrockt, weil du glaubtest, schlauer als alle anderen Götter zu sein. Du überschätzt dich und deine Fähigkeiten. Deine Mutter ist in Sorge um dich.«

Götter? Was hatten die jetzt damit zu tun?

»Richte ihr meinen Dank aus, aber ich kann auf mich selbst aufpassen.«

Cayden verbeugte sich vor seinem Vater, wenn auch nur leicht. Ich rieb mir die Augen. Das tat nicht mal Cameron, und der plapperte alles nach, was Daddy sagte. »Sag ihr, ich komme, sobald es mir möglich ist.«

»Wir wollen nur dein Bestes, mein Sohn. Das weißt du hoffentlich. Du musst dich uns anschließen. Wenn die Prophezeiung sich erfüllt, solltest du auf der richtigen Seite stehen.«

»Ich glaube schon lange nicht mehr an eine richtige Seite.« Cayden wandte sich ab und wollte gehen. Ich presste mich an den Stamm des Baumes und hoffte, dass er mich nicht sehen würde.

»Aber seine Herrschaft wird bald ein Ende haben.«

Jetzt hatte ich völlig den Faden verloren.

»Agrios ist verschwunden«, sagte er dann leiser, sodass ich die Worte kaum verstand.

Cayden wirbelte wieder zu seinem Vater herum. »Was hast du gesagt?«

»Du hast mich schon richtig gehört. Ich weiß nicht, wie das geschehen konnte, aber er ist fort.«

»Warum habt ihr nicht besser auf ihn aufgepasst? Er ist zu allem fähig, hast du das immer noch nicht begriffen?«

Caydens Vater runzelte die Stirn. »Er ist ein guter Junge«, behauptete er dann. »Vielleicht ein bisschen wild, aber wer kann ihm das verdenken?«

Fassungslos schüttelte Cayden den Kopf. »Du bist völlig verblendet.«

»Du doch auch«, hob sein Vater die Stimme. »Die Frau, die du suchst, gibt es nicht.«

Er suchte eine Frau? Er konnte an jedem Finger fünf haben. Warum machte sein Vater sich darum Sorgen? Der Themenwechsel verwirrte mich. Hingen die beiden irgendeiner komischen Religion an? Vielleicht war sein Vater Mitglied einer Sekte und Cayden wollte damit nichts zu tun haben. So musste es sein. Wenn mein Vater in diesen Klamotten und mit Speer durch die Gegend liefe, würde ich auch niemandem verraten, dass er zu mir gehörte. Kein Wunder, dass Cayden sich im Wald mit ihm verabredet hatte.

»Es gibt sie«, antwortete Cayden jetzt steif. »Und ich werde sie finden, selbst wenn ich ewig suchen muss.«

Sein Vater seufzte. »Ich wünschte, du würdest dich mal verlieben.«

Caydens Antwort war ein verächtliches Schnauben. »Ich glaube nicht an die Liebe. Das weißt du.«

Sie sprachen über Liebe? Echt jetzt? Ich kannte nicht viele Jungs, die mit ihrem Vater darüber reden würden. Wahrscheinlich standen sie sich doch näher, als ich angenommen hatte. Nicht mal meine Mutter interessierte sich für mein Gefühlsleben, dafür sprach sie viel zu gern über ihr eigenes.

»Ja, ich weiß. Aber das ist ein Fehler.« Die Stimme seines Vaters war jetzt leiser.

»Wer ist denn deine große Liebe? Und lüg mich nicht an, Mutter ist es nicht.« Caydens Gesicht wurde fast weiß vor Wut.

Sein Vater trat so nah an ihn heran, dass ich seine Worte nicht mehr verstand. Er wollte seinen Sohn offenbar umarmen, aber der machte einfach einen Schritt zurück. Ich lehnte mich ein bisschen vor, um besser lauschen zu können. Ein Zweig unter meinen Füßen brach. Das Knacken hallte durch die Stille des Waldes. Erschrocken presste ich mich an den Baumstamm und schloss die Augen. Bestimmt hatten die beiden es auch gehört. Gab es etwas Peinlicheres, als beim Lauschen erwischt zu werden?

Nach ein paar Sekunden öffnete ich die Augen wieder und erwartete, Cayden vor mir zu sehen, der mich zornig anfunkelte. Erstaunt registrierte ich, dass ich allein war. Die Schatten der Bäume streckten ihre Finger nach mir aus und das Blau des Himmels war noch dunkler als zuvor. Die beiden Männer waren verschwunden. Ich konnte kaum glauben, dass sie mich nicht erwischt hatten. Ein flaues Gefühl breitete sich in meinem Magen aus, als es im Unterholz raschelte. Langsam setzte ich mich in Bewegung. Aus dem Augenwinkel sah ich etwas Weißes aufblitzen. War Caydens Vater doch noch da? Vorsichtig machte ich einen Schritt rückwärts, stolperte und fiel der Länge nach hin. Kienäpfel pikten in meine Handflächen. Mist, tat das weh. Ein hohes Kichern erklang und mein Herz rutschte mir in die Hose. Wieder sah ich etwas Weißes. Im Dämmerlicht hob es sich deutlich vom Grün und Braun des Waldes ab. Ich kniff die Augen zusammen und zuckte zurück. Es war eine Hand, schneeweiß, mit langen, spitzen Fingernägeln. Sie legte sich von hinten um einen Baumstamm nur ein paar Meter entfernt. Ich wartete nicht ab, bis ich den ganzen Körper zu Gesicht bekam, sondern kreischte, rappelte mich auf und rannte los. Ein Kichern folgte mir, das mein Blut in Eiswasser verwandelte.

Die Sonne versank endgültig, als ich atemlos auf dem Weg vor unserer Lodge zum Stehen kam. Cayden saß auf den Stufen vor der Hütte und schaute mir finster entgegen. Ich verlangsamte mein Tempo, versuchte, wieder zu Atem zu kommen, und wappnete mich gleichzeitig gegen die Vorwürfe, die er mir unweigerlich machen würde. Er hatte mich also doch gesehen. Warum hatte er mich dann nicht gleich zur Rede gestellt? Um eine Entschuldigung kam ich wohl nicht herum.

»Alles in Ordnung?«, fragte er, während ich noch nach Luft schnappte. »Wo warst du um diese Zeit?«

War ich ihm Rechenschaft schuldig? »Joggen«, antwortete ich trotzdem und war froh, dass mein Puls sich langsam beruhigte.

»Allein?« Er erhob sich und überragte mich nun um mehr als einen ganzen Kopf. Sitzend hatte er mir besser gefallen. Ich wollte nicht, dass er so auf mich herabsah. Ab morgen sollte ich es mit High Heels versuchen, obwohl ich vermutlich nach fünf Minuten mit gebrochenen Beinen am Boden liegen würde.

»Natürlich allein.« Ich war es schließlich nicht, die sich ständig in wechselnder Begleitung herumtrieb.

»Um diese Zeit ist es gefährlich dort draußen.«

Keine Vorträge zu meinem Lauschangriff? »Ich sage es ungern, aber es geht dich nichts an, wo ich rumlaufe.«

Unvermittelt legte er seine Hand auf meinen Rücken. Zielsicher erwischte er den Streifen nackter Haut zwischen meiner kurzen Hose und dem Laufshirt. Seine Finger glühten förmlich und Wärme pulsierte durch mich hindurch. Ich spürte seinen sehnigen Körper, als er mich an sich presste. Als merkte er selbst, welche Grenze er überschritt, schob er mich sofort wieder von sich, jedoch ohne mich loszulassen. In sein Gesicht trat ein harter Ausdruck. »Und ob es mich etwas angeht.«

Ich schluckte, weil sich seine Lippen so nah vor meinen befanden, dass für einen Moment mein Denkvermögen aussetzte. Ich bräuchte mich nur ein wenig vorzubeugen ... Wütend stemmte ich mich gegen seine Brust. Ich würde ganz sicher keine seiner zahllosen Eroberungen werden. Aber ich hatte keine Chance, er hielt mich fest.

»Du bist hier in der Wildnis«, erklärte er sanft. »Vergiss das nicht. Es gibt nicht wenige Kreaturen, die dich, ohne zu zögern, zum Abendbrot verspeisen würden.«

Eine endlose Sekunde lang sahen wir uns an. Seine Augen glitzerten. Die einzige Gefahr für mich weit und breit war er. Wie um seine Worte zu unterstreichen, erklang in der Ferne Wolfsgeheul. Ich rückte näher an ihn heran. Mit einem Heulen hatte mein Traum begonnen. Ich hatte es für das Heulen des Sturms gehalten. Was, wenn es von einem Wolf gestammt hatte? In Caydens Armen fühlte ich mich in diesem Moment so sicher wie bei dem Jungen aus meinem Traum.

»Du hörst sie?« Er musste mir die Angst angesehen haben.

»Du doch auch«, antwortete ich verwirrt. Jetzt stimmte ein zweiter Wolf in das Geheul ein. »Meinst du, sie kommen ins Camp? Sind Wölfe nicht angeblich total scheu?« Außer sie sind hungrig, setzte ich in Gedanken hinzu. Dann fiel mir ein, dass der weiße Wolf in meinem Traum ziemlich zutraulich gewesen war. Aber das traf bestimmt nur auf geträumte Wölfe zu. »Wir sollten irgendjemandem Bescheid sagen, dass sie in der Nähe des Camps sind.«

»Du dürftest sie nicht hören«, flüsterte Cayden statt einer sinnvollen Antwort.

Verwirrt sah ich ihn an. Das Geheul wurde leiser. Er verschwieg mir etwas. Etwas, was mit den Wölfen zu tun hatte. Gehörten die auch zu dieser Sekte? Hielten sie dort wilde Tiere als Haustiere, oder so? Bestimmt war das verboten. »Warum sagst du mir nicht einfach, was Sache ist?«, schlug ich vor. Ich wusste schließlich am besten, dass man sich seinen Vater nicht aussuchen konnte. Ganz sicher würde ich Cayden nicht für das merkwürdige Verhalten seines Erzeugers verantwortlich machen.

In seinem Gesicht zuckte kein Muskel. »Ich weiß nicht, was du meinst.«

»Doch, das weißt du sehr genau.«

»Du solltest es gut sein lassen.« Sein Finger wanderte über meine Wange. »Es wäre besser für dich.«

»Du kannst nicht wissen, was besser für mich ist.« Meine Stimme zitterte nur ein ganz kleines bisschen. »Du kennst mich doch gar nicht.« Leider, setzte ich in Gedanken hinzu.

»Gut genug.« Ich sah sein Lächeln, obwohl das schwache Licht von der Terrasse sein Gesicht kaum erhellte.

Ich durfte ihn nicht so angucken und er sollte mich nicht so anfassen. Leider konnte ich meinen Blick nicht von ihm abwenden.

»War das im Wald dein Vater?«, fragte ich, nur um die Spannung zwischen uns zu durchbrechen. Meine Sektentheorie behielt ich lieber erst mal für mich.

Das Lächeln verblasste und seine Finger packten fester zu. »Du hast uns belauscht?«

Er hatte mich also wirklich nicht gesehen. Ich wand mich unter seinem Griff. »So würde ich das nicht nennen. Ich hatte zufällig denselben Weg.«

Seine Augenbrauen gingen nach oben. »Wir standen abseits des Weges.«

»Ich dachte, ich nehme eine Abkürzung, war ja schon spät und so.« Ich war froh, dass mir eine halbwegs vernünftige Ausrede eingefallen war, seine Nähe und sein Duft machten mich von Sekunde zu Sekunde benommener. »Du warst nicht besonders höflich zu ihm, und auch wenn er ein wenig verwirrt ist, er ist immer noch dein Dad. Selbst wenn ihr unterschiedlicher Meinung seid«, fügte ich schnell hinzu. Immerhin hatte sein Vater ziemlich nett geklungen.

»Du wirst nicht wieder allein in den Wald gehen.« Statt mich wütend wegzuschieben, legte er eine Hand an meine Wange. Jetzt verstand ich, was mit *Sie schmolz in seinen Armen dahin* gemeint war. Wenn er mich losließe, würde ich als kleine Pfütze auf dem Boden zurückbleiben. Ich schloss die Augen und lauschte dem Schlag seines Herzens. Es schlug schnell und unregelmäßig. Genau wie meins.

»Versprich es!«, forderte er.

Ich schluckte, und ohne dass ich es wollte, gab ich die gewünschte Antwort. »Ich verspreche es.«

»Gut.« Er zögerte noch einen winzigen Moment. Es reichte aus, um mir einzubilden, seine Lippen an meiner Wange zu spüren. Sie fühlten sich fest und sanft zugleich an. Ich wollte sie auf meinem Mund spüren, aber da ließ er mich schon los und verschwand so schnell in der Dunkelheit, dass ich nicht sicher war, ob ich mir die Begegnung nicht nur eingebildet hatte. Allerdings fühlte ich seine Berührung noch auf meiner Haut.

Robyn und Cameron lümmelten sich auf unserer Couch. Als Robyn mich sah, sprang sie auf. »Wo warst du? Ich habe mir Sorgen gemacht.«

»Joggen im Wald«, antwortete ich und guckte zu Cameron, um herauszufinden, ob zwischen den beiden alles in Ordnung war. Ich hatte sie in den letzten Tagen nicht allzu oft zusammen gesehen. Als Robyn sich wieder an ihn kuschelte und er seine Arme um sie legte, atmete ich beruhigt auf.

»Im Dunkeln soll man nicht mehr im Wald unterwegs sein. Hast du die Campordnung nicht gelesen?«, fragte er in seinem belehrenden Politikertonfall. »Es ist verboten und gerade wir Ältesten sollten uns an die Regeln halten.«

Das war so typisch für ihn. Bloß nichts falsch machen. »Ich habe mich mit der Zeit vertan.« Und ich wollte einfach mal meine Ruhe haben, setzte ich in Gedanken hinzu.

»Cayden war hier und hat nach dir gefragt«, rief Robyn mir hinterher, als ich zum Bad ging. Die Neugier in ihrer Stimme war nicht zu überhören, und dann war da noch etwas anderes, das ich nicht deuten konnte.

»Ich weiß«, antwortete ich und öffnete die Tür zum Badezimmer. Ich musste raus aus meinen verschwitzten Klamotten. »Ich bin ihm über den Weg gelaufen.«

»Was wollte er, was er uns nicht sagen konnte?« Robyn ließ nicht locker, sondern folgte mir ins Bad.

Ich zuckte mit den Achseln, weil ich da selbst nicht so sicher war. Was hatte er eigentlich gewollt? Ich hatte keinen blassen Schimmer. Warum aber erzählte ich Robyn nicht, was passiert war? Wie er mich angefasst hatte und was er im Wald für eine merkwürdige Unterhaltung mit seinem Vater geführt hatte? Wir hatten nie Geheimnisse voreinander gehabt.

»Beeil dich.« Robyn wandte sich beleidigt ab, weil ich immer noch schwieg. »Gleich ist das Lagerfeuer, und du weißt doch: Die Abendveranstaltungen sind Pflicht.«

Erleichtert, ihren bohrenden Fragen entkommen zu sein, ging ich unter die Dusche. Leider ließ sich die Erinnerung an Caydens Hand auf meiner Haut nicht so leicht abschrubben wie der Staub und der Schweiß.

Ich trug einen Jogginganzug und rubbelte mein Haar trocken, als ich ins Wohnzimmer zurückkam. »Es ist vielleicht keine gute Idee, da rauszugehen, wenn die Wölfe unterwegs sind.«

Robyn und Cameron sahen mich erstaunt an.

»In dieser Gegend gibt es keine Wölfe«, erklärte Cameron dann, »höchstens Bären, aber die kommen nicht ins Camp.«

»Aber ich habe sie gehört«, entgegnete ich. Was war er? Der Wolfsbeauftragte der Rockys? Die Viecher konnten doch laufen, wohin sie wollten. Ganz sicher meldeten die sich nirgendwo ab.

Cameron stand auf und griff nach dem Telefon, das an der Küchenwand hing. Dann drückte er auf die Kurzwahltaste für die Rezeption.

»Rosie«, erklärte er wieder mit seiner autoritären Fastpolitikerstimme. »Hier ist Cameron Shelby. Wurden in der Region Wölfe gesichtet?« Er lauschte ihrer Antwort und nickte ein paarmal, bevor er auflegte.

»Der letzte Wolf in dieser Region wurde vor dreißig Jahren erschossen. Die Ranger achten sehr genau darauf, dass sich in der Nähe des Camps kein Rudel ansiedelt. Also, was immer da geheult hat, es waren keine Wölfe.«

Ich verdrehte die Augen. Ich wusste, was ich gehört hatte.

Um den Mücken zu entgehen, trug ich trotz der abendlichen Wärme einen dicken Pullover. Apoll zog mich am Lagerfeuer auf einen Baumstamm und Leah winkte mir zu. Sie stand an einem Tisch und verteilte Stöcke und Marshmallows. Apoll hielt unseren Stock ins Feuer und versorgte mich mit den klebrigen Dingern.

Melissa lachte, als sie sich uns gegenübersetzte. Durch die Flammen sah ich Cayden hinter ihr stehen. Auffordernd klopfte sie neben sich.

Verärgert stopfte ich mir ein Marshmallow in den Mund und verbrannte mir prompt die Zunge. »Autsch!«

»Ich habe doch gesagt, warte noch.« Apoll betrachtete mich amüsiert dabei, wie ich mir Luft in den Mund fächelte. Wahrscheinlich sah ich aus wie ein Fisch auf dem Trockenen. Genau in diesem Augenblick schaute Cayden zu uns herüber. Mein Mund klappte zu. Mist, tat das weh. In den nächsten Tagen würde ich nur Flüssignahrung zu mir nehmen können.

Apoll beugte sich näher zu mir. »Sie interessiert ihn nicht im Geringsten. Keine Angst.«

Empört rückte ich von ihm ab. »Ich habe keine Ahnung, was du meinst.«

»Nicht? Und ich dachte, ich könnte in deinem Gesicht lesen wie in einem offenen Buch.«

»Und was steht in dem Buch?« Blöde Neugierde.

»Wenn ich ehrlich bin, sehen die Seiten jedes Mal vor Wut ganz zerknittert aus, wenn uns Cayden mit einem Mädchen über den Weg läuft. Was zugegebenermaßen ziemlich oft vorkommt.«

Ich boxte ihn gegen den Arm, konnte mir ein Lachen aber nicht verkneifen.

»So ist es viel besser«, lobte er mich. »Schau einfach nicht hin. Ignorier ihn. Das hasst er.«

Apoll holte mir ein Glas Wasser, das meinen Gaumen angenehm kühlte.

»Ich werde nicht schlau aus ihm«, bemerkte ich, als er wieder neben mir saß.

»Mein Cousin arbeitet ziemlich hart daran, möglichst geheimnisvoll rüberzukommen.«

Ich grinste. »Du bist ein Komiker.«

»Danke schön.«

»Das war kein Kompliment«, wies ich ihn lachend zurecht.

»Schade eigentlich. Magst du noch eins?« Er hielt ein Marshmallow hoch.

»Nein, vielen Dank. Wenn ich noch eins esse, klebt mein Mund zusammen.«

»Das wäre sehr schade. Ich mag es, mit dir zu plaudern.«

»Ich auch«, gab ich zu. Ich sah zu Cayden hinüber, der mit zusammengezogenen Brauen ins Feuer blickte. Apoll war so viel unkomplizierter, allerdings löste er nicht einen Bruchteil der Gefühle in mir aus, die Cayden in mir verursachte. Als hätte der meine Gedanken gehört, schaute er auf. Schnell wandte ich mich ab, nicht ohne zu bemerken, wie Melissa ihren Arm um seine Hüften schlang.

»Hat Cayden eigentlich Geschwister?«, fragte ich Apoll.

»Einen Bruder.« Apoll stocherte mit dem Stock in der Glut herum.

»Warum ist der nicht auch hier?«

»Cayden ist mit seinem Vater zerstritten, und sein Bruder traut sich nicht, sich auf seine Seite zu schlagen.«

»Worum ging es in dem Streit?« Es schien kein Geheimnis zu sein, wenn Apoll so offen darüber sprach. Vielleicht bekam ich so heraus, was mit seinem Vater nicht stimmte.

Er zuckte mit den Schultern. »Ein Familienkrach. Unsere Väter mögen sich auch nicht besonders.«

»Klingt kompliziert.« Ob er seinen Onkel schützen wollte und mir deshalb nicht sagte, dass dieser Mitglied einer obskuren Sekte war? Ich traute mich nicht, genauer nachzuhaken. Apoll würde sich nur noch mehr über mich lustig machen, wenn ich weiter in Caydens Leben herumstocherte. Ein bisschen Würde wollte ich schon noch behalten, schließlich war ich kein liebeskrankes Huhn und würde mich einem Mann niemals so an den Hals werfen, wie Melissa es gerade tat. Schon bei dem Anblick wurde mir übel. Ich zwang mich, nicht mehr zu den beiden hinüberzusehen.

Glücklicherweise schlug Josh in diesem Moment die Saiten der Gitarre an, die ihm jemand in die Hand gedrückt hatte. Mit seiner Band spielte er harten Rock, aber wenn er solo sang, waren seine Songs viel ruhiger. Ich schaute zu Leah. Sie hing förmlich an seinen Lippen. Von wegen kein Interesse.

Während Josh sang, nippte ich gedankenverloren an meinem Wasser. Mir war ein bisschen schlecht von dem ganzen Süßkram. Alle Gespräche verstummten, als Josh einen neuen Song anstimmte. Robyn schmiegte sich an Cameron. Athene wechselte auf unsere Seite und legte den Kopf auf die Schulter ihres Bruders. Durch die Flammen sah ich Melissa an Cayden heranrücken. Er beachtete sie nicht. Sein Blick ruhte auf Robyn. Ich hätte gern behauptet, dass es mir nichts ausmachte, weil ich an solche Situationen gewöhnt war. Schließlich stand Robyn immer mehr im Mittelpunkt als ich. Aber dieses eine Mal wünschte ich, es wäre anders.

Ich war schon wieder zu spät. Keine Ahnung, was mit mir los war. Normalerweise achtete ich darauf, pünktlich zu sein, aber ich war erst in den frühen Morgenstunden eingeschlafen. Ausgerechnet heute, wo der Lektürekurs beginnen sollte. Die erste

Woche hatte uns nur Mr. Ross unterrichtet und mit Vokabeln und Deklinationen gequält. Eigentlich hatte ich mich darauf gefreut, mein neu erworbenes Wissen endlich anwenden zu können, obwohl ich mich keiner Illusion hingab. Ich würde diejenige sein, die den ganzen Kurs aufhielt. Aber ich wollte es wenigstens versuchen. Leider fühlte ich mich ganz zerschlagen. Das Frühstück ließ ich ausfallen, weil ich sonst noch später dran gewesen wäre. Das war alles seine Schuld. Cayden hatte sich die ganze Nacht in meinem Kopf breitgemacht. Ich verstand nur nicht, weshalb. Er war nett zu mir, aber das war er zu vielen Mädchen. Und ich war nicht diejenige, der er dabei besonders viel Aufmerksamkeit schenkte. Normalerweise hätte mich so etwas dazu veranlassen müssen, ihn aus meinen Gedanken zu verbannen. Leider klappte das diesmal nicht sonderlich gut.

Als ich in den Raum des Lektürekurses stürmte, saß das Objekt meiner nervigen Träume zu allem Überfluss an meinem Tisch. Ich rutschte auf den anderen Stuhl.

»Was machst *du* hier?« Bestimmt hatte er nicht freiwillig seinen Platz neben Melissa geräumt.

»Wir wechseln uns ab, dir zu helfen.« Ich spürte seinen Blick auf meiner Haut.

»Ist es so offensichtlich, dass ich es nicht packe?« Ich blätterte in meinem Heft mit den Aufzeichnungen der letzten Stunden. Den Grundkurs hatte ich bisher erstaunlich gut gemeistert, denn Athene hatte mir viel geholfen. Der Lektürekurs war ein anderes Kaliber. Ich würde jede Menge Zeit investieren müssen, aber immerhin kam ich dann nicht mehr auf dumme Gedanken, und für meine Tagträume hätte ich auch keine Zeit mehr.

Cayden seufzte leise. Jetzt musste ich doch aufsehen. Ein Fehler, wie sich herausstellte, denn er lächelte dieses Lächeln, das mich ganz schwach werden ließ, und alle meine guten Vorsätze zerfielen zu Staub.

»Du hast keinen Grund, dein Licht unter den Scheffel zu stellen. Du lernst sehr schnell.«

Zum Glück erschienen in diesem Moment Mr. und Mrs. Ross. Ich schluckte eine bissige Erwiderung auf Caydens zweifelhaftes Kompliment hinunter und wandte ihnen meine Aufmerksamkeit zu. Auch wenn ich es nicht schaffte, Cayden so nahe neben mir vollends zu ignorieren.

»Wie ich sehe, hat niemand von euch einen Rückzieher gemacht.« Mr. Ross bedachte mich mit einem aufmunternden Blick. »Den Lektürekurs wird meine Frau Hera leiten«, stellte er sie vor. Noch ein griechischer Name. Das schien Familientradition zu sein. Mrs. Ross war hochgewachsen und schlank. Ihr dunkelblondes Haar hatte sie zu einer Hochsteckfrisur drapiert. In einer Toga sähe sie wie eine waschechte Griechin von vor zweitausend Jahren aus. Sogar ihre Züge waren so klassisch geschnitten wie bei einer Statue.

»Testet heute erst mal, wie gut ihr mitkommt«, erläuterte Mr. Ross. »Der Text ist anspruchsvoll. Es ist keine Schande, wenn ihr nur den Grundkurs besucht.«

Bildete ich mir das ein oder sah er wieder mich dabei an? Mr. Ross wandte sich an seine Frau und flüsterte ihr etwas zu. Kurz bevor er den Raum verließ, drehte er sich noch einmal um. »Jess, kommst du bitte nach dem Unterricht in mein Büro?«

Es klang nicht nach einer Bitte. Unangenehm berührt, nickte ich. Was wollte er von mir?

»Das Thema des Textes, der auf dem Kursplan steht, ist euch bekannt?« Mrs. Ross lächelte ihren Neffen aufmunternd an, der sie daraufhin grimmig anschaute.

»Die Zwiespältigkeit der Figur des Prometheus in der antiken Mythologie«, posaunte Apoll heraus und lachte. Es klang, als hätte er einen Witz gemacht, den außer ihm niemand verstand.

»Das ist richtig. Wer von euch hat die Tragödie von Aischylos bereits gelesen?«

Nur drei Hände reckten sich in die Höhe.

»Gut, dann beginnen wir damit. Athene, fängst du bitte mit der Bia an? Wir lesen mit verteilten Rollen. Cayden, du liest Prometheus.« Ein Lächeln flog über ihr Gesicht und ließ es strahlen.

»Wer sonst?«, hörte ich Apoll schadenfroh sagen.

»Jess, welche Rolle möchtest du übernehmen?«, wandte Mrs. Ross sich an mich.

»Keine!«, platzte es aus mir heraus. Ich konnte vielleicht ein paar Verben nachplappern, aber ich hatte noch nie laut vorgelesen. Eigentlich hatte ich mir eine Gnadenfrist erhofft. Die anderen konnten das sicher viel besser als ich.

»Das ist leider keine Option. Lautes Lesen ist eine schöne Übung, um die Aussprache zu verbessern. Du liest die Io.«

»Sie wird von ihrem Vater in eine Kuh verwandelt.« Apolls Grübchen vertieften sich und seine blauen Augen funkelten belustigt.

Wenigstens einer, der sich amüsierte. Ich nickte ergeben.

Schließlich war ich hier, um zu lernen, da sollte ich die Gelegenheit nutzen. Im Grunde war es mir doch lediglich peinlich, dass ausgerechnet Cayden mitbekam, wie schlecht ich war. In der Schule war ich es gewohnt, beinahe in jedem Fach die Beste zu sein. Okay, ich konnte nicht singen. Aber Musik hatte ich längst abgewählt. Eine Sprache hingegen konnte mit Logik erlernt werden und genau das hatte ich vor.

Bisher hatte ich immer gedacht, der Titanensohn Prometheus wäre von Hephaistos, dem Gott der Schmiedekunst, an den Felsen geschmiedet worden, weil er den Menschen das Feuer gebracht hatte. Von einem Fluch des Kronos gegen Zeus, um den es in der Geschichte außerdem ging, hatte ich noch nie etwas gehört.

O Himmelslicht und flügelschnelles Windewehn!
Strömende Wasser und der Wogeflut des Meers
Unzählige Lächeln und Allmutter Erde! Auch
Die allessehende Sonnenscheibe ruf ich an.
Seht an, was ich von den Göttern leide, selbst ein Gott!
Schaut her: in was für Qualen ich
Die zehntausendjährige Zeit
Durchkämpfen muss!

Cayden las diese Worte so fließend, als wäre Griechisch und nicht Englisch seine Muttersprache. Wahrscheinlich bildete ich es mir nur ein, aber ich meinte, ein Zittern in seiner Stimme zu hören, als könnte er Prometheus' Leid nachempfinden.

Dieses Schicksal hatte niemand verdient. Tausende von Jahren an einen Felsen gekettet und jede Nacht von einem Adler gequält, der ihm die Leber herauspickte. Aber obwohl solch ein Leben die Hölle sein musste, verlor Prometheus nicht seine Hoffnung und auch nicht sein aufmüpfiges Wesen, das ihn überhaupt erst an diesen Felsen gebracht hatte.

Wahrlich, noch wird dereinst Zeus, sinn' er noch so stolz,
Demütig sein: denn solche Hochzeit rüstet er
Zu feiern, die aus Herrschaft ihn und Thron ins Nichts
Wird stürzen. Und des Kronos Vaterfluch, den er
Geschworen, als vom lang besessenen Sitz er fiel …,

las Cayden jetzt in fast zornigem Ton.

Ich musste unbedingt googeln, ob ich im Netz zusätzliche Informationen zu diesem Vaterfluch des Kronos fand. Ich machte mir ein paar Notizen in meinem Heft.

»Es existierte eine Prophezeiung, die besagte, dass eine von Zeus' Hetären die Macht besitzen wird, Zeus zu stürzen«, flüsterte Cayden mir ins Ohr. Er hatte sich zu mir gebeugt und sah neugierig auf meine Notizen. Wie immer, wenn er mir zu nahe kam, machte mein Puls sich selbstständig. »Auf diese Prophezeiung gründet sich Aischylos' Tragödie.«

Interessiert sah ich ihn an. »Was ist eine Hetäre? Klingt nach etwas mit vielen Armen.«

Er lachte in sich hinein und zwinkerte mit seinen unverschämt langen Wimpern. Ich versuchte, seinem Blick auszuweichen. Leider war er zu schön, um nicht stattdessen den Rest von ihm zu betrachten, wenn er schon so nah neben mir saß. Wie konnte er nur eine so makellose Haut haben? Das war einfach ungerecht. Aber wahrscheinlich hatte *er* nicht die halbe Nacht wach gelegen und an *mich* gedacht. Ich fühlte mich ganz zerknittert.

Schnell sah ich wieder in das Büchlein.

»Als Hetären bezeichnete man im alten Griechenland die Prostituierten. Aber das war die Frau in diesem Fall nicht. Das ist eine Verleumdung.« Flüssig las er eine weitere Textstelle vor. Die Worte klangen aus seinem Mund verführerisch leicht. Also mehr verführerisch als leicht. Ich hätte ihm ewig zuhören können, auch wenn ich nur die Hälfte verstand.

»Wieso sollte diese Frau Zeus zu Fall bringen wollen?«, fragte ich flüsternd zurück.

»Zeus hat sie gegen ihren Willen verführt. Da niemand glauben konnte, dass eine Frau sich einem Gott einfach so verweigerte, wurde einfach behauptet, sie habe sich zu seiner Hure gemacht.« Er klang fast ein wenig aufgebracht. »Wie du dir vielleicht vorstellen kannst, war sie darüber nicht sonderlich begeistert.«

Das war wohl die Untertreibung des Jahrhunderts. Aber in den griechischen Sagen war genau das die Masche des Zeus. Ich fragte mich, ob sich ihm überhaupt eine Frau freiwillig hingegeben hatte, wenn man von Hera mal absah. Als ich an der Reihe war, stotterte ich meine Textstelle herunter. Cayden verbesserte mich geduldig.

»Danke schön«, murmelte ich.

»Keine Ursache. Du wirst die Sprache spielend lernen.«

Sein Lob machte mich verlegen. »War diese Frau eine Sterbliche oder eine Göttin?«, nahm ich unsere Unterhaltung wieder auf.

»Sie war eine Okeanoide.« Er wandte den Blick ab.

»Okay?« Wenn er mich angucken würde, dann sähe er die Fragezeichen in meinem Gesicht. »Ich habe keine Ahnung, was das ist.«

»Eine Göttin«, setzte er fast unwillig hinzu, als bereute er seine ausführlichen Erklärungen bereits.

Da bemerkte ich Mrs. Ross' Blick. »Könntet ihr euer Gespräch nach dem Unterricht weiterführen? Jess ist hier, um etwas zu lernen«, bat sie Cayden.

Er nickte und ich lächelte entschuldigend. Sie war deutlich sanftmütiger als ihre Namensvetterin in den Legenden. Die göttliche Hera war eine rachsüchtige Zimtzicke.

Wir lasen das Stück dreimal hintereinander. Für die anderen war es sicher todlangweilig, aber ich merkte, wie meine Aussprache immer besser wurde, was ich nicht zuletzt meinem Banknachbarn zu verdanken hatte.

Als die Stunde zu Ende war und alle den Raum verließen, kam Mrs. Ross zu mir. Ich wappnete mich für den Fall, dass sie mich aus dem Kurs werfen wollte. Cayden rührte sich nicht von meiner Seite. Ich war mir nicht sicher, ob mir das gefiel.

Mrs. Ross schien seine Anwesenheit jedoch nicht zu stören, und ich wollte nicht zickig erscheinen, wo er gerade so nett gewesen war. »Das hast du gut gemacht«, überraschte Mrs. Ross mich. »Mein Mann und ich hatten unsere Zweifel. Deine Kenntnisse sind mager, aber du besitzt ein gutes Sprachgefühl. Ich schlage vor, dass du weiterhin beide Kurse besuchst. Du wirst viel üben müssen. Aber Cayden könnte dir helfen.«

Seine Gesichtszüge versteinerten. Begeisterung sah anders aus. Vielleicht sollte ich ihm sagen, dass ich seine Zeit nicht überbeanspruchen würde. Oder besser gleich Athene um Hilfe bitten. Stattdessen nickte ich nur. Vielleicht konnte er sich ja doch noch überwinden. Die Hoffnung starb bekanntlich zuletzt.

»Dann ist das also geklärt. Denk bitte daran, meinen Mann aufzusuchen. Er wartet auf dich.« Mrs. Ross eilte zur Tür und ließ uns zurück.

Ich schob meine Hefte zusammen und machte mich auf den Weg. Cayden wich mir die ganze Zeit nicht von der Seite. Wartete nicht irgendwo eine seiner Verehrerinnen auf ihn?

»Ich bin dir wirklich dankbar für deine Hilfe«, sagte ich, um das Schweigen zu brechen, das sich zwischen uns ausgebreitet hatte. »Aber den Weg zu Mr. Ross finde ich allein.« Das war nicht sonderlich schwierig, da ich nur den Wegweisern folgen musste.

»Ich muss sowieso etwas mit ihm besprechen. Wir haben also denselben Weg«, erklärte Cayden.

Für einen winzigen Moment hatte ich Dummerchen gehofft, er begleite mich, um Zeit mit mir zu verbringen.

»Weißt du, warum er mich sprechen will?«

Cayden schüttelte den Kopf. Er wirkte abwesend und trug seine Bücher wie einen Schutzschild vor der Brust.

»Kannst du mir noch mehr über diese ganz Fluchgeschichte erzählen und über die Frau?«, versuchte ich, an unser Gespräch aus dem Unterricht anzuknüpfen.

»Grundlage von Aischylos' Tragödie ist eine relativ unbekannte griechische Legende«, erklärte er gleichmütig.

»In der diese Hetäre eine Rolle spielt?«

»Genau. Ihr Name war Metis und sie war eine von Zeus' zahlreichen unfreiwilligen Geliebten. Allerdings hatte sie noch mehr Pech als die anderen.«

»Inwiefern?«

»Zeus hat sie verspeist.«

Ich blieb stehen. »Du machst Witze!«

»Leider nicht.«

»Er hat sie gegessen? So richtig? Mit Haut und Haaren? Warum?«

Cayden fuhr sich mit einer Hand durchs Haar. »Metis hatte Zeus geholfen, seine Geschwister zu befreien. Kronos hatte diese verschluckt, weil er fürchtete, dass sie ihn stürzen würden. Du weißt, wer Kronos ist?«

»Zeus' Vater. Der oberste Titan.«

»Genau. Metis mixte einen Zaubertrank und Kronos spuckte seine Söhne und Töchter nacheinander aus. Zeus verliebte sich in Metis, nur leider erwiderte sie diese Liebe nicht. Doch Zeus ist kein Gott, der sich abweisen lässt.«

»Davon habe ich auch schon gehört. Hat er sich in einen Stier oder in einen Schwan verwandelt, um sie zu bekommen?«

»Nichts von beidem. Metis liebte Iapetos, einen Titanen. Sie floh vor Zeus, doch eines Nachts kam er in der Gestalt des Iapetos zu ihr und verführte sie. Metis wurde schwanger.«

»Also hat er sie im Grunde vergewaltigt.«

Cayden zuckte mit den Achseln. »Ich bin nicht sicher, ob sie das in dieser Nacht so empfunden hat, denn sie dachte ja, es wäre Iapetos, mit dem sie das Lager teilte. Kronos hatte nach seinem Sturz Zeus und die Götter verflucht.« Es klang, als hätte er die Geschichte schon oft erzählt. *»Deine Kinder und Kindeskinder werden ihren Durst am Blut ihrer Väter stillen«*, zitierte er, und Gänsehaut lief mir bei diesen Worten über den Rücken. Er sollte Schauspieler werden. Mit seiner Stimme und diesem Aussehen würde er sofort in Hollywood Karriere machen, da war ich sicher.

»Also nahm Zeus an, auch einer seiner Söhne würde ihn stürzen?«, fragte ich. »Was hat das mit dieser Metis zu tun?«

»Eine ganze Menge. Wenn sie einen Sohn geboren hätte, dann hätte dieser Zeus gestürzt.«

»Sagt wer? Woher wusste er das?«

Cayden schwieg. »Jemand hat es Zeus verraten«, sagte er leise. »Daraufhin beschloss Zeus, Metis zu vernichten. Koste es, was es wolle. Er konnte dieses Risiko nicht eingehen.« Aus seinem Mund klang es, als wäre das alles wirklich passiert. Als wären es nicht nur Geschichten aus einer Zeit, in der es weder Fernsehen noch Kino gegeben hatte. »Metis floh vor ihm und versteckte sich. Sie besaß die Gabe, sich zu verwandeln. Als Zeus sie fand, verwandelte sie sich in eine Fliege. Er schnappte sie und fraß sie auf.«

»Er hat eine Fliege verschluckt? Gott, wie eklig.« Ich räusperte mich. »Aber wie konnte er sicher sein, dass ausgerechnet Metis mit diesem Sohn schwanger war? Er hatte doch jede Menge Söhne. Wer war dieser Jemand, der ihm das verraten hat?«

»Das war Prometheus.« Caydens Stimme klang jetzt ganz dunkel.

Ich war so in die Geschichte versunken, dass ich nicht mitbekommen hatte, dass wir längst am Haus der Campleitung angekommen waren.

»Aber erst, als Zeus ihn an den Felsen schmiedete. Bis dahin hatte er sich geweigert, Zeus diesen Namen zu verraten. Richtig? Diese Menschen-Feuer-Geschichte war nur ein weiterer Grund.«

»Du hast es erfasst.« Er gab mir einen Stups auf die Nase und ich grinste ihn fast ein bisschen stolz an.

Jetzt ergab die Geschichte von Aischylos endlich einen Sinn. »Es muss Prometheus sehr wichtig gewesen sein, das Geheimnis zu wahren, wenn er sich dafür an einen Felsen schmieden ließ.«

Cayden zuckte mit den Schultern und setzte sich auf die Bank, die vor dem Haus stand. »Vielleicht war er auch einfach nur jung und dumm.«

Ich hatte meine Schwierigkeiten damit, mir einen Titanen jung und dumm vorzustellen.

»Geh erst mal rein. Er wartet nicht gern«, riet Cayden, bevor ich die nächste Frage auf ihn abfeuern konnte.

»Verrätst du mir, was dann passiert ist? Hat Prometheus es Zeus doch erzählt? Ich würde es verstehen. Ich hätte es sicher keine einzige Nacht an dem Felsen ausgehalten, und erst recht nicht, wenn dabei ein Adler an meiner Leber knabbert.« Schon bei der Vorstellung wurde mir schlecht.

Cayden seufzte. »Du bist eine Nervensäge. Geh da jetzt rein.«

»Du wirst es mir aber verraten?«

»Du könntest es mit Google probieren, wie du es dir notiert hast«, versuchte er, mich zu ärgern. »Wer immer das ist«, setzte er leise hinzu.

Ich schüttelte den Kopf. Wollte er mich auf den Arm nehmen? »Du hast Mrs. Ross versprochen, mir zu helfen, und du scheinst um einiges klüger zu sein als Google.«

Resigniert winkte er ab. »Ich erzähle es dir ja. Jetzt verschwinde.«

Ich lief zur Tür und klopfte. Hoffentlich wartete Cayden wirklich. Er kannte sich bemerkenswert gut in griechischer Mythologie aus. Und ich hatte mir etwas auf mein Wissen eingebildet. Normalerweise interessierte sich kein Mensch in meinem Alter für dieses Thema.

»Jess!«, rief Cayden, und ich drehte mich noch mal um. Die Sonne stand ziemlich tief und zauberte ein goldenes Funkeln in sein Haar. Es verschlug mir die Sprache. Wie schön er war! Die griechischen Götter wären neidisch auf ihn, wenn sie tatsächlich existieren würden.

Er lachte leise, als wüsste er, was ich gedacht hatte. Peinlich berührt wandte ich mich ab.

»Es ist nur eine Geschichte«, rief er mir gerade so laut zu, dass ich es eben verstehen konnte. »Vergiss das nicht. Nichts davon ist wahr.«

Schade eigentlich. Ich nickte, ohne ihn noch mal anzusehen, und trat ein.

Der Flur des Hauses war geräumig und mit hellem Holz getäfelt. Obwohl es von außen kaum anders aussah als die restlichen Gebäude im Camp, unterschieden sich die Grundrisse doch deutlich. Der Geruch von frisch gekochtem Tee zog durch den Raum. Ich klopfte an eine offen stehende Tür und Rosie hob den Kopf. Leah hatte mir erzählt, dass sie nicht nur die Rezeption, sondern auch das Büro des Campleiters managte.

»Ah, Jess, schön, schön. Geh ruhig rein. Mr. Ross wartet bereits.« Sie wies auf eine Tür. Langsam ging ich darauf zu. Ich hasste es, nicht zu wissen, was mich erwartete.

Das Zimmer war gemütlich. Es passte zu Mr. Ross. Hohe Bücherregale standen an den Wänden. Auf einem Schreibtisch aus Kirschholz stapelten sich ebenfalls Bücher. Ich versuchte, einen Blick auf die Titel zu erhaschen. Es handelte sich zumeist um griechische Tragödien und Dramen. Ein Perserteppich bedeckte die Holzdielen. Obwohl er alt und ausgeblichen war, konnte ich deutlich die hineingewebten Szenen erkennen. Wenn ich mich nicht sehr täuschte, hatte der Künstler den Raub der Helena durch Paris dargestellt. Zwischen den Regalen hing eine Art Schild. Neugierig machte ich einen Schritt darauf zu. Ich hatte schon einmal ein Bild von diesem Schild gesehen. Es war eine perfekte Nachbildung der Aigis, des Sturmschilds des Zeus.

Bevor ich ihn näher betrachten konnte, räusperte sich Mr. Ross. Er saß hinter seinem Schreibtisch und telefonierte. Mit einem Nicken bedeutete er mir, mich zu setzen.

Das Büro lag direkt neben dem Eingang, und ich erhaschte einen Blick auf Cayden, der draußen auf der Bank saß und angespannt auf das Haus blickte.

»Jess!«

Ich fuhr herum. Mr. Ross lächelte mich freundlich an.

»Entschuldigung. Ich war in Gedanken.«

Sein Blick folgte meinem und seine Mundwinkel zuckten. »Das sehe ich. Wie lief der Kurs?«

»Ganz gut. Ihre Frau hat erlaubt, dass ich ihn weiterhin besuche.«

»Das freut mich.« Er klopfte mit dem Bleistift auf seinen Schreibtisch.

»Du fragst dich sicher, warum ich mit dir reden wollte.«

Ich nickte, schwieg aber.

Er stand auf und trat ans Fenster. Damit versperrte er mir die Sicht auf Cayden.

»Du warst außerhalb der erlaubten Zeit im Wald, habe ich gehört.«

Deshalb hatte er mich herbeordert? »Ich hatte mich verlaufen. Es kommt nicht wieder vor.«

»Du hättest dich verirren können. Wir sind hier mitten in der Wildnis.«

Am liebsten hätte ich die Augen verdreht. »Das hat mir Cayden auch schon erklärt und ich habe die Wölfe selbst gehört. Es kommt nicht wieder vor. Versprochen. Ich wusste nicht, dass es hier welche gibt.«

Mr. Ross drehte sich um und sah mich überrascht an. »Du hast die Wölfe gehört?«

Ich nickte. »Hat Cayden mich verpetzt?«, fragte ich dann aufmüpfig. »Er war doch selbst dort. Oder hat er eine Sondererlaubnis, weil er Ihr Neffe ist?«

»Cayden war mit dir im Wald?«

»Nicht mit mir. Er hat sich dort mit seinem Vater getroffen.«

Zu spät fiel mir ein, dass Mr. Ross und Caydens Vater zerstritten waren. Mist.

»Hast du nur seinen Vater gesehen oder war noch jemand dort?«

»Nur sein Vater und er«, erklärte ich zögernd. Weshalb hatte ich nicht meinen Mund gehalten? Von der weißen Hand fing ich lieber nicht auch noch an. Mr. Ross wirkte so schon verwirrt genug. Jetzt war er bestimmt sauer auf Cayden.

»Ich rede mit ihm, und du denkst daran, was ich dir gesagt habe. Der Wald ist nach Einbruch der Dunkelheit tabu für euch. Nimm es als Verwarnung. Erwische ich dich noch mal, musst du das Camp verlassen.« Er entspannte sich und lächelte.

»Okay«, sagte ich langsam. War das nicht ein bisschen übertrieben? Ich hatte schließlich nicht heimlich einen Joint geraucht, ich war bloß joggen gewesen.

»Dann kannst du jetzt gehen.«

Ich raffte meine Sachen zusammen und lief hinaus. Cayden stand auf, als ich durch die Tür trat.

»Ich glaube, ich habe gerade was Blödes gemacht.« Es war besser, ich beichtete es gleich, bevor Mr. Ross ihn darauf ansprach. Warum hatte ich nicht meinen Mund gehalten?

»Was meinst du?«

»Ich habe Mr. Ross erzählt, dass ich dich mit deinem Vater im Wald gesehen habe. Er schien nicht sonderlich erfreut zu sein. Ich weiß ja, dass die beiden zerstritten sind«, plapperte ich weiter. »Aber ich …«

Seine Miene verdüsterte sich. »Du hast *was*?«

Ich schluckte, als er näher an mich herantrat. »Entschuldige, aber ich konnte doch nicht wissen, dass du ihn nicht treffen darfst. Es war ein Versehen.«

»Was hast du ihm noch erzählt?«, unterbrach er mich, ohne auf meine Bemerkung einzugehen.

»Nichts«, flüsterte ich. »Nur dass ich dich gesehen und die Wölfe gehört habe.«

Er holte tief Luft, als wollte er losschreien, stattdessen beugte er sich zu mir herüber und flüsterte mit eisiger Stimme: »Halte dich zukünftig aus meinen Angelegenheiten heraus. Verstanden?« Abrupt richtete er sich auf und eilte mit langen Schritten den Weg entlang, ohne sich noch einmal umzudrehen. Was immer er von Mr. Ross gewollt hatte, war vergessen.

Aufzeichnungen des Hermes

VII.

Da hatte sie sich ganz schön verplappert. Eigentlich wäre es meine Aufgabe gewesen, Zeus zu erzählen, dass Iapetos sich mit seinem Sohn getroffen hatte. Aber Zeus und Iapetos würden sich wieder nur um den ganzen Schnee von gestern streiten. Außerdem war ich erst dazugestoßen, als Iapetos sich schon von seinem Sohn verabschiedete. Wahrscheinlich hatte er ihm nur mal wieder eine Standpauke gehalten. Wie üblich.

Was mich viel mehr interessierte, war, wie das Mädchen Apolls Wölfe hatte hören können. Sehr sonderbar. Mindestens so sonderbar wie die Tatsache, dass sie sich an ihre Rettung nach dem Unfall erinnern konnte.

Gerade hatte ich es mir wieder hinter der Bar gemütlich gemacht, um der Kleinen mit der Igelfrisur beim Arbeiten zuzusehen, als mein Vater mich zu sich rief. Ich schnallte meine Flügelschuhe an. Wenn er so schlechte Laune hatte, ließ ich ihn lieber nicht warten. Dabei sang Leah so schön schräg, wenn sie sich unbeobachtet glaubte. Wenn ich auf Menschen stünde, würde ich mir dieses Mädchen schnappen. Sie war der Typ, mit dem man Pferde stehlen konnte. Das sah ich ihr an der Nasenspitze an. Stattdessen musste ich langweilige Botendienste verrichten. Wie oft wollte Zeus Iapetos noch verwarnen, wenn der mal wieder Dinge tat, die er eigentlich nicht tun durfte?

Zeus hatte ein zu weiches Herz. Er hatte immer noch ein schlechtes Gewissen wegen Metis, deshalb ließ er dem Titanen alles durchgehen.

Na ja, ich rannte lieber einmal zu oft nach Elysion, als mich in einen Krieg zu stürzen. Wir waren alle nicht mehr die Jüngsten.

Ich warf einen letzten Blick in den Spiegel, der hinter der Bar hing. Immerhin glänzte mein Haar noch golden und ich hatte keine einzige Falte.

Apoll rutschte ein bisschen zur Seite, als ich mich mit meinem Salat neben ihm niederließ. »Wo hast du meinen Cousin gelassen?«

Ich zuckte mit den Achseln. »Keine Ahnung.« Lustlos spießte ich ein paar Gurkenscheiben auf und steckte sie mir in den Mund. Cayden hatte ich mit meiner unbedachten Äußerung wohl endgültig vertrieben. Es würde mich nicht wundern, wenn er nie wieder ein Wort mit mir wechselte. Andererseits hätte er mir ruhig sagen können, dass der Besuch seines Vaters so ein großes Geheimnis war. Ich war schließlich keine Hellseherin.

»Hat Cayden dich nicht zu meinem Vater begleitet?«, riss Apoll mich aus meinen düsteren Überlegungen.

Woher wusste er das schon wieder? »Hhm. Aber dann musste er plötzlich irgendwohin.« Warum Cayden mich wirklich stehen gelassen hatte, konnte und wollte ich Apoll nicht erzählen.

»Vielleicht hat er noch ein Date«, überlegte er laut und ließ mich nicht aus den Augen.

Ich zuckte mit den Schultern und versuchte mich an einem unbeteiligten Gesicht. »Schon möglich.«

Sein süffisantes Grinsen konnte er sich ruhig verkneifen.

Athene gesellte sich zu uns. Sie legte ihrem Bruder einen Arm um die Schultern. »Wollen wir schwimmen gehen?«, fragte sie.

»Klar. Warum nicht. Ich bin schließlich hier, um mich zu amüsieren«, sagte ich.

Apoll verdrehte die Augen.

»Das habe ich gesehen«, murmelte ich.

»Solltest du auch.«

»Super. Ich habe gerade Robyn und Cayden getroffen. Sie sind auch auf dem Weg zum Pool«, ignorierte Athene unseren Disput. Ich schloss die Augen und atmete tief ein. Es war zu spät für einen Rückzieher. Nur zu gern hätte ich die nächste Begegnung mit Cayden noch hinausgezögert. Wie hatte Robyn das bewerkstelligt? Kaum sah ich mal fünf Minuten nicht hin, waren die beiden schon wieder verabredet. Wahrscheinlich hatte sie ihm aufgelauert.

Als ich die Augen wieder öffnete, zuckte es um Apolls Mundwinkel. Er schien mir an der Nasenspitze anzusehen, dass ich mich am liebsten mit einem Buch in meinem Bett verkrochen hätte. Die Menschenkenntnis dieser Familie war unheimlich.

Als wir am Pool ankamen, zog Cayden stur seine Bahnen im Becken, während Robyn am Rand saß, mit den Beinen planschte und ihm zusah.

»Da ist er ja«, raunte Apoll. »Hast du ihn geärgert? Er kann stundenlang schwimmen, wenn er wütend ist. Wasser ist sein Element. Darin fühlt er sich fast wohler, als wenn er festen Boden unter den Füßen hat. Und so wütend, wie er gerade auf das Wasser einschlägt, muss er sich sehr geärgert haben.«

Ich warf Apoll einen bösen Blick zu, aber er lachte nur. So leicht ließ ich mich nicht aus der Reserve locken. Sollte er seinen Cousin fragen, weshalb er wütend war. Von mir erfuhr nie wieder jemand irgendwas.

Josh winkte mir von der anderen Seite des Pools zu. Leah stand neben ihm. Ich ließ Apoll stehen, der mir mit seinen anzüglichen Bemerkungen sowieso auf den Geist ging, und lief zu ihr.

»Wie war der Kurs?«, fragte sie, während sie aus einer Kühltasche Eis verteilte.

»Ich darf drinbleiben, obwohl ich maximal ein Drittel verstehe. Das ist immerhin ein kleiner Erfolg.« Ich warf mein T-Shirt und meine Shorts auf eine freie Liege.

»Du schaffst das schon«, munterte Leah mich auf. »Warum bist du eigentlich so scharf darauf, eine tote Sprache zu lernen?« Sie schlenderte weiter und ich blieb an ihrer Seite.

Verlegen lächelte ich. »Ich will Archäologie studieren.«

»Echt jetzt? Ich finde Geschichte ja zum Abgewöhnen. Noch langweiliger geht es kaum. Ständig wird über Tote und Kriege gelabert.«

Ich lachte. Zwei Jungs riefen nach uns und ich reichte ihnen je ein Eis am Stiel direkt in den Pool.

»Warum ausgerechnet Archäologie?«, fragte sie versöhnlich. Ein belustigtes Glitzern trat in ihre Augen. »Willst du den Schatz von Troja finden?«

»Vielleicht.« Ich biss in mein Eis. So in etwa hatte ich mir das als Kind vorgestellt. Aber das konnte ich nicht mal vor Leah zugeben. Von diesem Traum wusste nur Robyn.

»Dieser Schatz ist ein Mythos«, erklärte Cayden, der urplötzlich neben uns auftauchte und sich ein Eis aus der Kühltasche nahm. »Es gibt ihn nicht und hat ihn nie gegeben.«

»Du musst es ja wissen«, fauchte ich. Blöder Besserwisser. Wassertropfen funkelten auf seiner braunen Haut. Seine Badeshorts saßen ihm ziemlich tief auf der Hüfte. Musste er so rumrennen? Das machte er doch mit Absicht. Kein Wunder, dass sich sämtliche Mädchen nach ihm umdrehten.

»Weiß ich auch.« Er sah mich grinsend an.

»Ey!« Leah schlug ihm auf die Finger, als er sich noch ein zweites Eis nehmen wollte. »Sei nicht so unverschämt.«

Er lächelte ihr zu. »Das sollte eigentlich für Robyn sein.« Er wies mit dem Kopf zu meiner Freundin, die sich in ihrem knappen giftgrünen Bikini auf einer Liege rekelte und ihm zuwinkte. Sofort wandte er sich ab und schlenderte mit dem Eis davon.

»Ziemlich cooles Tattoo, findest du nicht?« Leah sah ihm hinterher.

»Welches Tattoo?«

»Der Adler. Hast du ihn nicht gesehen?«, fragte Leah. »Ungefähr hier.« Sie legte ihre Hand auf die Stelle, wo ich meinen Blinddarm vermutete. »Wenn ich achtzehn bin, lasse ich mir auch eins stechen. Das ist mal sicher.«

Das hatte ich glatt übersehen. Es gab einfach zu viel an ihm, was sich anzugucken lohnte. Außerdem war ich damit beschäftigt gewesen, wütend auf ihn zu sein. »Ob es etwas zu bedeuten hat?«

Leah zuckte mit den Achseln. »Frag ihn doch.«

»Auf keinen Fall. Er soll sich bloß nicht einbilden, dass ich mich für ihn interessiere«, wiegelte ich ab.

Leah reichte einem Mädchen ein Eis. »Tust du doch aber.«

»Das muss er ja nicht auch noch merken.«

»Jess.« Sie legte freundschaftlich ihren Arm um meine Schultern. »Wenn er es nicht längst bemerkt hat, ist er ein Idiot.«

»Ist es so auffällig?«

»Ich würde ja gerne *Nein* sagen, aber das wäre gelogen. Hattest du schon mal einen Freund?«

»Nicht so richtig, nein.«

»Dann lass dir mal von mir einen Rat geben. Schau ihn nicht so an, als wäre er ein Hundewelpe. Da stehen Jungs gar nicht drauf. Ich muss jetzt Nachschub holen. Das Eis ist alle.« Sie gab mir einen Kuss und schlenderte davon.

Ich hätte mich am liebsten in Luft aufgelöst, aber nichts dergleichen geschah. Ich sah ihn an wie einen Hundewelpen? Etwa mit so einem Darf-ich-dich-streicheln-Blick? O Gott. Mir wurde ganz heiß bei dem Gedanken, ich brauchte dringend eine Abkühlung. Das hier war zwar nicht der Pazifik, aber der Pool musste dann wohl reichen.

Ich war völlig aufgeweicht, als ich aus dem Becken kletterte. Apoll hatte es sich auf der Liege neben meiner gemütlich gemacht und reichte mir ein Handtuch. Dann setzte er sich hinter mich und rieb meinen Rücken mit Sonnencreme ein. Im Gegensatz zu Athene, der die Sonne nichts auszumachen schien, musste ich aufpassen, dass meine Haut nicht in Sekundenbruchteilen rot anlief. Sanft massierte Apoll meine Schultern.

»Du bist ganz verspannt.«

»Hhm.« Ich genoss mit geschlossenen Augen die Massage. Ab und zu lugte ich allerdings zu Cayden und Robyn hinüber, die ihre Liegen aneinandergeschoben hatten. Robyn kicherte, während Cayden ihr etwas ins Ohr flüsterte. Was, interessierte mich überhaupt nicht.

Als Apoll aufstand, um uns etwas zu trinken zu holen, griff ich nach meinem Buch. Kurz darauf fiel ein Schatten auf mich.

»Du solltest dich ihm nicht so an den Hals werfen.« Ich würde ihn nicht anschauen. Jedenfalls nicht, bevor ich den richtigen Blick vor dem Spiegel geübt hatte.

»Ich werfe mich niemandem an den Hals. Wir verstehen uns nur gut«, erklärte ich stattdessen hoheitsvoll und setzte meine Sonnenbrille auf.

»Doch, das tust du«, beharrte er.

»Selbst wenn. Was geht es dich an? Ich sage doch auch nichts dazu, dass du ständig mit Robyn, Melissa oder wie sie alle heißen rumhängst. Apoll ist nur nett zu mir.« Ich biss mir auf die Zunge, weil selbst mir auffiel, dass ich wie eine eifersüchtige Ziege klang. Er konnte tun und lassen, was er wollte. Er war *mir* keine Rechenschaft schuldig und ich *ihm* nicht. Wie kam er überhaupt dazu, mir Vorhaltungen zu machen?

»Ich bin auch nett zu dir«, erklärte er jetzt mit seidenweicher Stimme. So leicht würde er mich nicht um seine Klavierfinger wickeln.

»Ja klar. Du hast mich vorhin sehr nett stehen lassen.«

Athene, die aufgetaucht war, ohne dass ich es bemerkt hatte, lachte leise.

»Ich wüsste nicht, was es da zu lachen gibt«, fuhr Cayden seine Cousine an. Er konnte es echt nicht lassen.

»Auf mich musst du nicht wütend sein und auf Jess auch nicht. Höchstens auf dich selbst.« Sie nahm ihr Handtuch und lief zur Bar. Von seiner schlechten Laune ließ sie sich nicht einschüchtern.

Robyn stand dort und wandte ihren Blick nicht von Cayden und mir. Nachher würde sie wissen wollen, worüber wir gestritten hatten. Ich stöhnte leise in mich hinein und wollte mich aufrappeln, um zu ihnen zu gehen. Aber Cayden drückte mich auf die Liege zurück und setzte sich neben mich. Diese war so schmal, dass wir uns unweigerlich berührten. Hätte er nicht wenigstens ein T-Shirt anziehen können?

»Warte«, sagte er.

»Hör auf, mir ständig etwas vorzuschreiben«, protestierte ich, blieb aber liegen.

Cayden beugte sich noch näher zu mir und sah mich durchdringend an. »Ich hätte dich nicht einfach stehen lassen dürfen«, entschuldigte er sich. »Aber diese Sache ist echt kompliziert.«

»Verbietet Mr. Ross dir, dich mit deinem Vater zu treffen? Das darf er nicht.« Ich legte meine Hand auf seinen Arm. Feste Muskeln spielten unter der Haut.

Cayden holte tief Luft. »Misch dich einfach nie wieder in meine Angelegenheiten ein.« Er beugte sich noch näher zu mir. Beinahe berührten sich unsere Nasenspitzen. »Bitte«, setzte er leise hinzu, »es ist besser so.« In seinem Blick flackerte etwas auf, was ich nicht deuten konnte. Als Allererstes fiel mir Traurigkeit dazu ein, aber das war absurd. Jetzt fuhr er sich mit einer Hand durchs Haar. »Kannst du das für mich tun?«

Ich presste die Lippen zusammen. Mein Blick glitt zu dem Tattoo unter seiner Brust. Fasziniert betrachtete ich den Adler auf seiner Haut. Jede einzelne Feder war perfekt tätowiert. Mit der Fingerspitze fuhr ich die feine Kontur des Schnabels nach und spürte, wie Cayden unter meiner Berührung die Muskeln anspannte. Hastig wollte ich den Finger wegziehen, als sich seine Hand auf meine legte. Unsere Blicke verhakten sich ineinander. Sein Duft kroch in meine Nase, was mich leider so durcheinanderbrachte, dass ich meine Argumente nicht so vehement vorbringen konnte, wie ich es wollte. »Ich mische mich nicht in deine Angelegenheiten ein, wenn du dich nicht mehr in Robyns einmischst.«

»Eifersüchtig?«, flüsterte Cayden, und jetzt lag ein gefährliches Glitzern in seinem Blick.

»Sie ist mit Cameron zusammen. Das solltest du respektieren.«

Er sah zu Robyn, die ihm prompt zuwinkte. »Denkst du nicht, sie sollte selbst entscheiden, was sie will? Du bist weder ihr Babysitter noch ihre Anstandsdame. Wenn Cameron nicht um sie kämpft, dann hat er sie auch nicht verdient.«

Wie konnte jemand nur so von sich überzeugt sein? »Du bist ein Idiot«, flüsterte ich zurück und schenkte ihm das süßlichste Lächeln, zu dem ich fähig war. Dann stieß ich ihn weg, was mir überraschend leicht gelang. Ich schnappte mein Handtuch und ging davon. Diesmal hielt er mich nicht auf.

In unserer Lodge angekommen, schloss ich mich in meinem

Zimmer ein und ließ mich aufs Bett fallen. Er war es nicht wert, dass ich auch nur noch einen einzigen Gedanken an ihn verschwendete und erst recht keinen zweiten. Ich würde seine Anweisung, oder was immer es gewesen war, einfach ignorieren. Er brachte schließlich auch mein halbes Leben durcheinander.

Als es später an meiner Zimmertür klopfte, überlegte ich kurz, so zu tun, als ob ich schliefe.

»Mach schon auf!«, rief Robyn von draußen. Sie würde nicht lockerlassen, bis ich öffnete.

Missmutig ging ich zur Tür und sah ins Wohnzimmer. Josh und Cameron hatten es sich auf unserem Sofa bequem gemacht.

»Was war da vorhin los?«, fragte Robyn leise. »Warum hast du mit Cayden gestritten?«

Ich hätte mir eine plausible Geschichte überlegen sollen. Jetzt wusste ich nicht, was ich sagen sollte.

Robyn drängte mich in mein Zimmer und zog einen Schmollmund. Das tat sie immer, wenn sie ihren Kopf durchsetzen wollte. »Du solltest dir keine allzu großen Hoffnungen machen. Er findet dich nett, aber mehr auch nicht. Es ist besser, wenn du dich da nicht reinsteigerst. Das ist nur ein guter Rat von mir.«

Ich schluckte. »Hat er etwa zu dir gesagt, dass er mich nur nett findet?« Ich hätte das nicht fragen sollen, wo ich die Antwort doch gar nicht wissen wollte.

Sie zuckte mit den Schultern. »Nicht so direkt, aber da gab es nichts misszuverstehen.« Sie legte mir tröstend eine Hand auf die Schulter. »Du findest bestimmt jemand anderen, der besser zu dir passt.«

»Mach dir um mich bloß keine Sorgen«, entgegnete ich

sarkastisch. »Du weißt ja, warum ich hier bin. Jungs standen eigentlich ganz unten auf meiner Liste.«

»Ich wollte nur helfen.« Robyn zuckte mit ihren schmalen Schultern. »Ich will nicht, dass du dich in einen Jungen verliebst, der deine Gefühle nie erwidern wird.«

»Danke.« Ich bekam ein schlechtes Gewissen. Sie meinte es bestimmt nicht so, wie es in meinen Ohren geklungen hatte. »Ich mag Cayden nicht mal besonders.«

Ein strahlendes Lächeln breitete sich auf ihrem Gesicht aus. »Dann ist ja alles in bester Ordnung. Wir wollen einen Film gucken. Bist du dabei? Es ist zu heiß draußen.«

»Nur wir vier?«

»Ja klar. Athene ist mit Apoll und Cayden unterwegs. Wird Zeit, dass wir mal etwas allein machen.«

Das war die beste Idee, die sie seit Langem gehabt hatte. Bestimmt kam jetzt alles wieder in Ordnung.

Josh legte einen Arm um meine Schultern, als ich mich zu ihm setzte. Erleichtert kuschelte ich mich an ihn.

»Was ist eigentlich mit deiner neuesten Eroberung?«, fragte Cameron ihn, während er bei Netflix nach einem Film für uns suchte.

»Habe ich was verpasst?« Ich sah meinen besten Freund an, der breit grinste.

»Sie heißt Sharon und ist ganz süß, oder?«, beantwortete er Camerons Frage und stopfte sich eine Handvoll Popcorn in den Mund.

»Ziemlich gute Figur«, gab dieser seinen Senf dazu und erntete von Robyn einen Stoß in die Rippen.

»Wir treffen uns nachher noch«, verkündete Josh.

»Spaziergang im Mondschein?« Cameron lachte so ein typisch bescheuertes Jungslachen, dass jeder wusste, was die beiden eigentlich vorhatten. Manchmal konnte selbst er nicht verbergen, dass er noch ein Teenager war.

Ich sollte mir von Josh eine Scheibe abschneiden. Er amüsierte sich einfach nur, ohne sich zu viel von einer Beziehung zu versprechen. Sein Herz brach in einer Million Jahren nicht und genauso sollte ich das auch handhaben. Sich verlieben war doch Mist. Wie das ganze Konzept der Liebe Mist war. Einer zog immer den Kürzeren. Ein Partner liebte immer mehr als der andere. Meine Mutter war das beste Beispiel dafür, was passieren konnte, wenn man einem Mann zu sehr vertraute. Sie hatte meinen Vater viel zu sehr geliebt, und er hatte sie fallen gelassen wie eine heiße Kartoffel, kaum dass eine Jüngere vorbeispaziert war. Halbherzig verfolgte ich den sinnfreien Actionfilm. Mir entging nicht, dass Robyn Cameron, der sie immer wieder zu sich ziehen wollte, ziemlich auf Abstand hielt.

Josh stand auf, sobald der Film zu Ende war. »Ich verschwinde dann mal.«

Robyn ging in ihr Zimmer, während Cameron und ich schweigend aufräumten. Dann folgte er ihr und kurze Zeit später hörte ich laute Stimmen. Sie stritten. Mehrmals fiel der Name Cayden. Ich wollte nicht lauschen. Da es noch nicht mal neun Uhr war, zog ich eine dünne Jacke über und ging nach draußen. Orangefarbene Strahlen schimmerten durch die Baumkronen und tauchten alles in warmes Licht. Die perfekte Kulisse für ein Date – wenn man denn eines hatte.

Aus einer der größeren Lodges drang laute Musik. Einige der älteren Jungs feierten eine Party. Schaden konnte es nicht, mal vorbeizuschauen. Vielleicht war Leah auch dort.

Der Wohnraum der Lodge, in der die Party stattfand, war ungefähr doppelt so groß wie unserer und rappelvoll. Ich hielt Ausschau nach bekannten Gesichtern. Ein paar Leute aus meinem Griechischkurs winkten mir zu und ich drängelte mich zu ihnen durch.

»Ganz allein unterwegs?«, fragte mich einer der Jungs, der Luke hieß. Seine Korkenzieherlocken sahen albern aus, aber dafür konnte er ja nichts.

Ich zuckte mit den Schultern. Blöde Frage.

»Wo ist denn deine Freundin?«

Innerlich verdrehte ich die Augen. »Bei ihrem Freund«, erwiderte ich heftiger als notwendig.

»Ist ja gut.« Entschuldigend hob er die Hände. »Du bist ja auch ganz nett«, ließ er sich zu einem zweifelhaften Kompliment hinreißen und schob ein Glas mit Cola über den Tisch. Ich nippte daran. Es schmeckte komisch. »Ist da was drin?«

»Nur ein bisschen Wodka zum Lockerwerden.« Er wackelte albern mit den Augenbrauen.

»Ich bin locker«, motzte ich ihn an.

»Das merkt man. Entspann dich, Baby.«

»Ich bin nicht dein Baby.«

»Schade eigentlich.« Er beugte sich zu mir und schnüffelte an meinem Hals. »Du riechst gut«, säuselte er, und ich stieß ihn etwas zu heftig weg.

»Lass das!« Was bildeten diese Kerle sich eigentlich ein?

»Gibt es ein Problem?« Es war so voll, dass Cayden an mich gepresst wurde. Der hatte mir gerade noch gefehlt. Warum mischte er sich ein? Morgen würde ich wieder Dart oder Bowling spielen gehen, da wurde man von aufdringlichen Kerlen verschont. Ich trank einen zweiten Schluck von der Cola und ignorierte ihn. Konnte er nicht verschwinden, sich in Luft auflösen, oder so?

Ich trank nur sehr selten, da ich wusste, was Alkohol anrichten konnte. Meine Mutter versuchte, sich mit Alkohol zu trösten. Es gelang ihr nur mäßig. Aber ein Glas würde mir schon nicht schaden. Hier tranken schließlich alle hin und wieder.

Cayden nahm mir das Glas aus der Hand, als ich noch einen Schluck trinken wollte. Ich merkte bereits, wie mir das Zeug in die Beine fuhr. In dem Gemisch war mehr Wodka als Cola.

Luke grinste mich an. »Schmeckt, oder?«

Als Antwort knallte Cayden das Glas auf den Tisch und die klebrige Flüssigkeit verteilte sich auf meinen Händen. Er griff nach meinem Arm. »Wir gehen.«

»Hast du sie noch alle?« Wütend versuchte ich, meinen Arm wegzuziehen. »Lass das.« Kurz überlegte ich, ihm in die Hand zu beißen.

»Kommst du freiwillig mit?«

Ich schüttelte trotzig den Kopf. Seine Blicke durchbohrten mich und meine Beine wurden noch weicher. Er hatte nicht das Recht, mir Vorschriften zu machen. Er hatte auch nicht das Recht, den Beschützer zu spielen. »Lass mich einfach in Ruhe. Sicherlich gibt es jede Menge anderer Mädchen, die nur darauf warten, dass du auf sie aufpasst. Ich habe keinen Bedarf.«

Er kniff die Augen zusammen. »Entschuldige. Ich vergaß, dass heutzutage die Mädchen selbst entscheiden, was gut für sie ist.«

Was meinte der Blödmann mit *heutzutage*? »Du weißt echt nicht, was du willst. Mach du deinen Kram und ich mache meinen. Dann kommen wir uns nicht ins Gehege.«

Abrupt ließ er mich los, drehte sich um und verzog sich. Sofort hängte sich ein Mädchen an seinen Hals. Er hielt meinen Blick fest, während er sie auf die Tanzfläche zog. Das war mir zu dumm. Ich ignorierte die Stimmen in meinem Kopf, die mir zuflüsterten, dass ich gerade einen Fehler begangen hatte.

Luke grinste, als ich mich zu ihm umdrehte und demonstrativ von der ekligen Cola trank. Nur weil meine Mutter Alkoholikerin war, hieß das noch lange nicht, dass ich auf ein bisschen Spaß verzichten musste. Eigentlich schmeckte es gar nicht so schlecht, wenn man sich erst mal daran gewöhnt hatte. Im Grunde war es sogar lecker.

Ich beschloss, ebenfalls zu tanzen, und obwohl die Tanzfläche rappelvoll war, verschaffte Luke uns etwas Freiraum. In meinem Kopf drehte sich ein Karussell. Nicht besonders schnell, aber die silberne Kugel, die von der Decke hing, gab es plötzlich zweimal. Ich tanzte, bis ich völlig verschwitzt war. Immer wieder spürte ich Lukes Hände an meiner Taille. Jedes Mal, wenn er sie tiefer wandern ließ, stupste ich ihn weg. Keine Ahnung, warum ich dabei so blöd kicherte. Er nahm mich dementsprechend nicht ernst und versuchte es ständig aufs Neue. Aber er sah nett aus. Vielleicht sollte ich ihm eine Chance geben.

Nach einer Weile und einer zweiten Wodka-Cola wurde mir übel, alles drehte sich und von den vielen schwitzenden Körper bekam ich Platzangst. Lukes Zudringlichkeiten nervten. Ich drängelte mich hinaus ins Freie. Warme Nachtluft hing zwischen den Bäumen. Irgendwo über mir hörte ich eine Eule. Es klang deutlich friedlicher als das Wolfsgeheul. In meinen Ohren rauschte es, und die Bäume schwankten bedrohlich, obwohl es windstill war. Ich hatte den Überblick verloren, wie viel ich getrunken hatte. Eigentlich hatte ich immer nur genippt, aber für meinen untrainierten Körper hatte das offensichtlich gereicht. Hätte ich mal lieber auf Cayden gehört. Ich machte ein paar unsichere Schritte auf die Treppe zu, als die Tür hinter mir aufschwang.

»Hey. Wo willst du denn hin?« Lallte Luke oder klang seine Stimme nur in meinem Kopf so verzerrt?

Ich musste mich an dem Handlauf festhalten, als ich die drei Stufen hinunterkletterte. O Mann, wenn ich gewusst hätte, dass die Wodka-Cola mein Gehirn in Watte verwandeln würde, hätte ich darauf verzichtet. Ich versuchte, mich zu orientieren, und schlug den Weg zu meiner Lodge ein. Ich hoffte jedenfalls, dass es meine Richtung war. Luke lief mir hinterher und legte einen Arm um meine Taille. Selbst in meinem benebelten Zustand war es mir nicht recht, dass er mich so an sich presste. Ich versuchte, ihn wegzuschieben.

»Hab dich nicht so.« Wie eine Schlingpflanze wanden sich seine Arme um mich. Dann drängte er mich vom Weg ab und drückte mich gegen einen Baum. Seine Lippen legten sich auf meinen Mund. Ich versuchte, meinen Kopf wegzudrehen, aber es gelang mir nicht. Die Rinde des Stammes pikste durch mein dünnes Top.

»Lass das.« Er hörte nicht auf. Seine Hände fuhren über meine nackte Haut. Das war definitiv zu viel. »Lass mich los«, sagte ich, was er aber nur als Aufforderung nahm, mir seine Zunge in den Mund zu schieben. Mir wurde übel, und das nicht vom Wodka. Ich riss mein Knie hoch und rammte es ihm zwischen die Beine. Luke krümmte sich und quiekte auf. Ich hatte ihm nicht wehtun wollen, aber was genug war, war genug.

Eine Hand schnellte aus der Dunkelheit hervor und riss Luke von den Füßen. Unsanft landete er auf dem Waldboden.

Er schnappte nach Luft und stieß mühsam »Was soll das?« hervor. Dann rappelte er sich auf, um sich auf seinen Angreifer zu stürzen.

Cayden packte ihn am Kragen. »Verschwinde, bevor ich mich vergesse. Und beim nächsten Mal fragst du, ob Jess deine Zuwendungen möchte.«

»Klar wollte sie«, lallte Luke. »Sie ist ganz heiß auf mich.«

Das nächste Mal würde ich fester zutreten, nahm ich mir vor. Dieser Idiot verstand offensichtlich nur eine Sprache.

Cayden wandte sich mir zu. Seine Augen waren zu Schlitzen verengt. »Stimmt das?«

Nicht, dass es ihn etwas anging. Was tat er überhaupt hier? Ich hatte doch alles im Griff. Mein Rausch war jedenfalls verschwunden. Ich verschränkte die Arme vor der Brust. »Hätte ich dann sein bestes Stück beschädigt?«

»Hau ab.« Caydens Stimme klang eisig, als er sich wieder

Luke zuwandte und drohend auf ihn zuging. Schimpfend stolperte dieser davon.

Ich wischte mir über den Mund, aber der fiese Geschmack verschwand nicht. Da half nur Wasser, Zähneputzen oder am besten gleich ein Zungentausch.

Ich machte ein paar Schritte, um zurück auf den Weg zu gelangen, als Cayden sich vor mir aufbaute. »Was willst du noch?«, fragte ich mürrisch. »Ich wäre schon allein mit ihm fertiggeworden. Es gab keinen Grund, sich einzumischen.«

»Halte dich von solchen Jungs fern. Die sind nicht gut für dich.«

Das konnte doch nicht wahr sein! Was bildete der Kerl sich ein? »Woher willst ausgerechnet du wissen, was gut für mich ist?«, fragte ich. »Ich brauche weder deine Erlaubnis noch deine guten Ratschläge.«

Er kam näher heran. Die feinen Haare auf meinen Armen richteten sich auf. Plötzlich wirkte er viel gefährlicher als Luke. Wenn auch auf eine andere Art. Ich überlegte, ob ich ihn ebenfalls mit einem gezielten Tritt zwischen die Beine außer Gefecht setzen sollte.

»Denk nicht mal dran«, warnte er mich.

Damit war das Überraschungsmoment wohl vertan. Schade eigentlich.

»Da ich weder Zeit noch Lust habe, ständig auf dich aufzupassen, erwarte ich, dass du meine Ratschläge befolgst.«

Was hatte er denn in seiner Cola gehabt? Jetzt wurde es mir doch zu bunt. Stand auf meiner Stirn irgendwas von *besonders schutzbedürftig*? Es ging ihn nichts an, mit wem ich rumknutschte. *Ich* ging ihn nichts an. Und wovor hatte er mich denn bitte bisher beschützt? »Du bist der Letzte, von dem ich erwarte, dass er sich um mich kümmert«, giftete ich ihn an. »Ich habe andere Freunde für den Job.«

Wie auf Kommando ertönte ein Kichern. Ich erkannte Joshs Stimme, bevor ich ihn sah. Eng umschlungen schlenderten er und diese Sharon auf dem Weg an uns vorbei. Sie hatten nur Augen füreinander.

»Ihn zum Beispiel?« Mitleidig sah Cayden mich an. Das brachte das Fass endgültig zum Überlaufen. Ich holte aus, um ihm die Ohrfeige zu geben, die er sich längst verdient hatte. Leider war er schneller. Er packte mein Handgelenk und hielt es fest. Seine Augen sprühten förmlich vor Wut. Da hatten wir ausnahmsweise mal etwas gemeinsam. »Er macht den Job ziemlich schlecht«, raunte er mir ins Ohr. Seine grünen Augen glitzerten herausfordernd und sein vertrauter Duft umfing mich.

Ich beugte mich näher zu ihm heran und schnupperte an seinem Hals. »Du warst das in meinem Traum.« Ich war mir sicher.

»Du weißt nicht, was du da sagst.«

»Doch, ich glaube schon. Es war gar kein Traum, oder? Das ist alles wirklich geschehen.«

Eine kleine Ewigkeit sah er mir in die Augen. »Wenn du einen Rat von mir möchtest: Es wäre besser, wenn es ein Traum bliebe.«

»Du müsstest langsam wissen, dass ich auf deine Ratschläge keinen gesteigerten Wert lege.« Ich machte mich von ihm los und richtete mich auf. »Und zu deiner Information: So leicht gebe ich nicht auf. Ich werde schon noch herausfinden, was bei diesem Unfall passiert ist.«

Cayden nickte langsam. »Dann sag später nicht, ich hätte dich nicht gewarnt.«

»Werde ich nicht. Keine Angst.«

Alle Kälte verschwand aus seinem Blick. Eine blonde Strähne fiel ihm ins Gesicht, die ich am liebsten zwischen meine Finger genommen hätte.

Als hätte er meine Gedanken erraten, trat er hastig zurück und gab den Weg frei. Während ich zu unserer Lodge zottelte, blieb er dicht neben mir.

»Danke«, sagte ich, als wir uns verabschiedeten.

»Wofür?«

Ich zuckte mit den Schultern. »Dafür, dass du mich nicht allein gelassen hast?« Ich ließ offen, ob ich den Unfall oder Luke meinte, aber ich sah, dass er mich verstand.

»Soll ich dich noch reinbringen?«

Ich schüttelte den Kopf. Bei Athene brannte noch Licht.

Er blieb am Fuß der Treppe stehen, bis ich die Tür von innen verriegelt hatte.

Aufzeichnungen des Hermes

VIII.

Sie hatte wieder von dem Traum angefangen und auch diesmal hatte Prometheus es nicht abgestritten. Das war gar nicht gut. Die Kleine war ein helles Köpfchen. Nicht mehr lange, und sie würde herausfinden, dass mit ihm etwas nicht stimmte. Dass er anders war als sie. Hoffentlich erschrak sie nicht zu Tode. War alles schon passiert.

Ich fragte mich, warum er ständig um sie herumscharwenzelte. Selbst wenn Jess es nicht immer mitbekam, er ließ sie nur ungern aus den Augen. Das gehörte eigentlich nicht zum Spiel. Außer, Prometheus ging davon aus, dass sie eines der Mädchen war, die in die engere Wahl kommen würden. Aber jedem von uns war klar, dass sie keine geeignete Kandidatin war. Sie war jetzt schon ganz vernarrt in ihn, die Ärmste.

Überhaupt, dieser Unfall. Immer noch wurde darüber debattiert, wer ihn verursacht hatte. Ich hatte mir auf Zeus' Wunsch hin den Schauplatz noch mal genau angesehen, aber keine Hinweise darauf gefunden, dass es nicht mit rechten Dingen zugegangen war. Und wer könnte auch ein Interesse daran haben, den Mädchen etwas anzutun? Wahrscheinlich war der Baum tatsächlich nur zufällig durch den Sturm auf die Fahrbahn gefallen.

Blieb die Frage, wer ausgerechnet über diesem Waldstück ein so heftiges Gewitter hatte niedergehen lassen. Zeus war es jedenfalls nicht gewesen.

»Kannst du mir bitte mal verraten, was das werden soll?« Licht sickerte durch den schmalen Spalt unter meiner Tür herein.

»Ich weiß es nicht.« Etwas klirrte, als wäre ein Glas umgefallen.

»Das war eine simple Frage, du musst nicht gleich ausrasten«, rügte Athene ihren Cousin.

Ich angelte nach meinem Handy. Es war ein Uhr. Was machte Cayden mitten in der Nacht in unserem Wohnzimmer?

»Ich raste nicht aus«, antwortete er, aber selbst ich hörte die Anspannung in seiner Stimme.

»Doch, genau das tust du. Ich möchte nicht, dass du ihr wehtust.«

Ich spitzte meine Ohren noch mehr.

»Du wirst ihr bloß das Herz brechen. Sie hat was Besseres verdient.«

Cayden lachte hart auf. Sprachen sie über Robyn? War er in sie verliebt? Meine Hände verkrampften sich in meiner Bettdecke.

»Sie weiß, dass ihre Rettung nach dem Unfall kein Traum war. Sie erinnert sich.«

»Das kann nicht sein.« Athene klang ungläubig.

»Sie hat mich wiedererkannt«, setzte Cayden seine Erklärung fort. »Dabei weiß ich selbst, dass das unmöglich ist.«

»Sie hätte es vergessen müssen«, hörte ich Athenes leise Stimme.

»Wir müssen es Zeus sagen«, erklärte Cayden.

»Vielleicht warten wir noch etwas«, schlug Athene vor. »Vielleicht hat es nichts zu bedeuten. Vielleicht vergisst Jess nur langsamer.«

Ich stand auf und schlich zur Tür. Leider wagte ich nicht, sie weiter zu öffnen. Sie quietschte ein bisschen.

»Hermes lass meine Sorge sein. Du wirst das Jess ausreden«, fuhr Athene fort.

»Ich denke, ich soll sie in Ruhe lassen? Und außerdem, wie soll ich das anstellen? Sie ist ganz schön dickköpfig.«

»Dann würde sie ja perfekt zu dir passen.«

»Sehr witzig. Sie will ich aber nicht«, knurrte er.

Athene lachte hell auf. »Rede dir das nur weiter ein, Cousin. Du bist manchmal so ein Dummkopf.«

»Du weißt, was für mich auf dem Spiel steht«, unterbrach er sie. »Und Jess könnte ich sofort haben, wenn ich nur wollte.«

Hatte er sie noch alle? Jemanden, der so arrogant war, könnte man mir nackt auf den Bauch binden, und ich würde ihn nicht haben wollen. Bei der Vorstellung kribbelte mein verräterischer Körper. Ich hatte gewusst, dass er eingebildet war. Aber für so einen Mistkerl hätte ich ihn nicht gehalten. Mühsam zügelte ich meine Wut. Wenn ich jetzt ins Wohnzimmer stürmte, machte ich mich nur lächerlich.

»Wie immer überschätzt du dich.« Athene lachte. »Du hast diese Menschen zwar geschaffen, aber du hast nicht die geringste Ahnung von ihnen.«

»Du vergisst, dass ich nur ihre Körper geformt habe. Das Leben haben sie von dir bekommen und ihre guten und schlechten Eigenschaften von allen Geschöpfen, die damals diese Welt bevölkert haben. Und vergessen wir nicht die Büchse der Pandora. Dieses ganze Elend und Leid, das da rausgekrochen ist, hat sein Übriges dazu getan, dass die Menschen sind, wie sie nun mal sind. Mein Anteil war, rückwirkend betrachtet, relativ gering.«

»Und trotzdem liegen sie dir immer noch so am Herzen.«

Die beiden schwiegen, während ich mucksmäuschenstill an der Tür lehnte und wartete. Mein Gehirn versuchte, die Informationen zu verarbeiten, die es gerade bekommen hatte. Es gelang ihm nur mäßig.

Eine Chipstüte raschelte. »Mein Vater war hier«, erklärte Cayden nach einer Weile.

Ich musste mich anstrengen, um ihn zu verstehen.

»Weiß Zeus davon? Unsere Geheimnisse sollten nicht überhandnehmen.«

»Jess hat es ihm gesagt. Aber wenn er es nicht von ihr erfahren hätte, dann hätte Hermes es gepetzt. Der steckt seine Nase doch immer in Angelegenheiten, die ihn nichts angehen.«

Schon wieder Hermes? Ich kannte nur einen Hermes und das war der Bote der Götter. Es wurde immer verrückter. Diese Familie hatte echt einen Knall.

»Was wollte Iapetos von dir?«

»Dasselbe wie immer.«

»Es muss ihm sehr wichtig sein, wenn er extra dafür Elysion verlassen hat.«

Cayden schnaubte als Antwort nur.

»Wie lange hast du deine Eltern nicht besucht?«

»Über dreihundert Jahre.«

Das war der Moment, in dem ich endgültig ausstieg.

»Das ist selbst für uns eine lange Zeit.«

»Er versteht nicht, wie wichtig mir die Sache ist.«

»Er sorgt sich um dich.«

»Das ist nicht nötig.« Er klang wie ein bockiger Junge.

Athene seufzte resigniert, als hätte sie dieses Gespräch mit Cayden schon hundert Mal ohne ein Ergebnis geführt.

Eine Tür schlug auf und Lachen erklang. Robyn rief etwas. Kurz überlegte ich, ob ich weiter so tun sollte, als schliefe ich. Aber meine Neugier siegte. Ich musste wissen, was da draußen vor sich ging. Hastig zog ich einen Pullover über mein Schlafshirt und lief ins Wohnzimmer.

Robyn ließ sich gerade neben Athene auf das Sofa fallen. Cayden gesellte sich zu Cameron, der sich in der Küche zu schaffen machte. Es dauerte keine fünf Minuten und der Tisch quoll über von Schokolade, Chips und Colaflaschen.

»Steh da nicht rum wie festgewachsen«, forderte Robyn mich auf. »Komm schon her!«

Ich setzte mich auf das Sofa und griff nach ein paar Chips.

»Hattest du Spaß heute Abend?«, fragte sie, und ihr Blick huschte zwischen Cayden und mir hin und her.

»Geht so. Und ihr?« Ich griff nach der Karaffe mit Wasser und schenkte mir ein.

»Wir waren beim Karaoke im Campcafé.« Sie kicherte. »Und wir hätten fast gewonnen. Aber Sharon hat eine Hammerstimme. Dagegen kamen Cameron und ich nicht an.«

»Ich finde, sie sieht ein bisschen aus wie Keira Knightley«, ergänzte Cameron, während er von einer Schokoladentafel abbiss. »Josh hat einen exzellenten Geschmack.«

Ich spürte Caydens Blick auf mir ruhen und stopfte mir noch mehr Chips in den Mund. Zum Glück hatten er und Athene nicht mitbekommen, dass ich sie belauscht hatte. Doch ich war endgültig mit ihm fertig. Erst erzählte er Robyn, dass er mich nur nett findet, und dann behauptete er Athene gegenüber, dass er mich sofort haben könnte, wenn er nur wollte. Und verrückt schien er auch zu sein, nach dem Gespräch von eben zu urteilen. Cameron zückte sein iPhone und gleich darauf dröhnte Musik durch das Zimmer.

Kurze Zeit später tauchten Josh und Sharon in unserer Lodge auf. Cayden setzte sich neben Robyn und flüsterte ihr etwas ins Ohr. Pseudo-Keira ließ sich neben mich fallen.

»Du bist also Joshs beste Freundin?« Die Neugier stand ihr ins Gesicht geschrieben.

»Hhm.« Eine weitere Handvoll Chips verschwand in meinem Mund.

»Er hat mir von dir erzählt.«

Schön für sie. Ich hoffte, nicht diese Mitleidsgeschichte von meinem Vater. »Magst du?« Ich hielt ihr die Chipstüte hin. Wer kaute, sprach nicht.

»Ich esse keine Kohlenhydrate. Schon gar nicht nachts. Aber danke.«

Ich schüttelte verständnislos den Kopf. Was hatte die Tageszeit mit Kohlenhydraten zu tun?

»Du bist ziemlich klug, hat Josh gesagt.« Ich verschluckte mich und hustete. Sharon klopfte mir auf den Rücken. »Ich glaube, er bewundert dich ein bisschen. Ich bin fast ein bisschen eifersüchtig auf dich.« Sie glotzte ihre lackierten Fingernägel an. Warum suchte Josh sich immer Mädchen, deren Gehirne die Größe einer Erbse hatten? Ich kapierte es einfach nicht.

»Hat er zu Hause eine Freundin?«

Auf so ein Gespräch hatte ich wirklich keine Lust. Musste sich immer alles nur um Jungs drehen? Warum fragte mich nie jemand nach meinem Lieblingsschriftsteller oder danach, welche Filme ich mochte? Sharon blinkerte Josh mit ihren künstlichen Wimpern an. Ich rutschte ein Stück von ihr weg. Leider war mir entgangen, dass Robyn aufgestanden war und so nun Cayden neben mir saß. Unsere Oberarme berührten sich und seine Körperwärme sickerte sofort durch meinen Pullover.

»Zurzeit ausnahmsweise mal nicht«, beantwortete ich Sharons Frage verdrießlich.

»Er küsst so gut. Bestimmt hat er jede Menge Erfahrung.« Am liebsten hätte ich mir die Ohren zugehalten. Stattdessen spürte ich genau, wie Cayden sich bei ihren Worten neben mir versteifte und mich aus dem Augenwinkel beobachtete.

»Die hat er«, bestätigte ich und versuchte, möglichst vielsagend zu lächeln. Es musste ja niemand wissen, dass *ich* von seinen Fähigkeiten nicht aus persönlicher Erfahrung wusste.

Cayden biss die Zähne zusammen und ich grinste zufrieden.

Robyn kam zurück und quetschte sich wieder zwischen uns. Sie und Cayden flüsterten so leise miteinander, dass ich kein Wort verstand.

Als Josh Sharon auf seinen Schoß zog, verdrückte ich mich in mein Zimmer.

Das Einschlafen gestaltete sich schwierig. Draußen kicherten die Mädchen, während die Jungs sich lautstark unterhielten. Ich holte mein Handy unter dem Kopfkissen hervor, um Phoebe eine Nachricht zu schicken.

Hallo, Schwesterchen, es ist wahnsinnig toll hier. Die Kurse sind super. Ich hoffe, Dir und Mom geht es gut. Schreib mir, wenn irgendwas ist, und trainiere fleißig. Ich habe Dich lieb.

Nachdem ich die Nachricht verschickt hatte, klopfte ich mein Kopfkissen zurecht und schloss die Augen. Kurz bevor ich endlich einschlief, ging mir das Gespräch zwischen Athene und Cayden noch mal durch den Kopf. Es war um Zeus und um Caydens Eltern gegangen, die er angeblich seit dreihundert Jahren nicht gesehen hatte. Um Hermes und Pandora. Athene hatte den Namen von Caydens Vater genannt. Ich versuchte, mich zu erinnern. Irgendwas mit Ia oder so ähnlich. Und dann war die Rede davon gewesen, dass Cayden die Menschen erschaffen hatte. Ob die beiden ein Theaterstück einstudierten? Ich wusste nicht, welche Kurse Athene besuchte. Vielleicht denselben Theaterkurs wie Robyn? Ich musste sie unbedingt fragen. Bestimmt führten sie ein griechisches Stück auf.

Ich stopfte mir meine Kopfhörer ins Ohr und lauschte der Musik. Langsam entspannte ich mich, und das Gedankenkarussell hörte auf, sich zu drehen.

Meine Decke wurde weggerissen, als ich gerade eingeschlafen war. So fühlte es sich zumindest an. Ich hatte Muskelkater vom stundenlangen Herumwälzen. Bisher hatte ich nicht mal gewusst, dass das möglich war.

»Was soll das?«, murrte ich. Meistens war ich diejenige, die Robyn weckte.

»Wir haben eine Trainingseinheit«, erklang Joshs fröhliche Stimme.

Ich riss vor Schreck die Augen auf. Beste Freunde hin oder her, er war noch nie in meinem Schlafzimmer gewesen, zumindest nicht, wenn ich halb nackt war, nur in Slip und Top. Die Nächte waren irre warm und ich hatte mich bestimmt drei Mal umgezogen.

»Spinnst du?«, schrie ich und versuchte, mir die Decke zu schnappen.

»An dir gibt es nichts, was ich nicht schon mal gesehen hätte«, verkündete er frech.

»Na vielen Dank«, giftete ich ihn an. Er war offenbar nicht sonderlich beeindruckt von meinen durchtrainierten Beinen. Aber das hatte ich eigentlich auch nicht erwartet. Josh stand auf ordentlich Oberweite und in der Hinsicht hatte ich nicht viel zu bieten.

»Verschwinde«, fügte ich versöhnlicher hinzu.

»Nur mit dir zusammen.«

»Ich habe keine Lust, mich von dir verprügeln zu lassen.« Beim Training kannte Josh keine Gnade.

»Heute darfst du mich verprügeln«, erlaubte er großzügig.

Misstrauisch sah ich zu ihm hoch. »Ehrlich?«

»Ehrlich.«

»Warum?«

»Ich habe gehört, Luke hat versucht, dich zu begrapschen?«

»Er wollte mich bloß küssen, nichts weiter.« Ich stand auf und kramte meine Jogginghose aus der Kommode, während Josh sich auf mein Bett fläzte.

»Aber du wolltest es nicht«, stellte er fest.

»Natürlich nicht, allerdings hatte er Schwierigkeiten, das Wort ›nein‹ zu verstehen.«

»Warum schleppe ich dich seit zwei Jahren zu diesen Selbstverteidigungskursen?«

»Ich bin mit ihm fertiggeworden. Das hat sich wohl nicht rumgesprochen. Ich habe ihm einen gezielten Tritt in seine Körpermitte verpasst.«

Josh fing an zu lachen und konnte sich kaum noch halten. »Echt?«, japste er.

»Echt. Wie oft muss ich noch sagen, dass ich wunderbar allein klarkomme?«

Josh stand auf und legte mir die Hände auf die Schultern. »Das weiß ich doch. Aber der Idiot hat gesagt, Cayden hätte ihn verprügelt. Wahrscheinlich wollte er nicht zugeben, dass ein Mädchen ihn außer Gefecht gesetzt hat. Ich hätte es besser wissen müssen.« Entschuldigend sah er mich an. »Ich mache mir niiie wieder Sorgen um dich. Großes Indianerehrenwort.«

Ich boxte ihn in die Seite. »Du bist genau so ein Blödmann wie alle anderen Jungs.« Kopfschüttelnd ging ich ins Bad.

»Wie gut, dass ich weiß, dass du das nicht ernst meinst!«, rief er mir hinterher. »Du musst mir aber noch erklären, was Cayden mit der ganzen Sache zu tun hatte.«

Ich drehte die Dusche auf und hoffte, er würde seine Frage vergessen.

Cayden ignorierte mich am nächsten Tag im Griechischkurs und am übernächsten auch. Allerdings sah ich ihn ab und zu durchs Camp laufen und nicht selten hatte er Robyn, Melissa oder ein anderes Mädchen im Schlepptau. Ich versuchte, mir einzureden, dass es mich nicht störte. Allerdings gelang mir das nur mäßig. Deshalb vergrub ich mich nach den Kursen meist direkt in den Hausaufgaben. Das lenkte mich zuverlässig ab. Doch mir fiel es immer schwerer, meinen Vorsatz, Cayden endgültig abzuhaken, durchzuhalten.

Heute war Cayden gar nicht erst zum Kurs erschienen.

»Jess, was hältst du von Prometheus' Weigerung, Zeus zu verraten, wer ihn stürzen wird?« Mrs. Ross blieb vor meinem Tisch stehen und betrachtete die Blümchen, die ich auf den Rand meines Schreibblocks gemalt hatte.

»Ähhh. Na ja. Er wird seine Gründe gehabt haben«, antwortete ich.

»Vielleicht möchtest du bis morgen dazu einen kleinen Text übersetzen und uns vorlesen«, schlug Mrs. Ross vor. »Wir müssen unbedingt an deiner Satzbildung arbeiten.« Ohne meine Antwort abzuwarten, wandte sie sich an Athene. »Warum rät Okeanos seinem Neffen, Zeus nachzugeben? Und weshalb hat Aischylos für die Rolle nicht dessen Vater Iapetos gewählt?«

Ich achtete nicht auf Athenes Antwort. Iapetos, so hatte Athene Caydens Vater genannt. Er hatte mir selbst schon von diesem Gott erzählt. Das war der, in den diese Metis verliebt gewesen war. Ich massierte mir die Schläfen und ignorierte Apolls Blick.

»Was ist los?«, fragte er mich.

Ich schüttelte den Kopf und versuchte, mich auf die Stelle zu konzentrieren, die eine andere Mitschülerin vorlas.

Als Mrs. Ross die Stunde beendete, sprang ich auf und lief zu unserer Lodge. Cameron hockte auf den Stufen und sah mir entgegen. »Weißt du, wo Robyn ist?«

»Bei ihrem Theaterkurs?«

Er schüttelte den Kopf. »Da war ich schon. Sie hat geschwänzt.«

In meinem Kopf schrillten die Alarmglocken, aber ich verkniff mir, ihm zu sagen, dass Cayden nicht beim Griechisch gewesen war.

»Dann suche ich sie mal weiter.« Cameron stand auf.

»Warst du schon am Pool?«

»Klar.«

»Vielleicht ist sie im Spa?«

»Dafür schwänzt sie den Kurs?«

Ich zuckte mit den Achseln. Wäre nicht das erste Mal, auch wenn wir das vor Cameron normalerweise geheim hielten.

Ich schmiss meine Sachen auf die Couch und griff nach meinem Laptop. *Iapetos* tippte ich in das Suchfeld. *Titan, Sohn des Uranos und der Gaia. Mit seiner Gattin, der Okeanide Klymene, zeugte er die Zwillinge Prometheus und Epimetheus.* Das war wohl der Bruder, über den Cayden mit seinem Vater gesprochen hatte. *Epimetheus, der danach Denkende.* Jetzt verstand ich auch, was Cayden mit seiner Bemerkung über den Namen gemeint hatte. Wie wohl Mr. Ross mit Vornamen hieß? War die ganze Familie womöglich in dieser ominösen Sekte? Vielleicht waren Mr. und Mrs. Ross ausgetreten und hatten Cayden mitgenommen. Darüber hatten die Väter sich zerstritten. Das wäre die logischste Erklärung. Allerdings erklärte es nicht, warum Cayden sagte, dass er seine Eltern seit dreihundert Jahren nicht besucht habe. Es erklärte nicht, weshalb sein Vater so merkwürdig geleuchtet hatte und wie Cayden in meinen Traum gekommen war. Ich überflog den Götterstammbaum. Apoll war der Gott der Heilkunst. Mir wurde ganz flau im Magen, als ich an den Unfall zurückdachte. Konnte es sein, dass die drei … Ich verbot mir, den Gedanken zu Ende zu führen. Das konnte nicht sein. Dass ich überhaupt darüber nachdachte, war schon absurd.

Schnell las ich weiter.

Gaia, die Erdgöttin, gab Kronos und seinen Brüdern den Auftrag, Uranos zu entmannen. Du lieber Himmel. Das würde ich nicht mal meinem Vater antun und der war wirklich ein Rabenvater.

Iapetos hielt ihn fest und Kronos entmannte Uranos mit einer Sichel. Damit wurde Kronos zum Herrscher der Welt und seine Schwester Rhea seine Gemahlin. Aus Angst, selbst entmachtet zu werden, fraß er alle seine Kinder: Hestia, Demeter, Hera, Hades und Poseidon. Nur den jüngsten Sohn, Zeus, versteckte Rhea. So konnte dieser ungestört heranwachsen. Auf Zeus' Bitte hin mischte die Titanin Metis einen Trank, nach dessen Genuss Kronos seine verschlungenen Kinder wieder ausspuckte.

Gleichzeitig hatte Göttervater Zeus die Titanin verführt, obwohl diese Iapetos geliebt hatte. Wahrscheinlich war der stinksauer gewesen. In jedem Fall hatte er sich in dem darauffolgenden Krieg auf die Seite des Kronos gestellt.

Seit dem Kampf der Titanen gegen die Götter sitzen Iapetos und sein Bruder Kronos, verbannt von Zeus, in den lichtlosen Tiefen des Tartaros.

Das hatte Zeus ja super hingekriegt. Aber Athene hatte von Elysion gesprochen. Mit zwei Klicks fand ich heraus, dass *Elysion* auch *Insel der Seligen* genannt wurde. Ich fuhr mir gerade mit den Händen übers Gesicht, als die Tür hinter mir aufschlug. Schnell klappte ich meinen Laptop zu.

Robyn kam mit geröteten Wangen ins Wohnzimmer gestürmt. Ihr Haar war völlig zerzaust.

»Wo warst du?«, fragte ich vorwurfsvoller als beabsichtigt.

»Ich war mit Sharon unterwegs«, kam es wie aus der Pistole geschossen. »Wir beide müssen zum Küchendienst.«

Mist, das hatte ich ganz vergessen. Alle Teilnehmer des Camps hatten mindestens einmal in der Woche Küchendienst und mussten beim Essenausteilen und Abwaschen helfen. Nicht gerade eine meiner Lieblingsaufgaben, aber ich war von meinem Job zu Hause in der Pizzeria eine Menge schmutziges Geschirr gewohnt.

»Cayden war heute nicht bei Griechisch«, erzählte ich auf dem Weg zur Mensa wie nebenbei. »Hast du ihn gesehen?«

»Nein«, antwortete sie, ohne zu zögern. »Sharon und ich waren im Café einen Cappuccino trinken. Ich hatte heute bei den Proben nichts zu tun, und da dachte ich, ich mache eine Pause.«

»Welches Stück führt ihr eigentlich auf?«

»Der Widerspenstigen Zähmung«, antwortete sie.

Das hatte nichts mit griechischen Göttern zu tun. Die Theorie, dass sich Athene und Cayden über ein Theaterstück unterhalten hatten, konnte ich also getrost fallen lassen. Ich konnte mir keinen Reim auf die ganze Sache machen. Besser gesagt, ich konnte mir einen machen, aber der widersprach jedem gesunden Menschenverstand. Hielt Cayden mich deshalb auf Abstand? Damit ich ihnen nicht auf die Schliche kam? Ich musste zugeben, dass es wirklich das Klügste wäre, die ganze Sache zu vergessen.

Lange hielt ich das nicht durch. Lediglich die nächsten zwei Stunden schaffte ich es, nicht darüber nachzudenken. Aber als ich nach dem Essen alle Tische abwischte, versuchte ich schon wieder, meine Überlegungen zu ordnen. Die Theorie, dass diese ganze Familie Mitglied in einer komischen Sekte war, erschien mir am logischsten. Vielleicht lernte man in dieser Sekte ja auch, wie man durch fremde Träume spazierte. Es sollte ja mehr Dinge zwischen Himmel und Erde geben, als man sich vorstellen konnte. Mit dieser Begründung war ich einigermaßen zufrieden, auch wenn einige Ungereimtheiten blieben.

Ich brachte den Eimer mit dem Lappen zurück. Robyn war verschwunden, ohne mir Bescheid zu geben. Etwas, was früher undenkbar gewesen wäre.

Als ich zum Fechtkurs kam, focht Robyn bereits gegen Cayden. Eigentlich war sie meine Partnerin. Ich beobachtete die beiden eine Weile. An Caydens anmutigen Bewegungen hätte jeder Fechtweltmeister seine Freude gehabt. Es gab bestimmt genug Mädchen, die ihn mit einem griechischen Gott vergleichen würden, auch ohne dass er sich in ihren Träumen herumtrieb. Ich schob den Gedanken beiseite. An diesen Unsinn wollte ich keine Minute mehr verschwenden.

Robyn war eine ganz gute Fechterin, aber gegen Cayden hatte sie keine Chance, obwohl er sich ganz offensichtlich bei seinen Manövern zurückhielt. Wenn er wollte, könnte er sie ruck, zuck besiegen. Also warum schonte er sie? Dafür fielen mir nicht viele Gründe ein. Genau genommen nur einer.

Es sah aus, als wäre Caydens Hand mit dem Degen verschmolzen. Leichtfüßig setzte er jetzt seine Schritte und wich ihrem Angriff aus. Dann ging er zum Gegenangriff über. Nur zwei kleine Bewegungen und er hatte ihre Abwehr durchbrochen. Die grüne Lampe leuchtete auf und er erhielt einen weiteren Punkt. Robyn konnte nicht besonders gut verlieren, sie war sicher stinksauer, dass die Runde 5:3 an ihn ging. Doch als sie ihre Maske abnahm, schien sie keineswegs verärgert zu sein. Im Gegenteil. Sie strahlte ihn an. Selbst mit verschwitzten, angeklebten Haaren sah sie hübsch aus. Cayden legte einen Arm um sie und zog sie zur Bank. Sie tranken aus *einer* Wasserflasche, obwohl Robyn das normalerweise eklig fand. Ich fummelte an meiner Ausrüstung herum. Meine Elektronikweste saß mittlerweile ziemlich eng und neue Fechtsocken konnte ich auch gebrauchen. Die hier hatte ich sogar schon gestopft.

Cayden erklärte Robyn ein paar Strategien und zeigte ihr zwei Paraden für einen Angriff. Sie hing an seinen Lippen. Er musste sie verhext haben. Als hätte sie meinen Blick bemerkt, sah Robyn mich nun an, machte aber weder Anstalten, zu mir zu kommen, noch winkte sie mich zu sich. Cayden ignorierte mich gleich ganz.

»Ich bin nicht eifersüchtig«, murmelte ich vor mich hin.

Als Josh hereinkam und mit mir auf die Bahn ging, stellte ich mich an wie eine blutige Anfängerin. Dabei focht ich normalerweise viel besser als er. Aber heute konnte ich mich nicht konzentrieren und kassierte einen Treffer nach dem anderen.

»Was ist los mit dir?«, fauchte er und unterbrach die Lektion.

»Keine Ahnung. Ich habe schlecht geschlafen. Es ist zu warm und da war eine Mücke in meinem Schlafzimmer.« Zum Beweis zeigte ich ihm einen Stich an meinem Hals.

»Du musst Spucke draufmachen.« Er grinste und strich über die Schwellung.

»Du bist widerlich.«

»Altes Hausrezept.« Er leckte seinen Finger an.

»Lass das«, sagte ich und schlug seine Hand weg.

Sharon kam auf die Bahn gestürmt und hängte sich an seinen Hals. Er beugte sich zu ihr, um sie zu küssen. Ich war vergessen. Am liebsten hätte ich geschrien. Ich war es leid, mich ständig wie das fünfte Rad am Wagen zu fühlen. Obwohl die Stunde noch nicht vorbei war, drehte ich mich um und ging. Erst unter der Dusche beruhigte ich mich halbwegs. Ich verstaute meine Sachen im Spind und beschloss, zurück zur Lodge zu gehen.

»Jess, warte mal.« Robyn lief mir hinterher. »Alles in Ordnung? Bist du mir böse?« Ihre braunen Augen sahen mich um Verständnis bittend an. Normalerweise funktionierte diese Masche bei mir tadellos. Ich hatte Robyn unzählige Male meine Hausaufgaben abschreiben lassen oder sie bei ihren Eltern gedeckt, wenn sie sich mit Jungs hatte verabreden wollen.

»Ihm.« Auch diesmal bekam ich ein schlechtes Gewissen. Warum stellte ich mich so an? Sie konnte fechten, mit wem sie wollte, und hatte *ich* mir nicht zuerst gewünscht, dass jede von uns im Camp ihr eigenes Ding machen konnte? In den vergangenen Jahren hatten wir meist wie siamesische Zwillinge zusammengehangen. Ich war nicht sicher, ob es an mir oder an ihr lag, dass dieses Jahr alles anders war. Vielleicht war es auch an der Zeit, dass wir einander langsam losließen. In spätestens einem Jahr würden wir uns kaum noch sehen. Eine komische Vorstellung, wo wir doch seit Jahren unzertrennlich waren.

»Bist du sauer wegen Sharon? Ich habe dir hundertmal gesagt, dass du es mit Josh versuchen sollst, aber du willst ja nicht.«

War das ihr Ernst? Ich verdrehte die Augen. »Er ist mein bester Freund, nicht mehr und nicht weniger. Das weißt du genau.«

»So sah es aber gerade nicht aus«, bemerkte sie spitz und hielt mich am Arm fest.

»Bei dir und Cayden sah es auch nicht so aus, als wärt ihr nur Freunde.« Ich stemmte die Hände in die Seiten.

Robyn betrachtete mich abschätzend. Dieser Blick war nur

Mädchen vorbehalten, bei denen sie Konkurrenz witterte. Mich hatte sie so noch nie angeschaut.

»Du sagst nichts zu Cameron, versprochen? Er weiß nicht, dass ich mit Cayden fechte. Es wäre ihm nicht recht. Er ist jedes Mal komisch, wenn er uns zusammen sieht.«

»Und hat er einen Grund, komisch zu sein?« Ich hielt ihrem Blick stand und sah ein kurzes, nervöses Aufflackern in ihren Augen. »Cayden ist nur nett, und er hat mich gefragt, ob ich mal mit ihm fechten würde. Da ist nichts dabei. Ich weiß nicht, weshalb Cameron sich so anstellt.«

»Wirklich nicht? Selbst mir ist nicht entgangen, wie du Cayden anschaust.« Ich klang definitiv eifersüchtig. »Und wie er dich anschaut«, setzte ich noch eins drauf und seufzte. Warum hielt ich nicht einfach meinen Mund wie sonst auch, wenn sie im Begriff war, eine Dummheit zu machen? Mein Job war es normalerweise, anschließend die Scherben aufzusammeln oder wegzufegen. Nur hatte ich diesmal keine Lust darauf.

»Ich habe alles im Griff.«

»Er macht dich an.« Sie brauchte es gar nicht zu leugnen, ich hatte es längst kapiert. Cayden stand auf Robyn. In meiner Brust pochte ein leichter Schmerz.

»Nein, macht er nicht«, bestritt sie halbherzig. »Und außerdem würde ich Cameron nie betrügen.«

Bis vor einer Woche hätte ich diese Behauptung noch geglaubt, jetzt war ich mir da nicht mehr so sicher.

»Cayden ist ganz anders als Cameron.« Ein verträumter Ausdruck trat in ihre Augen. Das wurde ja immer schlimmer. Konnte ich mir einfach die Ohren zuhalten?

»Du musst wissen, was du tust. Von mir erfährt Cameron nichts.«

Robyn zog die Augenbrauen zusammen. »Du bist in ihn verliebt, oder?«

Ich versuchte, ihren vorwurfsvollen Tonfall zu ignorieren. Wenn ich es nicht mal vor meiner besten Freundin zugeben konnte, vor wem dann? »Ich finde ihn interessant«, sagte ich zögerlich. Das war immerhin nicht gelogen. Er faszinierte mich.

»Interessant?«, wiederholte Robyn spitz.

»Ja, gut«, gab ich zu, »vielleicht ein bisschen mehr als das. Er ist anders als die anderen Jungs. Dir ist das doch auch nicht entgangen.«

»Du bist in ihn verknallt«, stellte Robyn nur fest.

Ich wand mich unter ihrem Blick. »Jedenfalls beschäftigt er mich mehr, als er sollte. Du weißt genau, dass ich nicht auf Typen wie ihn stehe.« Warum ruderte ich eigentlich zurück?

Sie lachte auf. »Das ist auch gut so. Er ist echt nichts für dich«, erklärte sie spöttisch. »Je eher du ihn dir aus dem Kopf schlägst, umso besser.«

»Das weiß ich selbst«, fauchte ich. »Ich muss los. Leah wartet auf mich. Wir sehen uns später.«

Robyn gab mir versöhnlich einen Kuss auf die Wange. Dann rannte sie zum Fechtplatz zurück. Cayden stand am Rand und wartete auf sie. Ich befürchtete, dass er jedes einzelne Wort gehört hatte, auch wenn er eigentlich zu weit weg war. Na ja, es war bestimmt nichts Neues für ihn, dass sich Mädels um ihn prügelten. Ich sollte mich nur fragen, ob ich eins dieser Mädchen sein wollte. Schlammcatchen war nicht so mein Ding.

Aufzeichnungen des Hermes

IX.

Langsam kamen wir der Zielgeraden näher. Es waren nur noch drei Mädchen ernsthaft im Rennen, wenn ich die Sache richtig einschätzte. Eine von ihnen würde Athene wählen. Die kleine Rothaarige hatte Prometheus seit Tagen nicht mehr beachtet. Sie tat mir fast ein bisschen leid. Er ließ immer mindestens ein Mädchen zurück, dessen Herz leicht beschädigt war. Diesmal würde sie es sein. Das sah ich ihr an der Nasenspitze an, auch wenn sie selbst es noch nicht wusste.

Ich setzte immer noch auf die Blonde. Sie stand zwar auch auf ihn, aber immerhin hatte sie bereits einen Mann an ihrer Seite. Dieser Typ Frau war kalt wie Eis. Sie entschied nicht mit ihrem Herzen, wen sie mit in ihr Bett nahm.

Die Chance, dass sie ihn abwies, war tausendmal höher als bei den anderen, auch wenn es immer noch alles andere als wahrscheinlich war.

Ich half Leah in der Küche, obwohl ich heute keinen Hilfsdienst hatte. Eine Freundin konnte man schließlich nicht allein einen Haufen Kartoffeln schälen lassen. »Der Boss müsste Jerry eigentlich feuern, so oft, wie er sich krankmeldet«, maulte Leah.

»Wir schaffen das und dann holen wir uns ein Eis«, versuchte ich, sie aufzumuntern. »Und Jerry ist auch nicht mehr der Jüngste. Hab ein bisschen Mitleid mit ihm.«

»Habe ich ja, aber ich verzeihe ihm nicht, dass ich seine Kartoffeln schälen muss.«

»Was weißt du eigentlich über Mr. Ross und seine Familie?«, lenkte ich sie von dem unzuverlässigen Küchenhelfer ab.

»Nicht viel. Sie haben die Campleitung sehr kurzfristig übernommen. Grandpa war ziemlich ärgerlich, dass er es nicht eher erfahren hat. Er und der vorherige Leiter Mr. Sparks waren dicke Freunde. Jetzt reden meine Großeltern davon, sich zur Ruhe zu setzen.«

»Wo gehst du eigentlich zur Schule?«, fragte ich. »Hier ist doch weit und breit nichts.«

»Ich bin nur in den Ferien hier. Ansonsten lebe ich in einem Internat in Frisco.«

»Das ist gar nicht weit weg von Monterey. Wir könnten uns nach den Ferien mal treffen.«

Leah pikte mit ihrem Messer eine Kartoffel auf. »Das wäre super. Ich komme dich besuchen.«

»Ähm, das ist keine so gute Idee. Vielleicht komme ich lieber zu dir. Meine Mom mag es nicht besonders, wenn ich Besuch habe.« Obwohl ich Leah sehr mochte, wollte ich ihr nicht gleich auf die Nase binden, dass meine Mutter eine lebensuntüchtige Alkoholikerin war. In unser Haus ließ ich nur Josh und Robyn. Die wussten sowieso Bescheid.

»Kein Problem.« Ich rechnete es Leah hoch an, dass sie nicht nachfragte. »Du kannst bei mir schlafen. Ich habe ein echt großes Bett in meinem Zimmer. Vorsorglich, falls ich mal Jungsbesuch bekomme.« Sie zwinkerte mir zu. »Man muss schließlich vorbereitet sein.«

»Und wie oft ist das schon passiert?«, fragte ich und warf eine fertige Kartoffel mit so viel Schwung in den Topf, dass das Wasser aufspritzte und Leah quietschte, weil sie nass wurde.

»Noch nie«, erklärte sie. »Was denkst du denn? Unsere Jungfräulichkeit wird von einem Drachen mit Damenbart beschützt. Der Junge, der in mein Zimmer kommen will, müsste an der Außenmauer an einer Dornenhecke hochklettern. Bisher hat sich noch keiner gefunden, der dazu bereit war. Die meisten würden wahrscheinlich runterkrachen und mit Dornen im Hintern abziehen.« Sie zog ein verdrießliches Gesicht und ich musste lachen. Um meine Jungfräulichkeit sorgte sich kein Mensch, dabei lag mein Zimmer ebenerdig, und es wäre kein Problem, mir dort einen Besuch abzustatten. Dennoch hatte kein Junge es bisher versucht.

»Was ist eigentlich mit deinen Eltern?«

»Sie sind bei einem Unfall ums Leben gekommen. Ich war erst zwei. Granny und Grandpa haben mich zu sich geholt. Bis vor fünf Jahren lebte ich bei ihnen, dann musste ich auf eine ordentliche Schule.«

»Das tut mir leid.« Schockiert sah ich sie an. Es ging eben immer noch schlimmer. Ich hatte wenigstens einige Jahre ein normales Familienleben gehabt.

»Warum hast du das noch nicht erzählt?«

Sie zuckte mit den Schultern. »Du hast nicht gefragt und mit so was geht man nicht hausieren. Die Leute gucken immer gleich so mitleidig. Du weißt schon.«

Ich wusste genau, was sie meinte. »Mich wirst du nicht wieder los.«

»Du mich auch nicht.«

Schweigend schälten wir unsere Kartoffeln weiter. Jede von uns hing ihren Gedanken nach. Das war eine ganz neue Erfahrung für mich. Robyn plapperte ununterbrochen über Cameron, Klamotten, Musik und Filme. Sie brauchte ständige Unterhaltung und konnte weder still sitzen noch sich allein beschäftigen. Bisher hatte mich das nur selten gestört.

»Ich kann mir gar nicht vorstellen, wie ich meine Sommer verbringen werde, wenn ich nicht mehr herkomme«, sagte Leah nach einer Weile.

»Vielleicht meinen deine Großeltern es ja gar nicht ernst

und arbeiten weiterhin hier. Mr. und Mrs. Ross sind doch sehr nett.«

»Ja, das stimmt. Der alte Sparks war ganz schön muffelig.«

»Und ihr wusstet vorher nicht, wer die Ross' sind? Ist das nicht sonderbar? Schaut man sich so ein Camp nicht erst mal an, bevor man die Leitung übernimmt?«

Leah zuckte mit den Schultern. »Das Camp gehört zu einer Organisation, die mehrere Ferieneinrichtungen betreibt. Ich glaube, die Ross' haben schon andere Summer Schools geleitet. Ich finde es viel komischer, dass Apoll und Cayden mitgekommen sind. Mal ehrlich, was haben so coole Typen hier verloren? Die gehören an einen Strand, findest du nicht?«

»Mädels aufreißen«, schlug ich vor.

Leah kicherte. »Stimmt, hier finden sie aber auch jede Menge williger Opfer, die anscheinend nur auf sie gewartet haben.«

Dazu sagte ich lieber nichts, schließlich schien meine beste Freundin sich in diese Schlange einzureihen.

»Ist das mit Josh und dieser Sharon was Festes? Was glaubst du?«, fragte Leah und griff nach ein paar weiteren Kartoffeln. Der große Topf war fast voll.

Mir waren die Blicke nicht entgangen, die sie Josh ständig zuwarf. »Bei ihm ist nie etwas richtig fest«, erklärte ich vorsichtig.

»So was habe ich mir schon gedacht.« Sie widmete sich einer Kartoffel.

Ich stupste sie aufmunternd an.

»Ich glaube, ich habe keine Chance bei ihm. Dieser Keira kann ich nicht das Wasser reichen.« Sie ahmte Sharons affektierten Blick nach und wie sie sich ständig die Haare über die

Schulter warf. Wir kicherten, bis Margret, die Küchenchefin, uns böse Blicke zuwarf. Eilig schälten wir weiter. Wir mussten auch noch den Salat für das Abendessen putzen.

»Sag mal, was läuft da zwischen Cayden und Robyn?«, flüsterte Leah, als Margret wieder verschwunden war. »Ich dachte, er steht auf *dich*. Er schaut dich immer so seltsam an, wenn er denkt, es sieht niemand. Außerdem hat er sich Luke noch mal vorgeknöpft. Wusstest du das? Der Typ traut sich bestimmt nicht mehr, dich auch nur von Weitem anzugucken.«

Mir fiel fast das Messer aus der Hand. »Da musst du dich täuschen. Cayden ist nicht an mir interessiert.« Leider, setzte mein verräterischer Kopf in Gedanken hinzu, und in meinem Magen tanzten die Schmetterlinge Samba. »Und mit Luke komme ich schon allein klar.«

»Bist du denn an ihm interessiert?«

»An Cayden?« Ich schüttelte den Kopf. Kurz dachte ich darüber nach, ob ich Leah von meinen Vermutungen berichten sollte. Aber ich hatte nicht mal Robyn eingeweiht und wollte nicht, dass Leah mich für verrückt hielt. Nur, weil Cayden Robyn mir vorzog, musste ich noch lange keine komischen Gerüchte über ihn in die Welt setzen. »Das nächste Mal, wenn er mich so anschaut, machst du ein Foto«, sagte ich stattdessen und grinste. »Aber so, dass er es nicht merkt.«

»Kein Problem. In so etwas bin ich Spezialistin.«

»Wir gehen Kanu fahren. Los, komm mit.« Josh stürmte in unser Wohnzimmer. Ich hatte es mir gerade mit einem Latte macchiato auf der Couch gemütlich gemacht.

»Keine Zeit«, brummte ich.

»Natürlich hast du Zeit. Robyn und Cameron gegen dich und mich. Du wirst sehen, das wird lustig. Du darfst deinen Kopf nicht nur in die Bücher stecken. Bestimmt bist du deswegen so schlecht gelaunt.«

Das hatte er also mitbekommen. Hätte ich ihm gar nicht zugetraut. Schließlich verbrachte er die meiste Zeit mit Sharon. Aber ich wollte nicht jammern. Ich amüsierte mich auch mit Leah und Athene prächtig. Meistens jedenfalls. Josh warf mir einen Neoprenanzug zu. »Hier, habe ich gleich mitgebracht, und ich will keine Widerrede hören.«

Ich schob den Laptop zur Seite und verschwand in meinem Zimmer. Er würde sowieso nicht lockerlassen, da konnte ich auch gleich mitgehen. Ich zog mich um und band meine Haare zu einem Zopf zusammen. Bestimmt war es ganz nett, wenn wir mal wieder zu viert etwas unternahmen. So wie zu Hause.

Die trockenen Kiefernnadeln knackten unter unseren Füßen, als wir zum Rand des Camps liefen. An dem kleinen See war es wunderschön. Findlinge lagen auf dem feinen Sand des Strands. Die spiegelglatte Oberfläche des Wassers glitzerte in der Sonne dunkelblau. Kupferfarbene Bergketten umschlossen das Tal, in dem das Camp lag. Auf ihren Gipfeln lagen noch Schneereste.

Pete holte mit Josh und Cameron zwei Kanus aus einem Schuppen. Dann begann er mit der Einweisung. Da wir alle schon Erfahrung hatten, machte er es zum Glück kurz. Schließlich lebten wir am Meer.

Wir beschlossen, den See einmal zu durchqueren. Die Begeisterung der anderen übertrug sich langsam auf mich. Endlich waren wir mal wieder unter uns.

Ich grinste Josh an. »Wetten, wir sind schneller?« Cameron hatte verlangt, dass wir Mädchen gegen ihn und Josh antraten, und ich wollte keine Spielverderberin sein.

»Vergiss es.«

»Es gibt hier eine leichte Strömung«, erklärte Pete. »Im Grunde ist das kein richtiger See, sondern eine Art Krater. Der Zufluss kommt aus den Bergen und dort hinten zwischen den Hängen ist der Abfluss. Kommt ihm nicht zu nah, hinter der Kurve ist ein Wasserfall.«

»Geht klar, Chef«, verkündete Josh. »Wir passen auf die Mädels auf.«

»Pass du lieber auf dich auf«, grinste Pete. »Nach meiner Erfahrung sind Mädchen viel vorsichtiger. Sie kennen ihre Grenzen im Gegensatz zu Grünschnäbeln wie dir.«

Robyn und ich lachten auf, schoben das Kanu ins Wasser und paddelten los. Es fühlte sich gut an.

»Die hauen ab!«, hörte ich Cameron rufen und kicherte noch mehr.

»Lass uns Gas geben«, spornte ich Robyn an. »Wir können das schaffen.«

Wahrscheinlich hätten wir es auch geschafft, wenn Robyn sich mehr ins Zeug gelegt hätte. So aber holten Cameron und Josh uns nach ungefähr hundert Metern ein. Cameron war ein noch miserablerer Verlierer als Robyn. Offenbar wollte sie heute gute Stimmung machen und nahm mehr Rücksicht auf ihn als sonst.

»Ihr habt doch nicht wirklich gedacht, ihr könntet uns entkommen?« Josh verstellte seine Stimme so gekonnt, dass sie tatsächlich gefährlich klang. Er hatte sein Haar zu einem Zopf gebunden, und an den Übergängen zum Neoprenanzug sah man, wie braun er in den letzten Wochen geworden war. Seine grauen Augen wirkten dadurch noch heller als sonst. Kein Wunder, dass Leah sich in ihn verguckt hatte.

Ich stupste ihn mit meinem Paddel an und das Kanu geriet ins Wanken. Bevor er sich rächen konnte, waren wir schon weitergerudert.

Lachend kamen wir fast gleichzeitig auf der gegenüberliegenden Seite an. Wir zogen die Boote an Land und ließen uns ins Gras fallen. Die Sonne brannte vom Himmel. Murmeltiere flitzten zwischen den Steinen umher und versuchten, sich in Sicherheit zu bringen. Ein Adler kreiste über den Gipfeln. Normalerweise störten bestimmt nicht viele Menschen diese Idylle.

»Wir hätten ein Picknick mitnehmen sollen«, durchbrach Josh die Stille. »Ich hab Hunger.«

»Du hast heute Mittag ein riesiges Steak verschlungen«, erinnerte ich ihn, »und zwei Portionen Pommes.«

»Ich brauche Energie«, verteidigte er sich.

»Ist Sharon so anstrengend?« Cameron öffnete die Augen bei der Frage nicht, aber seine Mundwinkel zuckten.

»Ein Kavalier genießt und schweigt«, behauptete Josh.

»Angeber.« Ich sprang auf und begann, die Umgebung zu erkunden.

Der Boden war überwuchert mit Moosen, Farnen und kleinen Büschen. Leider kannte ich mich mit Pflanzen nicht so gut aus, als dass ich gewusst hätte, wie sie hießen. Lila Blumen reckten ihre winzigen Blüten in die Höhe. Ich kletterte einen Abhang hinauf. Egal, wohin ich sah, ich war umgeben von Bergen und Kiefern. Gedankenverloren hielt ich mein Gesicht in den Sommerwind. Es war ganz friedlich hier.

»Hey. Alles in Ordnung?« Josh setzte sich neben mich. »Wir sollten zurück.«

»Es ist unfassbar schön hier, oder?«

»Hhm«, bestätigte er. »Schau mal.«

Mein Blick folgte seinem Finger. Zwischen den Bäumen traten Elche hervor. Es waren mindestens fünf oder sechs. Sogar ein Jungtier war dabei. Fasziniert sahen wir ihnen zu, als sie zu grasen begannen. Ich hatte noch nie solch große Tiere in freier Wildbahn gesehen. Höchstens mal Rehe auf dem Golfplatz in der Nähe unseres Hauses. Während die meisten der Elche fraßen, hob einer immer wieder den Kopf.

»Denkst du, er kann uns wittern?«

»Keine Ahnung«, antwortete Josh, »auf jeden Fall ist er unruhig. Lass uns verschwinden. Ich will beim Essen auch nicht beobachtet werden.«

»Das glaube ich gern. So, wie du isst.«

»Immerhin bin ich kein Wiederkäuer wie die da.«

»Du bist aber mindestens genauso eklig.« Ich stieß ihn an und rannte los. »Auf dem Rückweg schlagen wir euch!«, rief ich und sah zum See. Cameron paddelte bereits gute drei Bootslängen vom Ufer entfernt, während Robyn ihr Gesicht in die Sonne hielt.

»Du musst wohl mit mir vorliebnehmen. Die beiden wollten

allein sein. Aber bilde dir nicht ein, dass ich dich zurückchauffiere. Du paddelst schön mit.« Josh sah mich grinsend an.

»War mir klar, dass du kein Kavalier bist. Aber zu deinem Glück bin ich auch keine vornehme Dame. Also musst du keine Angst haben, dass ich dich die Arbeit allein machen lasse.« Am Ufer angekommen, kletterte ich zuerst ins Boot.

Josh schob das Kanu ins Wasser. »Du kannst natürlich auch allein paddeln und ich chille ein wenig«, schlug er vor.

»Träum weiter.« Ich hielt mich an den Seiten fest, als er hinter mir einstieg, dann tauchte ich mein Paddel ins Wasser.

Gemächlich fuhren wir zurück. Robyn und Cameron waren ein ganzes Stück vor uns.

»Du und Robyn – ist zwischen euch alles in Ordnung?«, fragte Josh. »Ihr macht kaum etwas zusammen. Das finde ich seltsam. Zu Hause seid ihr unzertrennlich.«

Ich überlegte, was ich dazu sagen sollte. »Ich habe ziemlich viel mit meinem Kurs zu tun, und du weißt doch, wie Robyn ist. Sie braucht permanente Beschäftigung.«

Josh hinter mir gluckste leise. »Wenn ich Cameron wäre, wüsste ich schon, wie ich sie beschäftige.«

»Du bist blöd. So meinte ich das nicht.« Ich hieb mit meinem Paddel fest ins Wasser.

»Ey!«, rief Josh hinter mir. »Das gibt Rache.« Eine Wasserfontäne spritzte auf und unser Kanu geriet ins Wanken.

Lachend hielt ich mich fest.

»Alles klar bei euch?«, rief Robyn über den See.

Ich winkte ihr mit dem Paddel zu, um ihr zu zeigen, dass wir nur Quatsch machten.

Gerade wollte ich Josh noch mal vollspritzen, als das Kanu von Robyn und Cameron zu schlingern begann. Ihre Schreie schallten von den Berghängen zurück. Ich konnte nicht richtig sehen, was vor sich ging, die Sonne blendete mich, und kein Lufthauch regte sich mehr. Bis eben noch hatte eine warme Brise über dem See geweht. Ich kniff die Augen zusammen. Plötzlich wurde der hintere Teil von Robyns Kanu wie von Geisterhand hochgehoben. Dann knallte es zurück aufs Wasser und kippte zur Seite.

»Robyn!«, brüllte ich und begann, wie wild zu paddeln. Ich konnte nicht sehen, ob sie und Cameron aus dem Boot geflogen waren.

»Vorsichtig, Jess«, versuchte Josh, mich zu bremsen. »Wir wissen nicht, was das war.«

»Aber wir müssen ihnen helfen.« Ich paddelte noch schneller. Ihr Kanu lag verkehrt herum im Wasser und von Robyn und Cameron war nichts zu sehen. Mir schlug das Herz bis zum Hals. Schweiß lief mir übers Gesicht und vermischte sich mit dem aufspritzenden Wasser. Ich geriet immer mehr in Panik. Robyn konnte nicht sonderlich gut schwimmen.

»Hör auf!« Josh riss mir das Paddel aus der Hand. Wir hatten uns dem Boot bis auf wenige Meter genähert. Vom Ufer erklang der Lärm eines Motors, aber es würde zu lange dauern, bis Pete uns erreicht hatte.

»Du bleibst hier«, befahl Josh und sprang ins Wasser.

Das konnte er vergessen. Ich legte die Paddel in unser Kanu und sprang hinterher. Das Wasser war dunkel und viel kälter, als ich vermutet hätte. Der Anzug schützte mich zwar, aber die

Kälte pikte in meinen Wangen und Händen. Ich riss die Augen weit auf, aber da war nur Finsternis. Wie wild ruderte ich mit den Armen, drehte mich im Kreis und wollte wieder auftauchen. Ein Ruck ging durch meinen Körper – mein Fuß hatte sich in irgendetwas verfangen. Ich zog und zerrte, doch ich konnte mich nicht befreien. Luftbläschen blubberten aus meinem Mund. Ich brauchte Sauerstoff. Hektisch trat ich um mich. Eine Schlingpflanze musste sich um meinen Knöchel gewickelt haben. Ich versuchte, mein Bein zu erreichen, als wieder ein Ruck durch meinen Körper ging. Dann raste ich plötzlich durch die dunkle Suppe nach unten. Etwas zog mich unerbittlich in die Tiefe. Panik erfasste mich. Ich trat mit dem Fuß gegen den anderen Knöchel, um mein Bein zu befreien. Finger umklammerten meine Fußgelenke. Trotz der Kälte des Wassers brannten sie durch den Anzug hindurch warm auf meiner Haut. Dann ertönte ein höhnisches Lachen, als wollte sich jemand über meine hilflosen Versuche, mich zu befreien, lustig machen. Weiße Schlieren begannen, vor meinen Augen zu tanzen. Der Sauerstoffmangel machte sich erschreckend schnell bemerkbar. Ich würde ertrinken. Doch diesmal war es kein Traum, und mir kam niemand zu Hilfe, ich musste mich selbst retten. Wie wild trat ich um mich, aber der Griff lockerte sich nicht für eine Sekunde. In meinen Ohren rauschte es und ich hörte auf zu kämpfen. Meine Kraft hatte mich im Gewirr der Algen verlassen. Immer tiefer sank ich, bis meine Finger über den Boden des Kraters kratzten. Kieselsteine bohrten sich in meine Handflächen. Ich versuchte, die Augen offen zu halten, aber ich war furchtbar müde. Wenn ich einschliefe, würde ich sterben. Um mich herum brodelte das Wasser. Ich ruderte mit den Armen und sah nach oben. Das winzige helle Licht der Sonne schien meilenweit entfernt. Ich würde es nie rechtzeitig an die Oberfläche zurück schaffen. Erschöpft hielt ich still, als das Gesicht eines wunderschönen Mädchens vor mir auftauchte. Sie lächelte. Mein Puls beruhigte sich für ein paar Herzschläge. Allerdings nur so lange, bis sich das Lächeln in eine Fratze verwandelte. Das Mädchen zog mich zu sich heran. Ich versuchte, mich zu wehren, als aus ihrem Unterleib geifernde Hundeköpfe hervorschossen. Anscheinend halluzinierte ich bereits, lange konnte es nicht mehr dauern, bis ich das Bewusstsein verlor.

»Du musst keine Angst haben, es geht ganz schnell«, zischelte sie. »Meine Babys haben großen Hunger. Sie hatten lange kein Menschenfleisch.« Sie tätschelte einem der Hunde den Kopf. Er knurrte und entblößte dabei drei Reihen messerscharfer Zähne. Dunkelrot glommen die Augen der Bestien in der trüben Brühe. Ihre Zähne kamen bedrohlich näher. Eine Zunge leckte über meine Wange. Ich schloss die Augen.

Ein Knurren erklang, und diesmal kam es nicht von einem der Hundeköpfe, sondern von irgendwo hinter mir. »Skylla«, ertönte eine vertraute Stimme, »lass sie los.«

Vor Erleichterung wurde mir noch schwindeliger. Er hatte mich gefunden. Ich mobilisierte meine letzten Kraftreserven, um mich zu befreien. Ich wand mich und schlug nach dem Mädchen. Das ganze Kickboxtraining nützte unter Wasser überhaupt nichts. Die Hunde schnappten weiter nach mir und knöcherne Finger bohrten sich tiefer in meine Haut. Ein stechender Schmerz pulsierte an meinem Hals und in meinem Arm, und ich sah, wie sich mein Blut mit dem Wasser vermischte. Die Hunde schienen das Blut zu riechen und gebärdeten sich noch verrückter.

Perlendes Lachen erklang. »Warum sollte ich sie gehen lassen, Prometheus? Oder soll ich dich lieber Cayden nennen? Schämst du dich so sehr deiner Herkunft, dass du dich selbst verleugnest? Was kümmert es dich, wen meine Lieblinge fressen? Sie sind hungrig.«

»Lass sie los!«, donnerte er noch mal. Ein greller Blitz zerteilte das Wasser und ein Kreischen zerriss mir fast das Trommelfell. Noch bevor ich mich fragen konnte, warum ich die beiden so deutlich verstand und weshalb ich nicht längst ertrunken war, schoss ein drittes Mal ein Ruck durch meinen Körper. Es fühlte sich an, als ob mein Arm aus der Schulter gerissen würde. Ich schrie vor Schmerz und Wasser schoss in meinen Mund, in meine Luftröhre und in meine Lunge. Doch bevor ich das Bewusstsein verlieren konnte, fingen mich starke Arme auf und trugen mich nach oben. Erschöpft lehnte ich meinen Kopf an Caydens Schulter und klammerte mich an ihm fest. Er hatte mich gerettet. Schon wieder.

»Du kannst mich runterlassen«, murmelte ich benommen, als er aus dem Wasser stieg. Ich wand mich in seinen Armen.

»Ganz sicher nicht. Halt still. Wir sind gleich da.«

Ich drückte mein Gesicht an seine Schulter, um nicht vor Erschöpfung und Angst loszuheulen. Was war da gerade geschehen? Die Idee, dass ich halluzinierte, war nur so lange plausibel gewesen, bis Cayden aufgetaucht war und mit dem Monster geredet hatte. Warm strich sein Atem über mein Gesicht. Seine Füße polterten über das Holz unserer Veranda. Als er mich behutsam auf mein Bett legte, wurde mir auf der Stelle kalt.

»Ich muss dich ausziehen.«

Noch bevor ich begriff, was er vorhatte, spürte ich, wie er den Reißverschluss des Neoprenanzugs öffnete. Ich begann zu zappeln, aber seine Hände waren unnachgiebig. Er zerrte den Anzug von meinem Körper und wickelte mich in eine Decke. Ich spürte seine Berührungen an meinem Hals und Arm, konnte aber kaum noch die Augen offen halten. Er tupfte auf den Wunden herum und klebte Pflaster darauf. Vorsichtig strich er ein letztes Mal darüber, bevor er meinen Arm unter die Decke schob. Benommen blinzelte ich, als er sich zum Gehen wandte. Er würde mich doch hoffentlich nicht allein lassen. Panisch blickte ich zum Fenster und erwartete fast, dort den Mädchenkopf zu sehen. »Du musst hierbleiben.« Meine Stimme klang kratzig und rau.

»Es wäre besser, wenn ich ginge.« Cayden kam zurück, setzte sich auf meine Bettkante und schob mir eine nasse Haarsträhne aus dem Gesicht. Seine Fingerspitzen glitten sanft über meine Haut.

»Nur kurz«, nuschelte ich.

»Das ist keine besonders gute Idee.«

»Was, wenn sie mich doch noch holt?« Ich sah ihn ängstlich an. »Die Hunde wollten mich fressen, oder?« Diesmal hoffte ich, er würde behaupten, dass ich mir alles nur eingebildet hätte, aber den Gefallen tat er mir nicht.

»Das wird sie nicht wagen.«

»Lass mich nicht allein.«

»Aber ich bin ganz nass.«

»Das ist mir egal«, erwiderte ich erschöpft.

Cayden verschwand im Bad. Meine Lider wurden immer schwerer. Kurze Zeit später kam er zurück. Er hatte ein Handtuch um seine Hüfte geschlungen. Abgesehen davon war er nackt. Zu jedem anderen Zeitpunkt wäre ich entweder geschockt oder nervös gewesen, aber zu beidem war ich zu schwach.

»Ich hätte nicht zugelassen, dass sie dir etwas antut«, erklärte er. Die Matratze meines Bettes bewegte sich.

»Rutsch ein Stück. Ich bleibe, bis du schläfst.«

Völlig erschöpft schmiegte ich mich an ihn. Er zog mich fester an sich. »Schlaf jetzt«, murmelte er. »Du wirst das alles vergessen.« Kurz bevor ich einschlief, spürte ich seine Lippen an meiner Schläfe.

Josh stand am Fenster, als ich aufwachte. Warmes Sonnenlicht sickerte herein. Ich versuchte, mich aufzurichten, aber jeder Muskel in meinem Körper schmerzte, als hätte ich den Panamakanal durchschwommen. Cayden war verschwunden.

»Habe ich geträumt oder bin ich wirklich fast ertrunken?« Mein Hals kratzte beim Sprechen.

Josh drehte sich zu mir um und war mit zwei Schritten an meinem Bett. Er half mir, mich aufzusetzen.

»Wenn du das nächste Mal nicht tust, was ich sage, versohle ich dir den Hintern«, schnauzte er mich an.

»Ich bin fast gestorben, du könntest ruhig ein bisschen netter sein.«

»Ich bin nett. Denn dafür, dass du normalerweise klüger bist als ich, hast du dich diesmal ausgesprochen blöd benommen.«

Ich wand mich unter seinem Blick. »Ich hab's begriffen. Was ist mit Robyn?«

»Mit ihr ist alles in Ordnung. Cameron und sie steckten unter dem umgekippten Kanu. Wir brauchten es nur umzudrehen. Warum bist du ins Wasser gesprungen und warum bist du nicht mehr aufgetaucht? Ich habe fast einen Herzinfarkt gekriegt, als du plötzlich nicht mehr im Boot saßt.«

»Ich wollte dir helfen«, erklärte ich kleinlaut. »Du hättest ja nicht beide retten können.«

»Ich brauchte niemanden zu retten. Cameron hatte alles im Griff.« Er klang genervt.

»Das wusste ich doch nicht.«

»Ich schwöre, wenn Cayden nicht aufgetaucht wäre …« Er ließ offen, was dann passiert wäre, aber ich konnte es mir denken.

»Ich wurde gepackt und runtergezogen«, murmelte ich. »Da war ein Mädchen mit Hundeköpfen am Bauch.« Ich lehnte meinen Kopf an Joshs Schulter. So konnte er wenigstens nicht sehen, wie blöd ich mir dabei vorkam, so etwas Absurdes zu behaupten.

Er schob mich von sich weg und fühlte meine Stirn. »Fieber hast du nicht! Hast du dir irgendwo den Kopf gestoßen? Cayden hat gesagt, dein Bein habe sich in einem der Halteseile verheddert, die im Boot lagen. Du hast es mit ins Wasser gezogen, als du reingesprungen bist. Er musste es erst losmachen, bevor er dich hochziehen konnte.«

Ich runzelte die Stirn. Was hatte er sich da für eine Geschichte ausgedacht? Niemals wäre ich so panisch geworden, wenn diese Wahnsinnige nicht aufgetaucht wäre.

Josh sah die Zweifel in meinem Gesicht. Er strich mir übers Haar. »Du solltest dich noch ausruhen und dann besorge ich dir etwas zu essen.« Er stand auf und ging zur Tür.

»Josh«, rief ich. »Kannst du Robyn zu mir schicken? Ich will sie was fragen.«

Mein bester Freund blieb in der Tür stehen und kratzte sich am Kopf. »Sie ist sauer auf dich«, erklärte er.

»Weil ich ins Wasser gesprungen bin?« Verständnislos sah ich ihn an.

»Eher, weil sie Cayden danach bei dir im Bett hat liegen sehen und ihr beide nackt wart.« Er grinste verlegen.

Erschrocken sah ich an mir hinunter. Ich trug ein T-Shirt und Shorts.

»Das waren Leah und Athene«, beantwortete Josh meinen fragenden Blick. »Du hast die ganze Nacht durchgeschlafen. Die meiste Zeit war Leah hier, aber ich habe sie zwischendurch abgelöst und ins Bett geschickt. Ich sag ihr Bescheid, dass du wach bist. Ruh dich aus und rühr dich bloß nicht vom Fleck!«, befahl er.

Selbst wenn ich das vorgehabt hätte, wäre es nicht möglich gewesen. Meine Beine fühlten sich nicht so an, als würden sie mich jemals wieder tragen. Ich kuschelte mich in meine Decke. Sobald ich die Augen geschlossen hatte, tauchten das Mädchen und die Hunde auf. Dann Robyn, die mit mir schimpfte, weil ich ihr Cayden weggenommen hatte. Der zog sie von mir weg und küsste sie. Ich kniff die Augen fester zusammen, um die Bilder zu vertreiben.

Direkt vor meinem Fenster hechelte etwas. Panisch riss ich die Augen wieder auf. Doch als ich mich zum Fenster drehte, war dort niemand. Erschöpft zog ich die Decke über meinen Kopf und sperrte die Monster damit aus.

Aufzeichnungen des Hermes

X.

Ständig diese Aufregung. Skylla hatte das Mädchen angegriffen? Wie kam dieses Monster hierher? Skylla hatte sich seit Ewigkeiten nicht mehr blicken lassen, und wenn ich *Ewigkeiten* sagte, dann war das wörtlich gemeint.

Und warum Jess? Ob das ein Zufall gewesen war? Jetzt musste ich schon wieder zu Zeus und ihm Bericht erstatten. Er würde toben vor Wut.

Zum Glück hatte Prometheus das Mädchen gerettet, zum zweiten Mal, wohlgemerkt. Erst dieser Unfall und nun das! Fast könnte man meinen, Hades hätte es auf sie abgesehen.

Und auch dieses Mal erinnerte sie sich offenbar. Langsam wurde sie mir unheimlich.

Wir mussten der Sache auf den Grund gehen. Für mich bedeutete dies wohl das Ende der Faulenzerei. Dabei sah ich den Mädchen so gern beim Schwimmen zu. Die Göttinnen trugen immer Kleider beim Baden, während die Mädchen hier nur winzige Stoffdreiecke anhatten. Sah ziemlich nett aus.

»Wie geht es ihr?« Ich erkannte Athenes Stimme.

»Besser.« Das war Cayden. Er musste direkt neben meinem Bett stehen. »Josh hat gesagt, dass sie wach war und wirres Zeug geredet hat. Er hat mich gebeten nach ihr zu sehen. Aber sie schläft wieder. Ich glaube, sie erinnert sich.«

Kühle Finger legten sich auf meine Stirn, und ich versuchte, mich durch den weißen Nebel, der sich in meinem Kopf breitmachte, hindurchzukämpfen.

»Das kann nicht sein, das weißt du so gut wie ich«, erwiderte Athene.

»An den Unfall erinnert sie sich ja auch. Dabei hätte sie ihn vergessen *müssen.*« Das letzte Wort sagte er mit so viel Nachdruck, als wollte er mein Vergessen erzwingen.

»Wir sollten den Wettstreit abblasen«, sagte Athene langsam. »Aber das kann Vater nur, wenn du zustimmst. Wir könnten diesen Ort verlassen und sie wäre in Sicherheit.«

Verlassen? Ich linste vorsichtig unter meinen Augenlidern hervor. Wenn sie merkten, dass ich wach war, würden sie sicher das Gespräch beenden. Oder sie lösten sich womöglich in Luft auf.

»Wäre sie das wirklich?«, fragte Cayden. »Ich bin mir da nicht so sicher.«

»Skylla wollte bestimmt nicht Jess, sondern das Mädchen, das ich ausgewählt habe.«

»Und hast du dich entschieden?« Er klang, als wollte sie ihn zur Schlachtbank führen. Wie immer hatte ich Schwierigkeiten, ihrem Gespräch zu folgen. Seine Fingerspitzen wanderten über meinen Arm. Meine Haut begann zu kribbeln. Sanft nahm er meine Hand in seine, und ich versuchte, mich nicht zu rühren, sondern gleichmäßig weiterzuatmen.

»Was wollte Iapetos wirklich von dir?«, antwortete Athene mit einer Gegenfrage. »Hat es irgendwas mit Skyllas Auftauchen zu tun? Wenn ja, dann musst du es meinem Vater sagen. Wenn Iapetos gegen die Abmachung verstößt, muss Zeus ihn zurück in den Tartaros verbannen.«

»Das darf er nicht«, begehrte Cayden auf. »Das war Teil unseres Deals. Er hat versprochen, die Titanen in Ruhe zu lassen.«

»Nur, wenn dein Vater sich seinerseits an die Abmachung hält. Es war sehr großmütig von Zeus, Iapetos zu erlauben, auf Elysion zu leben, das weißt du. Dass er und Skylla gleichzeitig hier auftauchen, kann unmöglich ein Zufall sein.«

Cayden schnaubte nur.

Athene fuhr unbeeindruckt fort. »Du weißt, was das Orakel prophezeit hat, wenn diese Weissagung sich erfüllt.« Ihre Stimme klang tonlos. »Die Ungeheuer werden sich erheben und Angst und Schrecken in der Welt verbreiten, wenn der Sohn das Blut seines Vaters fordert.« Das klang so Furcht einflößend, dass mein Puls sich beschleunigte. Caydens Daumen strich beruhigend über meinen Handrücken, während Athene im Zimmer auf und ab lief.

»Hör auf, den Teufel an die Wand zu malen«, unterbrach er sie. »Das wird nicht geschehen. Die Titanen haben Zeus einen Schwur geleistet. Es wird zu keinem Krieg mit ihnen kommen. Vater macht sich lediglich Sorgen um mich und das geht Zeus nichts an.«

»Was ist ein Schwur schon wert? Du weißt so gut wie jeder andere von uns, was die Erfüllung der Prophezeiung für Konsequenzen hätte. Auch wenn wir es verdrängt haben.«

»Gaia hat nie zugelassen, dass irgendjemand das vergisst«, sagte Cayden. »Sie hatte ein perverses Vergnügen daran, uns immer wieder an sie zu erinnern.«

Athene hörte auf, hin und her zu wandern. »Es würde mich nicht wundern, wenn sie hinter alldem steckt. Sie hat weder den Göttern noch den Titanen verziehen, dass die Menschen aufgehört haben, sie anzubeten.«

»Für sie werden die Titanen den Schwur nicht brechen. Sie sind Gaia nichts schuldig. Zeus muss die Schuldigen woanders suchen«, beharrte Cayden trotzig.

»Du solltest dich nicht für die Titanen verbürgen.« Athenes Schritte kamen näher. »Wir müssen die Sache hier zu Ende bringen. Ich weiß, wie viel es dir bedeutet, aber uns bleibt keine Zeit. Es gibt Wichtigeres zu tun. Das musst selbst du zugeben.« Sie machte eine Pause. »Obwohl ich nicht leugnen kann, dass mir diese Zeit sehr gefällt. Schade, dass wir nicht länger bleiben können.« Ihre Stimme klang tatsächlich bedauernd. Sie atmete ein, als fielen ihr die folgenden Worte unendlich schwer. »Um die Sache zu beschleunigen, bin ich bereit, dir dieses eine Mal ein Mitspracherecht zu gewähren, auch wenn Zeus es nicht gutheißen wird. Du musst mir dafür im Gegenzug versprechen, das Ganze nicht länger als nötig hinzuziehen.« Lähmendes Schweigen breitete sich aus. Cayden zog seine Hand weg. »Wen soll ich wählen, Jess oder Robyn?«, fragte Athene, als ich die Anspannung kaum noch aushielt.

»Dann würde ich Robyn bevorzugen«, antwortete er langsam.

»Manchmal überraschst du mich, Cousin. Das ist erstaunlich klug von dir. Dann ist die Wahl endgültig getroffen. Ich wünsche dir Glück«, hörte ich Athene sagen, während sich in meinem Kopf alles zu drehen begann.

Ich tat so, als würde ich mich im Schlaf herumwälzen. Dabei zog ich meine Beine an meinen Körper, ignorierte den heftigen Krampf in meinen Eingeweiden und wandte den beiden den Rücken zu. Sollten sie gehen, wohin auch immer. Keine Ahnung, was das alles bedeutete, aber Caydens Worte waren unmissverständlich gewesen.

Nur ganz am Rande vernahm ich Athenes Schritte und hörte die Tür ins Schloss fallen.

Das Beste wäre, wenn ich wieder einschliefe. Mein Körper fühlte sich immer noch wie zerschlagen an, meine Glieder schmerzten und in meinem Kopf dröhnte das Knurren der Hunde.

Cayden strich mir das Haar aus dem Gesicht. »Ich weiß, dass du wach bist.«

Warum hatte er dann mit Athene so offen über Dinge geredet, die sicher nicht für meine Ohren bestimmt waren? Ich blinzelte. Die Vorhänge waren zugezogen und meine Nachttischlampe spendete nur diffuses Licht. Oder war es ihm genau darum gegangen? Sollte ich wissen, dass er Robyn mir vorzog? Die Mühe hätte er sich sparen können. Ich hatte es längst begriffen.

»Magst du etwas trinken?«, fragte er besorgt.

Ich nickte und versuchte, mich aufzusetzen. Cayden hielt mir ein Glas an die Lippen und ich schluckte hastig.

»Langsam.« Er legte mir eine Hand in den Nacken und stützte mich. »Du musst vorsichtig sein. Wasser hast du vermutlich genug geschluckt.«

»Was genau ist da passiert?« Meine Stimme klang wie ein Reibeisen. Das Monster war wichtiger als mein Herz.

»Warum bist du ins Wasser gesprungen?«, stellte er eine Gegenfrage. »Die Strömung in dem See ist sehr tückisch. Wenn ich nicht zufällig am Ufer gestanden hätte …«

Auf die Tour wollte er mir also kommen. »Ich dachte, Robyn ertrinkt. Sie kann nicht sonderlich gut schwimmen. Ich konnte nicht wissen, dass da unten ein Ungeheuer lauert. Du hättest wohl lieber sie als mich gerettet.« Den letzten Satz konnte ich mir nicht verkneifen.

»Ungeheuer?« Er zog die Augenbrauen hoch und setzte die perfekte Unschuldsmiene auf. »Das nächste Mal guckst du vorher, ob lose Stricke im Boot liegen. Das waren deine Ungeheuer. Dein Fuß hatte sich in einem Seil verheddert. Du bist in Panik geraten. Robyn war im Übrigen nicht in Gefahr. Sie war so klug, sich an ihrem Boot festzuhalten.«

Er blieb bei seiner Geschichte, obwohl er wusste, dass ich ihm und Athene zugehört hatte? Ich seufzte. Warum hatte ich überhaupt etwas gesagt?

»Anstatt nach oben, wie jeder vernünftige Mensch, bist du nach unten geschwommen«, erklärte er weiter. »In dem See waren nur du und ich. Niemand sonst und bestimmt kein Ungeheuer. Das hast du dir alles nur eingebildet.«

Wieso gab er es nicht zu? Ich war nicht verrückt, und ich litt nicht an Wahnvorstellungen, aber ich war zu erschöpft, um weiter nachzubohren. Ich zog mir die Decke bis zur Nasenspitze und konzentrierte mich darauf, ruhig ein- und auszuatmen. Trotzdem spürte ich, wie sich eine Panikattacke ankündigte. Merkwürdig, dass ich im Wasser keine bekommen hatte. Meine Füße wurden noch tauber, als sie es schon waren, und ich bekam keine Luft mehr.

Erschrocken sah Cayden mich an und fluchte leise. Dann zog er mich an sich. »Schhh«, flüsterte er, »ganz ruhig.« Ich spürte seine Lippen an meiner Wange. Keine gute Idee, jetzt raste mein Herz noch schneller.

»Du hast sie Skylla genannt«, stieß ich zwischen zwei Atemzügen hervor. »Sie hat mich unter Wasser gezogen. Wenn du nicht gekommen wärst, wäre ich ertrunken, und ihre Hunde hätten mich in Stücke gerissen.«

Cayden rückte wieder ein bisschen von mir ab, ließ mich aber nicht los. »Das hast du dir nur eingebildet. Das war Folge des Sauerstoffmangels«, behauptete er nicht sehr überzeugend.

»Aber du hast mit ihr geredet. Es klang, als würdet ihr euch kennen.«

Caydens perfekter Mund verzog sich zu einem abfälligen Lächeln. »Es wäre klüger, du würdest deine Märchen für dich behalten. Und selbst wenn … Niemand wird dir glauben, wenn du das rumerzählst.«

»Du gibst es also zu?« Damit hatte ich nicht gerechnet. Ich war so perplex, dass ich nicht wusste, was ich sagen sollte.

»Ich gebe zu, dich gerettet zu haben. Ich gebe zu, dass du beinahe ertrunken wärst, und ich gebe zu, dass du das deiner eigenen Ungeschicklichkeit und Dummheit zu verdanken gehabt hättest. Dein Josh hätte dich dort unten niemals gefunden.« Er funkelte mich an. So zornig hatte ich ihn noch nicht erlebt.

Meine Wangen wurden ganz heiß. »Er ist nicht mein Josh«, stieß ich hervor. Das Gespräch entwickelte sich in eine völlig falsche Richtung. »Und selbst wenn es so wäre, ginge es dich nichts an.«

»Da hast du recht.« Cayden stand auf. Er fuhr sich mit den Händen durchs Haar. »Behalte deine Wahnvorstellungen für dich.«

»Das waren keine Wahnvorstellungen«, verteidigte ich mich. Vor Wut stiegen mir Tränen in die Augen.

»Das ist nicht das erste Mal, dass du so wirres Zeug erzahlst. Erst behauptest du, ich wäre in deinem Traum gewesen. Jetzt habe ich dich angeblich vor einem Ungeheuer gerettet. Jeder andere hätte dich ausgelacht, aber ich wollte dich nicht verletzen. Du musst mit diesem Unsinn aufhören. Woher sollte ich diese Fähigkeiten haben?« Er stampfte zur anderen Seite des Zimmers, lehnte sich gegen die Wand und verschränkte die Arme vor der Brust. Er war wütend, aber er ging nicht.

Ich reckte ihm mein Gesicht entgegen. »Ich habe da so eine Theorie.«

»Dann bin ich mal gespannt.« Er sah mich betont gleichgültig an.

»Ich glaube …« Meine Stimme versagte. »Ich glaube, ihr seid …?« Ich konnte es nicht laut sagen. In meinem Kopf hatte es irgendwie logisch geklungen, nachdem ich alle anderen Erklärungen ausgeschlossen hatte, aber es auszusprechen war etwas völlig anderes. Denn es gab schließlich keine Sekten, die Ungeheuer erschaffen konnten. Das war Blödsinn. Wenn ich sagte, was ich dachte, würde er es abstreiten und ich würde mich endgültig lächerlich machen. Es wäre nur Wasser auf seine Mühlen, denn er hielt mich ja offensichtlich längst für verrückt. »Sie wollte mich töten«, beharrte ich daher nur.

»Ich will nichts mehr davon hören«, verlangte er emotionslos. »Es ist besser, wir gehen uns zukünftig aus dem Weg.«

Die Abfuhr war mehr als deutlich. Ich hielt seinem durchdringenden Blick stand. Was hatte er vorhin zu Athene gesagt? *Dann würde ich Robyn bevorzugen.* Wütend blinzelte ich die Tränen zurück. Er hatte gewollt, dass ich das hörte. Er hatte gewusst, dass ich lauschte. Er war nur zu höflich, mir direkt ins Gesicht zu sagen, dass ich mir keine Hoffnungen machen sollte. Oder zu feige. Egal, es lief auf dasselbe hinaus. Ihm war nicht entgangen, wie ich ihn angehimmelt hatte.

»Okay«, murmelte ich. Mehr brachte ich nicht heraus.

»Ich schicke dir Leah«, bekam ich zur Antwort, bevor die Tür hinter ihm zuschlug.

»Wie konntest du uns bloß so einen Schreck einjagen?« Leah schüttelte vorwurfsvoll den Kopf und umarmte mich gleichzeitig so fest, als wollte sie mich zerquetschen. »Wenn Cayden nicht so schnell reagiert hätte, wärst du ertrunken. Mach das nicht noch mal, verstanden?«

Ich spürte ihre Tränen auf meiner Schulter. »Habe ich nicht vor.« Zwar war ich mir keiner Schuld bewusst, aber ich hatte meine Lektion gelernt. Reichte schon, dass ich Josh gegenüber das Monster erwähnt hatte.

Sie schniefte und wischte sich mit dem Handrücken über die Nase. Ein deutliches Zeichen dafür, wie durcheinander sie war. »Cayden war echt toll«, schwärmte sie. »Josh hat nach dir getaucht, dich aber nicht gefunden.«

»Und dann?«

»Cayden hat vom Ufer aus alles beobachtet und ist sofort ins Wasser gesprungen. Josh sagt, er ist ewig nicht wieder aufgetaucht. Dann war er auf einmal mit dir am Ufer. Er hat dich zur Lodge getragen, und, na ja, ich fürchte, er hat dich ausgezogen.«

Ich spürte, wie die Hitze meinen Hals hochkroch.

»Er wollte nur, dass du nicht krank wirst«, entschuldigte sie ihn.

»Schon in Ordnung.« Er hatte nicht nur *mich* ausgezogen, aber das musste ich nicht unbedingt thematisieren. Schließlich hatte eine Decke zwischen uns gelegen.

»Wirklich? Josh hat sich ziemlich darüber aufgeregt, aber sie waren einfach nicht schnell genug zurück. Immerhin hattest du ordentliche Unterwäsche an und Körperwärme ist in solchen Fällen am hilfreichsten.«

»Ein Mädchen muss immer vorzeigbare Unterwäsche tragen. Das hat mir Robyn oft genug gepredigt …« Ich brach ab.

Robyn … Dann würde ich Robyn bevorzugen. Ich durfte nicht mehr daran denken.

»Wo sie recht hat …«, grinste Leah, und ich war ihr dankbar, dass sie nicht weiter nachfragte.

»Ich bin so froh, dass nichts Schlimmes passiert ist.«

Mein Magen knurrte. »Wie spät ist es?«

Leah sah auf ihr Handy. »Fast Mittagszeit. Meinst du, du kannst laufen, oder soll ich was holen?«

»Ich stehe auf, mein Rücken tut schon weh vom vielen Liegen.«

Sie sprang auf und kramte ein paar Klamotten aus meinem Schrank. »Es wird Josh zwar nicht recht sein, aber Bewegung ist die beste Medizin.«

»Vorher muss ich duschen«, erklärte ich.

Leah betrachtete mich skeptisch. »Kipp mir bloß nicht um.«

»Ich gebe mein Bestes.«

Als das lauwarme Wasser über meinen Körper lief, kehrten langsam meine Lebensgeister zurück. Nachdem ich mich abgetrocknet hatte, riss ich mir die Pflaster von Hals und Arm. Darunter war meine Haut makellos. Nicht mal ein Kratzer. Die Verletzungen hatte ich mir wohl auch nur eingebildet.

Auf wackeligen Beinen ging ich mit Leah zur Mensa. Einer der Wagen, mit denen die Campmitarbeiter fuhren, hielt auf der Hälfte des Weges neben uns an.

»Hey, Grandpa«, begrüßte Leah ihren Großvater. »Nimmst du uns ein Stück mit?«

Der alte Mann musterte mich. »Du bist doch die Kleine, die zu viel Wasser geschluckt hat, oder?«

Ich nickte.

»Springt rein, du siehst noch nicht wieder richtig fit aus. Hättest im Bett bleiben sollen, Mädchen.«

Wir quetschten uns auf den schmalen Sitz. »Wir wollen was essen«, erklärte Leah.

»Gute Idee«, brummte er, »seid sowieso alle viel zu dünn. Nichts mehr dran an den Mädchen heutzutage. Kein Wunder, dass die kleinste Welle euch gleich umhaut.«

Leah und ich grinsten uns an. Die Gefahr bestand bei Rosie jedenfalls nicht.

»Hast uns allen einen ganz schönen Schreck eingejagt.« Er schob seine Kappe in den Nacken. »Ertrunken ist hier noch nie jemand.«

»Hhm.« Ich wusste nicht recht, was ich darauf antworten sollte. Zum Glück nahm Leah mir das ab.

»Jess ist ja auch nicht ertrunken, Grandpa. Sie wurde in letzter Sekunde gerettet.«

Ich verdrehte die Augen. Wie sich das anhörte. Am Wegrand standen ein paar Kids, die zu tuscheln begannen, als wir an ihnen vorbeifuhren. Mein Unfall hatte sich offensichtlich schon herumgesprochen. Cayden hatte recht. Wenn ich behauptete, dass ein Ungeheuer mich angefallen hatte, machte ich mich zum Gespött des ganzen Camps. Dabei hatte ich gar nicht vorgehabt, es herumzuerzählen, ich wollte einfach nur die Wahrheit von ihm wissen. Das war doch nicht zu viel verlangt.

»Pass auf dich auf«, verabschiedete Henry sich, als er uns am Haupthaus absetzte.

»Mache ich, und danke schön, das war sehr nett.«

Henry lachte kehlig und die Falten in seinem braun gebrannten Gesicht vertieften sich. Er tippte sich an seinen Hut und fuhr davon.

»So was ist hier wirklich noch nie passiert«, bemerkte Leah, als wir die paar Stufen zum Versammlungsraum hochgingen. »Das Schlimmste war mal eine Kotzorgie, weil wir einen Magen-Darm-Virus hatten.«

»Zum Glück bin ich dann doch nicht ganz ertrunken«, scherzte ich. »Stell dir den Skandal vor.«

»Lieber nicht. Fühlst du dich wieder richtig gut? Heute ist Kinonacht, darauf freue ich mich schon seit Wochen.«

»Hier drinnen?« Ich sah mich in dem Raum um, in der Hoffnung, Robyn zu entdecken. Ich musste mit ihr reden. Es war Mittagszeit und jede Menge Schüler hatten sich zum Essen versammelt. Ich entdeckte sie am Tisch von Melissa und Sharon. Melissa sagte etwas zu Robyn, als sie mich erblickte, doch die drehte sich nicht mal zu mir um.

»Die beruhigt sich schon wieder«, meinte Leah und zog mich zur Essensausgabe.

»Kinonacht ist draußen«, erklärte sie später, als ich in meinem Gemüse stocherte. Der Appetit war mir vergangen.

»Auf der Wiese. Grandpa stellt immer eine riesige Leinwand auf«, fuhr Leah fort.

»Was gucken wir?« Ich versuchte, interessiert auszusehen, aber ich war mir nicht sicher, ob ich Lust hatte, stundenlang auf dem harten Boden zu sitzen und Cayden und Robyn beim Flirten zu beobachten.

»*Percy Jackson*. Das ist was für Jungs und Mädchen.«

»Ist nicht dein Ernst?«

»Doch, Mr. Ross hat es selbst vorgeschlagen. Er behauptet, das sei sein Lieblingsfilm.«

»Der Mann hat einen schrägen Sinn für Humor«, bemerkte ich und erntete verwunderte Blicke von den anderen, die mit uns am Tisch saßen.

»Percy ist verdammt süß«, erklärte Leah, »und er muss jede Menge Abenteuer bestehen. Das finden auch Jungs spannend. Noch einen *Harry Potter*-Abend hätte ich nicht überlebt.« Leah grinste. »Das waren Mr. Sparks Lieblingsfilme, und wenn du mich fragst, nur weil er Professor Snape ein wenig ähnlich sah.«

Ich kicherte. »Na gut, wenn es sein muss, komme ich mit.« Vielleicht erfuhr ich so ja noch irgendwas Wissenswertes.

Aufzeichnungen des Hermes

XI.

Natürlich war Zeus fuchsteufelswild geworden. Hera und ich hatten unsere liebe Mühe gehabt, ihn zu beruhigen. Am liebsten hätte er alles abgeblasen und wäre in den Olymp zurückgekehrt.

Ich hatte ihn überzeugen können, dass diese Entscheidung etwas überstürzt gewesen wäre. Wenn wir uns im Palast verkrochen, würden wir nie herausfinden, was vor sich ging. Ich hatte jedenfalls keine Lust, mich in Mytikas zu verstecken. Ich wollte wissen, was Skylla mit ihrem Angriff bezweckt und wer sie angestiftet hatte.

Von allein wäre sie nie auf diese Idee gekommen. Sie hatte ein hübsches Gesicht und scharfe Beißerchen, mehr nicht. Jemand anderes steckte dahinter.

Außerdem hatte Athene sich endlich für ein Mädchen entschieden, auch wenn es einen winzigen Regelverstoß gegeben hatte. Sie hätte Prometheus nicht fragen dürfen. Na ja, ich wollte mal nicht päpstlicher sein als dieser Typ, der in Rom in diesem Protzbau hockte und uns in den vergangenen Jahrhunderten die Show gestohlen hatte. Denn eigentlich sah ich bei allen drei

Mädchen schwarz. Es war zwar nicht unklug, Robyn und Jess gegeneinander auszuspielen, und das tat Prometheus mit Bravour. Ich könnte wetten, dass er hoffte, Robyn würde ihn abblitzen lassen, wenn ihr klar wurde, dass ihre beste Freundin in ihn verliebt war. Er kannte seine Schöpfung wirklich schlecht.

Rund um die Wiese brannten hohe Fackeln und tauchten alles in ein warmes Licht. Auf dem Rasen lagen Decken, von denen die meisten schon besetzt waren. Über die Leinwand flimmerten Musikvideos.

Athene war in ein Gespräch mit Cameron vertieft und Robyn saß zwischen Cayden und Apoll. Fast sah es aus, als würde Athene Cameron ablenken. Caydens und Robyns Fingerspitzen berührten sich beinahe. Ich versuchte, nicht hinzuschauen, als er sich noch näher zu ihr beugte. Sharon drängelte sich an uns vorbei und fiel Josh um den Hals.

Leah neben mir stöhnte leise. Sie hatte sich mehr in Josh verguckt, als sie mir gegenüber zugab. Verdenken konnte ich es ihr nicht. Sein Haar war gewachsen und er war braun gebrannt. Ein bisschen sah er aus wie ein Pirat. Rasieren könnte er sich allerdings mal wieder. Über Sharons Kopf hinweg begegneten sich unsere Blicke. Josh schob sie zur Seite und kam zu mir.

»Wie geht es dir?« Besorgt musterte er mich und nahm meine Hand. Er dirigierte mich auf den Platz neben sich und ignorierte Sharons Schmollmund.

»Das hast du mich heute schon fünf Mal gefragt und es geht mir immer noch gut.«

Er grinste schief. »Ich will nur sicher sein.«

Die Fackeln erloschen wie von Zauberhand, als der Vorspann des Films begann. Ich runzelte die Stirn und sah mich um. Mr. und Mrs. Ross hatten am Rand der Wiese Platz genommen, wo für sie ein Tisch und zwei Stühle aufgebaut waren. Ob sie die Flammen gelöscht hatten? Wahrscheinlich nur mit einem Fingerschnippen. Ich fing Caydens Blick auf. Er schüttelte kurz den Kopf. Robyn flüsterte ihm etwas ins Ohr und ich war vergessen.

Ich versuchte, mich auf das Geschehen auf der Leinwand zu konzentrieren, aber es gelang mir nicht. Ich musste unbedingt mit jemandem über diese Angelegenheit reden. Mit jemandem, dem ich vertraute, der mich nicht sofort für verrückt erklären würde. Es gab nur drei Personen, die in die engere Wahl kamen. Josh, Leah und Robyn. So weit die Theorie. Robyn konnte ich zurzeit nicht ernsthaft in Betracht ziehen. Obwohl ich es mir verboten hatte, sah ich zu ihr. Sie war in den letzten Minuten noch näher an Cayden herangerückt. Ich schluckte und versuchte, den Schmerz zu ignorieren, der sich in meinem Inneren eingenistet hatte. Josh würde mich zwar nicht auslachen, aber mich vermutlich auch nicht ernst nehmen. Blieb eigentlich nur Leah. Ich seufzte. Morgen, ich würde es auf morgen verschieben. Müde rieb ich mir die Augen. Eigentlich wollte ich nur wieder in mein Bett. Der Film interessierte mich überhaupt nicht. Konnte ich nicht unauffällig verschwinden? Wieder spürte ich Caydens Blick auf mir. Seine Augen glitzerten in der Dunkelheit wie Smaragdsplitter. Robyn stupste ihn an und er schenkte ihr ein Lächeln.

»Ich fühle mich nicht so gut«, flüsterte ich Leah zu. »Ich gehe.«

Besorgt sah sie mich an. »Soll ich dich begleiten?«

»Nein, schau ruhig weiter.«

»Wenn was ist, schickst du mir eine Nachricht. Okay?«

Ich nickte, stand auf und stieg vorsichtig über die liegenden Jungs und Mädchen.

Ich hatte den Rand der Wiese noch nicht erreicht, als Caydens Stimme hinter mir erklang. »Wo willst du hin?« So viel zu: *Es ist besser, wir gehen uns zukünftig aus dem Weg.*

»Ich bin müde.«

»Dann bringe ich dich zur Lodge.«

»Nein«, sagte ich etwas zu laut. Aufgebrachtes Zischeln ertönte. So spannend war der Film nun auch nicht. Percy köpfte gerade Medusa. Das war widerlich. »Ich wäre gern allein.«

»Nein?« Cayden schaute, als sei ihm die Bedeutung dieses Wortes gänzlich unbekannt. »Ich möchte nicht, dass du im Dunkeln allein herumläufst. Es ist gefährlich.«

Ich hob die Augenbrauen. »Ist das dein Ernst?«

»Selbstverständlich.«

»Wer sollte mir schon etwas tun? Hier bin ich doch total sicher.« Der Sarkasmus in meinen Worten entging ihm nicht. »Das Einzige, was mir gefährlich werden könnte, ist ganz offenbar meine eigene Fantasie.«

Er kniff die Lippen zusammen.

»Geh lieber zurück zu Robyn. Ich brauche keinen Babysitter und schließlich bevorzugst du doch eh ihre Gesellschaft.«

Jetzt war er es, der die Augenbrauen hob. Scheinheiligkeit musste sein zweiter Vorname sein.

»Setzt euch hin«, zischte es hinter uns. Wir versperrten die Sicht.

»Wir sollten versuchen, Freunde zu sein.«

Wie bitte? Ich trat ein paar Schritte zur Seite in den Schatten. »Auf dich als Freund kann ich verzichten. Freunde sind ehrlich zueinander. Wenn ich es mir recht überlege, ist das sogar meine erste Freundschaftsregel.« Ich stupste ihm mit dem Finger gegen die Brust. »Daher habe ich kein Interesse daran, dich zum Freund zu haben.« Bevor er mich zurückhalten konnte, rannte ich zu dem Weg, der zu unserer Lodge führte. Cayden folgte mir nicht.

Dunkelheit breitete sich vor mir aus, nur unterbrochen von ein paar Lämpchen an den Wegrändern. Es wäre nett, wenn Leahs Großvater noch mal mit seinem kleinen Wagen vorbeikommen würde. Leider war er weit und breit nicht zu sehen. Aber ich kam auch gut allein zurecht. Wenn mir wieder ein Monster über den Weg lief, war ich besser vorbereitet, und ich war wütend genug, um es in die Flucht zu schlagen.

Mit jedem Meter wurde es finsterer. Die Solarlampen am Wegrand glommen nur noch schwach vor sich hin. Heftiger Wind wehte den schmalen Pfad entlang. Er verflocht meine Haare und zerrte an meiner Kleidung. Ich zog meine Jacke fester um mich und ging schneller. Als ich nach oben schaute, schob sich zu allem Überfluss eine Wolke vor den Mond. Ich fummelte nach meinem Handy, um die Taschenlampe anzumachen. Merkwürdig, trotz des Windes bewegten die Baumkronen sich kein bisschen. Ich blieb stehen und blickte den Weg entlang. Weißer Nebel kroch auf mich zu. Nur noch eine Biegung, dann hätte ich unser Haus erreicht, aber ich wagte nicht, auch nur noch einen Schritt zu gehen. Meine Kehle war wie zugeschnürt. Homichlophobie, die Angst vor Nebel. Eine meiner zahlreichen Ängste. Komisch, dass ich in meinem Unfalltraum keine Angst davor gehabt hatte. Aber ein Traum war eben etwas anderes. In meinen Träumen war ich mutig, stark und offensichtlich unsterblich. Ich wollte mich umdrehen und weglaufen, aber meine Beine kribbelten so heftig, dass ich mich nicht bewegen konnte. Ich musste mich zusammenreißen. Atmen. Was nutzte mir mein ganzes Kickboxtraining, wenn ein paar Nebelschwaden meine Körperfunktionen ausschalten konnten? Das Ziehen in meiner Brust kannte ich schon, gleich würden meine Hände taub werden. Es war zwecklos, dagegen anzukämpfen. Der Nebel wurde noch einmal aufgewirbelt und verschwand dann so plötzlich, wie er gekommen war. Ich rieb mir die Augen. Hatte ich mir das nur eingebildet? Spielte meine überreizte Fantasie mir einen blöden Streich? Wundern würde es mich nicht. Mein Atem beruhigte sich. Vorsichtig ging ich weiter, jederzeit bereit, um mein Leben zu laufen. Tapfer setzte ich einen Fuß vor den anderen, denn die Alternative wäre, zurückzulaufen und etwas von nicht vorhandenen Monstern zu faseln. Ich musste nur unsere Lodge erreichen, dann würde ich mich in meinem Zimmer einschließen und die Fenster verriegeln.

Eine Gestalt trat aus dem Schatten der Bäume. Ich keuchte auf und sprang zurück. Was erwartete mich dieses Mal? Diese Medusa mit Schlangen als Haaren? Eine Hydra mit vier oder mehr Köpfen? Ich sammelte die kläglichen Reste meines gesunden Menschenverstands zusammen. Für ein Monster war der Schatten zu klein. Die Wolken gaben den Mond wieder frei, und sein blasses Licht fiel auf einen Jungen, der nur wenige Schritte von mir entfernt stand. Wir starrten uns an und dann lächelte er.

Ich atmete auf und legte eine Hand auf mein rasendes Herz.

»Musstest du mir so einen Schreck einjagen?«

Das Lächeln vertiefte sich.

»Hattest du auch keine Lust auf *Percy Jackson?*«, fragte ich, erleichtert, nicht mehr allein zu sein.

»Auf wen?« Seine Stimme klang merkwürdig hoch und er sprach mit einem mir unbekannten Akzent.

»Den Kinofilm. Alle sind dort.« Ich wies zurück in die Richtung, aus der ich gekommen war.

»Kinofilm?« Er wiederholte das Wort, als wüsste er nicht, was es bedeutete. »Was ist das?«, bestätigte er meine Vermutung.

Ich runzelte die Stirn. Er trat noch näher und ich leuchtete ihm mit meiner Handylampe ins Gesicht. Kurz blinzelte er, doch dann sah er mich mit roten Augen neugierig an. Ich kannte ihn. Es war der Junge, der am Straßenrand gestanden hatte, als wir auf dem Weg zum Camp gewesen waren. Seine Augen waren rot wie Blut, sein langes Haar schneeweiß und auch seiner Haut fehlten jegliche Pigmente. Ich trat einen Schritt zurück, doch seine Hand schoss nach vorn und umklammerte meinen Arm. Es war dieselbe Hand, die ich im Wald gesehen hatte. Es war keine Einbildung gewesen.

Entsetzt betrachtete ich seine farblosen Lippen und asketischen Gesichtszüge. »Wer bist du?« Musste meine Stimme so zittern?

Er hielt es nicht für notwendig, mir zu antworten. Stattdessen musterte er mich abschätzig. Dann legte er einen langen, dünnen Finger an seinen Mund. »Die Frage ist wohl eher, wer *du* bist?« Er sprach seltsam abgehackt, als hätte er lange Zeit kein Wort gesagt.

»Was tust du hier, Agrios?« Cayden war da. Mal wieder. Vor Erleichterung knickten mir beinahe die Beine weg. Ich hatte mich überschätzt. Mit Monstern kam ich doch nicht ganz allein klar.

Die Hand des Albinos bohrte sich fester in meinen Arm. Der weiße Nebel kam zurück und hüllte uns ein. Die Hand war nun glühend heiß, und ich musste mich zusammenreißen, um vor Schmerz nicht aufzuschreien.

»Bruder«, erklang seine kieksige Stimme.

Mein Blick sprang zwischen ihm und Cayden hin und her. Der gruselige Typ sollte sein Bruder sein? Dann hatte Cayden in jedem Fall mehr Glück mit seinen Genen gehabt.

»Ich bin nicht dein Bruder«, wies dieser ihn zurecht.

»Dein Vater sieht es aber so.«

»Das kann er gern tun, deshalb entspricht es noch lange nicht der Wahrheit.« Cayden stand mittlerweile dicht hinter mir. »Was soll das Theater mit dem Nebel? Weshalb bist du nicht in deiner Höhle geblieben, wenn du dich doch immer noch versteckst?«

»Oh. Ich verstecke mich nicht. Aber so ist es viel amüsanter.

Die Götter werden sich ihre hübschen Köpfe zerbrechen, was in dem Nebel vorgeht. Was du ausheckst. Ob sie dir vertrauen können. Meinst du nicht?«

»Ich meine, du solltest sie loslassen.«

Mit schräg gelegtem Kopf sah Agrios mich an. »Gehört sie dir?«

»Nein, sie gehört niemandem.«

»Oh.« Agrios sah verwundert aus. »Aber ich spüre, dass du sie gern besitzen würdest. Hat Athene sie gewählt?«

»Nein, und selbst wenn es so wäre, ginge sie dich nichts an.«

»Sie ist sehr hübsch. Ich hätte sie gern für mich, wenn du keinen Anspruch auf sie erhebst.« Seine Hand griff in mein Haar. »Ich mag Rothaarige.«

»Ähm«, bemerkte ich empört. Es war mal wieder typisch, dass der hässlichste Kerl des Universums als Einziger auf mich stand. »Da hätte ich dann auch noch ein Wörtchen mitzureden.« Meine Furcht schlug in Frust um. Ich brauchte mir ja wohl nicht alles gefallen zu lassen. Ich hob meinen Fuß und trat mit voller Wucht gegen sein Schienbein. Er zuckte nicht mal mit der Wimper, sondern lachte nur amüsiert auf.

Wie seine Stimme klang auch das Lachen viel zu hoch für einen Mann. Er schüttelte den Kopf. »Sie ist recht amüsant, findest du nicht?«

Die beiden durchbohrten sich förmlich mit Blicken, bis Agrios mich endlich losließ und ich in Caydens Arme taumelte.

Der schob mich hinter sich. »Verschwinde«, murmelte er. Aber ich rührte mich nicht von der Stelle. Er hatte mir gar nichts zu sagen. Wenn ich ginge, würde er nachher wieder behaupten, ich hätte mir das alles nur eingebildet. Außerdem würde ich mich in diesen weißen Nebelschwaden nur verlaufen.

Agrios' Augen funkelten belustigt. »Wenn man den Geschichten glauben darf, hattest du menschliche Frauen früher besser im Griff.«

Cayden knurrte. Ob er wütend auf seinen »Bruder« oder auf mich war, konnte ich schwer einschätzen. Im Zweifelsfall wohl auf mich.

»Was willst du?«

Der Albino betrachtete seine durchsichtigen, spitzen Fingernägel. »Ich denke, das weißt du genau. Ich bin hier, um die Prophezeiung zu erfüllen, und du wirst mir dabei helfen.«

»Den Teufel werde ich.«

»Oh, so etwas habe ich mir schon gedacht. Deshalb habe ich Skylla vorbeigeschickt. Als kleine Warnung sozusagen.« Bei diesen Worten flackerten Flammenzungen in seinen Augen auf. Seine weiße Gesichtshaut wirkte fast durchscheinend, als er sich näher zu uns beugte. Wahnsinn glitzerte uns an, als die Flammen erloschen und seine Pupillen plötzlich tiefschwarz wurden.

»Diese Prophezeiung ist Unfug. Du musst sie nicht erfüllen, wenn du es nicht willst.« Cayden hielt mich so hinter sich, dass ich Agrios nicht mehr ins Gesicht sehen konnte.

Wenn ich auf Cayden gehört hätte, säße ich inzwischen in der Lodge und wäre in Sicherheit. Obwohl das nur noch ein sehr relativer Begriff war.

»Aber ich will es. Ich lechze danach, schon so lange Zeit.« Agrios' Stimme klirrte und der Nebel verdichtete sich. In seiner weißen Toga wurde er fast unsichtbar. Nur seine roten Augen glommen in dem diffusen Licht. »Wenn ich mit den Göttern fertig bin, wird in dieser Welt kein Stein mehr auf dem anderen stehen«, grollte er und kicherte anschließend.

Caydens Hand schnellte vor und packte ihn an der Kehle. »Das werde ich nicht zulassen. Geh zurück in deine Höhle und lass die Menschen in Ruhe und mich auch.« In seinem Zorn sah er fast unmenschlich aus. Seine Haut wirkte, als würde sie von innen heraus glühen, und seine Augen schossen Blitze auf den Albino ab.

»Deine Zeit ist vorbei, Titan«, quietschte Agrios unbeeindruckt. »Wenn du nicht für mich bist, bist du gegen mich. Du hältst dich doch für den Klügsten unter den Göttern, dir muss klar sein, dass Zeus das gleiche Schicksal ereilen wird, wie Uranos und Kronos. Keine Macht hält ewig. Nicht mal die eines Gottes.«

»Das mag sein, aber du bist nicht derjenige, der ihm nachfolgen wird.«

Das Lachen wurde zu einem höhnischen Kichern. »Oh, ich hätte es wissen müssen. Du willst dich selbst zu ihrem obersten Herrn krönen? Die Götter würden dir nicht folgen. Trotz deiner Bemühungen bist du keiner von ihnen. Aber wir könnten uns die Macht teilen«, lockte er. »Ich könnte in der Unterwelt herrschen und du hier oben.« Cayden schüttelte den Kopf und drückte fester zu.

Leider schien das Agrios nicht im Geringsten zu stören. Nur Sekunden später wusste ich auch, warum: Er änderte seine Gestalt so schnell, dass ich kaum mitbekam, wie es geschah. Plötzlich ringelte sich eine riesige weiße Schlange in Caydens

Hand. Die roten Flammen in ihren Augen züngelten mit ihrer hellroten Zunge um die Wette. Schlangen hatte ich noch nie ausstehen können. Musste hier alles auf einmal kommen? Fehlte nur noch ein Gewitter. Das Reptil wurde schmaler und schmaler und mir wurde kotzübel. Bevor es sich aus Caydens Griff winden konnte, holte dieser aus und warf es zwischen die Bäume. Dann wirbelte er zu mir herum. »Sieh mich an, Jess!«, verlangte er.

Ich schüttelte mit zusammengekniffenen Augen den Kopf. Falls das Kriechtier wiederkam, wollte ich es nicht sehen.

»Er ist weg. Sieh mich an.« Seine Hand legte sich auf meine Wange und ich schmiegte mich hinein. »Bitte.«

Ich öffnete die Augen einen Spalt und blickte in Caydens besorgtes Gesicht.

»Ich passe auf dich auf, okay?« Als ich nickte, nahm er meine Hand. »Dir wird nichts passieren. Nicht, solange ich es verhindern kann.« Kurz presste er mich an seinen warmen Körper. Dann rannte er los und ich stolperte benommen hinter ihm her. Der Nebel hatte sich mit Agrios in Luft aufgelöst. Erst in der Lodge stoppte Cayden, schob mich auf eins der Sofas, verriegelte die Tür und schloss die Fensterläden. Seine Bemühungen in allen Ehren, aber wer sich in eine Schlange verwandeln konnte, ließ sich sicher nicht von einer klapprigen Tür aufhalten.

Er drehte sich zu mir um. »Geht es dir gut?«

»Alles in Ordnung«, versuchte ich, ihn zu beruhigen, obwohl gar nichts in Ordnung war. Ich hatte das Gefühl, gleich zu kollabieren.

Er ließ sich nicht täuschen. »Lüg mich nicht an.«

Ich ließ mich zur Seite fallen und zog eine Decke über mich. »Hat er sich wirklich in eine Schlange verwandelt?«, fragte ich wimmernd.

Cayden setzte sich neben mich und strich mir das Haar aus dem Gesicht, dann nickte er.

Etwas Saures stieg meine Speiseröhre hinauf. Ich stieß ihn von mir und rannte ins Bad. Während ich mich noch stöhnend übergab, klappte draußen eine Tür.

»Was ist passiert? Und lüg mich nicht an, wir haben es alle gespürt.« Athenes Stimme klang panisch. »Was hat sie? Hast du ihr wehgetan?«

»Ihr würde ich nie wehtun«, fuhr er seine Cousine an. »Jedenfalls nicht absichtlich«, setzte er hinzu. »Es war Agrios. Er ist hier.« Seine Stimme klang zögerlich, das merkte sogar ich, obwohl ich immer noch über der Toilettenschüssel hing. »Er hat ihr aufgelauert. Wenn ich ihr nicht gefolgt wäre …«

»Agrios ist eine Legende«, unterbrach Athene ihn aufgebracht. Ich hätte niemals gedacht, dass sie die Fassung verlieren könnte. Aber ihre Stimme zitterte.

»Er wurde nie geboren«, setzte sie leise hinzu. »Du musst dich täuschen.«

»Ich wünschte, es wäre so. Seine Existenz ist das bestgehütete Geheimnis meines Vaters. Dein Bruder lebt. Er hat Jess einen ganz schönen Schreck eingejagt. Es tut mir leid.«

Wieder musste ich würgen, als das Bild der sich in Caydens Griff windenden Schlange vor meinem inneren Auge auftauchte.

»Bleib du bei Jess«, sagte Cayden jetzt, »ich kümmere mich um ihn.«

»Du musst es Zeus sagen. Sofort!«, verlangte Athene. Ihre Stimme klang wieder gefasster. »Er muss es wissen.«

»Er erfährt es noch früh genug. Ich habe alles im Griff«, fuhr Cayden sie an. »Lass Jess auf keinen Fall allein. Versprich mir, dass du auf sie aufpasst. Wir dürfen nicht zulassen, dass ihr etwas geschieht.«

»Ich verspreche es.«

Am liebsten hätte ich losgeheult, als die Tür ins Schloss fiel. Aber ich stand auf, putzte mir die Zähne und wusch mein Gesicht. Dann wankte ich zurück ins Wohnzimmer. Athenes Blick nach zu urteilen, sah ich schrecklich aus.

»Er ist weg?«, fragte ich unnötigerweise.

Athene musterte mich aufmerksam. »Du solltest dich hinlegen. Ich bleibe hier. Du brauchst keine Angst zu haben.«

Es konnte Einbildung sein, aber Athene sah selbst ziemlich ängstlich aus. Erschöpft legte ich mich wieder aufs Sofa und sie deckte mich zu. Ich hatte so viele Fragen, aber ich wusste nicht, wo ich anfangen sollte. Irgendwann schlief ich ein, ohne dass wir ein weiteres Wort gewechselt hatten.

Als ich am nächsten Morgen aufwachte, war ich allein.

Endlich bekam ich Cayden zu fassen. Er lief den Pfad entlang, der zu den Kletterfelsen führte. Seit drei Tagen war er mir aus dem Weg gegangen. Drei Tage, in denen ich mich nur in Begleitung von Athene aus der Lodge getraut hatte. Leider hatte auch sie sich geweigert, mir irgendetwas zu erzählen. Meine Internetrecherchen hatten auch nichts gebracht. Zu Skylla hatte ich einige Einträge gefunden. Der Legende nach war sie ein wunderschönes Mädchen gewesen. Doch die eifersüchtige Kirke hatte sie in ein Ungeheuer verwandelt. Seitdem lebte sie in einer Meerenge in Griechenland und überfiel ahnungslose Seefahrer. Einen Agrios kannte nicht mal Google. So konnte das nicht weitergehen.

»Warte mal!«, rief ich Cayden hinterher.

Zögernd drehte er sich um.

»Du bist mir ein paar Erklärungen schuldig.«

»Für meinen Geschmack weißt du schon viel zu viel. Lass es gut sein, Jess.« Es klang beinahe flehend.

»Ein paar Fragen habe ich schon noch.«

»Alles andere hast du dir schon selbst zusammengereimt?« Er sah mich bohrend an.

Bevor ich es mir anders überlegen konnte, sprudelte es schon aus mir heraus: »Du lässt mir ja keine andere Wahl. Ich habe versucht, mir einzureden, dass etwas mit mir nicht stimmt. Aber die merkwürdigen Vorfälle häufen sich bedenklich. Keine Ahnung, weshalb das nur mir auffällt.«

»Das frage ich mich allerdings auch«, sagte Cayden so leise, dass ich ihn kaum hörte.

»Diesen Unfall bei unserer Anreise kann ich noch mit viel gutem Willen als Traum durchgehen lassen, aber der Überfall von Skylla war echt. Ich habe sie gesehen und eines dieser Biester hat mich gebissen. Die Wunden sind unnormal schnell verheilt.«

Cayden strich über die Haut an meinem Arm. »Da ist nichts.«

»Lass das.« Er durfte mich nicht so anfassen. »Sag ich doch. Man müsste etwas sehen, der Angriff ist gerade mal ein paar

Tage her. Das waren keine normalen Wunden. Ich lasse mir von dir nicht einreden, dass ich den Verstand verloren habe.«

»Das hatte ich auch nicht vor. Ich will dich nur schützen.«

Damit nahm er mir etwas den Wind aus den Segeln. »Wovor genau?«

Cayden fuhr sich mit den Händen durchs Haar. »Das alles geht dich nichts an.«

»Den Eindruck habe ich nicht. Schließlich hat Skylla mich geschnappt und Agrios hat mir aufgelauert.«

Cayden sah mich an, ohne zu antworten. Eine Sekunde, zwei, drei. Ich würde nicht nachgeben. Da konnte er mich mit seinen grünen Augen noch so lange anfunkeln. Das zog bei mir nicht mehr, obwohl die Schmetterlinge in meinem Bauch zu tanzen begannen. Ich ignorierte sie standhaft.

»Kannst du nicht einfach Ruhe geben und den Dingen ihren Lauf lassen?«, fragte er dann.

»Nein. Dafür ist die Sache offenbar zu gefährlich.«

»Das dachte ich mir fast.« Er trat näher an mich heran. »Es gibt Dinge, die ihr Menschen nicht versteht, und das hat auch seinen Grund. Misch dich nicht ein und es geschieht dir nichts.« Es war eine Drohung, keine Erklärung.

»Ich habe mich nicht eingemischt und trotzdem wollte das Biest mich töten.« Der nächste Satz blieb mir im Hals stecken. »Moment mal. Was meinst du mit *ihr Menschen*?«

»Das habe ich nicht gesagt.«

Ich stemmte die Hände in die Hüften. »Willst du jetzt auch noch behaupten, ich hätte etwas mit den Ohren?«

»Ich werde dich nicht los, oder?« Er lächelte traurig.

»Beim nächsten Mal wäre ich gern vorbereitet.«

»Es wird kein nächstes Mal geben. Eher bringe ich dich von hier fort.«

Ich hielt inne. Er und ich allein auf der Flucht vor Monstern. Die Vorstellung gefiel mir irgendwie. Alles im Leben hatte wohl zwei Seiten. Leider meinte er das bestimmt nicht ernst. Und außerdem fürchtete ich, diese Monster würden mich überall auf der Welt finden. Ich zog sie anscheinend magisch an. »Du hast nicht damit gerechnet, dass diese Skylla mich überfällt, oder?«, fragte ich daher, ohne auf seine Bemerkung einzugehen.

»Natürlich nicht, ich kann nicht mal erklären, wie sie hierhergekommen ist.« Er setzte sich auf einen umgestürzten Baumstamm, der am Wegrand lag.

Endlich schien er nachzugeben. »Du hast auch nicht gewusst, dass Agrios hier auftauchen würde. Ist er wirklich dein Bruder?«

»Zum Glück nicht, obwohl mein Vater sich gewünscht hat, dass ich brüderliche Gefühle für ihn entwickele. Aber das konnte ich nicht.«

»Weil er ein Albino ist? Er sah wirklich gruselig aus.«

»Ich mag ja oberflächlich sein, aber so sehr dann auch wieder nicht. Es hat nichts mit seinem Aussehen zu tun oder mit seinen Fähigkeiten. Er war mir schon als Kind unheimlich. Er hatte so etwas Hinterhältiges an sich. Ich kann es nicht mal erklären. Ich glaube, ich hatte einfach Angst vor ihm.«

»Wer bist du wirklich?« Es hatte keinen Zweck, weiter um den heißen Brei herumzureden. Seine hastige Antwort erwischte mich trotzdem kalt.

»Mein richtiger Name ist Prometheus, Titan, Sohn des Iapetos und der Klymene, Widersacher des Zeus, Feuerbringer und Erschaffer der Menschen.« Er grinste entschuldigend.

Ich hatte mit etwas Ähnlichem gerechnet, obwohl ich es nie laut ausgesprochen hätte. Weil es gegen jede Vernunft war. Weil es verrückt war und nicht sein konnte.

»Ich bin beeindruckt«, versuchte ich, mir meine Verwirrung nicht anmerken zu lassen. Falls er einen Rückzieher machte, wollte ich wenigstens nicht ausgelacht werden. Etwas in mir hoffte trotz allem, dass es ein Witz war.

»Eigentlich solltest du dich fürchten.«

»Das hättest du wohl gern. Aber ich kriege nicht so leicht Angst.«

Cayden lachte amüsiert auf. »Du hast vor allen möglichen Dingen Angst. Du fürchtest dich vor Unwettern, vor Schlangen, und ich schätze, noch vor jeder Menge anderer Dinge, nur vor mir hast du seltsamerweise keine Angst.«

»Vor Nebel«, ergänzte ich. »Ich fürchte mich auch vor Nebel. Blöd, wenn man am Meer lebt.« Ich setzte mich neben ihn. Wahrscheinlich wäre es tatsächlich besser, auch vor ihm Angst zu haben. Aber keines der mir so vertrauten Symptome einer Panikattacke stellte sich ein. »Gibt es ein lateinisches Wort für Angst vor Göttern? Wenn ja, denke ich noch mal drüber nach.«

Cayden lächelte. »Es gibt Menschen, die leiden an Zeusophobie.«

»Zeus ist auch hier, oder?«, fragte ich vorsichtig. Ich hatte da so eine Theorie und war nicht sicher, ob ich diese bestätigt wissen wollte. Ich meine, der echte ZEUS. Der oberste Gott der Griechen in einem Sommercamp mitten in Amerika!

»Du weißt doch längst, dass es Mr. Ross ist. Macht dir wenigstens das endlich ein bisschen Angst?« Er musterte mich aufmerksam. »Fall jetzt bloß nicht in Ohnmacht. Ich wüsste nämlich nicht, wie ich es Jeanne erklären sollte.«

Er stand auf und zog mich mit nach oben. Ich spürte seine Nähe am ganzen Körper. Seine Hand lag auf meiner Taille.

Die französische Klettertrainerin kam auf uns zu und strahlte. »Wolltet ihr zu mir?«

Bevor ich den Kopf schütteln konnte, nahm Cayden wieder meine Hand. »Wir hatten Lust auf eine kleine Klettertour.«

Ich bestimmt nicht. Vergeblich versuchte ich, ihm meine Hand zu entziehen. Dummerweise fühlte es sich gut an. Obwohl es nach seiner Eröffnung sicher klüger gewesen wäre, schreiend wegzulaufen.

»Geht es dir wieder gut?«, fragte Jeanne. »Pete hat mir von deinem Unfall erzählt.«

»Es war nur ein kleines Missgeschick. Ich bin manchmal etwas tollpatschig.«

»Das hätte ich gar nicht von dir gedacht. Du siehst so sportlich aus.«

»Schwimmen ist nicht so mein Ding.«

Jeanne lachte. »Klettern wird dir mehr Spaß machen.«

Das glaubte ich zwar nicht, aber mir fiel auch keine Ausrede ein. Unter Höhenangst litt ich ausnahmsweise nicht.

Wir gingen mit Jeanne zu den Kletterfelsen, und ich überließ es Cayden, mit ihr Small Talk zu betreiben. Er hatte meine

Hand nicht losgelassen und hielt mich nah bei sich. Befürchtete er, dass ein neues Ungeheuer aus dem Wald springen könnte, um mich zu verschleppen? Misstrauisch beäugte ich die Umgebung, doch weit und breit standen nur harmlose Bäume.

Jetzt wäre ich doch ziemlich froh gewesen, wenn meine Sektentheorie gestimmt hätte. Das wäre zwar auch schräg, aber doch deutlich normaler. ES GAB KEINE GÖTTER. Je länger ich darüber nachdachte, umso sicherer war ich mir, dass Cayden mich auf den Arm genommen hatte. Er konnte nicht *der* Prometheus sein. Okay, ich hatte es zwischenzeitlich selbst vermutet, aber bei Tageslicht betrachtet war es einfach unmöglich. Das musste alles ganz großes Theater sein und ich war die Witzfigur.

Cayden half mir, die Gurte anzulegen. Konzentriert hantierte er an den Schnallen herum und zog die Gurte enger. Am liebsten hätte ich mich an ihn gelehnt. Nur ganz kurz selbstverständlich. Der Kerl war meine Achillesferse. Womit wir wieder bei den Griechen wären. Alles war so dermaßen verwirrend, dass ich wünschte, er würde mich nur kurz in den Arm nehmen. Abenteuer waren offensichtlich nichts für mich.

»Ich kann das allein«, protestierte ich halbherzig. Seine Berührungen brachten mich nur noch mehr durcheinander, auch wenn sie denkbar harmlos waren.

»Ich will sicher sein, dass du nicht abstürzt.«

»Das hättest du wohl gern«, flüsterte ich. »Damit ich dein komisches Geheimnis nicht verrate?«

Seine Miene versteinerte. »Ich wiederhole mich ungern. Es würde dir sowieso niemand glauben.«

Das wäre seine Chance gewesen, zuzugeben, dass er mich auf den Arm genommen hatte.

»Wer weiß.«

Er zog mich an dem Gurt so nah zu sich heran, dass unsere Nasenspitzen sich fast berührten. »Behalte es für dich. Es ist mein Ernst, Jess.«

Drohte er mir oder hatte er Angst um mich? Sein Mund war ganz dicht an meinem. Ich sah auf seine Lippen. Ich könnte ihn einfach küssen und abwarten, was passierte. Vermutlich würde er mich in den Dreck schubsen.

»Warum hast du es mir überhaupt erzählt?«, fragte ich stattdessen leise.

»Na, ihr Turteltäubchen.« Jeanne tauchte neben uns auf und wir fuhren auseinander. Routiniert checkte sie unsere Gurte und klatschte in die Hände. »Hopp, hopp. Ich habe nicht den ganzen Tag Zeit. Welchen Felsen wollt ihr nehmen?«

Ohne hinzuschauen, wies Cayden auf den höchsten der Berge, die für die Kletterlektionen präpariert waren. Im Gegensatz zu den zwei kleineren gab es dort nicht so viele Aufstiegshilfen.

Jeanne zupfte noch mal an meinen Gurten. »Glaubst du, du schaffst das?«

Ich nickte. Was Cayden konnte, konnte ich schon lange. Gott hin oder her. Er würde wohl kaum abheben, um hochzu*fliegen*. Oder doch? Ein hysterisches Kichern bahnte sich seinen Weg nach oben. Ich bückte mich schnell und zog ein Paar Kletterschuhe an. »Du gehst voraus.«

Cayden begann mit dem Anstieg, als hätte er es schon hundert Mal getan. Die ersten Meter waren relativ einfach zu überwinden, aber je höher wir kamen, umso mehr musste ich mich konzentrieren und umso kniffeliger wurde es. Meine Arme und Beine brannten. Nach der Hälfte der Strecke war ich völlig erschöpft.

»Du musst atmen«, hörte ich Cayden über mir. Ich sah zu ihm hoch. »Ganz gleichmäßig.«

»Kümmere dich um deinen eigenen Kram«, fauchte ich. »Ich schaffe das schon.« Warum hatte er auch den höchsten Berg aussuchen müssen? Und warum hatte ich dumme Kuh eigentlich eingewilligt, hier hochzuklettern? Weil ich ihn mit meiner Sportlichkeit beeindrucken wollte. Weil ich wollte, dass er mich toller fand als Robyn. Es war erbärmlich, und dass er ein Gott war, machte die Sache auch nicht besser.

»Ich will dir nur helfen, Jess. Kein Grund, mich anzuschreien. Wenn du dich verspannst, besiegt der Felsen dich.«

»Ich bin nicht verspannt. Kannst du dich nicht nach oben beamen und mich in Ruhe lassen? Auf den Olymp kletterst du doch bestimmt auch nicht mit Halteseilen.« Ich hörte sein leises Lachen. Wenigstens amüsierte sich einer von uns. Ich holte ein bisschen Schwung, um besser den nächsten Spalt zu erreichen, an dem ich mich festhalten konnte. Noch während ich mich nach oben zog, spürte ich, wie ich die Balance verlor. Mein Fuß rutschte von dem Griff, der als Aufstiegshilfe diente. Doch bevor ich abstürzte, war Cayden plötzlich bei mir, packte meine Hand und zog mich zu sich.

Okay. Das waren definitiv übermenschliche Kräfte und eine unglaublich schnelle Reaktionsgeschwindigkeit. Vielleicht sollte ich mich langsam an den Gedanken gewöhnen, dass er mich nicht angeschwindelt hatte.

»Ich versuche eigentlich, mich wie ein ganz normaler Mensch zu benehmen. Normalerweise fällt mir das auch nicht schwer, aber ich frage mich, warum ausgerechnet du mir ständig einen Strich durch die Rechnung machst. Ich lege echt keinen Wert darauf, aufzufallen.«

»Pfff. Schau mal in den Spiegel, dann weißt du, dass dir das in unserer Zeit eher nicht gelingt. Du würdest auch in Lumpen auffallen.«

»War das ein Kompliment?«

Röte schoss mir ins Gesicht und ich verfluchte meine vorschnelle Zunge. »Ich stelle nur eine Tatsache fest. Auf sein Äußeres sollte man sich nichts einbilden. Im Gegensatz zu den eigenen Fähigkeiten hat man darauf nämlich keinen Einfluss.«

»Und ich dachte schon, du stehst auf mich.«

»Träum weiter.« *Oder küss mich endlich, du Blödmann.* Das sagte ich natürlich nicht laut. Aber der Augenblick wäre perfekt, immerhin hing ich in seinen Armen.

»Small Talk könnt ihr betreiben, wenn ihr wieder unten seid«, brüllte Jeanne. »Das hast du sehr gut gemacht, Cayden. Jess, halt dich besser fest und konzentriere dich.«

»Als würde ich das nicht versuchen«, maulte ich und hangelte mich mit Caydens Hilfe wieder an die Wand. Dass seine Hände dabei immer noch auf meinen Hüften lagen, machte es mir nicht gerade leichter, mich zu konzentrieren.

»Wenn ich das hier geschafft habe, bist du mir noch ein paar Antworten schuldig«, verlangte ich.

»Du bist eine Nervensäge.« Cayden stöhnte, machte sich aber wieder an den Aufstieg.

Ich ignorierte die Schmerzen und kletterte ihm debil grinsend hinterher.

»Ist wirklich alles in Ordnung?«, rief Jeanne.

Ich keuchte nur als Antwort.

»Alles bestens«, rief Cayden an meiner Stelle. »Jess schafft das schon.«

»Wenn du nicht mehr kannst, komm einfach runter«, rief Jeanne. »Das ist schließlich kein Wettkampf. Es soll Spaß machen. Aufgeben ist keine Schande.«

Ich schnaufte. »Vielen Dank auch für das Vertrauen.«

»Sie hat bloß Mitleid mit dir.« Wieder hatte Cayden sich ein Stück heruntergelassen und schwebte neben mir.

»Das ist völlig unnötig. Ich schaffe das.« Sicher war ich mir da zwar nicht, aber das würde ich nicht zugeben.

»Ich könnte dir helfen«, schlug er vor.

Misstrauisch sah ich ihn an. »Du kannst mich doch raufbeamen?«

Er schlang einen Arm um meine Taille und ich spürte sein leises Lachen. »*Nicht auffallen* war die Devise«, raunte er mir zu. »Stell dir vor, mir wüchsen plötzlich Flügel. Jeanne würde vor Schreck in Ohnmacht fallen und das wollen wir doch nicht.«

»Könnte das denn passieren?«, fragte ich neugierig.

»Ich bin ein Titan, kein Engel.«

»Was unterscheidet Titanen von Göttern?«

»Im Grunde nicht viel. Wir waren vor ihnen da. Kronos war ein Titan. Er zeugte Zeus und dessen Geschwister und sie erhoben sich gegen ihn. Sie nannten sich Götter, um eine Grenze zwischen den Geschlechtern zu ziehen.«

Ich lehnte meinen Kopf kurz an seine Schulter und lauschte seiner Erklärung, während er geduldig wartete, dass meine Beine aufhörten zu zittern. Seine Finger fuhren mein Rückgrat entlang. »Geht es wieder?«, fragte er nach einer Weile.

Eigentlich nicht. Ich nickte missmutig.

»Schaffst du den Rest allein?«

Wieder nickte ich, aber deutlich zögerlicher. Gleich würde er mich loslassen.

Vorsichtig löste er sich von mir und kletterte auf die Spitze des Felsens.

Ich fühlte meine Beine nicht mehr, als ich mich endlich über die Kante zog. Also krabbelte ich zu ihm und ließ mich fallen. »Es gibt keine Engel in der griechischen Mythologie, oder?«

»Nein.«

»Aber wenn es Götter wirklich gibt, dann seid ihr ja streng genommen gar kein Mythos?«

»Ich hoffe, du erwartest von mir keine Antwort darauf.«

»Eigentlich schon.«

»Es wäre besser für dich, wenn du aufhören würdest, mich weiter zu löchern.«

»Warum? Murkst Zeus mich ab, wenn er erfährt, dass ich von eurer Existenz weiß?«

»Sicher nicht. Es geht auch weniger um Zeus. Ihm war es in all der Zeit nicht wichtig, wer von uns wusste. Außerdem vergessen Menschen normalerweise ihre Begegnungen mit uns. Jedenfalls die Begegnungen, bei denen Dinge geschehen, die jenseits eurer Vorstellungskraft sind. Wenn wir uns unter Menschen bewegen, versuchen wir auch, wie welche zu wirken. Du bist eine der seltenen Ausnahmen. Und gerade deshalb sollte ich dir nicht noch mehr erzählen.«

»Ich will aber mehr wissen. Ich will alles wissen. Was macht ihr hier? Lebt ihr wirklich auf dem Olymp? Warum existiert ihr überhaupt?« Ich stoppte, um Luft zu holen.

Cayden stöhnte und vergrub das Gesicht in den Händen. »Agrios hat schon recht. Vor hundert Jahren haben die Mädchen noch gemacht, was man ihnen gesagt hat.«

»Was soll das denn jetzt heißen? Warst du vor hundert Jahren das letzte Mal auf der Erde? Hast du etwa die komplette Emanzipation verpasst?«

Ein Lächeln umspielte seine Mundwinkel. Während ich verschwitzt und mit knallrotem Kopf neben ihm saß, merkte man ihm die Anstrengungen der Klettertour nicht an. Er sah zum Küssen aus. Ich räusperte mich verlegen, als mir auffiel, dass ich seine Lippen angestarrt hatte. Schien mein neues Hobby zu sein.

»Offensichtlich«, antwortete er, und das Lächeln vertiefte sich. »Obwohl Göttinnen auch nicht mehr so unterwürfig sind wie früher.«

Ich wollte mir lieber nicht vorstellen, welche Göttinnen sich ihm schon alle unterworfen hatten.

»Warum sollten sie auch? Es gibt nichts, was Frauen nicht genauso gut können wie Männer«, sagte ich bestimmt.

Als wäre das sein Stichwort, sprang Cayden auf. »Dann kannst du dich sicher auch ohne Hilfe abseilen.«

Bevor ich etwas erwidern konnte, war er über die Felskante verschwunden.

»Hey!«, rief ich ihm hinterher, »so war das nicht gemeint.« Ich würde es mit meinen schmerzenden Armen nie schaffen, heil da runterzukommen.

Caydens Kopf tauchte wieder auf. »War noch etwas?«

»Würdest du mir bitte helfen?«, zischte ich.

»Ich dachte, du kannst alles mindestens genauso gut wie ich.« Seine grünen Augen funkelten belustigt.

»Kann ich auch, nur müsste ich vorher drei Tage hier oben ausharren, bis meine Arme mir wieder gehorchen. Außerdem bist du ein Gott – das ist unfair.«

»Dich hier oben zu lassen, ist gar keine schlechte Idee. Dann machst du wenigstens keinen Ärger.«

»Untersteh dich!«

»Ich bin ja kein Ungeheuer.«

»Da bin ich mir noch nicht so sicher.« Ich kletterte über die Kante. Cayden presste mich an sich und ließ uns langsam hinab. Ich spürte seinen warmen Atem in meinem Nacken. »Verrätst du mir irgendwann, was bei dem Unwetter geschehen ist? Ich bin gestorben, oder?«, nutzte ich die Gelegenheit, da er mir gerade nicht entwischen konnte.

»Dann wärst du jetzt tot.«

»Du weißt schon, was ich meine. Meine Seele hatte sich von meinem Körper gelöst. Das war unheimlich. Aber du konntest mich sehen.«

»Es hat wohl keinen Zweck, es abzustreiten?«

»Nein.«

»Das eigentlich Merkwürdige ist nicht, dass du fast gestorben wärst, sondern dass ich dich sehen konnte. Nur Hades besitzt die Fähigkeit, die Seelen der Toten zu erkennen.«

Ein kalter Schauer lief mir über den Rücken. »Was heißt das?«

Sein Griff wurde fester. »Ich habe da so eine Vermutung, die ich aber erst mit Zeus besprechen möchte. Vielleicht täusche ich mich auch.«

»Ich habe immer angenommen, Götter wären allwissend.«

Cayden gluckste an meinem Rücken. »Vielleicht trifft das auf den Gott der Christen zu, wir sind genauso fehlbar wie ihr oder umgekehrt – dafür habe ich gesorgt.«

Prometheus hatte aus Ton die ersten Menschen nach dem Ebenbild der Götter geformt und ihnen gute und schlechte Eigenschaften gegeben, so viel wusste ich.

»Wie hast du die Menschen zum Leben erweckt?«, fragte ich neugierig.

»Das war nicht ich, das war Athene. Eigentlich wollten wir nur ein bisschen Spaß. Das Ganze ist dann außer Kontrolle geraten.«

So konnte man es auch nennen. »Was hatte Zeus gegen die Menschen?«

»Eigentlich nichts. Er wollte nur, dass sie *ihn* anbeten und nicht einen Titanen oder Gaia.«

»Das ist ihm auch gelungen und dich hat er an den Felsen geschmiedet. Nicht besonders nett von ihm.«

»Ich hätte ihn nicht provozieren dürfen. Er ist immerhin ein Gott und die Götter haben uns Titanen besiegt. Er hatte jedes Recht der Welt, meinen Gehorsam zu verlangen.«

Darüber konnte man geteilter Meinung sein. »Warum kannst du unter Wasser atmen und reden? Können das alle Götter und Titanen?«

»Nein, aber meine Mutter ist eine Okeanide. Eine Tochter des Okeanos. Er ist der Ursprung aller Flüsse, Meere und Seen.«

Bei ihm klang es, als wäre es das Normalste der Welt und nicht völlig abstrus. »Ziemlich praktisch, wenn man gegen Unterwassermonster kämpfen muss«, bemerkte ich so locker wie möglich. »Danke übrigens, dass du mich gerettet hast.«

»Keine Ursache. Jederzeit wieder.«

Wenn es nach mir ginge, hätte dieser Berg Tausende von Metern hoch sein können. Ich wollte nicht unten ankommen.

»Sind Götter und Titanen immer noch zerstritten?« Ich musste an seinen Vater denken.

»Es gibt viele Titanen, die sich mit der Vorherrschaft der Götter arrangiert haben. Allerdings ist es nicht sonderlich hilfreich, dass die Götter glauben, sie seien die Krone der Schöpfung.«

»Oh, das bilden die Menschen sich auch ein.«

»Ihr seid ihnen auch ziemlich ähnlich.«

Das war definitiv kein Kompliment.

»Irgendwie habt ihr das mit den Menschen ganz schön vermasselt«, beschwerte ich mich. »Das hättet ihr besser hinkriegen müssen.«

»Ich weiß«, sagte Cayden leise. »Ich habe damals sehr unüberlegt gehandelt und es mehr als einmal bitter bereut.«

Ich wollte mich zu ihm umdrehen, aber er hielt mich unerbittlich fest und seilte uns schneller ab. Das Gespräch war damit wohl beendet.

Meine Füße schlugen hart auf dem Boden auf. Jeanne half mir mit den Verschlüssen, während ich hoffte, einen Blick von Cayden aufzufangen.

In Windeseile hatte er seine Gurte gelöst. »Ich muss weg«, erklärte er Jeanne, und bevor ich ihn bitten konnte, auf mich zu warten, war er zwischen den Bäumen verschwunden.

»Habt ihr euch gestritten?«, fragte Jeanne.

Ich schüttelte den Kopf. »Ich glaube, er muss noch zu seinem Onkel.« Jetzt log ich schon für ihn.

»Das ist kein Grund, eine Frau stehen zu lassen. Mit einem Franzosen würde dir das nicht passieren.« Sie grinste verschmitzt.

»Ich werde es mir merken«, versprach ich und machte mich auf den Rückweg. Ich hatte jede Menge Stoff zum Nachdenken.

Das Gespräch und seine Enthüllungen hatten an unserem Verhältnis nichts geändert. Nicht, dass ich das erwartet hatte. Cayden behandelte mich höflich, aber distanziert. Wenn wir uns sahen, begrüßte er mich mit einem vorsichtigen Kuss auf die Wange, wobei seine Hand aber immer einen Moment zu lange auf meiner Schulter ruhte. Ansonsten sprach er außer im Unterricht kaum mit mir.

Man hätte meinen können, ich wäre inzwischen daran gewöhnt, dass er mir auswich. Leider verletzte es mich trotzdem. Vor allem, weil er sich stattdessen auffallend aufmerksam um Robyn bemühte. Die beiden schienen sich prächtig zu verstehen. Irgendwann war ich so weit, mir zu wünschen, dass mal wieder ein Ungeheuer am Horizont auftauchte, vor dem er mich retten konnte.

Aber Pustekuchen. Alles blieb ruhig.

»Er hat dir also verraten, wer er ist?« Athenes Füße baumelten im Wasser. Wir saßen auf dem Steg am See und sahen dem Schwimmteam beim Training zu. Apoll lag vorn, dicht gefolgt von Cameron. Ich würde hier nicht mal mehr meinen großen Zeh ins Wasser halten. Dasselbe hatte ich Cameron empfohlen, aber er hatte mich nur ausgelacht. Sein Pech, wenn Skyllas Hunde ihn verspeisten. Das hatte ich selbstverständlich nicht gesagt.

»Ja«, erwiderte ich.

»Hast du jetzt Angst vor ihm?« Neugierig musterte sie mich, während ich immer wieder zu Cayden und Robyn gucken musste, die am Ufer saßen. Gerade sah es so aus, als wenn er ihren Hals küsste. Ich zwang mich, sitzen zu bleiben und nicht wutentbrannt davonzustürmen.

»Müsste ich das denn?«

Athene zuckte mit den Schultern. »Das kommt ganz darauf an.« Sie zwinkerte mir zu.

»Du bist auch eine, oder …? Du weißt schon.«

Athene lachte. »Eine Göttin? Natürlich, was sonst.«

Tja, was sonst konnte man wohl sein. Ich knibbelte am Holz des Stegs. »Wie wäre es mit einem ganz normalen Mädchen?«

Sie pustete sich eine Strähne aus der Stirn. »Vielen Dank. Ich bin mit meiner Existenz ganz zufrieden.«

Jetzt musste ich lachen.

»Warum geht er mir aus dem Weg?«, fragte ich sie nach einer Weile.

»Er mag dich, Jess.« Sie wandte sich mir zu. Plötzlich sah sie gar nicht mehr aus wie ein Mädchen in meinem Alter, obwohl ich nicht mal hätte sagen können, was genau sich verändert hatte. Sie wirkte weiser und irgendwie alterslos. »Vermutlich ist genau das das Problem. Es ist besser so. Für alle Beteiligten. Er ist ein Gott und du bist ein Mensch.«

Ich biss mir auf die Innenseite meiner Wange. Natürlich hatte sie recht. »Was hat euch eigentlich ausgerechnet in dieses Camp verschlagen?« Es war merkwürdig, in dieser Idylle ein Gespräch mit einer waschechten Göttin zu führen. Nein, nicht bloß merkwürdig, total skurril.

Athene überlegte einen Moment, bevor sie mir antwortete. »Ab und zu brauchen wir ein bisschen Abwechslung. Dann kommen wir in eure Welt und mischen uns unter die Menschen.«

»Wären da New York, Paris oder Rom nicht passendere Orte? Besonders aufregend ist es hier schließlich nicht.«

»Für uns ist es spannend genug.« Sie sprang auf und jubelte, weil Apoll Erster beim Wettschwimmen geworden war.

»Das ist ein bisschen unfair«, murmelte ich.

Strafend sah sie mich an. »Er würde nie seine göttlichen Fähigkeiten einsetzen.«

»Gut zu wissen.«

»Ich gebe dir einen Rat«, erklärte sie. »Halte dich von Prometheus fern. Er hat eine Aufgabe zu erfüllen, die ihm sehr wichtig ist. Du lenkst ihn nur ab.«

»Was ist das für eine Aufgabe?«

Sie lachte auf. »Das wird nicht verraten. Göttergeheimnis und so.« Sie ließ mich stehen und rannte zu Apoll, der aus dem Wasser stieg. Er winkte mir zu. Weshalb hatte ich mich nicht in *ihn* verliebt? Er war nur halb so kompliziert wie Cayden, und er war so schön, dass es förmlich wehtat, ihn anzusehen. Im Licht der Nachmittagssonne sah er umwerfend aus, die Mädchen am Ufer konnten den Blick nicht von ihm abwenden. »Von wegen, er setzt seine göttlichen Fähigkeiten nicht ein«, flüsterte ich. »Das ist ja lachhaft.«

Aufzeichnungen des Hermes

XII.

Er hatte es ihr wirklich verraten. Besonders geschockt war sie nicht gewesen. Hatte ich auch nicht erwartet. Im Grunde hatte er ihr nur bestätigt, was sie längst wusste.

Ich schätzte, er ahnte, weshalb sie nichts vergaß. Ich auch. Es hatte in der Geschichte immer wieder besondere Menschen gegeben, die sich an die Begegnungen mit uns erinnern konnten. Sonst wären wir längst völlig in Vergessenheit geraten. Allerdings würde es dann auch die eine oder andere abstruse Geschichte über uns nicht geben.

Agrios war wie vom Erdboden verschluckt. Vielleicht war es nur eine List von Prometheus gewesen, zu behaupten, Jess und er hätten ihn gesehen. Aber was wollte er damit bezwecken? Niemand von uns hatte je an die Existenz von Agrios geglaubt. Zeus' verlorener Sohn. Wenn er wirklich am Leben war, warum tauchte er gerade jetzt auf? Es musste eine der berühmten Listen des Prometheus sein. Wenn er sich damit mal nicht in die Nesseln setzte. Seine letzte List hatte ihn an diesen Felsen gebracht.

»Du solltest mit ihr reden.« Leah füllte hinter der Bar des Campcafés Cookies in Gläser. Ich lehnte am Tresen und sah ihr dabei zu. Es gab Schoko-Cookies, welche mit Smarties und einfache helle. »Sie ist deine beste Freundin. Ihr werdet euch doch nicht wegen eines Jungen zerstreiten.«

»Es ist nicht wegen Cayden«, verteidigte ich mich halbherzig.

»Natürlich nicht.« Leah schüttelte den Kopf. »Vor mir kannst du ruhig zugeben, dass du sauer bist, dass er dich nicht mehr beachtet und dass sie ihn so öffentlich anmacht.«

Ich legte den Kopf auf den Tresen. »Das ist so erbärmlich.«

»Ist es nicht«, versuchte sie, mich zu trösten. »Das ist ganz normal und vielleicht wäre ich an deiner Stelle auch sauer auf sie. Wenn sie ihn hätte abblitzen lassen, dann wärst bestimmt du seine erste Wahl gewesen.«

»Na toll, die zweite wäre wohl zutreffender.«

Leah kicherte. »Okay. Die zweite. Aber du weißt schon, was ich meine. Es wundert mich, dass sie ihre Beziehung zu Cameron dafür aufs Spiel setzt.«

Ich hob den Kopf. »Vielleicht ist es wirklich nichts Ernstes. Vielleicht will sie Cameron nur eifersüchtig machen, damit er sich mehr um sie kümmert«, sagte ich hoffnungsvoll.

Leah stellte einen Cappuccino vor mich auf die Theke und legte einen Schoko-Cookie dazu. »Träum weiter, Baby. Mit einem Mädchen wie Robyn ist man nicht nur befreundet. Wir beide, wir haben Jungsfreunde. Aber nicht Mädchen wie Robyn. Außerdem, was würde es ändern, wenn sie ihn dafür benutzen würde? Für dich ja wohl hoffentlich nichts. So verzweifelt kann man gar nicht sein.«

»Wenn Robyn an deiner Stelle wäre, würde sie mir Hoffnungen machen. Du bist mir eindeutig zu realistisch«, beschwerte ich mich und knabberte an dem Cookie. Er war perfekt – innen weich und außen knusprig. Rosie backte sie selbst und Leah verkaufte sie dann im Campcafé.

»Das ist eben der Unterschied, Baby. Von mir wirst du nicht hören, was du hören willst, sondern was ich wirklich denke. Was du damit anstellst, ist deine Sache.«

»Kein Wunder, dass bis jetzt noch kein Junge die Dornenhecke hochgeklettert ist. In deinem Zimmer würde ihn kein sanftmütiges Dornröschen erwarten.«

Leah warf einen Lappen nach mir, den ich lachend auffing.

»Ich rede mit ihr«, lenkte ich verdrießlich ein. »Ich werde ihr sagen, dass sie auf Camerons Gefühle Rücksicht nehmen soll.«

»Genau. Jammere ihr bloß nicht vor, dass du in Cayden verknallt bist. Wäre ja auch schlimm, wenn deine beste Freundin wüsste, was du wirklich fühlst.«

»Sehr witzig. Du kennst sie nicht so gut wie ich.« Ich trank meinen Cappuccino aus und machte mich auf den Weg zu unserer Lodge.

Robyn saß an dem kleinen Schminktisch in ihrem Zimmer und trug sorgfältig ihr Make-up auf. »Er ist nur mein Fechtpartner und ab und zu gehen wir Eis essen. Hast du was dagegen?«, entgegnete sie auf meine vorsichtige Nachfrage.

»Nein. Ganz und gar nicht.« Ich verkniff es mir, den Nachmittag am Strand während des Schwimmwettkampfs zu erwähnen. Er hatte ihren Hals abgeleckt. Mit Fechten hatte das nichts zu tun. »Dann ist es ja gut«, antwortete ich stattdessen. »Was sagt Cameron dazu?« Ich setzte mich im Schneidersitz auf ihr Bett. Auf keinen Fall sollte sie den Eindruck haben, dass ich nur mit ihr darüber sprach, weil ich eifersüchtig war.

»Er ist mit seinem Debattierklub und dem Rhetorikkurs mehr als beschäftigt. Wie sehen uns fast nur zu den Mahlzeiten und abends. So hatte ich mir unsere gemeinsamen Ferien nicht vorgestellt. Außerdem hat er mir eröffnet, dass er früher abreisen will. Sein Vater ist zurück und Cameron soll den Rest der Ferien im Büro jobben. Sich auf den Ernst des Lebens vorbereiten und so ein Quatsch. Als ob dafür nicht noch genug Zeit wäre. Aber er muss wissen, was er tut.« Es klang nicht so, als ob sie ihn zwingen wollte, zu bleiben.

Bei mir gingen sämtliche Alarmglocken an. Wenn Cameron nicht mehr hier wäre, gäbe es für Robyn kaum noch einen Grund, sich zurückzuhalten.

»Heute ist Karaoke, kommst du mit?«, versuchte ich, das

Thema zu wechseln. Ich hatte es falsch angepackt. Vielleicht sollte ich wieder mehr Zeit mit ihr verbringen, dann konnte Cayden sie nicht ständig in Beschlag nehmen.

»Klar, meinetwegen.«

Begeisterung klang anders. War sie womöglich längst mit ihm verabredet? Es war nicht unwahrscheinlich. Die beiden sah man fast nur noch gemeinsam. Seine anderen Eroberungen hatte er fallen gelassen wie heiße Kartoffeln. Mich eingeschlossen.

»Weißt du, ob Josh und Sharon auch hingehen?«, wischte ich den Gedanken zur Seite. Robyn war inzwischen mit Sharon so gut befreundet wie ich mit Leah. Noch etwas, was in den Jahren zuvor undenkbar gewesen war. Mein bisheriges Leben schien sich in Luft aufzulösen, und ich hatte keine Chance, es aufzuhalten.

»Josh auf jeden Fall. Bei Sharon bin ich mir nicht sicher«, antwortete Robyn.

»Warum?«

»Die beiden haben sich gestritten.« Sie kämmte sich sorgfältig das Haar und flocht es dann zu einem Zopf, der ihr vorn über die Schulter hing. »Ich glaube, es ging um dich.«

»Um mich?«, fragte ich verwundert. »Warum sollten die beiden wegen mir streiten?«

Robyn zuckte mit den Schultern. »Wundert dich das? Ich würde es auch nicht so toll finden, wenn Cameron eine beste Freundin hätte, um die er sich ständig Sorgen macht.«

»Josh muss sich nicht ständig um mich sorgen«, unterbrach ich sie heftiger als nötig. »Niemand muss sich um mich Sorgen machen. Die spinnt doch.«

Robyn kramte in ihrer Schmuckschachtel. »Ich finde, sie hat nicht unrecht. Genau das tun nämlich alle Jungs ständig. Die arme Jess, die man beschützen muss, weil sie ja ach so ein Pech mit ihren Eltern hat. Und du merkst es nicht mal.« Sie sagte das in dem abfälligen Tonfall, den sie normalerweise nur anschlug, wenn jemand sie nervte, den sie absolut nicht ausstehen konnte. Dabei sah sie mich nicht mal an, sondern steckte sich Ohrringe an.

»Bist du deshalb sauer auf mich?« Ich rutschte auf die Kante ihres Betts und klemmte meine zitternden Finger zwischen meine Beine.

Sie beantwortete meine Frage nicht und im Grunde war das auch unnötig. »Meine Mom, Josh und hier auch noch Cayden. Ständig dreht sich alles nur um dich. Sogar in der Kinonacht ist er dir hinterhergerannt. Als wenn du nicht allein den Rückweg gefunden hättest.«

Entsetzt starrte ich sie an. Daher wehte also der Wind. »Warum sagst du so was?«

Endlich sah sie mich an, wenn auch nur durch den Spiegel. »Es tut mir leid, Jess. Aber ich musste das mal loswerden. Das wollte ich schon lange.«

»Wie lange?«

Sie zuckte mit den Schultern. »Seit dein Dad weg ist oder irgendwann danach. Und hier ging das schon wieder los. Du musst nicht allen sofort diese Geschichte von deinen Eltern erzählen. Hast du wirklich geglaubt, Cayden würde sich dann mit dir abgeben? Das ist wirklich erbärmlich. Tut mir leid. Du kannst nicht wirklich glauben, dass du sein Typ bist.« Ihr Blick glitt über meine schwarze Leggins und das Longshirt. »Ich hab dich lieb, aber wir sollten realistisch bleiben.«

Fassungslos blickte ich in die Augen meiner Freundin. Hatte sie das gerade wirklich alles gesagt? »Ich habe ihm nicht von meinen Eltern erzählt«, presste ich hervor. »Ich ... Niemand muss sich um mich kümmern. Cayden am allerwenigsten.«

Robyn stand auf und griff nach einem goldfarbenen, kurzen Jäckchen. »Dann ist es ja gut.« Sie strahlte mich an. »Wie gut, dass wir darüber gesprochen haben. Ich bin dann schon mal weg.«

»Vielleicht komme ich heute doch nicht mit«, erklärte ich und stand von ihrem Bett auf. An der Tür drehte ich mich noch mal um.

Robyn prüfte ein letztes Mal ihren Lippenstift. »Schade, aber wenn du müde bist, verstehe ich das natürlich.«

Cayden kam mir auf dem schmalen Weg entgegen, der zur Fechthalle führte. Ausnahmsweise war er mal allein. Ich sah mich um, aber da war kein Pfad, in den ich unbemerkt hätte verschwinden können. Niemand, mit dem ich ein Gespräch hätte anfangen können. Natürlich nicht. Ich war die Letzte gewesen und hatte bis zur Erschöpfung verschiedene Schrittkombinationen geübt. Jetzt wollte ich nur noch ins Bett. Aber vorher musste ich an ihm vorbei. Meine Fechttasche hing bleischwer auf meinem Rücken. Ich umklammerte den Griff fester. Den Blick stur auf den Boden gerichtet, lief ich an ihm vorbei.

Aus dem Augenwinkel sah ich, dass er stehen blieb. »Jess.«

»Hey. Ich hab's eilig.« Ich hoffte, er würde die Botschaft verstehen. Natürlich tat er mir den Gefallen nicht. Er griff nach meinem Arm und hielt mich fest. Ich unterdrückte den Impuls, mich loszureißen und wegzulaufen.

»Was willst du, Cayden?« Ich betonte seinen falschen Namen absichtlich besonders deutlich.

»Geht es dir gut?«

Ich bezweifelte, dass er eine ehrliche Antwort erwartete. »Alles super.«

»Du hast niemandem etwas erzählt. Dafür wollte ich dir danken.«

»Niemand hätte mir geglaubt«, wiederholte ich seine eigenen Worte.

Er fuhr sich mit den Händen durch sein Haar. »Agrios ist nicht wiederaufgetaucht. Du musst keine Angst mehr haben.«

»Ähhh, ja, danke.« Ich wusste nicht, was ich dazu sagen sollte. Diese Monster hatten mich in den letzten Tagen herzlich wenig beschäftigt. So seltsam mir das jetzt vorkam.

»Du machst dich wirklich gut im Lektürekurs«, setzte er hinzu. »Wenn ich nicht wüsste, dass du zu Beginn des Camps die Sprache fast nicht konntest, würde ich es nicht glauben.«

»Was willst du?«, unterbrach ich ihn aufgebracht. »Hat Robyn keine Zeit für dich? Muss sie sich heute mit Cameron abgeben? Ich schätze mal, du hast mir nicht aufgelauert, um mir Komplimente zu meinen Fortschritten in Altgriechisch zu machen.«

Immerhin hatte er den Anstand, zerknirscht auszusehen, obwohl das höchstwahrscheinlich auch nur Theater war. Die

Vertrautheit, die ich an der Kletterwand zwischen uns gespürt hatte, war endgültig verschwunden.

»Ich dachte, du hättest vielleicht noch ein paar Fragen. Ich wäre bereit, sie dir zu beantworten. Wenn du magst.«

Er schaffte es doch immer wieder, mich zu überraschen. Anstatt dass ausnahmsweise ich mal *ihm* eine Abfuhr erteilte, siegte meine Neugier. Vermutlich war er bei jedem Ereignis, das ich nur aus Geschichtsbüchern kannte, dabei gewesen. Er hatte mich an der Angel und er wusste es. Ich erkannte es an dem selbstbewussten Grinsen, das sich auf seinem Gesicht ausbreitete. Er wirkte absolut nicht mehr zerknirscht. Ich sollte ihn stehen lassen und verschwinden. Allerdings hatte ich im Kopf längst einen Fragenkatalog zusammengestellt. »Und du beantwortest mir jede Frage?«, hakte ich nach.

»Fast jede«, antwortete er. »Es gibt einiges, das solltest du besser nicht wissen.«

Ich nickte. »Dann will ich zuerst wissen: Warum genau seid ihr hier? Und behaupte nicht, dafür gibt es keinen triftigen Grund. Das glaube ich nämlich nicht.«

»Können wir diese Frage zurückstellen?«, bat er. »Es ist etwas kompliziert. Ich dachte eher, du würdest vielleicht wissen wollen, was aus Penelope geworden ist, der Frau des Odysseus. Wohin das Goldene Vlies verschwunden ist. Ob Herakles wirklich seine eigenen Kinder ins Feuer geworfen hat. Solche Sachen.«

Ich legte den Kopf schief. »Medea und Jason nahmen das Vlies mit nach Korinth. Penelope heiratete nach Odysseus' Tod dessen Sohn Telegonos und erhielt von Kirke die Unsterblichkeit. Wahrscheinlich läuft sie dir noch heute ab und zu über den Weg. Bei Herakles bin ich mir nicht mehr so sicher. Ich kann mir beim besten Willen nicht vorstellen, dass Hera ihn wirklich dazu bringen wollte, seine eigenen Kinder ins Feuer zu werfen. Ich finde Mrs. Ross ziemlich nett. Aber wer weiß schon, was sich hinter einem hübschen Gesicht für ein Ungeheuer verbirgt.«

Cayden lächelte mich verkniffen an. Der Seitenhieb war zu deutlich gewesen, als dass er ihn nicht verstanden hätte. »Eins zu null für dich.«

Das Lächeln brachte mich zur Besinnung. »Wenn ich es mir recht überlege, dann weiß ich alles, was ich wissen muss. Es ist nett gemeint, aber mir geht es besser, wenn ich mir einbilde, ihr wärt ganz normale Menschen. Alles andere bringt mich zu sehr durcheinander.«

Was ich eigentlich sagen wollte, war: *Du bringst mich durcheinander. Ich sollte nicht mit dir allein sein, und ich will nicht, dass du mich so anlächelst.* Aber ich biss mir auf die Zunge, nickte ihm zum Abschied zu und ging so schnell ich konnte zu unserer Lodge. Ich musste mich bremsen, nicht zu rennen. Er hielt mich nicht auf und lief mir nicht hinterher. Hatte ich auch nicht erwartet. Ich war fast ein bisschen stolz auf mich, als ich meine Tasche unter mein Bett schob. Ich war nicht schwach geworden und ich hatte mich nicht wieder von ihm einwickeln lassen.

Ich kaute auf meinem Stift herum, während Zeus mit Melissa eine Übersetzung besprach. Dafür, dass sie angeblich seit drei

Jahren Altgriechisch lernte, waren ihre Kenntnisse ziemlich mager. Wie immer hatte sie nichts vorbereitet und blinkerte ihn jetzt aus ihren großen Rehaugen an. Er lächelte nachsichtig. Manche Mädchen hatten es echt leicht. Ich sah aus dem Fenster. Die Wege des Camps wirkten wie ausgestorben, denn um diese Zeit waren alle Schüler in ihren Kursen. Die Hitze flirrte in der Luft. Von dem Regen, der letzte Nacht gefallen war, war nichts mehr zu sehen oder zu spüren. Schon heute früh war es wieder fast dreißig Grad gewesen. Zum Glück liefen in sämtlichen Gebäuden zuverlässig die Klimaanlagen. Draußen war es nur im Wasser auszuhalten. Ich freute mich schon auf den Pool am Nachmittag, denn den See mied ich nach wie vor. Von Athene wusste ich allerdings, dass Cayden jetzt dort seine Bahnen zog. Schön für ihn. Er stand schließlich auf du und du mit den Monstern.

Etwas bewegte sich zwischen den Bäumen auf der anderen Seite des Weges. Ich kniff die Augen zusammen, um besser erkennen zu können, wer oder was dort herumschlich. Graue Augen erwiderten meinen Blick: Der weiße Wolf, zu dem sie gehörten, legte den Kopf schief und sah mich an. Es war derselbe Wolf, der nach dem Unfall an meiner Seite gewesen war. Mein Herz klopfte vor Aufregung ein klein wenig schneller, aber wie damals verspürte ich auch jetzt keine Angst. Im Gegenteil, ich freute mich, ihn zu sehen. Am liebsten hätte ich ihm zugewunken. Aus dem Schatten trat ein weiterer Wolf hervor. Dieser war pechschwarz.

»Apoll.« Ich stieß ihn an. »Gehören die Wölfe zu dir?«, flüsterte ich. Bei meiner Recherche war ich darüber gestolpert, dass

Apolls Schutztiere Wölfe waren, und hatte eins und eins zusammengezählt. Apolls Augen weiteten sich nur kurz. Fragend sah er erst mich an und dann nach draußen. Ein Lächeln erschien auf seinem Gesicht. Sein Blick wechselte zwischen den Wölfen hin und her. Dann nickte er und sie zogen sich zurück.

»Sprichst du so mit ihnen?«, flüsterte ich aufgeregt.

Er zuckte mit den Schultern. »Wie sonst? Ich kann sie ja schlecht anheulen?«

Ich verkniff mir das Grinsen. Ein heulender Apoll – lustige Vorstellung.

»Du bist mir ein paar Erklärungen schuldig.« Streng sah er mich an.

»Du hast eine telepathische Verbindung zu Wölfen und ich bin dir eine Erklärung schuldig? Ich glaube, du tickst nicht richtig.«

»So kann man es wohl auch sehen.« Er hob einen Arm. Als Mr. Ross auf ihn aufmerksam wurde, erklärte er: »Jess ist übel, darf ich sie zum Krankenzimmer bringen?«

Mr. Ross nickte.

Ich runzelte die Stirn. »Mir …« Apoll verpasste mir einen Tritt gegen das Schienbein und ich verstummte. Er raffte unsere Unterlagen zusammen und zog mich fürsorglich hoch. Dann führte er mich aus dem Raum. Caydens finstere Blicke folgten uns.

»Wenn diese dumme Kuh noch ein Mal gefragt hätte, wie das Wort *gehen* konjugiert wird, hätte ich für nichts garantieren können, und normalerweise bin ich sehr friedfertig«, verkündete Apoll, kaum dass wir vor der Tür standen.

Es gefiel mir, dass wenigstens er nicht auf diese Tussi hereinfiel. Die Hitze knisterte auf meiner Haut. Leider hatte ich am Morgen vergessen, mich mit Sonnencreme einzureiben. »Wir sollten uns schnellstmöglich ein schattiges Plätzchen suchen, sonst verbrenne ich.«

»Eis?«, fragte Apoll.

Das musste man mich nicht zweimal fragen. Ich nickte nur und wir rannten zum Campcafé. Die Wölfe hatten offensichtlich ihre Mission erfüllt und waren wieder verschwunden. Hoffentlich sah niemand anders sie hier herumlaufen. Es würde eine Horde Jäger auf den Plan rufen, wenn bekannt wurde, dass sich ein weißer Wolf im Lager herumtrieb.

Schnaufend kamen wir im Café an. Leah stand hinter dem Tresen und putzte ein Regal. Ich beneidete sie nicht gerade um den Job, doch ihr schien es nichts auszumachen. Sie sang laut falsch vor sich hin und wackelte mit den Hüften.

Apoll räusperte sich und sie fuhr herum. »Sagt bloß, ihr schwänzt.«

»Quatsch«, widersprach er. »Jess war übel und ich kümmere mich um sie.«

»Alles klar und im Himmel ist Jahrmarkt«, kicherte Leah, ließ sich aber nicht von ihrer Arbeit ablenken.

Sie trug winzige Hotpants und ein Top, das ihr gerade mal bis zum Nabel reichte. Bei der Hitze verständlich, auch wenn ich mich nie trauen würde, so herumzurennen. Apoll bedachte sie mit einem anerkennenden Blick. Ihr regelmäßiges Tanztraining zahlte sich aus.

Wir setzten uns an einen der kleinen Tische. Unter dem Sonnenschirm war die Hitze einigermaßen erträglich. Noch besser wurde es, als Leah uns zwei Eisschokoladen brachte. Genüsslich sog ich an meiner.

»Also, woher wusstest du, dass die Wölfe zu mir gehören?« Apoll ließ mich nicht aus den Augen.

»Es sind deine Schutztiere und sie waren schon bei dem Unfall dabei. Sie haben Cayden – oder soll ich Prometheus sagen? – die meiste Zeit angeknurrt.«

»Du kannst dich wirklich an alles erinnern? Das ist erstaunlich. Macht dir das Ganze keine Angst?«

»Dass ihr Götter seid? Nein, warum?«

Apoll warf resigniert die Arme in die Luft. »Ja, warum wohl? Da trifft sie auf Zeus, Apoll und Athene, die wichtigsten und mächtigsten Götter der Menschheitsgeschichte, aber hat keine Angst. Was mache ich eigentlich hier?« Ich sah das belustigte Glitzern in seinen Augen.

»Das wüsste ich auch gern. Ist euch langweilig, da, wo ihr herkommt?« Ich senkte meine Stimme, damit Leah unser merkwürdiges Gespräch nicht hörte.

»Natürlich nicht«, erwiderte er empört.

Ich zog die Augenbrauen in die Höhe.

»In der Regel können wir uns ganz gut mit uns selbst beschäftigen. Wir kümmern uns um unseren eigenen Mist und das ist gut so.«

»Seid ihr nicht regelmäßig bei den Menschen?«

Apoll schüttelte den Kopf. »Zeus erlaubt das nur noch alle einhundert Jahre. Er hat Angst, dass wir uns sonst zu viel einmischen. Halbgötter zeugen und solche Sachen.«

»Warum nur alle hundert Jahre? Gibt es dafür einen Grund?«

»Ja, aber den verrate ich nicht. Sonst schickt mein Vater mich sofort zurück und ich finde es wirklich nett in deiner Zeit.«

Leah trat zu uns. »Mögt ihr noch etwas?«

Fragend sah Apoll mich an. »Noch eine? Ich lade dich ein.«

Ich nickte. »Einen Gott kann man wohl kaum ins Armenhaus bringen«, scherzte ich, sobald Leah außer Hörweite war.

»Nicht mit einer Eisschokolade.«

Apoll gab Leah seine Karte, mit der im Camp alle Zusatzkosten abgerechnet wurden, als sie die Gläser wieder vor uns abstellte.

»Also verrätst du mir, was es mit Skylla und Agrios auf sich hat?«

»Du hast ihn auch gesehen? Wir waren uns nicht sicher, ob wir Prometheus glauben können. Agrios hat den Nebel wahrscheinlich absichtlich heraufbeschworen. Damit wir ihn nicht sehen. Wie sah er aus?«

»Er ist ein Albino und er ist ziemlich gruselig.«

Apoll wirkte mit einem Schlag besorgt. Der Junge, der nichts ernst nehmen konnte, war verschwunden. »Ich kann nicht glauben, dass er sich all die Jahrhunderte vor den Göttern verstecken konnte. Ihm muss klar sein, dass Zeus ihn bestrafen wird, wenn er ihn findet.«

»Dafür muss Zeus ihn erst mal kriegen. Er hat sich in eine Schlange verwandelt.«

Apoll pfiff durch die Zähne. »Die Gabe der Metis und die des Zeus in ihrem Sohn vereint.«

»Warum ist er nur eine Legende?«

»Niemand hatte ihn je zuvor gesehen.«

»Cayden schien ihn recht gut zu kennen«, wandte ich ein und rührte in meiner Eisschokolade. »Agrios hat so komisches Zeug geredet, von einer Prophezeiung und dass er Zeus stürzen will. Das kann er doch nicht, oder?«

»Er wird es zumindest versuchen. Vermutlich ist er ziemlich wütend. Diese Sache mit Metis und Zeus war damals der große Aufreger. Zeus hat einfach überreagiert. Er hätte Metis nicht gleich schlucken müssen, aber unter uns gesagt, ich glaube, es war ein Versehen.«

»Warum kennt jeder diesen Agrios, wenn er angeblich nie geboren wurde?«

»Das ist kompliziert.«

»Ich bin sicher, wenn du es mir ganz langsam erklärst, dann verstehe ich es.« Ich lächelte Apoll aufmunternd zu. Er würde mich nicht loswerden, bis ich alles wusste.

Vermutlich sah er mir meine Entschlossenheit an. »Jeder Gott und jeder Titan kannte den Fluch des Kronos. So etwas lässt sich ja auch nicht sonderlich gut geheim halten. Allerdings wusste niemand, welcher von Zeus' Söhnen ihn stürzen würde.« Er klopfte mit seinem Teelöffel auf den Tisch.

»Prometheus war selbst schuld. Seine verdammte Neugier hat ihn an den Felsen gebracht. Und seine Sturheit.«

»Das verstehe ich jetzt nicht. Hat er herausgefunden, welcher Sohn gemeint war?«

Apoll nickte. »Er hat heimlich das Orakel von Delphi befragt. Zeus selbst hatte es nicht gewagt, aus Angst vor der Antwort. Du musst wissen, dass ein Orakel eine Frage nur ein einziges Mal beantwortet. Vermutlich hat Prometheus nicht damit gerechnet, dass ausgerechnet Metis die Mutter dieses Sohnes sein würde. Sein Wissen brachte sie nun in Gefahr. Ich habe keine Ahnung, ob sein eigener Vater ihm je verziehen hat, dass er Metis verriet.«

»Aber warum hat er sie denn verraten? Zeus hätte ihn doch nicht ewig an diesem Felsen lassen können.«

»Ewig vermutlich nicht.« Apoll starrte in die Ferne. Sein Gesicht war ungewöhnlich ernst. »Ich hätte nicht mal halb so lange ausgehalten wie er. Zeus hat ihn überlistet. Er versprach, ihm seinen sehnlichsten Wunsch zu erfüllen, wenn er ihm im Gegenzug den Namen verriet. Damit hat er ihn kleingekriegt. Nachdem Prometheus zugestimmt hatte, erlaubte Zeus seinem Sohn Herakles, den Adler zu töten und Prometheus' Ketten zu lösen.«

Ich musste an das Adlertattoo unterhalb von Caydens Brust denken. Gänsehaut lief mir trotz der Hitze über den Rücken.

»Wir alle dachten, dass der Spuk vorbei wäre, nachdem Zeus Metis verschlungen hatte. Offensichtlich haben wir uns geirrt. Agrios wird alles daransetzen, seine Bestimmung zu erfüllen. Im Olymp ist der Teufel los. Alles geht drunter und drüber, während Zeus hier festhängt. Der Einzige, der sich freut, ist Ares. Er will endlich wieder einen richtigen Krieg.«

»Was war denn Prometheus' sehnlichster Wunsch? Hat Zeus ihm ihn erfüllt?«, fragte ich, obwohl mich das vermutlich nichts anging.

»Bisher nicht. Aber was es war, das darf ich dir leider nicht verraten.«

»Wo war Agrios eigentlich all die Zeit?«, stellte ich die nächste Frage. Ich würde schon noch herausfinden, was Prometheus sich gewünscht hatte.

»Metis muss das Baby vor Zeus versteckt haben. Es gab nur einen, den sie um Hilfe bitten konnte. Nur einer, der es ihr schuldig war, auf ihren Sohn zu achten. Sie verpflichtete ihren Geliebten Iapetos, ihren Sohn großzuziehen. Ich fasse es nicht, dass er ihn so lange verbergen konnte. Götter und Titanen sind eigentlich gleichermaßen geschwätzig.«

»Deshalb nannte er Cayden seinen Bruder«, ergänzte ich.

»Vermutlich. Wirkte es, als ob die beiden sich mögen würden?«, fragte Apoll eindringlich.

»Im Gegenteil. Cayden kann ihn nicht leiden.«

»Damit beweist er endlich mal Verstand. Trotzdem wird Agrios Prometheus zwingen wollen, sich ihm anzuschließen.«

»Vielleicht provoziert Agrios Zeus nur, damit er ihn als seinen Sohn anerkennt.«

Apoll sah mich mitleidig an für diesen dummen Gedanken. »Zeus' Sturz ist die Aufgabe, auf die Agrios jahrhundertelang vorbereitet wurde. Es gibt viele Titanen, die Zeus nie verziehen haben, dass er sie entmachtet hat. Der Frieden hat lange gehalten, auch wenn er brüchig war. Vermutlich hungern viele von ihnen geradezu nach Krieg und Tod.«

»Agrios hat behauptet, wenn er fertig mit uns ist, wird in unserer Welt kein Stein mehr auf dem anderen stehen. Was haben wir Menschen damit zu tun?«

»Das hat er gesagt?« Apoll blickte mich alarmiert an. »In diesem Wortlaut?«

Ich zuckte mit den Schultern. »Ja. Hat Cayden es Zeus denn nicht erzählt?«

Apoll raufte sich die Haare. »Cayden hat nicht viel gesagt. Wenn er sich vor Athene nicht verquatscht hätte, weil er Angst um dich hatte, wüssten wir nicht mal, dass Agrios lebt. Wir wissen nicht, welche Kräfte dieser noch besitzt. Aber bestimmt war es keine leere Drohung.« Er trank die mittlerweile geschmolzene Eisschokolade aus und zog mich dann hoch. »Wir dürfen ihn auf keinen Fall unterschätzen.«

»Was hast du vor?«

»Wir werden mit Zeus und Hera reden. Du wirst ihnen genau berichten, was passiert ist. In Caydens Version war Agrios weder sehr redselig noch sonderlich gefährlich. Zeus muss dringend von der Drohung erfahren. Dieser dumme Titan bildet sich immer ein, er hätte alles im Griff. Manchmal wünschte ich, Zeus hätte ihn an diesem Felsen verschimmeln lassen.«

Ich stupste Apoll in die Seite. »Sag so etwas nicht.«

Zerknirscht sah er mich an. »Es ist das eine, sich mit den Göttern anzulegen, aber die Menschen da mit reinzuziehen ist etwas ganz anderes.«

»Was könnte er denn tun? Die sieben Plagen schicken?«, versuchte ich mich an einem Scherz.

»Ich befürchte, es wären mehr als sieben.« Apoll lachte nicht, sondern beschleunigte seine Schritte, sodass ich Mühe hatte, ihm zu folgen.

»Was wollten eigentlich die Wölfe von dir?«, fragte ich nach ein paar Minuten außer Atem. Apoll führte mich einen Weg entlang, den ich noch nie gegangen war.

»Kalchas soll Ausschau nach Agrios halten und uns warnen, sobald er wiederauftaucht. Aber der Albino ist verschwunden. Dieser feige Kerl versteckt sich.«

»Welcher von den beiden ist Kalchas?«

»Der weiße.«

»War Kalchas nicht ein Wahrsager?«

»Jep, ich habe ihm gestattet, in der Gestalt des Wolfs weiterzuleben.«

»Wie nett von dir.«

Apoll grinste. »Das finde ich auch. Er ist mir treu ergeben.«

»Sind die Wölfe auch unsterblich?«, hakte ich nach.

»Sonst hätte sich der Aufwand ja nicht gelohnt«, erklärte er, als wäre das das Normalste der Welt.

»Klar, sorry. Wie dumm von mir.«

»Du bist nicht dumm. Im Gegenteil. Mir ist noch nie ein so mutiges und kluges Mädchen begegnet. Kein Wunder, dass Cayden …« Er brach ab.

Verlegen stupste ich ihn in die Seite. »Jetzt übertreib nicht«, sagte ich.

Apoll schüttelte den Kopf. »Früher fanden die Mädchen es toll, wenn ich ihnen Komplimente machte.«

»Früher waren die Mädchen ja auch von der Gunst der Männer abhängig«, erwiderte ich spitz.

»Ach, und heute seid ihr das nicht mehr? Wenn ich mir das Treiben hier so anschaue, könnte man meinen, bei dem einen oder anderen Mädchen hinge ihr Leben davon ab, eine Eroberung zu machen. Schüchtern seid ihr jedenfalls nicht gerade.«

»Hat dich eine bedrängt?«, zog ich ihn auf.

»Nicht nur eine«, erklärte er. »Ich muss mich regelrecht verstecken, damit ich mal meine Ruhe habe.«

Ich lachte laut auf. »Warum schnappst du dir nicht eine? Es gibt doch bestimmt ein Mädchen, das dir gefällt. Dann lassen die anderen dich vielleicht in Frieden.«

Apoll neigte sich im Gehen ein wenig mehr zu mir. »Sag's nicht weiter, aber die Sache mit der Liebe ist nicht mein Ding. Ich bin mehr der Typ einsamer Wolf.«

»Echt? Du willst mich auf den Arm nehmen.« Angestrengt überlegte ich, was ich aus den Legenden über Apolls Liebesleben wusste.

Er zuckte mit den Achseln. »Ich habe kein sonderlich großes Glück mit Frauen. Die arme Daphne zum Beispiel ist immer noch ein Lorbeerbaum und das ist nur meine Schuld. Ich musste meinem Vater versprechen, keinen Ärger zu machen, sonst hätte er mich nicht mitgenommen.«

Ich legte ihm tröstend eine Hand auf den Arm und beschloss, das Thema zu wechseln. »Wie ist das eigentlich so, unsterblich zu sein?«, fragte ich und zwang ihn, langsamer zu gehen. »Ich meine, hat man nicht irgendwann alles gemacht? Wird es nicht langweilig?«

»Mir jedenfalls nicht«, behauptete Apoll, »aber ich kann nicht für alle Götter sprechen.« Er machte eine kleine Pause. »Wir kennen es nicht anders. Bei dir wäre es eine ganz andere Situation. Stell dir vor, du wärst unsterblich, aber alle Menschen, die du liebst, nicht. Irgendwann wärst du allein.«

»Nicht sonderlich erstrebenswert«, stimmte ich zu. »Aber ich würde erfahren, was noch passiert. Ich müsste nicht in diesem winzigen Schnipsel der Geschichte leben. Und ich könnte ja neue Menschen kennenlernen.«

»Und wieder verlieren. Immer aufs Neue. Menschen, die dir wichtig sind. Sie würden altern und du nicht.«

»Spielverderber«, schmollte ich. »Warum machst du mir die Sache so mies? Du bist doch auch unsterblich, und eben noch hast du behauptet, du fändest es toll.«

»Ich bin ja auch ein Gott. In meiner Welt herrschen andere Gesetze. Wärst du eine Unsterbliche unter lauter Sterblichen, würdest du irgendwann verrückt werden.«

»Würde ich nicht. Ich würde das Beste daraus machen.«

Apoll zog es vor, darauf zu schweigen, und ich malte mir meine Unsterblichkeit in den schillerndsten Farben aus.

Aufzeichnungen des Hermes

XIII.

Wurde ja auch Zeit, dass mal jemand die Initiative ergriff. Zeus war nämlich in eine Art Schockstarre verfallen. Er hatte sich nicht mal im Olymp blicken lassen. Niemand von uns wusste, was jetzt geschehen würde. Ich rechnete nach, wie lange es schon keine Zwistigkeiten mehr unter den Göttern gegeben hatte. Ewig auf jeden Fall. Kein Wunder, dass mein Vater nicht wusste, wie er mit der Situation umgehen sollte. Vielleicht war es an der Zeit, dass ein jüngerer Gott das Zepter übernahm.

Ich würde die Sache Prometheus überlassen. Trotz seiner Fehler war er der klügste Mann, den ich kannte. Er würde die Situation schon in den Griff kriegen, zumindest wenn er aufhörte, nur an sich zu denken.

Er genoss bei den Titanen und Göttern gleichermaßen hohes Ansehen. Natürlich müsste er diese aberwitzige Forderung fallen lassen, sterblich werden zu wollen.

Agrios war unberechenbar, und er hatte jahrhundertelang Zeit gehabt, einen Plan zu entwerfen, Zeus und uns alle zu stürzen.

Der weiße Wolf tauchte am Wegrand auf. Apoll und ich waren inzwischen ein ganzes Stück vom Camp entfernt. Das Tier kam an meine Seite und rieb seinen Kopf an meinem Bein.

»Verräter«, murmelte Apoll, lächelte mich jedoch verschmitzt an.

Ich strich dem Wolf über das weiche Fell. Ein Stück weiter den Weg entlang trat auch der schwarze Wolf aus den Büschen. Er lief an Apolls Seite und betrachtete aufmerksam erst mich und dann die Bäume.

»Wem hast du da gestattet, als Wolf weiterzuleben?«

»Das ist Kassandra. Sie war eine begnadete Seherin. Es wäre Verschwendung gewesen, sie einfach sterben zu lassen.«

»Du bist so großzügig.«

»Dein Sarkasmus ist an mich verschwendet«, erklärte Apoll und kraulte Kassandra am Kopf. »Ich habe ihr unrecht getan, aber sie hat mir verziehen, und sie liebt mich. Jetzt.« Das letzte Wort klang etwas traurig und viel zu ernst für den sonst so gut gelaunten Apoll.

Kassandra von Troja hatte ihn abgewiesen, an so viel erinnerte ich mich. Apoll hatte sie zur Strafe mit einem Fluch belegt und niemand hatte ihren Weissagungen mehr geglaubt. Das hatte den Untergang Trojas bedeutet. Ich überlegte, ob ich sonst noch irgendwelche Geschichten über Apoll wusste. Offensichtlich hatte er tatsächlich kein glückliches Händchen mit Frauen.

Eine Lichtung öffnete sich vor uns. Ein riesiges schneeweißes Holzhaus stand im Schatten der hohen Kiefern. Es war ungefähr dreimal so groß wie die Lodge, in der ich mit Robyn und Athene wohnte. Dunkelgrüne Fensterläden schützten die Räume vor der Hitze. Eine Veranda umlief das Erdgeschoss. Mrs. Ross saß in einem Schaukelstuhl und las in einem Buch. Als sie uns kommen sah, legte sie es zur Seite und stand auf. Heute trug sie einen bunten Kaftan, ihr dickes, glänzendes Haar hing offen über ihren Rücken. Wir überquerten die kleine Lichtung und stiegen die Holzstufen zu ihr nach oben.

»Du bringst Besuch mit, Apoll?«

Er küsste sie auf die Wange. »Ist Zeus schon zurück?«

Wenn Mrs. Ross überrascht war, dass ich wusste, wer Mr. Ross in Wirklichkeit war, ließ sie es sich nicht anmerken. »Nein, aber ich erwarte ihn jeden Moment. Kommt doch rein.«

Zögernd folgte ich ihr. Es war *eine* Sache, mit Apoll im Camp zusammen zu sein. Eine ganz andere war es, mit zwei Göttern in einem einsamen Haus im Wald Zeit zu verbringen. Im Kurs war Mrs. Ross freundlich, blieb aber distanziert. Im Gegensatz zu Mr. Ross, der oft auch nachmittags im Camp unterwegs war, ließ sie sich außerhalb des Unterrichtes nie dort blicken.

Unsicher drehte ich mich noch einmal um. Die Wölfe hatten sich auf die Veranda gelegt und hechelten um die Wette. Bestimmt vertrugen sie die Hitze auch nicht besonders gut. Kalchas blinzelte mir aufmunternd zu, und ich beschloss, den Göttern zu vertrauen.

Im Haus war es angenehm kühl, obwohl die Fenster offen standen. Gemütliche Couchen waren um einen großen steinernen Kamin gruppiert, in dem ein paar verwitterte Holzscheite lagen. Hera führte uns durch das Zimmer in eine ebenso geräumige Küche. Als ich den riesigen Gasherd betrachtete, der in der Mitte stand, fragte ich mich, ob Götter wohl kochen konnten.

»Wir müssen schließlich auch etwas essen.« Hera schmunzelte.

Ich konnte nur hoffen, dass Götter nicht auch Gedanken lesen konnten.

»Können sie nicht«, beantwortete sie meine zweite unausgesprochene Frage, »aber dein Gesicht ist ein offenes Buch.«

Verlegen wandte ich mich ab.

Apoll grinste. »Was erwartest du, sie hatte lange genug Zeit, euch Menschen zu studieren. Allerdings hast du tatsächlich kein Pokerface.«

»Vielen Dank auch.« Daran würde ich arbeiten.

»Hört auf, euch zu zanken, und nehmt Platz.«

Apoll schob mich zu einer Küchenbank. Ich setzte mich und er fläzte sich daneben.

Hera goss aus einer Karaffe eine durchsichtige Flüssigkeit in zwei Gläser und tat Eiswürfel hinein.

Misstrauisch schnupperte ich daran. Es roch nach harmloser

Minze und Zitrone. Da ich nicht unhöflich sein wollte, nahm ich einen kleinen Schluck.

»Ich habe nicht vor, dich zu vergiften«, erklärte sie. »Ich wollte nur gastfreundlich sein. Früher war das eine menschliche Tugend, die sehr hochgehalten wurde.«

»Das muss eine Weile her sein«, entschlüpfte es mir. »Heutzutage sind wir vorsichtiger, wenn es darum geht, Fremde ins Haus zu lassen.«

»So etwas in der Art habe ich mir schon gedacht. Gefällt es dir im Camp?«, wechselte sie das Thema.

»Grundsätzlich schon.«

»Das klingt nach einem Aber.«

»Ich bin ein wenig abgelenkt von den ganzen seltsamen Dingen, die vor sich gehen.« Und ich bin verliebt in einen Typen, der nichts von mir wissen will, auf meine beste Freundin steht und zu allem Überfluss ein Titan ist.

Hera nickte verständnisvoll. »Früher fanden die Menschen es auch ganz natürlich, dass es uns gibt. Sie haben nicht ständig alles hinterfragt.«

»Da hat sich dann wohl einiges geändert. Ist das schlimm für euch?«

»Dass ihr nicht mehr an uns glaubt? Himmel, nein. Eigentlich sollte es euch doch gar nicht geben.«

»Sorry, das hatte ich wohl für den Moment vergessen.«

»Entschuldige, das klang nicht sehr nett, aber du musst wissen, für uns war es immer sehr anstrengend, den Vorstellungen der Menschen gerecht zu werden. Ständig wollte jemand etwas von uns – ich bin froh, dass das vorbei ist. Mir reichen die Befindlichkeiten der Götter, Nymphen und Titanen. Unsere Welt ist bevölkert genug. Es war eine Erleichterung für Zeus und mich, dass wir uns nicht mehr um menschliche Belange kümmern mussten. Wenn Prometheus nicht auf dieser dummen Abmachung bestehen würde, kämen wir gar nicht auf die Idee, unter euch zu weilen.«

»Welche Abmachung?«

Apoll räusperte sich nicht gerade unauffällig.

»Alles darf ich dir leider auch nicht verraten.« Hera winkte ab. »Auch wenn ich dem Unsinn nur zu gern ein Ende bereiten würde. Aber ich habe es Zeus versprochen.«

Von draußen erklangen Schritte und ich hörte Athenes Stimme. Kurz darauf tauchten sie und Zeus in der Küche auf. Zeus betrachtete mich erstaunt. Kam wahrscheinlich nicht alle Tage vor, dass ein Menschenmädchen in seiner Küche saß.

»Wir haben einen Gast?«, fragte er verwundert. »Geht es dir wieder gut?«

Ich nickte nur, weil es mir die Sprache verschlagen hatte. Ein weicher goldener Glanz umgab Zeus' Gestalt. Sein weißes Hemd hing ihm aus der Jeans und im Kreis seiner Familie sah er viel jünger und irgendwie gottgleicher aus.

»Stört es dich?«, fragte er besorgt. »Ich kann auch menschlicher aussehen.« Der Glanz verblasste ein bisschen.

Ich schüttelte den Kopf. »Nein, ist schon okay.«

»Vielen Dank. Ich hatte ganz vergessen, wie anstrengend es ist, den ganzen Tag darauf zu achten, dass die Menschen nicht merken, wie anders wir sind.«

Er trat neben Hera und gab ihr einen Kuss. Sie umgab jetzt

ein feiner silberner Schleier. Ich sah zu Athene und Apoll und auch sie schimmerten. Athene sah so schön aus, dass es mir fast den Atem raubte.

»Jess muss euch etwas Wichtiges erzählen«, verkündete Apoll übergangslos.

Zeus zog einen Stuhl zurück und setzte sich. Hera goss auch ihm und Athene ein Glas Zitronenwasser ein.

»Wo ist Cayden?«, fragte ich zuerst, unsicher, ob es ihm recht war, wenn ich vor Zeus seine Unterhaltung mit Agrios wiederholte. Andererseits hatte er es mir nicht verboten.

Athene und Zeus wechselten einen Blick. »Er ist mit Robyn schwimmen«, sagte Athene dann.

Ich holte tief Luft. Es machte mir nichts aus. Er konnte schwimmen, mit wem er wollte.

Hera lächelte mich an, und ich spürte, wie ich mich entspannte.

»Dieses Großmuttergesicht hat sie schon aufgesetzt, wenn sie mir Gutenachtlieder vorgesungen hat«, flüsterte Apoll.

Heras Züge veränderten sich unmerklich und plötzlich wurde sie zu einer wunderschönen Frau. »Und es hat immer geholfen. Du hast geschlafen wie ein Baby. Nicht mal deine eigene Mutter konnte dich so schnell beruhigen.«

»Leto konnte dir nie das Wasser reichen«, schmeichelte ihr Apoll.

Hera lächelte. »Schön, dass du es so siehst. Sie hat ja auch keine Gelegenheit ausgelassen, hinter meinem Rücken über mich herzuziehen.«

Zeus schien es nichts auszumachen, dass seine Frau mit dem

Sohn seiner Geliebten so freimütig über dessen Mutter plauderte.

»Sie wollte Zeus für sich allein«, erklärte mir Hera und legte ihrem Mann eine Hand auf die Schulter. »Das konnte ich natürlich nicht zulassen. Sie war sehr wütend, als Zeus ihr erklärte, ich sei die einzige Frau, die er bis ans Ende der Zeit lieben werde. Vor lauter Zorn hat sie das Gerücht verbreitet, ich wollte sie und ihre Kinder töten. Das war einfach lächerlich. Ich schickte sogar Athene, um ihr bei der Geburt beizustehen, und ich liebe Apoll und Artemis wie meine eigenen Kinder.«

Zeus klopfte ihr sanft auf die Hand. »Reg dich nicht auf, meine Liebe. Wir alle hier wissen dein großes Herz zu schätzen.«

»Ihr schon. Aber Jess kennt nur die unmöglichen Geschichten über mich, die unter den Menschen kursieren. Meist komme ich nicht besonders gut weg.«

Bildete ich mir das ein oder schimmerten ihre Augen feucht? Hera wandte sich ab und machte sich am Kühlschrank zu schaffen. Nur Minuten später stand ein saftiger Zitronenkuchen auf dem Tisch. Als Apoll nach einem Stück greifen wollte, schlug Hera ihm auf die Finger. »Der Gast bedient sich zuerst.«

»Entschuldige.« Apoll sah mich auffordernd an. »Nimm schon. Ich habe einen Mordshunger.«

»Du hast gerade zwei Gläser Eisschokolade getrunken. Du kannst keinen Mordshunger haben.«

»Weißt du, wie anstrengend es ist, ständig diese menschliche Fassade aufrechterhalten zu müssen?«

»Weiß ich nicht.« Ich griff nach einem Stück Kuchen und biss hinein. Er schmolz auf der Zunge und schmeckte gerade richtig nach Zitrone. »Der ist köstlich«, murmelte ich mit vollem Mund.

Hera strahlte mich an und nun durften auch die anderen zugreifen. Innerhalb von Sekunden war kein Krümelchen mehr übrig.

»Ich hätte für Prometheus ein paar Stücke wegstellen sollen.« Hera schüttelte den Kopf.

»Wer nicht kommt zur rechten Zeit«, hob Apoll an und wischte sich einen Krümel vom Mund. Ein Blick seiner Stiefmutter genügte und er hob entschuldigend die Hände.

»Es ist Prometheus' Lieblingskuchen«, erklärte sie mir und zuckte mit den Achseln. »Dann werde ich ihn einfach morgen noch mal backen.«

»Vielleicht könnten wir mal langsam über wichtigere Dinge als Zitronenkuchen reden«, schlug Apoll vor und erntete einen strafenden Blick von Hera.

»Wir sind gastfreundlich. Das waren wir immer«, belehrte sie ihn. »Und es gibt keinen Grund, ausgerechnet jetzt etwas daran zu ändern.«

»Ich glaube, Agrios weiß, dass er derjenige ist, der die Macht hat, dich zu stürzen«, platzte Apoll mit der Neuigkeit heraus. Offensichtlich hatte er die Nase voll davon, zu warten.

Zeus' ebenmäßiges Gesicht versteinerte. War er eben noch ein freundlicher Mann gewesen, so kamen jetzt ganz deutlich unerbittliche göttliche Züge zum Vorschein. Ich rückte näher an Apoll heran, der beruhigend meine Hand drückte.

»Wie kommst du darauf?«, fragte er seinen Sohn.

»Ich hätte nie gedacht, dass es ihn wirklich gibt«, sagte Hera. »Eigentlich kann ich es immer noch nicht glauben.«

»Glaub es ruhig. Jess hat ihn gesehen.« Die Augen der vier Götter richteten sich auf mich. Ich wand mich auf meinem Platz und wusste nicht, was ich sagen sollte.

»Du musst uns genau berichten, was du gesehen und gehört hast«, sagte Athene.

Ich erzählte ihnen jedes Detail des besagten Abends und ließ auch nicht aus, dass Agrios Skylla als Warnung vorausgeschickt hatte und dass er Prometheus seinen Bruder genannt hatte.

Als ich geendet hatte, sahen die vier Götter mich betroffen an. »Ich glaube, Agrios ist ziemlich sauer«, setzte ich hinzu.

Zeus seufzte. »Ich kann es ihm nicht verdenken.«

Athene griff nach seiner Hand. »Es waren andere Zeiten als heute. Du konntest nicht anders handeln. Mutter ließ dir keine Wahl.«

»Das entschuldigt nicht, dass ich meinen eigenen Sohn verstoßen habe.«

»Du konntest nicht wissen, dass Metis ihn bereits geboren und versteckt hatte.«

»Aber ich habe es immer geahnt.« Er sah mich an. »Agrios ist ein Albino, sagst du?«

Ich nickte und vor meinem inneren Auge sah ich wieder deutlich das farblose Gesicht und die rot glühenden Augen.

»Iapetos muss ihn in einer Höhle versteckt gehalten haben, in die kein Tageslicht dringt.«

»Der arme Junge«, sagte Hera. »So hätte es nicht enden müssen.«

»Ich allein bin daran schuld.« Zeus schob seinen Stuhl weg und sprang auf. Mit wütenden Schritten lief er im Raum auf und ab. »Ich hätte Iapetos zwingen müssen, mir die Wahrheit zu sagen.«

»Ich nehme an, er hatte Metis versprochen, genau das nicht zu tun«, erklärte Athene.

»Und warum?«, brüllte ihr Vater sie an. »Ging es dir schlecht bei mir? Habe ich dir je etwas getan? Habe ich dich weniger geliebt als meine anderen Kinder?« Es fühlte sich an, als ob das ganze Haus bebte. Ich versuchte, mit der Bank, auf der ich saß, zu verschmelzen. Den anderen schien Zeus' Wutausbruch nur halb so viel auszumachen.

Apoll legte einen Arm um mich. »Vater, wir haben einen Gast.«

Zeus atmete tief durch.

»Nein, aber ich war ja auch nicht der Sohn, der die Macht hat, dich zu stürzen«, antwortete Athene.

Zeus fuhr sich durchs Haar. »Diese verdammte Prophezeiung. Deswegen musste mein Sohn ohne Licht aufwachsen. Sie hätte ihn mir einfach geben können. Ich hätte ihm nie auch nur ein Haar gekrümmt. Ich wünschte, Prometheus hätte mir nie verraten, was das Orakel ihm verkündet hat.«

»Du hast ihn an einen Felsen schmieden lassen, damit er genau das tut«, erinnerte Apoll ihn trocken. »Er hatte wohl kaum eine Wahl.«

»Außerdem konnte Metis nicht wissen, dass du Agrios nichts getan hättest. Du hast sie schließlich gegen ihren Willen verführt«, erinnerte Hera ihn streng.

Zeus sank wieder auf seinen Stuhl. Jetzt sah er nicht mehr wie ein Gott aus, sondern eher wie ein kleiner Junge, der gerade eine Strafpredigt erhalten hat.

Zeus griff nach der Hand seiner Frau und drückte sie an seine Wange. »Was sollen wir tun?«

»Du wirst dich endlich mit Iapetos aussprechen müssen. Ohne ihm gleich zu drohen. Jetzt, wo wir wissen, dass Agrios lebt, muss er dir sagen, wo dieser sich versteckt. Schick Prometheus mit einer Botschaft zu seinem Vater. Klymene wird sich freuen, ihren Sohn zu sehen. Es wäre gut, wenn sie auf unserer Seite stünde. Ich würde meinem Sohn die Ohren lang ziehen, wenn er sich dreihundert Jahre nicht blicken ließe. Das ist eine Frechheit. Wagt euch so etwas bloß nicht!«, fuhr sie Athene und Apoll an, die grinsend die Köpfe schüttelten.

Anscheinend hatte ich bisher eine total falsche Vorstellung von Göttern gehabt. Sie machten auf mich den Eindruck einer großen Patchworkfamilie, zu der ich eigentlich auch gern gehören würde. Meine Mom hatte noch nie einen Zitronenkuchen für uns gebacken, und es interessierte sie auch nicht, wann ich abends zu Hause auftauchte oder was ich in meiner Freizeit trieb. Sie hatte mir noch keine einzige Nachricht geschickt, seit ich hier war. Ich ihr allerdings auch nicht. Vielleicht sollte ich das nachher nachholen, dachte ich mit einem Anflug von schlechtem Gewissen.

»Ich gehe Prometheus suchen und schicke ihn zu dir.« Athene stand auf. »Kommt ihr mit zum Pool?«, wandte sie sich an mich und Apoll.

»Ich kann eine Abkühlung gebrauchen«, antwortete dieser.

»Ich hoffe, wir haben dich nicht erschreckt.« Hera blickte mich besorgt an und ich schüttelte den Kopf.

»Nicht mehr als Skylla oder Agrios.«

Ihre Mundwinkel zuckten. »Du hast dein Herz am rechten Fleck«, erklärte sie und drückte mich zum Abschied kurz an sich. »Ich bin froh ...« Sie brach ab und strich mir über den Arm, bevor sie sich abwandte.

»Danke für den Kuchen«, murmelte ich und wollte Apoll folgen, als Zeus mich zurückrief.

»Ich begleite dich ein Stück«, bestimmte er, und obwohl ich nicht unbedingt mit ihm allein sein wollte, konnte ich schlecht etwas dagegen einwenden. Ich hoffte nur, er verwandelte mich nicht in ein Staubkorn oder so.

»Du musst keine Angst haben.« Zeus lächelte. »Ich bin viel harmloser, als ihr Menschen denkt.«

»Gut zu wissen«, murmelte ich.

»Hast du dich mit Cayden gestritten?«, wechselte er das Thema.

»Nein.« Das war nicht mal gelogen.

»Ich mache mir Sorgen um ihn, weißt du.«

Was sollte ich dazu sagen? Ich hatte mich schon beim letzten Mal verquatscht.

»Er ist oft so zornig und daran bin ich wahrscheinlich nicht ganz unschuldig. Ich habe ihn seiner Familie entfremdet, obwohl das nie meine Absicht war«, fuhr Zeus fort. Er zupfte eine Blüte von einem Busch und drehte sie in den Händen. Ich bekam große Augen, als dem kleinen Zweig drei neue Blüten wuchsen, die sofort ihre Blütenblätter entfalteten. Zeus schien es nicht mal zu bemerken.

»Er hatte es wahrscheinlich nicht leicht all die Zeit«, erklärte ich vage. Weil ich eigentlich keine Ahnung hatte, was Zeus von mir wollte, aber das Gefühl hatte, irgendwas sagen zu müssen.

Er nickte. »Ich habe ihn nie glücklicher erlebt als damals.« Er machte eine winzige Pause, bevor er fortfuhr. »Als er euch schuf.«

Ich schluckte. Zeus musterte mich von der Seite und lachte. »Schwer vorstellbar, oder? Er hätte mich um Erlaubnis fragen müssen, aber auf die Idee kam der Bengel natürlich nicht. Stattdessen zog er meine eigene Tochter auf seine Seite. Schon deshalb hätte ich ihn bestrafen müssen.«

»Warum warst ... du dagegen?« Durfte ich ihm diese Frage stellen? Aber immerhin hatte er das Thema angeschnitten.

»Ich war nicht dagegen, aber ich hatte gerade die Titanen besiegt. Meine Macht war noch nicht ganz gefestigt, und da schuf er ein neues Geschlecht und gab ihm genug Verstand, um meine Macht anzuzweifeln. Vielleicht habe ich ein bisschen überreagiert.« Zeus sah tatsächlich so aus, als hätte er ein schlechtes Gewissen, was bei einem Gott merkwürdig war.

»Wie hat er es eigentlich angestellt?«

»Er hat euch einfach aus Ton geformt. Im Grunde hätte jeder von uns darauf kommen können. Aber Prometheus war schon immer sehr erfinderisch. Er musste allem auf den Grund gehen und herausfinden, wie die Welt funktioniert. Ich schätze, er hat sich schon damals ein wenig gelangweilt. Er stattete euch mit guten und schlechten Eigenschaften aus, und dann überredete er Athene, euch Leben einzuhauchen.«

Ich musste an Caydens lange Finger denken und stellte mir

vor, wie er den ersten Menschen modellierte. »Warum gab er uns auch schlechte Eigenschaften?«

Zeus zuckte mit den Achseln. »Ich schätze, es war für ihn selbstverständlich. Wo Licht ist, ist auch Schatten. Wo es hell ist, wird es auch dunkel. Nichts ist nur gut oder schlecht.«

Wenn Zeus es so sagte, klang es durchaus logisch. Ich wünschte trotzdem, Cayden hätte es besser gemacht.

»Du hättest ihn damals sehen sollen. Wie er aufblühte, als er euch das Sprechen, Schreiben und Rechnen beibrachte. Wie er euch zeigte, Tiere zu zähmen und Korn anzubauen. Er überredete Apoll, euch die Grundlagen der Heilkunst beizubringen, und Hephaistos musste euch zeigen, wie man Waffen schmiedet. Den Klügsten brachte Prometheus bei, Schiffe zu bauen und in die Zukunft zu schauen. Die Welt wurde von Tag zu Tag bunter, aber ich war zu blind, es zu sehen. Ich war eifersüchtig.«

»Auf seine Schöpfung?«

Zeus nickte. »Es war dumm. Aber es war nicht nur, weil er eine Aufgabe gefunden hatte. Alle sprachen nur noch von den Sterblichen. Die Götter übertrumpften sich darin, euch etwas beizubringen. Sie fingen an, euch zu mögen. Ich hatte nur Feinde. Selbst in meiner engsten Familie gab es nicht wenige, die mich hassten und mich stürzen wollten. Ich musste unbedingt etwas unternehmen.« Er fuhr sich mit einer Hand durchs Haar. »Ich habe nicht richtig nachgedacht. Aber er hat mich sehr wütend gemacht. Deshalb habe ich ihm verboten, den Menschen das Feuer wiederzubringen. Wenn er sich mir nicht widersetzt hätte, wäre ich nie auf diese dumme Idee mit Pandora und der Büchse gekommen.«

»Das war wirklich dumm.« Von mir konnte er dafür keine Vergebung erwarten, aber wahrscheinlich tat er das auch gar nicht. »Die Welt wäre ein besserer Ort ohne all das Übel und Unheil.« Ich fragte mich, wie sie dann aussähe, aber dafür reichte meine Fantasie nicht aus.

»Wahrscheinlich hast du recht«, stimmte Zeus zu. »Ich habe mir unzählige Male gewünscht, es rückgängig machen zu können.«

»Warum hast du es nicht getan? Du bist ein Gott.«

»Das bedeutet nicht, dass ich allmächtig bin.« Er lächelte über meine Naivität. »Außerdem war ich viel zu beschäftigt, ich musste an zu vielen Fronten kämpfen. Meine Feinde warteten nur darauf, dass ich einen Fehler beging, und irgendwann war es zu spät.«

»War es wirklich notwendig, Prometheus an den Felsen zu schmieden?«, fragte ich in die darauffolgende Stille.

Zeus zuckte mit den Achseln, als wir den Rand des Camps erreichten. Zwischen den Hütten liefen Schüler umher, die uns neugierig musterten. »Ich musste ein Exempel statuieren und er lieferte mir einen Vorwand. Ich bin nicht sonderlich stolz darauf. Er hat es mir nie verziehen. Dieser sture Bengel hat einfach nicht gesagt, was ihm das Orakel offenbart hatte.«

»Er trägt immer diesen Ring«, wagte ich mich vorsichtig vor. »Mit diesem kleinen Stein. Ist es der Stein aus den Legenden, der ihn daran erinnern soll, dass er noch immer an dich gefesselt ist?«

Zeus nickte. »Vielleicht wäre es an der Zeit, ihn den Stein ablegen zu lassen. Aber selbst wenn ich ihm das anbieten würde, er würde es aus lauter Trotz nicht tun. Obwohl es eine Strafe sein soll, trägt er diesen Ring wie eine Auszeichnung.« Zeus runzelte die Stirn. Sein Gesicht verdüsterte sich. »Ich möchte dich um etwas bitten.«

Er wartete, bis ich nickte. Zeus persönlich hatte eine Bitte an mich? Wie schräg war das denn?

»Prometheus ist aus einem besonderen Grund hier und er kann keine Ablenkung gebrauchen.« Zeus tat so, als suchte er nach den richtigen Worten. Ich war mir jedoch sicher, dass er längst wusste, was er mir sagen wollte. »Halte dich von ihm fern. Es ist besser so. Für euch beide. Er ist nicht besonders zuverlässig in Beziehungsfragen.«

»Wir haben keine Beziehung«, platzte ich heraus.

»Dann ist es ja gut.« Er lächelte und die Abendsonne fiel auf sein gleichmäßig gebräuntes Gesicht. Seine Augen waren so blau wie der Himmel. Kein Wunder, dass so viele Menschenfrauen auf ihn hereingefallen waren. Für sein Alter sah er wirklich gut aus. Aber was bedeutete das Alter schon bei einem Gott?

»Wir können uns nicht mal besonders gut leiden«, setzte ich hinzu.

»Oh, ich denke, da täuschst du dich. Er mag dich, aber du solltest ihn trotzdem in Ruhe lassen. Um seinet- und um deinetwillen. Er hat schon mehr als ein Herz gebrochen, und ich wäre sehr betrübt, wenn er dir wehtäte. Das hast du nicht verdient. Du bist etwas Besonderes.« Zeus blieb stehen. Er reichte mir den kleinen Zweig, den er die ganze Zeit zwischen seinen Fingern gedreht hatte. »Findest du allein zurück?«

Ich nickte, rührte mich aber nicht vom Fleck. Ich versuchte, aus seinen Worten schlau zu werden. Hatte er keine anderen Sorgen, als mich vor Cayden zu warnen? Oder war es gar keine Warnung gewesen?

Die Sonne war inzwischen fast untergegangen und ich begann zu frösteln. »Also dann«, verabschiedete ich mich. »Danke für den Rat.«

»Keine Ursache.« Gedankenverloren schaute er in die Ferne. »Ich würde mich freuen, wenn du Cayden nicht erzählst, worüber wir gesprochen haben. Er mag es nicht, wenn ich mich in sein Leben einmische.«

Ich warf ihm einen prüfenden Blick zu. Normalerweise entschied ich ganz gern selbst, mit wem ich worüber sprach. Ich wollte weitergehen, konnte aber meine Füße nicht bewegen. Ich war wie gelähmt. Zeus' Lächeln blieb unverändert freundlich. Er wartete auf eine Antwort und ich nickte zur Bestätigung.

»Ich denke, wir haben uns verstanden«, sagte er, und ich spürte meine Füße wieder.

In dieser Nacht fegte ein Unwetter über das Camp. Von meinem Bett aus beobachtete ich, am ganzen Körper zitternd, die Blitze, die den Himmel in silbernes Licht tauchten. Ob Zeus diesen Sturm heraufbeschworen hatte? Ich presste mir die Hände auf die Ohren. Früher wäre ich zu Robyn gegangen und hätte bei ihr geschlafen. Aber erstens war unser Verhältnis dafür gerade zu schlecht und zweitens war sie noch nicht zu Hause. So allein hatte ich mich seit Ewigkeiten nicht mehr gefühlt. Vielleicht sollte ich abreisen. Ich könnte Cameron fragen, ob er mich mitnahm.

Ein greller Blitz erhellte das Zimmer. Ich presste die Augen zusammen. Der Donnerschlag folgte unmittelbar darauf. Ich kreischte peinlich laut, aber das war mir egal. Es hörte mich eh niemand. Ich machte mich ganz klein und rollte mich auf meinem Bett zu einer Kugel zusammen. Ich würde das überleben. Es war nur ein Gewitter.

Das Bett quietschte, als Cayden sich setzte und mich auf seinen Schoß zog. »Schhh«, flüsterte er, »es ist gleich vorbei. Es zieht schon weiter.«

Ich hatte ihn nicht hereinkommen gehört und sollte ihn fragen, was genau er hier tat. Aber ich war bloß erleichtert, dass er da war.

»Warum bist du hier allein?« Fast konnte man meinen, er wäre wütend. »Warum hast du niemanden angerufen?«

Ich kuschelte mich enger an ihn und sagte gar nichts. Er hatte mich mal wieder gerettet. Kurz bevor mir vor Erschöpfung und Anspannung die Augen zufielen, erinnerte ich mich an mein Gespräch mit Zeus. Er hatte behauptet, dass Cayden mich mochte. Er war ein Gott, also musste er es besser wissen als ich. Gerade fühlte es sich tatsächlich so an. Blöde, dumme Hoffnung.

Unruhig saß ich auf meinem Stuhl im Kursraum und versuchte, mich zu konzentrieren. Cayden sollte heute zurückkommen. Vor Aufregung war ich ganz zappelig. Dass er in der Gewitternacht noch einmal bei mir gewesen war, musste etwas zu bedeuten haben.

Hera stand an der Tafel und erzählte von Prometheus' Mutter Klymene. Es erstaunte mich selbst, wie gut ich ihr mittlerweile folgen konnte. Athene und Apoll hatten mir vor der Stunde ausgerichtet, dass ich bei ihnen zum Abendessen eingeladen war. Sie hatten mich damit etwas überrumpelt und ich fühlte mich irgendwie überfordert. Was zog man an, wenn man fünf Götter zum Essen besuchte?

»Wir sehen uns später«, verabschiedete Athene sich nach dem Kurs von mir. »Findest du den Weg allein?«

»Wenn ich das Haus sehen kann, dann schon.«

Ihre Mundwinkel zuckten. »Du musst keine Angst haben.«

»Hab ich nicht«, verteidigte ich mich automatisch. Aber ein bisschen unheimlich war mir die Sache schon.

Als ich unsere Lodge erreichte, lehnte Cayden an der Hauswand und sah mir entgegen. Sein Haar war zerzaust und sein Kinn von Bartstoppeln übersät. Er sah besorgt aus. Am liebsten wäre ich ihm um den Hals gefallen und hätte ihn geküsst. Stattdessen schaute ich ihm betont gleichmütig ins Gesicht. »Du bist zurück«, stellte ich fest.

Er nickte und trat einen Schritt näher.

»Suchst du Robyn?«, quetschte ich hervor.

Seine linke Augenbraue ging nach oben. »Eigentlich dich«, sagte er sanft.

»Warst du schon bei Mr. Ross?« Nervös knetete ich meine Hände. Ihn Zeus zu nennen, fiel mir nicht leicht.

Cayden schüttelte den Kopf. »Lass uns ein Stück laufen. Bitte.«

Er war zuerst zu mir gekommen. Mein Herz tanzte vor Freude.

»Ist es nicht ein bisschen zu heiß für einen Spaziergang?«,

fragte ich lahm. Was so viel hieß wie: *Können wir nicht reingehen und da weitermachen, wo wir aufgehört haben?*

Statt mir zu antworten, nahm Cayden meine Hand und zog mich mit sich.

Robyn kam uns entgegen. Seit Caydens Abreise war sie unausstehlich. Mehr als einmal hatte sie Athene gefragt, wann er zurückkommen würde.

»Wo wollt ihr hin?«, fragte sie in einem so fordernden Tonfall, als wären wir ihr Rechenschaft schuldig.

»Ich habe etwas mit Jess zu besprechen«, antwortete Cayden kurz angebunden. »Ich bin gleich zurück.«

Sie strahlte ihn an, als wäre ich gar nicht da. »Wir könnten etwas trinken gehen«, schlug sie vor.

Cayden nickte abwesend und zog mich weiter. Als ich mich noch einmal nach Robyn umdrehte, stand sie mit zu Fäusten geballten Händen auf dem Weg. Sie war stinksauer.

Erst als wir das Camp nicht mehr sehen konnten, ließ Cayden mich los. »Ich möchte, dass du abreist.«

Damit erwischte er mich kalt. Okay, er mochte Robyn mehr als mich, und ja, ich war eifersüchtig. Aber ich hatte mich so bemüht, ihn das nicht merken zu lassen. Warum also wollte er, dass ich verschwand? Ich hatte alles im Griff, selbst meine kläglichen Gefühle. Wut stieg in mir hoch. Was bildete dieser dämliche Kerl sich ein? Mir konnte er gar nichts befehlen! So viel zu Zeus' Theorie, dass er mich mochte. Götter hatten keine Ahnung. Ich verschränkte die Arme vor der Brust. »Nein«, antwortete ich. »Das werde ich nicht.«

Cayden fuhr sich mit beiden Händen durchs Haar. »Dann

komm wenigstens nicht zu diesem Essen. Lass dich in die Sache nicht weiter reinziehen. Es geht dich nichts an.«

»Zeus und Hera haben mich eingeladen, es wäre unhöflich, nicht aufzutauchen.« Er wollte mich nicht dabeihaben.

»Mach es mir nicht so schwer. Das ist nicht dein Krieg. Es wäre mir lieber, ich wüsste dich in Sicherheit.« Er trat näher und wickelte eine Locke meines widerspenstigen Haars um seinen Finger. »Es ist zu gefährlich für dich. Agrios wird nicht so leicht aufgeben.«

»Ich will aber nicht fahren. Ich will hierbleiben.« Ich verkniff mir den lächerlichen Zusatz *bei dir*. Ganz so tief war ich noch nicht gesunken, und ich war mir auch nicht sicher, was er mit dieser Aktion hier wirklich bezweckte. Sorgte er sich tatsächlich um mich?

Er sah mich entnervt an. »Du müsstet viel mehr Angst haben. Ich verstehe das nicht«, sagte er mehr zu sich als zu mir. »Vielleicht sollte ich dir einen besseren Grund geben, das Camp zu verlassen.«

Ich sah ihn fassungslos an und versuchte, mein letztes bisschen Gehirn zusammenzukratzen, das sich unter seinem Blick immer mehr in Luft auflöste. Ich zog mein Haar aus seiner Hand und brachte einen Sicherheitsabstand zwischen uns. »Was sollte das für ein Grund sein? Willst du dich in ein Monster verwandeln?«

Sein Gesicht zeigte keine Regung, nur in seinen Augen sah ich ein Glimmen, dann schüttelte er den Kopf. »Würde das denn etwas ändern?« Seine Mundwinkel zuckten belustigt.

Ich spürte, wie ich rot wurde, und das war Antwort genug.

Selbst dann würde ich ihn noch mehr mögen, als gut für mich war. Und er wusste es.

Vorsichtig umfasste er meine Handgelenke und zog mich so nah an sich heran, dass unsere Oberkörper sich berührten. Sein Duft umfing mich und hüllte mich ein. Ich lehnte meine Stirn an seine Brust, seine Lippen kitzelten mein Ohr. »Zeus und ich, wir haben eine Vereinbarung. Nur wenn ich diese einhalte, erfüllt er mir einen Wunsch. Etwas, was mir wichtiger ist als alles andere.« *Wichtiger als du*, schwang in seinen Worten mit. »Aber ich möchte für meine Ziele keinen Unschuldigen opfern. Schon gar nicht dich.«

Ich sah zu ihm auf. Er hatte meine Hände losgelassen. Jetzt lagen sie auf seiner Brust, obwohl ich keine Ahnung hatte, wie sie dorthin gekommen waren. Keiner von uns rührte sich von der Stelle. Mit dem Finger strich er über meine Wange. Unsere Blicke verfingen sich ineinander. Viel zu lange. Er neigte den Kopf und sein Blick wanderte zu meinem Mund.

»Ich will nicht, dass dir etwas zustößt«, flüsterte er und schob eine Hand in meinen Nacken. »Schon mal *ein* Grund, warum ich das hier auf keinen Fall tun sollte.«

Damit hatte er recht, *das hier* war keine gute Idee. Ich sollte weglaufen, aber ich konnte nicht mal mehr atmen. Mit sanftem Druck legte er seine Lippen auf meine. Ganz vorsichtig bewegte er sie. Vermutlich rechnete er damit, dass ich ihn wegstieß. Und wahrscheinlich sollte ich das auch tun, aber ich konnte nicht. Niemals hätte ich damit gerechnet, dass er mich wirklich küssen würde.

Dann wurde er stürmischer. Es fühlte sich an, als würde

die Erde sich unter mir öffnen, und nur sein Arm, den er um mich geschlungen hatte, verhinderte, dass ich fiel. Er schmeckte nach Salz und Tannen und nach etwas, was es mir unmöglich machte, aufzuhören. Er knabberte an meiner Unterlippe und ich öffnete den Mund. Seine Zunge ließ mein Herz einen wilden Trommelwirbel in meiner Brust vollführen. Ich hatte es mir ausgemalt, wie es sein würde, wenn er mich küsste, aber es fühlte sich tausendmal besser an. Ich zog ihn näher zu mir, legte meine Arme um seinen Nacken. Das Blut in meinen Adern kochte, als er seine Hände in meinem Haar vergrub. Ich stellte mich auf die Zehenspitzen und meine Hand schlüpfte unter sein T-Shirt. Er war ganz warm und seine Haut so weich.

Dann war es plötzlich vorbei. Ich blinzelte, weil der Wald sich viel zu schnell drehte. Der Wind fuhr über meine Lippen. Cayden hielt mich immer noch fest, aber ich sah die Panik in seinem Blick, als hätte er den größten Fehler seines Lebens begangen.

»Es tut mir leid«, flüsterte er. »Das hätte ich nicht tun dürfen.« Vorsichtig löste er seine Hände aus meinem Haar und küsste mich ein letztes Mal auf den Mundwinkel. Dann drehte er sich um und ging ohne ein weiteres Wort davon.

Ich musste mich setzen, weil meine Beine unter mir nachgaben. Es war nur ein harmloser Kuss, versuchte ich, mir einzureden. Dabei wusste ich genau, dass es der spektakulärste Kuss gewesen war, den ich jemals bekommen hatte. Kein Wunder, schließlich wurde man nicht alle Tage von einem Gott geküsst. Ihm schien es nicht besonders gefallen zu haben, sonst wäre er nicht verschwunden. Ich stöhnte auf und vergrub mein Gesicht im Gras. Nicht mal küssen konnte ich richtig. Kein Wunder, dass er Robyn vorzog.

Ich stand auf und machte mich mit wackeligen Beinen auf den Rückweg. Ich musste mich hübsch machen. Schließlich war ich zu einem Essen eingeladen. Kein Kuss würde mich davon abhalten.

Aufzeichnungen des Hermes

XIV.

Er hatte sie geküsst. So ein Idiot. Und warum hatte sie ihm nicht einfach eine runtergehauen? Nichts anderes hatte er für diese Aktion verdient.

Obwohl der Kuss nicht das Schlimmste gewesen war. Er hatte sie danach einfach stehen lassen. Warum? Verstehe einer, was in dem Kerl vorging.

Vielleicht sollte ich ihm ein bisschen Nachhilfe geben. Er hatte keine Ahnung von Frauen und von Jess schon gar nicht. Andererseits war es vielleicht gar kein dummer Schachzug, sie zu küssen. Ganz offensichtlich spielte er die Mädchen gegeneinander aus. Wenn Jess Robyn von diesem Kuss erzählte, war diese vielleicht so sauer, dass sie ihn tatsächlich abblitzen ließ.

Jetzt ging mir ein Licht auf. Das musste es sein.

Er war doch gerissener, als ich ihm zugetraut hätte. Nur um Jess tat es mir ein bisschen leid. Das Mädchen hatte es nicht verdient, sein Spielball zu sein.

Ein Geräusch ließ mich zusammenfahren. Cayden hatte mich allein im Wald zurückgelassen, obwohl er wusste, dass seine blöden Ungeheuer hinter mir her waren. Ich wirbelte herum. Zwischen den Bäumen trat der weiße Wolf hervor. Ich kniete mich hin, als er neben mir stand. Warmer Atem strich über mein Gesicht. Dann fuhr eine raue Zunge über meine Haut. Er musterte mich neugierig und leckte die Tränen von meinen Wangen, von denen ich nicht mal gewusst hatte, dass sie da waren.

»Das ist eklig«, protestierte ich, schlang aber trotzdem meine Arme um seinen Hals und vergrub das Gesicht in dem warmen Fell. »Er ist ein Idiot«, murmelte ich.

»Kein größerer Idiot als all die anderen Götter. Sie denken, das Universum drehe sich nur um sie«, hörte ich eine Stimme in meinem Kopf.

Ich ließ den Wolf los und starrte ihn ungläubig an. »Warst du das?«

Kalchas legte den Kopf schief. *»Siehst du hier sonst noch jemanden?«*

Kassandra lag ein paar Meter von uns entfernt hechelnd im Gras.

»Sie redet nicht mit dir«, erklärte der Wolf. *»Sie will auch nicht, dass ich mit dir rede. Aber ich mag dich.«*

»Danke schön.« Seine Worte brachten mich zum Lächeln. Von all den schrägen Dingen, die in den letzten Tagen passiert waren, war dies das schrägste, aber am wenigsten furchterregendste. Ich unterhielt mich mit einem Wolf. In meinem Kopf. *»Könntest du dich auf diese Art mit jedem Menschen verständigen?«*

Er schüttelte den Kopf. *»Du bist etwas Besonderes.«*

So weit war es schon. Ich freute mich über die Komplimente eines Wolfs. Ich wischte mir über die Augen und beschloss, nicht weiter darauf einzugehen. *»Warum tut Cayden das?«*

»Was?«, fragte Kalchas. *»Dich küssen? Ich nahm immer an, Mädchen wissen, warum sie geküsst werden.«*

»Das war vielleicht früher so. Heute sind die Dinge nicht so eindeutig. Wie lange ist es her, dass du ein Mensch warst?«

»Lange«, antwortete er zögerlich.

»Entschuldige.« Ich wurde puterrot. *»Das war nicht nett von mir.«* Vielleicht vermisste er seine menschliche Gestalt. Vielleicht war er es leid, für immer und ewig ein Wolf zu sein.

»Ist schon gut. Ich schätze, er mag dich zu gern«, beantwortete Kalchas meine Frage.

»Dann hat er eine merkwürdige Art, es zu zeigen.«

»Wie er schon sagte, er will dir nicht wehtun. Belass es dabei.«

»Darum flirtet er mit meiner besten Freundin? Darum will er,

dass ich das Camp verlasse?« Ich nahm einen Kienapfel in die Hand und warf ihn zwischen die Bäume.

»So muss es wohl für dich aussehen. Aber er hat einen guten Grund. Gut genug für ihn jedenfalls.«

»Und verrätst du mir diesen Grund auch?«

»Das darf ich nicht und er übrigens auch nicht. Sonst wäre seine Vereinbarung mit Zeus hinfällig. Der Junge hat es gerade nicht sonderlich leicht.«

»Er ist ein Gott, wie schwer kann sein Leben schon sein?«

»Unterschätze nicht die Bürde der Unsterblichkeit«, rügte Kalchas mich sanft. *»Nicht jeder nimmt sein Schicksal so leicht an wie Apoll.«*

»Ich gebe mir Mühe«, versprach ich, obwohl mir eine ganz andere Bemerkung auf der Zunge lag. Ich konnte mir schwerere Bürden vorstellen.

»Du bist eins der tapfersten Mädchen, die ich kenne. Seit Helena von Troja jedenfalls, und Kassandra war auch eine nicht zu unterschätzende Gegnerin.«

»Ich fühle mich aber nicht besonders tapfer. Ich habe eine Scheißangst, und wenn du mich noch mal mit der schönen Helena in einen Topf wirfst, dann glaube ich dir gar nichts mehr.«

Kalchas zog seine Lefzen nach oben, bis es so aussah, als würde er lachen. *»Glaub mir einfach. Du bist tapfer, und bis das hier zu Ende ist, wirst du deine ganze Tapferkeit brauchen.«*

»Kannst du in meine Zukunft sehen?«

Kalchas wiegte den Kopf. *»Ich bin zwar immer noch ein Seher«*, sagte er dann vage, *»aber was deine Zukunft betrifft, bin ich blind. Noch etwas Besonderes.«*

Schweigend begleitete er mich zur Lodge zurück. Am Waldrand verabschiedete ich mich von ihm. Als er sich abwandte, rief ich ihn noch mal zurück. »Hast du keine Angst, dass dich jemand sieht?«

»*Niemand hier kann mich sehen, Mädchen. Nur du und die Götter.*«

»Natürlich gehst du zu dem Essen«, erklärte Leah. »Wenn Mr. und Mrs. Ross dich einladen, kann Cayden nicht einfach verlangen, dass du wegbleibst.« Sie schüttelte den Kopf. »Wofür hält er sich eigentlich?«

»Wahrscheinlich hätte er lieber Robyn eingeladen.« Ich biss mir auf die Zunge. Robyn war nicht in unserer Lodge gewesen, als ich aus dem Wald zurückgekommen war. Allerdings hatte Leah auf den Stufen gehockt und mir erklärt, dass ich Nachhilfe im Styling benötigte. Als wenn ich keine anderen Sorgen hätte.

»Was zieht man da an?«, fragte ich Leah trotzdem, die sich mit Feuereifer daranmachte, meinen mageren Klamottenfundus zu durchstöbern.

»Ist das alles?«, fragte sie nach einer Minute schockiert.

Ich zuckte peinlich berührt mit den Schultern. »Mehr brauche ich nicht.«

Leah tippte sich mit dem Zeigefinger überlegend an ihre Unterlippe. »Kannst du dir etwas von Robyn leihen?«

»Normalerweise schon, aber solange wir zerstritten sind, werde ich das bestimmt nicht tun. Sie bringt es fertig und reißt mir ihre Klamotten vom Leib, wenn sie erfährt, was ich vorhabe, und dann stehe ich nackt vor Z… Mr. Ross.« Leah schien mein Versprecher nicht aufgefallen zu sein.

»Ist sie so sauer auf dich?«

»Sie hat mich mit Cayden in den Wald gehen sehen. Das hat ihr nicht gefallen.«

»Ich verstehe sie nicht. Sie hat Cameron. Er betet sie an. Warum will sie auch noch Cayden? Ist ihr nicht klar, was sie alles kaputt macht?«

»Ich befürchte, sie kann ihm nicht widerstehen.« In dem Moment, als ich es aussprach, wusste ich, dass es die Wahrheit war. Cayden war ein Gott, und auch wenn Robyn es nicht wusste, so konnte sie sich seiner Anziehungskraft doch nicht entziehen. Mir ging es ja genauso und bei mir musste er peinlicherweise nicht mal seinen gesamten Charme versprühen. Bei mir reichte meist ein einziger Blick. Es war einfach erbärmlich.

»Ich habe eine Idee«, sagte Leah in meine deprimierenden Überlegungen hinein. »Du gehst unter die Dusche. Wenn ich zurück bin, mache ich deine Haare, und du ziehst an, was ich dir gebe. Ohne Widerrede.«

»Na, dann kann ich mich ja auf etwas gefasst machen. Bitte nichts zu Buntes.«

Leah grinste. »Keine Sorge. Du wirst wundervoll aussehen.«

Obwohl ich mehr als skeptisch war, stieg ich unter die Dusche und wusch mir sorgfältig das Haar. Wenn ich schon in die Höhle des Löwen ging, wollte ich wenigstens hübsch aussehen. Ich seufzte und fasste einen Entschluss. Ab jetzt würde ich ein Eisblock sein und kein Blick und keine Berührung würden mich zum Schmelzen bringen.

Als ich aus dem Bad kam, lag auf dem Bett ein cremefarbenes, kurzes Kleid. Es war perfekt. Nicht zu chic und nicht zu leger. Sogar an passende Ballerinas hatte Leah gedacht.

»Wir müssen uns beeilen, Grandpa holt dich später ab. Es ist zwar keine Limousine, aber dann musst du nicht den ganzen Weg laufen.«

»Super, vielen Dank.« Ich betastete den fließenden Stoff des Kleids. »Es ist wirklich schön.«

Leah zuckte mit den Achseln. »Jetzt geh ins Bad und zieh dich an, Grandpa wartet nicht gern. Wir haben noch viel zu tun.«

Das Kleid schmiegte sich wie eine zweite Haut an meinen Körper. Ich selbst hätte mir diese Farbe nie ausgesucht, weil ich befürchtet hätte, dass sie nicht zu meiner weißen Haut und meinem roten Haar passte, aber ich hatte mich getäuscht. Ich drehte mich vor dem Spiegel, bevor ich seufzend innehielt. Vielleicht sollte ich doch besser meine eigenen Klamotten anziehen.

»Das war eine blöde Idee«, platzte ich heraus, als ich aus dem Bad kam.

»Ich weiß nicht, was du meinst. Es steht dir wunderbar«, protestierte Leah.

»Er wird denken, ich mache mich für ihn so hübsch. Weil er mich geküsst hat.«

»Er hat dich geküsst?«, ertönte es zweistimmig.

Ich fuhr herum und schluckte. Robyn stand in meiner Zimmertür und funkelte mich wütend an.

»Ja, schon«, versuchte ich zu erklären, »aber ich glaube nicht, dass es ihm besonders gefallen hat.«

Das Gesicht meiner besten Freundin war zu einer Maske erstarrt. Sie drehte sich um und lief aus dem Zimmer.

»Warte doch, Robyn! Lass es mich erklären.«

Die Tür fiel krachend ins Schloss, und wenn ich ihr nicht barfuß folgen wollte, musste ich erst Schuhe anziehen. Mit hängenden Armen stand ich mitten im Raum. Ich hatte alles vermasselt.

»Sie beruhigt sich schon wieder. Lass uns weitermachen«, sagte Leah hinter mir und legte tröstend eine Hand auf meine Schulter.

»Ich weiß nicht. So habe ich sie noch nie erlebt.«

Leah zog mich zurück und drückte mich auf einen Stuhl. »Versteh mich nicht falsch«, begann sie. »Ich mag Robyn. Sie ist lustig, und ich bin mir sicher, dass du ihr wichtig bist. Aber sie hat immer alles bekommen, was sie wollte, stimmt's?«

Ich nickte, während Leah versuchte, mein wildes Haar zu bändigen.

»Aber so funktioniert das nicht immer im Leben, und je früher sie das kapiert, umso besser für sie. Wenn ich an ihrer Stelle wäre, würde ich aufpassen, dass ich zum Schluss nicht mit leeren Händen dastehe. Sie ist gerade dabei, es sich mit Cameron und mit dir zu verderben.«

»Ich weiß nicht, was in sie gefahren ist.«

Leah war fertig und begutachtete ihr Werk. »Weißt du das wirklich nicht?« Ungewohnt ernst sah sie mich an. »Du bist zum ersten Mal ihre Rivalin. Das verträgt sie nicht besonders gut. Es ist viel leichter, mit jemandem befreundet zu sein, der einen braucht und bewundert.«

So hatte ich unsere Freundschaft noch nie betrachtet, und auch wenn vielleicht ein Fünkchen Wahrheit darin steckte, wollte ich sie so nicht sehen.

»Ich meine das nicht böse, denk einfach mal darüber nach«, sagte Leah leise.

Ich stand vor dem Spiegel, der an der Wand hing, und starrte hinein. Leah hatte meine Haare zu einem Knoten hochgesteckt, aus dem nur einige vorwitzige Strähnen herausguckten. Mein Gesicht wirkte dadurch schmaler und meine Augen viel größer.

Sie reichte mir einen roséfarbenen Lippenstift. »Probier den mal. Ansonsten brauchst du keine Schminke. Du bist wunderschön. Und das bist du nur für dich und nicht für Cayden und auch für sonst niemanden.«

Wir blickten uns im Spiegel an. Sie sah mit ihren bunten Igelhaaren und dem goldfarbenen Top wie eine verrückte Fee aus. Ich hingegen fühlte mich wie Aschenputtel, der ein Kleid gezaubert worden war und die auf ihre Kutsche wartete.

»Das hätte ich nie so hingekriegt«, gab ich zu. Ich legte längst keinen großen Wert mehr auf tolle Klamotten, aber ich musste mir eingestehen, dass ich mich in dem Kleid wohlfühlte. Cayden hatte mich einfach stehen lassen und war gegangen. Mein Selbstbewusstsein konnte eine kleine Politur vertragen. Er wollte mich nicht, aber das war mir ab jetzt egal. Der Kerl konnte mir den Buckel runterrutschen. Andere Mütter hatten schließlich auch schöne Söhne. Nicht *so* schöne, aber nettere ganz bestimmt.

»War kein Ding«, unterbrach Leah meine Gedanken. »Hab ich gern gemacht. Du siehst auch in schwarzen Jeans cool aus, aber manchmal braucht ein Mädchen einfach ein Kleid.« Sie zwinkerte mir zu.

»Wo du recht hast, hast du recht.« Ich drehte mich noch einmal um mich selbst, als von draußen ein Hupen ertönte.

»Oh, das wird Grandpa sein.« Leah reichte mir die Ballerinas und ich schlüpfte hinein. Sie umarmte mich und spuckte mir über die Schulter. »Das bringt Glück«, erklärte sie mit ernster Miene.

»Ich hoffe, es ist nicht auf meinem Rücken gelandet«, grinste ich.

»Quatsch! Und jetzt los mit dir.«

Henry brachte mich bis zu der Abzweigung, zu der auch Apoll mit mir gegangen war. »Von hier aus musst du zu Fuß gehen, junge Lady. Mr. und Mrs. Ross möchten nicht, dass man ihrem Haus zu nahe kommt. Großer Unsinn, wenn du mich fragst«, murmelte er in seinen Bart. »Als ob ich den alten Sparks nicht oft genug besucht hätte.«

Ich stieg aus dem Wagen und bedankte mich. Der Mulch drückte durch die dünnen Sohlen der Ballerinas, und ich war mehr als froh, dass ich nicht den ganzen Weg hatte laufen müssen. Als ich auf die Lichtung trat, manifestierte sich das Haus gerade aus einem schimmernden Dunst. Warmes Licht strömte aus den Fenstern und der Duft von Gebratenem lag in der Luft. Auf dem Geländer der weißen Terrasse standen unzählige Kerzen. Ich hätte wetten können, es hatte ein Fingerschnippen genügt, um die Dochte anzuzünden. Ich seufzte. Wenn alles in meinem Leben bloß auch so einfach wäre.

Eine Gestalt trat auf die Terrasse. Sie schritt die Stufen herunter und ging mir entgegen. Trotz des dämmerigen Lichts wusste ich sofort, wer es war. Ich erkannte ihn an seinem Gang, der mir längst vertraut war.

Caydens Blick blieb an mir hängen, als ich näher trat. Seine Augen weiteten sich einen Moment vor Überraschung. Ich straffte die Schultern. Auf keinen Fall würde ich ihm die Ohren wegen des Kusses vollheulen.

»Ich habe mit Apoll gelost, wer dir entgegengehen darf, und ich muss sagen, ich bin froh, dass ich gewonnen habe.« Seine Stimme klang wie flüssiger Honig, aber ich würde mich nicht von ihm einwickeln lassen. Er trug eine schmal geschnittene, dunkle Anzughose und ein weißes Hemd, das in der Dunkelheit leuchtete. Es betonte sowohl seine breiten Schultern als auch seine schmale Taille. Wenn je ein Junge einem Gott geglichen hatte, dann er!

Er reichte mir seinen Arm. Als ich mich nicht rührte, griff er nach meiner Hand und legte sie auf seinen sehnigen Unterarm. Jetzt *fühlte* ich mich nicht nur wie Aschenputtel, das von seinem Prinzen entdeckt worden war. Jetzt *war* ich es, und mir blieb nur die Zeit bis Mitternacht, bevor ich verschwinden musste. Ansonsten lief ich Gefahr, mein Herz endgültig an ihn zu verlieren.

Schweigend gingen wir zum Haus. »Das mit vorhin tut mir sehr leid«, erklärte er. »Ich hätte dich nicht küssen dürfen.«

»Ist schon okay«, erwiderte ich mit leiser Stimme und war froh, dass sie nicht zitterte. »Es war nur ein Kuss. Nicht mein erster und nicht mein letzter.« Sein Arm spannte sich bei diesen

Worten unter meiner Hand an und ich beglückwünschte mich zu meiner erwachsenen Reaktion. Vielleicht hätte ich ihn noch darauf hinweisen sollen, dass es nicht der beste Kuss gewesen war, den ich je bekommen hatte. Allerdings wäre das gelogen.

Ein Lächeln umspielte Heras Lippen, als Cayden mich ins Wohnzimmer führte. In den Händen hielt sie ein Weinglas, dessen Inhalt dunkelrot schimmerte. Zeus saß mit Apoll am Kamin. Auf einem niedrigen Tisch zwischen den beiden stand ein Schachbrett.

Athene kam die Treppen heruntergeschwebt und umarmte mich. »Hast du Hunger?«, fragte sie.

Als Antwort knurrte mein Magen, und Cayden, der mir nicht von der Seite gewichen war, lachte leise. Böse funkelte ich ihn an. Im Haus roch es köstlich nach warmer Butter, Zimt und scharfem Fleisch. Verlegen nickte ich und Hera lachte ebenfalls.

»Da bin ich aber froh. Ich habe Unmengen gekocht. Wir haben hier nicht oft Gäste.«

Ich hatte meine Schwierigkeiten damit, mir eine Göttin am Herd vorzustellen. Allerdings waren in den vergangenen Tagen so einige meiner Vorstellungen über den Haufen geworfen worden. Warum also sollten Götter nicht auch kochen können? Ihre Backkünste hatten sie schließlich schon unter Beweis gestellt.

»Ihr Mädchen könnt mir helfen, den Tisch fertig zu decken«, bat Hera nun, und wir folgten ihr ins Esszimmer.

Auf dem Tisch lag ein weißes, glänzendes Tuch und im Licht der Kerzen schimmerten silbernes Besteck und glänzend weißes

Geschirr. Es war lange her, dass ich an einem so sorgfältig gedeckten Tisch gesessen hatte.

»Magst du Rot- oder Weißwein?«, fragte Hera.

Ich zuckte mit den Schultern. »Ein Wasser wäre schön.« Ich wollte nicht Gefahr laufen, dass der Alkohol meinen Verstand benebelte. So richtig klar war mir noch nicht, weshalb Zeus mich eingeladen hatte.

Hera hob eine ihrer perfekt geschwungenen Augenbrauen. »Bist du sicher? Mein Mann ist sehr stolz auf seinen Weinkeller.«

»Vielleicht nehme ich eine Weißweinschorle«, lenkte ich ein, um nicht unhöflich zu sein.

Hera nickte zufrieden, und wir folgten ihr in die Küche, wo sie Athene zwei Weinkaraffen und mir eine Suppenterrine in die Hand drückte.

Die drei Männer gesellten sich zu uns, als Hera gerade alle Teller mit einer cremigen Suppe gefüllt hatte.

»Wir freuen uns sehr, dass du den Abend mit uns verbringst.« Zeus hielt sein Glas in die Höhe und lächelte. Wieder umgab ihn dieses golden schimmernde Licht.

Ich schielte zu Cayden hinüber, dem Hera den Platz neben mir zugewiesen hatte und der aus irgendeinem Grund darauf verzichtete, zu leuchten. Das hatte er auch gar nicht nötig. Er wirkte eindrucksvoll genug.

Nach der Suppe halfen Athene und ich Hera, den Hauptgang aufzutragen. Er bestand aus Reis, Salat und einem köstlichen Fleischgericht.

Trotzdem stocherte ich nur auf dem Teller herum. Mein Magen war mittlerweile wie zugeschnürt. Es musste einen Grund geben, weshalb sie mich gebeten hatten, an dem Essen teilzunehmen. Vermutlich hatte es etwas damit zu tun, was Cayden von seinem Vater erfahren hatte. Ich hoffte, er würde endlich damit herausrücken. Bis jetzt drehte sich das Gespräch nur um Alltägliches.

Zeus befragte mich zu meinen Zukunftsplänen, und ich kam nicht umhin, ihm zu erzählen, dass ich unbedingt Archäologie studieren wollte. Seine Augen glühten, als er begann, von Äneas, Jason und Herkules zu erzählen. Hera und Athene tauschten über den Tisch hinweg ein Lächeln aus. Offensichtlich hörten sie die Geschichten nicht zum ersten Mal. Es musste langweilig für Zeus sein, dass es heutzutage keine Helden mehr gab.

Erst beim Nachtisch, der aus in Zucker eingelegten Orangen bestand, was etwas gewöhnungsbedürftig schmeckte, angeblich aber eine griechische Spezialität war, kam Zeus auf das eigentliche Anliegen des Treffens zu sprechen.

»Das war köstlich, mein Engel«, wandte er sich an seine Frau, die liebevoll seine Hand drückte. »Jetzt, wo wir alle satt sind, kann Cayden uns vielleicht berichten, was er von seinem Vater erfahren hat.« Sein Blick richtete sich auf den Sohn seines Widersachers. Es fehlte nicht viel und Blitze wären aus seinen Augen geschossen. Cayden zuckte nicht einmal mit der Wimper.

Cayden legte den silbernen Löffel beiseite und trank den letzten Schluck Wein aus seinem Glas. »Ich muss mich bei dir entschuldigen«, wandte er sich gelassen an Zeus. »Ich habe immer gewusst, dass Agrios lebt. Ich hätte dir viel früher von ihm erzählen müssen.«

Auf Zeus' Stirn bildeten sich tiefe Falten.

»Lass den Jungen erzählen«, forderte Hera ihn auf.

»Iapetos fühlte sich in Metis' Schuld. Weil er sie nicht vor dir beschützt hatte und nicht vor mir.«

»Und du hast es nie für nötig befunden, mir zu sagen, dass mein Sohn lebt?« Jetzt donnerte Zeus die Faust auf den Tisch und ich zuckte zusammen. »Wenn ich es gewusst hätte, dann hätte ich ihn zu mir geholt.«

Cayden kniff die Augen zusammen. »Oder ihn verbannt, verschluckt oder an einen Felsen gekettet? Ich hatte schon seine Mutter verraten.«

Heras Ring klirrte gegen ihr Weinglas. »Du weißt, dass Zeus so etwas nie getan hätte«, rügte sie Cayden und trank hastig einen Schluck. Sie musste besser als jeder andere am Tisch wissen, wozu ihr Mann fähig war.

Aber Cayden ließ sich nicht beirren. »Wie sollte ich wissen, dass du ihm nichts tun würdest? Iapetos ließ mich und meine Brüder schwören, Agrios nicht zu verraten. Im Gegenzug versprach er, nie zuzulassen, dass Agrios sich gegen dich und die Götter wendet. Ich konnte diesen Schwur nicht auch noch brechen.« Beim letzten Satz sah Cayden Zeus fest an, und ich bildete mir ein, dass dessen Wangen sich leicht roteten. Also konnten Götter tatsächlich ein schlechtes Gewissen haben.

»Wie hat Metis das bewerkstelligt? Wo hat dein Vater ihn versteckt?«, fragte Zeus mit belegter Stimme. Es war schwer zu sagen, ob er auf sich selbst oder auf Cayden wütend war.

»Metis gebar Agrios in den Tiefen des Tartaros. Während sie auf der Flucht war.« Cayden sah zu Athene. »Sie wusste, dass sie Zwillinge erwartete, und brachte ihren Sohn in Sicherheit. Das Orakel hatte prophezeit, dass du deine Tochter als dir ebenbürtig anerkennen würdest. Deshalb wollte sie Athene das Schicksal ihres Bruders ersparen. Dafür nahm sie sogar in Kauf, sie bei dir aufwachsen zu lassen.«

»Wahrscheinlich sollte ich ihr dafür auch noch dankbar sein«, brummte Zeus.

Jeder am Tisch wusste, wie sehr er seine Tochter liebte.

Cayden sprach leise weiter. Sein Zeigefinger fuhr die Kante seines Weinglases entlang und entlockte ihr einen klingenden Ton. »Vater versteckte Agrios in einer Höhle, in der es dunkler war als die schwärzeste Nacht. Alles, damit du ihn nie finden würdest. Nachdem du den Titanen gestattet hattest, sich auf Elysion zurückzuziehen, nahm er ihn mit. Aber Agrios war längst ein Geschöpf der Finsternis geworden. Auch auf Elysion lebte er in einer Höhle. Er verließ sie nur in fast mondlosen Nächten.« Cayden wandte sich an mich. »Du hast ihn gesehen. Seine Haut und seine Augen waren niemals der Sonne ausgesetzt. Vater brachte mich oft zu ihm, damit ich mit ihm spielte. Damit er nicht so viel allein war. Aber schon damals war Agrios verbittert und von Neid zerfressen. Ich habe meinem Vater nie erzählt, wie bösartig er war. Wir beide glaubten, es Metis schuldig zu sein, ihren Sohn vor dir zu schützen.«

Zeus spießte verdrießlich ein Stück Orange auf. Das goldene Schimmern wurde stärker.

»Das habe ich mir schon selbst zusammengereimt«, brummte er, nachdem er aufgekaut hatte. »Wäre Agrios in seiner Höhle geblieben, hätten wir jetzt kein Problem. Woher weiß er von der Prophezeiung, wenn er doch fast immer allein war? Habt ihr ihm verraten, dass er der Sohn ist, der die Macht hat, mich zu stürzen? Was führt Iapetos im Schilde?«

»Mein Vater hat Agrios nichts davon erzählt«, stellte Cayden klar. »Er will keinen Krieg.«

»Dann war es Gaia«, erklärte Hera, und ich hörte einen Hauch von Panik in ihrer Stimme. »Unsere Großmutter hat ihn aufgehetzt. Sie war schon immer eine bösartige alte Hexe.«

»Damit hast du wahrscheinlich sogar recht«, knurrte Zeus. »Ich hätte es wissen müssen. Solche Spielchen spielt sie nur allzu gern.«

Die Götter sahen sich schweigend an.

»Mutter Erde hat sich gegen uns verschworen. Wieder einmal, und diesmal will sie Agrios auf dem Thron der Götter sehen«, verkündete Apoll in die Stille hinein. Er starrte ins Nichts.

Seine Augen waren zwei pechschwarze Punkte in einem goldenen Gesicht. Seine Stimme hallte dunkel durch den Raum, in dem plötzlich alle Lichter erloschen waren. Trotzdem konnte ich immer noch alles genau erkennen. Die Härchen auf meinen Unterarmen richteten sich auf. Da war nichts mehr übrig von dem lustigen Jungen mit den blauen Augen. Dieser Mann, der hier am Tisch saß, war definitiv ein Gott. Ich unterdrückte den Impuls, aufzuspringen und wegzulaufen. Dann schüttelte Apoll sich, die Lichter gingen wieder an und leise Musik drang aus dem Wohnzimmer an meine Ohren. Entschuldigend sah er mich an.

»Er ist der Schutzgott des Orakels von Delphi«, erklärte Hera und blickte mich aufmerksam an. Meine Panik war ihr nicht entgangen. »Seit er es Gaias Kontrolle entrissen hat, ist sie furchtbar wütend auf ihn. Aber so wissen wir immer, wenn sie etwas ausheckt.«

Agrios' Plan schien ihnen entgangen zu sein, dachte ich, aber ich wies sie lieber nicht darauf hin. Meine Finger krampften sich um die Serviette. Cayden legte seine Hand auf meine, doch diesmal half es nicht gegen die Angst.

»Was plant sie dieses Mal?« Zeus goss sich Wein nach und trank einen großen Schluck. »Will sie mich entmannen lassen wie Uranos oder in den Tartaros verbannen wie Kronos?«

Apoll zuckte zur Antwort nur mit den Schultern.

»Das weiß mein Vater leider auch nicht«, erklärte Cayden, als Zeus sich ihm zuwandte. »Er kam ins Camp, um mich nach Agrios' Flucht zu warnen.«

»Er hätte lieber mir reinen Wein einschenken sollen.«

»Dich hasst er immer noch voller Inbrunst.«

Zeus nickte zerknirscht. »Und seit seiner Flucht hat Iapetos nichts mehr von Agrios gehört?«

»Nein. Nur die Gerüchte, die in Umlauf sind«, sagte Cayden vorsichtig.

»Was für Gerüchte?«, mischte sich Athene, die dem Schlagabtausch bisher stumm gefolgt war, jetzt ein.

»Angeblich schart Agrios eine Armee um sich«, erläuterte Cayden. »Gaia hat ihm ihre Unterstützung zugesichert. Dafür will sie die Welt zurückhaben, allerdings frei von Sterblichen. Er soll Zeus vernichten und die Menschen gleich mit.«

»Das kriegen wir schon allein hin, dazu brauchen wir keinen wütenden Albino«, warf ich leise ein und rührte in meinem kalt gewordenen Espresso.

»Das wissen wir nur zu gut, deshalb sind wir auch ständig mit Schadensbegrenzung beschäftigt«, brummte Zeus. »Würdet ihr uns nicht so auf Trab halten, hätte ich meine eigenen Angelegenheiten nicht aus den Augen verloren.«

Verblüfft schaute ich zu ihm und ignorierte Athenes abwehrendes Winken. Offensichtlich sollten wir das Thema nicht vertiefen.

»Bisher hatte ich den Eindruck, die Götter hätten uns verlassen. Ich kann nicht sehen, dass ihr von irgendwem Schaden abwendet«, sagte ich trotzdem aufgebracht.

»Ich möchte keine Grundsatzdiskussion führen, Mädchen. Das müssen wir auf später verschieben.«

Athene atmete sichtlich erleichtert auf. »Wer hat sich ihm bisher angeschlossen?«, fragte sie. »Weiß Iapetos etwas darüber?«

»Die üblichen Verdächtigen. Bia, Magaira und Kratos, außerdem Zelos und Nike. Einige Titanen wird er sicher auch überzeugen können und dann die Chimären, die Sirenen und Skylla. Wir können aber davon ausgehen, dass es noch viel mehr sind. Du hast genug Feinde«, wandte Cayden sich wieder Zeus zu.

»Immer die alte Leier«, winkte der ab. »Wir werden mit dem Problem schon fertigwerden«, verkündete er und schob seinen Teller von sich. »Sind dein Vater und seine Anhänger auf unserer oder auf der Seite von Agrios?« Zeus schien zu wachsen, während er sich aufrichtete.

»Er hat sich noch nicht entschieden.« Ich bewunderte Caydens Mut, seinem Blick nicht auszuweichen.

»Und du? Auf wessen Seite stehst du?«

»Am liebsten stünde ich auf gar keiner, aber solange du dich an unsere Abmachung hältst, so lange stehe ich auf deiner.«

»Auch wenn es bedeutet, dass ich deine Familie wieder für Tausende von Jahren in den Tartaros sperren muss?«

»Auch dann«, erklärte Cayden mit fester Stimme. »Ich habe meinen Vater gewarnt. Mehr kann ich nicht tun.«

Zeus schwieg eine Weile, bevor er sagte: »Wir werden versuchen, eine offene Auseinandersetzung zu vermeiden. Mach dich auf die Suche nach Agrios. Mit dir spricht er. Überzeuge ihn, zu mir zu kommen.«

In meinem Magen zog sich etwas schmerzhaft zusammen. Das klang nach einer gefährlichen Mission. Obwohl ich Cayden vorhin noch zum Teufel gewünscht hatte, konnte ich den Gedanken nicht ertragen, ihn vielleicht nie wiederzusehen.

»Du fragst dich sicher, warum ich dich hergebeten habe«, wandte Zeus sich unerwartet an mich. Ich hatte schon fast geglaubt, er hätte vergessen, dass auch ich anwesend war.

Athene lächelte mich beruhigend an.

»Ich möchte dich um etwas bitten.«

Wahrscheinlich hatte ich mich verhört. Warum sollte Obergott Zeus ausgerechnet mich schon wieder um etwas bitten?

»Du hast eine besondere Gabe«, erklärte er.

Er musste mich mit jemandem verwechseln. Weder konnte ich Gedanken lesen noch mich in Luft auflösen oder fliegen.

»Dir mag es nicht sonderlich spektakulär erscheinen. Aber du kannst dich an Dinge erinnern, die andere Menschen sofort vergessen. Nur so ist es uns gelungen, unsere Existenz zu verbergen.«

Erstaunt sah ich von ihm zu Apoll. »Meinst du den Unfall? Und dass ich noch weiß, wie Apoll mich gerettet hat?«, fragte ich langsam.

»Hast du dich nie gewundert, dass Robyn sich nicht erinnert?«

»Ich habe sie nie gefragt«, gestand ich. »Ich wollte nicht, dass sie sich über mich lustig macht.«

»Das war klug von dir. Sie besitzt die Gabe der Erinnerung nicht. Kaum ein Mensch besitzt sie. Aber offensichtlich hat Lachesis dir das Schicksal einer Diafani zugeteilt.«

»Lachesis ist eine der drei Schicksalsgöttinnen«, erklärte Athene. »Wenn wir gewusst hätten, dass du eine Diafani bist, wären wir nie hierhergekommen.« Es klang, als wollte sie sich entschuldigen.

»Was soll das sein?«, fragte ich misstrauisch. Was erwartete mich jetzt noch?

»Für dich ist unsere Welt nicht unsichtbar, wie für gewöhnliche Menschen. Du siehst Dinge, die anderen Menschen verborgen bleiben. Wir können uns vor dir nicht verstecken.«

Ich blinzelte, nicht sicher, ob ich ihn richtig verstanden hatte.

»Deshalb kannst du dich mit Kalchas unterhalten«, erklärte Apoll, »obwohl er oft nicht mal mit anderen Göttern spricht.«

»Und du hast die Begegnungen mit Skylla und Agrios nicht vergessen«, setzte Athene hinzu.

»Normale Menschen können sich an so etwas nicht erinnern«, ergänzte Zeus, und es klang vorwurfsvoll. Als könnte ich etwas dafür.

»Mir wäre es lieber gewesen, ich hätte es vergessen.« Die

Worte waren aus mir herausgeplatzt, bevor ich darüber nachgedacht hatte.

Hera verbarg ihr leises Lachen hinter einer Serviette.

Verblüfft musterte mich Zeus. Er räusperte sich. »Es gab schon vor dir Diafani.«

»Aischylos war einer von ihnen«, unterbrach Hera ihren Mann. »Und Homer und Vergil.«

»Diafani erhalten unsere Legenden für die Menschen. Damit sie uns nicht ganz vergessen, auch wenn wir nicht mehr von ihnen angebetet werden möchten«, erklärte Zeus. »Das ist die Aufgabe der Diafani. Allerdings war es in der Vergangenheit meistens so, dass die Diafani sich die Geschichten von uns erzählen ließen, die sie dann aufschrieben. Diesmal sieht es so aus, als seist du mitten hineingeraten.« Hörte ich Bedauern in seiner Stimme?

Das war mal wieder so typisch für mich. Ich runzelte die Stirn. Hoffentlich wurde ich in meinem nächsten Leben nicht auch so vom Pech verfolgt – wenn es denn ein nächstes Leben gab. Wahrscheinlicher war es, dass ich in diesem von einer Hydra verschlungen wurde und es das dann für alle Ewigkeit war.

»Meistens haben sie unsere Geschichten verändert und mich schlecht dastehen lassen«, wandte Hera ein und sah mich wehmütig an. »Ich bin mit Abstand die unsympathischste Göttin in den Überlieferungen.«

Zeus griff nach ihrer Hand und küsste sie. »Wir wissen, wie du wirklich bist, und nur das zählt«, sagte er, bevor er sich wieder an mich wandte. »Jess wird nur die Wahrheit schreiben, oder?«

Er konnte nicht ernsthaft wollen, dass ich irgendwem hiervon erzählte. Ich würde schneller auf der Couch eines Psychologen liegen, als ich A sagen konnte. »Ich weiß nicht, ob ich das kann«, wiegelte ich ab. Hilfe suchend sah ich erst zu Athene, die mich hoffnungsvoll anstrahlte, und dann zu Cayden, dessen Kiefermuskeln zornig mahlten. »Ich will nicht, dass Jess in diese Sache hineingezogen wird. Dafür ist sie nicht stark genug.«

Was wusste er über meine Stärken? Seine Worte gaben den Ausschlag. »Es wäre mir eine Ehre«, antwortete ich Zeus trotzig. Mittlerweile erinnerte kaum noch etwas an den netten, geduldigen Lehrer. Er strahlte in der ganzen Pracht seiner Unsterblichkeit.

»Ich danke dir. Mehr verlange ich nicht.« Leicht neigte er den Kopf und stand auf. »Sei so gut und begleite Jess nach Hause«, sagte er zu Cayden. Bevor einer von uns beiden widersprechen konnte, verließ Zeus das Zimmer.

Wir anderen traten hinaus auf die Terrasse. Die Bäume wiegten sich im warmen Nachtwind. Der Duft von Kiefern lag in der Luft.

»Wahrscheinlich ist Agrios ganz in der Nähe.« Ich versuchte, die Dunkelheit auf der anderen Seite der Lichtung mit meinen Blicken zu durchdringen.

»Wie kommst du darauf?« Apoll lehnte sich neben mich an das Geländer der Terrasse. »Siehst du etwas, was wir nicht sehen können?«

»Ich bin ihm schon dreimal begegnet«, sagte ich leise, weil mir bewusst wurde, dass ich das Zeus längst hätte erzählen müssen. Warum hatte ich nicht daran gedacht?

Cayden trat dicht hinter mich, als wollte er mich abschirmen. »Wann?«

»Zum ersten Mal kurz vor dem Unfall. Er stand am Straßenrand. Eigentlich kann ich mich nur an diese roten Augen erinnern.«

»Und das zweite Mal?« Seine Stimme zitterte vor Anspannung und ich spürte seinen Atem in meinem Nacken.

»An dem Tag im Wald. Als du deinen Vater getroffen hast. Ich wollte zurücklaufen, da sah ich seine Hand.« Bei der Erinnerung wurde mir schwummerig.

»Er ist Iapetos gefolgt.« Hera sah von den Jungs zu Athene. »So hat er uns gefunden.«

»Heute Nacht wird er sich nicht blicken lassen«, erklärte Apoll und sah zum Nachthimmel.

»Woher weißt du das?«

»Es ist Vollmond. Zu hell für ein Geschöpf der Dunkelheit.«

»Ich weiß nicht, ob mich das beruhigt«, erklärte ich sarkastisch und wandte mich an Athene. »Kommst du mit?«

Hera hatte den Arm schützend um ihre Stieftochter gelegt und diese lehnte sich an sie. »Ich bleibe heute Nacht hier. Es gibt viel zu besprechen. Cayden wird dich sicher zurückbringen.«

Sicher war in diesem Fall ein sehr relativer Begriff. Aber was hatte ich schon für eine Wahl? Ich bedankte mich bei Hera für das Essen und winkte Apoll und Athene zum Abschied zu, dann folgte ich Cayden, der bereits am Fuß der Treppe auf mich wartete.

Die Lampen am Wegesrand waren gerade so hell, dass sie die Schatten des Waldes auf Abstand hielten. Schweigend liefen wir nebeneinanderher.

»Möchtest du mir von deiner Familie erzählen?«, fragte Cayden nach einer Weile unvermittelt. »Schließlich weißt du über meine jetzt eine ganze Menge. Da wäre es nur gerecht …«

Ich seufzte. »Eigentlich nicht.«

Er schwieg und wartete.

»Ich denke nicht so gern über mein früheres Leben nach«, erklärte ich nach einer Weile. »Es erscheint mir unwirklich. Als wäre ich blind durch die Welt gelaufen.«

»Damals warst du doch sicher noch ein Kind.«

Unsere Schritte knirschten im gleichen Takt über die trockenen Kiefernnadeln, die die Wege bedeckten. Immer wieder berührten sich wie zufällig unsere Hände und mein Puls beschleunigte sich. Ich brauchte meine ganze Willenskraft, um die Arme vor der Brust zu verschränken und nicht nach seiner Hand zu greifen. Aber ich hatte mich für heute genug blamiert. Ich hätte ihm nicht erlauben dürfen, mich zu küssen.

»Ist dir kalt?«

Ich schüttelte den Kopf und begann dann doch zu erzählen. »Mein Dad hat uns verlassen. Von einem Tag auf den anderen. Er hatte eine Affäre, nicht seine erste, wie ich später erfuhr. Außerdem war er Anlageberater und hat seine Kunden jahrelang um ihr Geld betrogen und Steuern hinterzogen. Er verschwand über Nacht mit allem Geld und einer viel jüngeren Frau. Mein vermeintlich perfektes Leben platzte wie eine Seifenblase.«

»Hast du ihn sehr geliebt?« Verwundert über diese Frage sah

ich zu ihm auf. Die meisten Leute fragten mich, wie ich mit der plötzlichen Armut zurechtkam.

»Es gibt wahrscheinlich niemanden, der uns so sehr enttäuschen kann wie die eigenen Eltern«, erklärte er.

»Ja, ich habe ihn sehr geliebt. Er war der beste Dad der Welt. Er war das genaue Gegenteil meiner Mom. Immer lustig und gut gelaunt. Er hat Phoebe und mir von seinen Reisen immer Schokolade mitgebracht. Wir haben sie gemeinsam heimlich im Bett gegessen, obwohl meine Mom es verboten hatte. Er war der Meinung, mit geputzten Zähnen schmecke Schokolade besonders gut.« Ich lächelte bei der Erinnerung daran, wie er uns mit gespielt strenger Miene verboten hatte, unsere Zähne ein zweites Mal zu putzen.

Cayden legte seinen Arm um mich und ich lehnte mich an ihn. Ich war froh, dass er nicht sagte, es tue ihm leid. Das hatte ich in den letzten zwei Jahren viel zu oft gehört.

»Was ist passiert, nachdem er fort war?«

»Wir waren wochenlang Gesprächsthema Nummer eins in Monterey. Es ist keine große Stadt.« Ständig hatten die Leute über uns getuschelt. Egal, wo ich hinging. Es war schrecklich gewesen. »Danach kamen die Steuerbehörde und die Gläubiger, die Leute, denen mein Vater Geld schuldete. Sie haben uns alles genommen, was noch da war. Den Schmuck meiner Mutter, unsere Autos und zum Schluss das Haus. Ich hatte gedacht, dass es nicht noch schlimmer kommen könnte. Aber ich hatte mich geirrt. Wir mieteten ein winziges Haus direkt am Strand und besorgten uns Möbel und was man eben so braucht. Ich habe mir einen Job in einer Pizzeria gesucht. Meine Mom bekommt außerdem Geld aus einem winzigen Treuhandfonds, den ihre Eltern für sie angelegt haben. Es ist nicht viel, aber es reicht zum Überleben.«

»Was war das Schlimmste?«, fragte Cayden sanft.

Ich holte tief Luft. »Sie hat ihn zu sehr geliebt. Ich kann es nicht richtig beschreiben, aber ich wusste immer, dass er für sie an erster Stelle stand, und erst danach kamen Phoebe und ich. Er war so charmant, er konnte jeden zum Lachen bringen und hatte so eine Art an sich – man musste ihm einfach vertrauen und ihn mögen. Mom hat ihr Herz in seine Hände gelegt und er hat es zerbrochen. Sie hat ihm verziehen, als er sie immer und immer wieder betrogen hat. Aber als er sie endgültig verließ, begann sie zu trinken. Erst nur ein bisschen, dann immer mehr. Mittlerweile ist sie kaum mehr in der Lage, aus dem Haus zu gehen.«

Ich hatte meine Mutter an einen Feind verloren, den ich nicht bekämpfen konnte. Cayden zog mich noch näher zu sich heran, und das tröstete mich mehr als alles, was er hätte sagen können.

In der Dunkelheit blitzten zwischen den Bäumen silberne Augen auf.

»Kalchas hat sich zu deinem Beschützer erklärt«, sagte Cayden belustigt. »Anscheinend ziehst du die Wesen meiner Welt magisch an.«

»Irgendwelche männlichen Wesen muss es ja geben, auf die ich eine Wirkung habe«, erwiderte ich lächelnd.

»Die gibt es ohne Zweifel.«

»Ich sollte mich wahrscheinlich nicht zu sehr auf seinen Schutz verlassen, schließlich ist er ein Seher und kein Kämpfer.«

»Er würde sein Leben für dich geben, wenn er könnte«, erklärte Cayden.

»Wirst du lange fort sein?«, wechselte ich zu dem Thema, das mir auf der Seele brannte.

»Ich weiß es nicht. Ich weiß nicht mal, ob ich Agrios finde.«

»Du glaubst nicht daran, dass du bei ihm Erfolg haben wirst, oder?«

»Nein, aber Zeus soll nicht denken, dass ich es nicht wenigstens versuche.« Cayden vergrub die Hände in den Hosentaschen. »Ich kenne Agrios, seit er ein Kind war. Er wurde unter Hass geboren, und ich fürchte, Gaia hat ihn mit ihrem Hass auf ihre Enkel gefüttert. Ich glaube, nichts und niemand wird ihn umstimmen können.«

Weshalb brachte der Dummkopf sich dann so in Gefahr? »Warum hast du Zeus das nicht gleich gesagt? Es ist nicht *dein* Kampf.« Ich spürte, wie ich wütend wurde. »Zeus hat sich das ganz allein zuzuschreiben.«

»Das verstehst du nicht. Agrios hat eine Chance verdient. Er kann nicht in den Tartaros zurückwollen. Dieser Ort liegt hinter dem Hades. Ich war dort. Unheimliche Wesen leben in diesen Tiefen. Eine Flucht ist unmöglich. Wer es dennoch versucht, wird von den Flammen des Flusses Pyriphlegethon verschlungen. Es ist der grauenhafteste und mitleidloseste Ort, den du dir vorstellen kannst. Ich wünsche meinem ärgsten Feind nicht, dort leben zu müssen, und ich will keinen Krieg. Ich muss Agrios zur Vernunft bringen.«

»Werden wir uns wiedersehen?«, entschlüpfte es mir.

Cayden trat näher. Seine Hände glitten meine nackten Arme

entlang. Ich schluckte, als seine Finger meinen Hals erreichten und dort meinen viel zu schnellen Puls spüren mussten. Geschickt löste er den Knoten meiner Haare, sodass sie über meine Schultern fielen. »Ich mag dieses Rot. Es erinnert mich an die aufgehende Sonne«, flüsterte er und gab mir einen Kuss auf die Wange. »Ich komme zurück«, versprach er dann. »Ich weiß nicht, wie lange meine Suche dauern wird, aber unsere Zeit ist nicht wie die eure. Die Horen werden sie anhalten. Du wirst mich gar nicht vermissen.«

Das bezweifelte ich. »Was bedeutet das?«

»Die Horen spinnen unsere Zeit, sie dehnen sie zur Unendlichkeit oder falten sie zu einem Wimpernschlag zusammen. Die nächsten hundert Jahre, die ich vielleicht mit der Suche nach Agrios verbringe, sind für dich nur ein Tag oder eine Stunde.«

Ich schüttelte verwundert den Kopf. »Wer sind die anderen, die sich Agrios angeschlossen haben?« Ich wollte nicht, dass er schon ging.

»Bias ist die Gewalt, Kratos, ihr Bruder, ist die Macht, Zelos der Eifer, und Nike ist vermutlich die Gefährlichste der Geschwister. Sie ist der Sieg. Es war sehr klug von Agrios, sich Nikes Gefolgschaft zu versichern. Sie ist allerdings auch die Wankelmütigste. Die vier unterstützten Zeus im Kampf gegen die Titanen. Damals hofften sie, er würde sie zur Belohnung zu olympischen Göttern machen, aber das tat er nicht. Sie haben ihm nie verziehen. Jetzt wollen sie sich rächen.«

Ein kalter Wind kam auf und ich schauderte. »Das ist Zeus. Er möchte, dass ich zurückkomme.« Bedauern schwang in Caydens Stimme mit. »Du solltest hineingehen.«

Ich nickte, rührte mich aber nicht von der Stelle. Cayden beugte sich zu mir und ich spürte seine Lippen an meiner Schläfe. »Ich bin froh, dass Kalchas auf dich achtgibt«, raunte er. »Ich würde es nicht ertragen, wenn dir etwas zustieße.«

Ich wünschte, ich würde mich nicht so sehr danach sehnen, dass er mich noch einmal küsste, bevor er ging. Leider tat er mir den Gefallen nicht. Stattdessen zog er mich für einen Moment an sich. Ich lehnte meinen Kopf an seine Brust.

»Es tut mir übrigens nicht leid, dass ich dich vorhin geküsst habe«, sagte er.

Ich lächelte immer noch, als seine schlanke Gestalt von der Dunkelheit verschluckt wurde.

Robyn stand am Fenster, als ich hereinkam. Sie musste uns beobachtet haben.

»Hat er jetzt dich um den Finger gewickelt?«, fragte sie spitz.

Ich zuckte nur mit den Schultern. Für sie musste es so aussehen.

»Vermutlich will er jetzt wieder etwas von dir, weil ich ihn zappeln lasse. Hat er mit dir über mich gesprochen?«

»Nein.«

Sie verschränkte die Arme vor der Brust. »Bist du dir dazu nicht zu schade? Erst Melissa, dann ich und jetzt du? Was denkst du, wie lange es dauert, bis du ihm langweilig wirst und er sich sein nächstes Opfer sucht?«

»Warst du ein Opfer?« So hatte es für mich eigentlich nicht ausgesehen.

»Ich habe ihm jedenfalls nicht erlaubt, mich zu küssen.« Sie sah wütend aus und beleidigt. »Deswegen macht er sich jetzt wieder an dich ran. Er will mich bloß eifersüchtig machen. Kapierst du das nicht?« Ihre Stimme wurde schriller.

Wenn das sein Plan war, dann hatte er sein Ziel erreicht. Ich verbot mir, das zu glauben. »Du hast ja auch einen Freund«, erinnerte ich sie stattdessen.

»Ganz genau, und ich weiß auch, was ich an Cameron habe. Er ist jedenfalls nicht so flatterhaft wie …« Sie beendete den Satz nicht, wahrscheinlich, weil auch ihr auffiel, wie widersinnig er war.

»Robyn.« Ich trat näher an sie heran. »Lass uns nicht wegen eines Jungen streiten. Bitte nicht.«

»Hat er dich wirklich geküsst?«, fragte sie, und ich sah ihr an, dass sie hoffte, ich würde es abstreiten.

»Ein Mal.«

Tränen schimmerten in ihren Augen, und ich wünschte, ich hätte gelogen. Bevor ich sie in den Arm nehmen konnte, drehte sie sich um und stürmte in ihr Zimmer. Die Tür knallte und der Schlüssel wurde herumgedreht. Ich hatte keine Ahnung, was ich jetzt machen sollte. Vielleicht konnte ich Leah um Rat fragen oder Athene. Besser wäre allerdings Aphrodite, denn die Göttin der Liebe schien sich einen schlechten Scherz mit uns zu erlauben.

Aufzeichnungen des Hermes

XV.

Es würde an ein Wunder grenzen, wenn Prometheus Agrios umstimmen könnte. Ich glaubte nicht daran und vermutlich auch kein anderer Gott.

Alle saßen nur herum und diskutierten bis in die Nacht, was als Nächstes passieren würde. Die Schicksalsgöttinnen wurden belagert, aber die drei Weiber hüllten sich in Schweigen. Nichts anderes war zu erwarten gewesen. Ich hätte wetten können, sie wussten nicht mehr als wir.

Natürlich gab alle Welt Zeus die Schuld an der Misere. Wenn jetzt noch bekannt werden würde, dass eine Diafani aufgetaucht war, wäre das Chaos perfekt.

Menschen mit der Begabung, unsere Welt zu sehen, tauchten meistens nur auf, wenn irgendwas im Argen lag. In Friedenszeiten gab es offensichtlich nichts Spannendes über die Götter zu erzählen.

Von mir würden die anderen Götter jedenfalls nichts von der Existenz der Diafani erfahren. Zu oft waren die Überbringer schlechter Nachrichten geteert und gefedert worden. Hatte ich nicht schon wieder Lust drauf.

Ich schaute aus dem Fenster und wendete schon wieder Claydens Worte in meinem Kopf hin und her. *Ich würde es nicht ertragen, wenn dir etwas zustieße.* Er war noch nicht wiederaufgetaucht. Sehnsüchtig wartete ich darauf, dass er zurückkam. Draußen klopfte unablässig Regen gegen die Scheiben. Laut Henry hatte es in den vergangenen zehn Jahren zusammen nicht so viel geregnet wie in den letzten Tagen. Die Waldwege hatten sich in Schlamm verwandelt, und diesiger Nebel, in den ich mich allein nicht hinauswagte, hing zwischen den Baumstämmen. Ich war an unsere Lodge gefesselt. Athene hatte mir erzählt, dass Aiolos, der Gott der Winde, sauer auf Zeus sei, weil der ihn nicht in den Kriegsrat berufen hatte. Aus Trotz trieb er Regenwolken ins Tal, und Zeus war zu beschäftigt, um sich auch noch mit ihm auseinanderzusetzen. Mal abgesehen von ihren Fähigkeiten unterschieden Götter sich anscheinend kaum von uns Menschen. Als wenn es derzeit nichts Wichtigeres gäbe als die persönlichen Befindlichkeiten eines Wettergotts.

Zwischen Robyn und mir herrschte absolute Funkstille. Sie verbrachte die meiste Zeit mit Sharon und zu meiner Verwunderung mit Melissa. Wahrscheinlich bemitleideten sie sich gegenseitig. Je länger Cayden wegblieb, umso öfter fragte ich mich, ob Robyn nicht recht hatte. Was, wenn er uns gegeneinander ausspielte, um bei einer zu landen? Er hatte es mit nur einem Kuss geschafft, mir meine beste Freundin zu entfremden. Warum tat er das?

Ich wandte mich von meinem Beobachtungsposten ab. Bis zu meiner Fechtlektion war es noch etwas Zeit. Ich beschloss, Phoebe eine Mail zu schreiben. Die letzte, die ich vor zwei Tagen von ihr bekommen hatte, lag immer noch unbeantwortet in meinem Postfach. Sicher machte meine kleine Schwester sich schon Sorgen. Ich klappte meinen Laptop auf und las noch einmal, was sie mir geschrieben hatte.

Liebe Jess,
das Training geht gut voran. Die komplette Besetzung für das Stück steht jetzt. Meine Zweitbesetzung ist Jacy. Kotz. Würg.

Ich musste grinsen.

Sie tanzt ja wirklich gut. Wenn sie nicht so eine arrogante Zicke wäre, hätte ich ihr sogar die Erstbesetzung gegönnt. Na ja, das vielleicht nicht gerade. Ich hoffe, Du hast Spaß. Kannst Du nicht mal ein Bild von diesem Cayden schicken? Ich bin furchtbar neugierig. Übrigens hat Mom seit einer Woche nichts getrunken und sie hat aufgeräumt. Meinst Du, das ist ein gutes

Zeichen oder wieder nur blinder Alarm? Mr. Fairchild von nebenan hat mir schon wieder Blumen für unseren Vorgarten angeboten, aber ich habe wirklich keine Zeit, in der Erde rumzubuddeln. Ich wette, sogar das würde er noch übernehmen, wenn ich es erlauben würde. Du musst unbedingt mit ihm reden, wenn Du zurück bist. Ich hab Dich lieb.
Deine Phoebe

Auf die Woche Abstinenz unserer Mutter würde ich nicht eingehen. Zu oft hatten wir uns schon unnütze Hoffnungen gemacht. Die Enttäuschung danach war nur umso größer und meistens trank sie dann sogar mehr als vorher.

Hallo, Schwesterchen,
ich bin furchtbar stolz auf Dich. Lass Dich von Jacy nicht ärgern, das ist nur verletzter Stolz. Das mit den Blumen kläre ich mit Mr. Fairchild, Du weißt doch, dass er es nur gut meint. Hier ist alles beim Alten.

Kurz überlegte ich, ob ich ihr schreiben sollte, dass ich mit Robyn zerstritten war. Aber ich wollte nicht, dass Phoebe sich Gedanken machte oder mit Robyns Mom darüber sprach. Die brachte es fertig und reiste hier an, um uns den Kopf zu waschen.

Vielleicht kann ich ein Bild von Cayden machen. Ich hätte auch gern eines, und wenn nur als Erinnerung.

Mein Altgriechisch wird immer besser. Hast Du die Karten für die Aufführung besorgt? Und isst Du auch genug? Ich möchte nicht, dass Du hungerst. Du bist dünn genug. Lass Dir von Mrs. Bereton nichts anderes einreden. Und häng nicht ständig vor der Glotze.
Kuss, Kuss

Obwohl ich nicht darüber nachdenken wollte, fragte ich mich doch, was Mom dazu gebracht hatte, mit dem Trinken aufzuhören. Hatte mein Dad sich gemeldet? Dann hoffte sie nämlich jedes Mal, er würde zurückkommen. Ich hasste ihn dafür, dass er ihr immer wieder Hoffnungen machte. Ich drückte auf *Senden* und schickte die Mail ab. Dann sichtete ich noch die Fotos, die ich in den letzten Tagen mit meinem Handy gemacht hatte, und überspielte sie auf meinen Laptop. Athene klopfte an meine Zimmertür, um mich zur Fechthalle zu begleiten.

»Was ist mit dir und Robyn?«, fragte Josh, als wir völlig aus der Puste und verschwitzt von unseren Fechtkämpfen nebeneinander auf der Bank saßen. Athene dagegen sah auch in ihren Fechtsachen aus wie aus dem Ei gepellt. Ich beobachtete sie bei ihrem Gefecht mit Apoll.

»Wenn ich das wüsste«, schnaufte ich, unschlüssig, was ich sagen sollte. Immerhin war er Camerons bester Freund.

»Es ist wegen Cayden, stimmt's?«, fragte er wie beiläufig und kramte in seiner Tasche. »Sie ist eifersüchtig.«

»Warum fragst du, wenn du es ohnehin weißt?«

»Sie hat sich auch mit Cameron gestritten und Caydens Name fiel mehr als ein Mal. Da habe ich eins und eins zusammengezählt.«

»Ich weiß nicht, warum sie sich so verhält«, sagte ich. »Hat Cameron mit dir gesprochen? Fährt er darum nicht nach Hause?«

Josh schüttelte den Kopf und trank einen großen Schluck Wasser aus seiner Flasche. »Du weißt doch, wie er ist. Er würde nie mit mir über seine Beziehung zu Robyn reden. Dafür ist er einfach nicht der Typ. Er macht immer alles mit sich aus.«

»Oder mit seinem Vater.« Ich griff nach der Wasserflasche.

»Jetzt ist Cayden ja weg, da könnt ihr euch alle wieder vertragen.«

Mein Herz sackte drei Stockwerke tiefer. »Glaubst du, er kommt nicht zurück?«

»Seine Sachen sind jedenfalls aus unserer Lodge verschwunden.«

»Bestimmt hat er sie nur zu Mr. und Mrs. Ross gebracht.«

»Weißt du, wo er hin ist?«, fragte Josh.

»Er hat nur gesagt, dass er etwas zu erledigen hat und ein paar Tage wegmuss.«

»Der Typ war mir von Anfang an nicht geheuer. Erst hat er dich angemacht, dann Melissa und Robyn angebaggert und wer weiß, welches Mädchen noch. Ich frage mich, wer als Nächste dran gewesen wäre.«

»Er hat mich nicht angemacht«, verteidigte ich mich, weil es klang, als wäre ich ein hilfloses Opfer männlicher Verführungskünste.

»Hat er doch und ich habe dich ausdrücklich vor ihm gewarnt.«

»Vielleicht will ich gar nicht, dass du mich warnst. Vielleicht will ich einfach ein bisschen Spaß, wie du auch. Oder willst du mir weismachen, das mit Sharon ist was fürs Leben?«

»Sehr witzig. Aber für dich wäre ein netter Junge besser und nicht so ein Aufreißer.«

»Du musst dir keine Sorgen machen. Da läuft nichts zwischen uns.« Ich wollte mich nicht auch noch mit Josh streiten, mein Bedarf war gedeckt.

»Das beruhigt mich nicht wirklich«, erwiderte er. »Ich hoffe, er kommt nicht zurück.«

Der Regen hatte zwar aufgehört, aber eine unangenehme, feuchte Schwüle zurückgelassen. Jetzt sehnte ich mich nach einer kühlen Brise, doch die Hitze stand wie eine Wand zwischen den Häusern. Ich hatte geduscht und band mir gerade mein nasses Haar zu einem Zopf, als es klopfte. Vor der Tür stand ein zerzauster Cameron. Im ersten Moment verwirrte mich sein unordentlicher Aufzug so, dass ich ihn nicht mal fragen konnte, was er wollte.

»Hast du Robyn gesehen?«

Ich schüttelte den Kopf.

»Sie ist seit gestern Abend verschwunden.«

»Quatsch. Sie hat letzte Nacht in ihrem Zimmer rumort. Ich habe es gehört.«

»Hast du sie auch gesehen?«, fragte er so eindringlich, dass ich das Schlimmste befürchtete. Ich schüttelte den Kopf.

»Sie antwortet auch nicht mehr auf meine Nachrichten«, erklärte er. »Ich wollte mich mit ihr aussprechen.« Er drängelte sich an mir vorbei und ging zu ihrem Zimmer. Als er die Tür aufstieß, erstarrten wir beide auf der Schwelle.

Es sah aus, als wäre ein Sturm durch das Zimmer gefegt. Das Bett war zerwühlt. Die Schranktüren standen offen und der Inhalt lag zerstreut auf dem Boden. Ich schluckte.

»Das hast du nicht gehört?«, fragte Cameron vorwurfsvoll.

»Wir sind gerade zerstritten«, verteidigte ich mich, als würde das irgendetwas erklären.

»Willkommen im Klub.« Er lehnte am Türrahmen. »Ich denke, wir können davon ausgehen, dass Robyn das Zimmer nicht in einem Wutanfall selbst so zugerichtet hat.«

Ich war mir da nicht so sicher. Robyn war schon dann keine Ordnungsfanatikerin, wenn sie nicht aufgewühlt war. Brauchte sie auch nicht, zu Hause hatten sie ein Hausmädchen, das ihr alles hinterherräumte. »Ist ihr Auto noch da?«

Jetzt nickte Cameron. »Das habe ich zuerst kontrolliert. Es steht auf dem Parkplatz am Eingang des Camps.« Er sah mich nachdenklich an. »Cayden ist auch verschwunden«, sagte er dann langsam.

Ich biss mir auf die Zunge, um Cayden nicht automatisch zu verteidigen.

»Was weißt du eigentlich über ihn?«

Ich zuckte mit den Schultern. »Nicht viel mehr als du.« Krampfhaft überlegte ich, was ich noch sagen könnte. Dass er eigentlich Prometheus war, der Typ, den Zeus an einen Felsen hatte schmieden lassen? Dass er auf der Suche nach Agrios war, einem Albino göttlicher Abstammung, der vorhatte, unsere Welt in Schutt und Asche zu legen? Nichts davon hätte Cameron geglaubt.

»Ich denke, er hat sie entführt«, platzte Cameron heraus. »Ich gehe zu Mr. Ross. Er muss die Polizei rufen.« Damit rannte er los.

Ich war für einen Moment viel zu verblüfft, um ihn aufzuhalten, und verlor so wertvolle Sekunden. Als ich ihm folgen wollte, war er schon nicht mehr zu sehen. Ich schlüpfte in meine Turnschuhe und rannte in Richtung der Büros. Kurze Zeit später hörte ich Kalchas' vertrautes Hecheln und seine Stimme in meinem Kopf.

»Was ist los?«, fragte er.

Zum Glück brauchte ich meine Antwort nur zu denken, bei dem Sprint hätte ich kein Wort herausbekommen. *»Robyn ist verschwunden, und Cameron glaubt, dass Cayden sie entführt hat. Er will mit Zeus reden.«*

»Seit wann ist sie fort?«

»Keine Ahnung. Ich habe sie gestern Abend noch in ihrem Zimmer gehört, aber jetzt ist es ganz verwüstet.«

»Es kann nicht Cayden gewesen sein. Er ist schon seit Tagen weg«, erklärte der Wolf.

»Das weiß ich. Aber sag das mal Cameron.«

Ich polterte in das Haus der Campleitung. Die Tür zu Mr. Ross' Büro stand offen und ich hörte Camerons aufgeregte Stimme. Mr. Ross saß hinter seinem Schreibtisch und lauschte geduldig Camerons Beschuldigungen. Rosie hielt sich die Hand vor den Mund.

»Robyns Eltern sind sehr vermögend«, erklärte Cameron gerade. »Können Sie für Ihren Neffen die Hand ins Feuer legen? Sind Sie sicher, dass er nicht an ihrer Entführung beteiligt ist?«

Mr. Ross unterbrach ihn. »Jetzt setz dich erst mal, mein Junge. Rosie macht uns einen Tee.« Dann sah er zu mir. »Ah, Jess. Komm doch bitte rein. Denkst du auch, Cayden hat deine Freundin entführt?«

Ich machte zwei vorsichtige Schritte in den Raum. »Ich weiß es nicht, auf jeden Fall sieht es in ihrem Zimmer so aus, als hätte ein Kampf stattgefunden.«

»Sie müssen die Polizei rufen!«, verlangte Cameron tonlos.

»Du sagst, ihr habt euch gestritten?«, hakte Mr. Ross nach.

Cameron nickte.

»Gehe ich recht in der Annahme, dass es dabei um Cayden ging?«

Trotzig reckte Cameron das Kinn und sah zum ersten Mal seit Langem wie ein normaler Teenager aus. »Ich wüsste nicht, was das mit der Sache zu tun hat. Wenn Sie die Polizei nicht rufen, dann tu ich es.«

»Ich habe nicht gesagt, dass ich sie nicht benachrichtige, aber ich möchte vorher gern alle Details kennen.«

»Ich glaube nicht, dass sie freiwillig mit ihm gegangen ist.«

»Habt ihr schon im ganzen Camp gesucht?« Jetzt sah Mr. Ross zu mir, und ich wünschte, ich hätte mit ihm dieselbe telepathische Verbindung wie mit Kalchas.

»Ich weiß es erst seit ein paar Minuten.« Warum hatte ich nicht mitbekommen, dass Robyn die Nacht nicht in der Lodge verbracht hatte? Vor lauter schlechtem Gewissen zog sich mein Magen zusammen.

Rosie kam mit dem Tee herein und stellte drei Tassen auf den Tisch. Niemand von uns rührte ihn an.

»Cayden ist zu seiner Mutter gefahren«, erklärte Mr. Ross Cameron. »Sie hat mich angerufen und gebeten, ihn für ein paar Tage nach Hause zu schicken.«

Cameron schnaufte, was so viel bedeutete wie, dass er Mr. Ross kein Wort glaubte.

»Er ist schon seit vier Tagen fort«, versuchte nun auch ich, ihn auf die Lücken in seiner Theorie hinzuweisen.

»Vielleicht ist er heimlich zurückgekommen und wollte sie überzeugen, mit ihm durchzubrennen, und als sie sich weigerte, hat er sie gezwungen.« Cameron verschränkte die Arme vor der Brust.

Ich blickte ihn verwundert an. Bisher war mir gar nicht klar gewesen, dass er über so eine blühende Fantasie verfügte.

»Wir werden der Sache nachgehen. Fürs Erste schlage ich vor, dass wir Suchtrupps organisieren, die das gesamte Camp durchkämmen. Erst wenn wir sicher sein können, dass sie nicht hier ist, werden wir die Behörden benachrichtigen.«

Cameron wollte aufbrausen, aber Mr. Ross fiel ihm ins Wort. »Die Polizei würde sie sowieso nicht suchen, bevor sie nicht mindestens vierundzwanzig Stunden als vermisst gilt. Sie ist fast achtzehn, da kann man zuerst davon ausgehen, dass sie freiwillig weggegangen ist.«

»Informieren Sie wenigstens ihre Eltern?«

»Gib uns noch ein paar Stunden Zeit, mein Junge, bevor wir

die ganze Welt verrückt machen. Trommelt ein paar Leute zusammen, die bei der Suche helfen, aber vermeidet, dass Panik unter den jüngeren Schülern ausbricht. Ich schaue mir Robyns Zimmer an.«

Dieser Plan passte Cameron ganz und gar nicht, aber er war klug genug, zu wissen, wann man besser nachgab, und fügte sich.

»Ich sage Josh und Leah Bescheid«, informierte ich Cameron, als wir vor der Tür standen.

»Wenn es nicht Cayden war, wer dann?«, fragte Cameron leise, und ich sah, dass er sich wirklich große Sorgen um Robyn machte.

Ich zuckte mit den Schultern. »Vielleicht will sie uns nur einen Schreck einjagen.« Die Idee war nicht allzu weit hergeholt, Robyn war eine echte Drama-Queen, wenn sie ihren Willen nicht bekam. Und was sie diesmal gewollt hatte, war ja wohl klar. Aber das mochte ich Cameron nicht so offen sagen. Sie würde wieder zur Vernunft kommen, wenn nicht hier im Camp, so doch spätestens, sobald wir wieder zu Hause waren.

»Ich frage ein paar der Jungs, ob sie mithelfen«, sagte Cameron, als ich nicht auf seine eigentliche Frage antwortete.

»Wir nehmen uns den See und die unteren Lodges bis zum Theater vor«, erwiderte ich.

»Alles klar. Wir verteilen uns auf den oberen Bereich.« Er sah auf seine Uhr. »In spätestens zwei Stunden treffen wir uns wieder. Viel Glück.«

»Wir finden sie. Mach dir nicht zu viele Sorgen.«

Cameron wandte sich ab. Hundertprozentig war es ihm peinlich, dass ich ihn so aufgelöst gesehen hatte.

Ich rannte zur Mensa und fand zu meiner Überraschung Leah und Josh gemeinsam vor. Sie spielten ein Kartenspiel und vor Leah türmte sich ein großer Haufen Centstücke. Als ich auf sie zustürmte, sahen sie mich erschrocken an, als hätte ich sie bei etwas Verbotenem erwischt.

»Robyn ist verschwunden«, platzte ich heraus. »Wir müssen sie suchen.«

»Wie jetzt, *verschwunden*?«, fragte Josh.

»Ihr Zimmer ist verwüstet und niemand hat sie seit gestern Abend gesehen. Cameron denkt, Cayden habe sie entführt.«

Leah verdrehte die Augen. »Übertreibt er da nicht ein bisschen?«

»Mr. Ross hat uns gebeten, unauffällig das Camp zu durchsuchen«, sagte ich, ohne auf die Bemerkung einzugehen.

»Kannst du Sharon fragen, ob sie etwas weiß?«, wandte ich mich an Josh. »Die beiden hingen in den letzten Tagen viel zusammen rum.«

»Klar.« Er stand auf. »Ich will eine Revanche!«, verlangte er von Leah.

»Die kannst du haben.« Sie grinste ihn frech an. »Aber ich warne dich. Ich bin unschlagbar.«

»Das hättest du wohl gern.« Er wandte sich ab und lief davon.

»Wo fangen wir an?«, fragte Leah.

»Am See«, schlug ich vor.

»Vielleicht haben Robyn und Cayden nur ein romantisches Tête-à-Tête und wollen gar nicht gefunden werden«, sagte Leah.

»Cayden ist noch nicht zurück«, fuhr ich sie an. Die Vorstellung, dass er bei seiner Rückkehr zuerst Robyn über den Weg gelaufen war und sich jetzt mit ihr vergnügte, setzte mir mehr zu, als ich zugeben wollte.

Leah verdrehte nur die Augen und hob abwehrend die Hände. »Kein Grund, mich anzuschnauzen. Ich helfe dir ja.«

»Entschuldige«, erwiderte ich zerknirscht.

Wir liefen zum See und befragten alle, die dort an dem kleinen Strand lagen und sich sonnten oder schwammen. Niemand hatte Robyn gesehen. Wir liefen beide Seiten des Ufers ab, in der Hoffnung, irgendwas Auffälliges zu entdecken. Leider ohne Erfolg. Ich blickte auf die glatte Oberfläche des Sees. Es ging kein Wind und das Wasser lag vor mir wie ein blank polierter Spiegel. Aber ich wusste, dass in seinen Tiefen ein Ungeheuer lauerte. Was, wenn Skylla einen neuen Versuch gestartet hatte? Cayden war nicht da, er würde Robyn nicht retten können. Trotz der Hitze wurde mir eiskalt. Ich rieb meine Arme und betete, dass das Ungeheuer sie sich nicht geschnappt hatte.

Im Theater probte noch der Dramakurs. Als wir nach Robyn fragten, kam ein aufgebrachter Kursleiter auf uns zugelaufen. »Ich bin sehr, sehr wütend auf Robyn. Wie kann sie es wagen, nicht zu unserer Probe zu erscheinen?«, schrie er fast und wackelte mit dem Zeigefinger vor meiner Nase. »Wir mussten die Rollen umbesetzen.«

»Sie schwänzt bestimmt nicht mit Absicht, Daniel«, versuchte Leah, ihn zu beruhigen. »Sie wird vermisst, vielleicht hat sie sich irgendwo verletzt und ist ohnmächtig.«

Daniel verstummte bei so viel Dramatik. Sein Mund formte

ein kleines o. Dann klatschte er in die Hände und rief die Kursmitglieder zu sich. »Witt. Witt. Meine Schönen, ihr habt es gehört. Robyn braucht unsere Hilfe. Geht und sucht sie.« Verblüfft sah ich ihn an. So viel zu unserem Vorhaben, unauffällig zu bleiben.

»Wir haben schon am See gesucht«, wies Leah das gute Dutzend Jungs und Mädchen an, die sich um uns scharten. »Am besten, ihr sucht am Waldrand und bei den Lodges zwischen Theater und Wald. Außerdem wäre es schön, wenn jemand in den Ställen nachschaut.«

»Das mache ich«, bot sich Melissa an und warf mir einen strafenden Blick zu, als wäre ich an allem schuld.

»Bleiben noch die Kletterfelsen«, sagte Leah, als sich alle zerstreut hatten.

Wie selbstverständlich hatte sie die Führung übernommen, aber sie kannte das Camp ja auch um Längen besser als wir anderen.

Henry kam uns in seinem kleinen Gefährt entgegen. »Schon was gefunden?«

Synchron schüttelten wir den Kopf.

»Ich weiß nicht, was diesen Sommer los ist«, sagte er mehr zu sich selbst. »Erst ertrinkst du fast, dann spielt das Wetter verrückt«, er sah uns vorwurfsvoll an, »und jetzt verschwindet dieses Mädchen. Ich denke, es ist wirklich Zeit, in Rente zu gehen.«

Leah beugte sich vor und gab ihm einen Kuss auf die faltige Wange. »Das sagst du jedes Mal, Grandpa, auch wenn nur eine Mülltonne umfällt. Aber du machst es doch eh nie.«

»Irgendwann ist es so weit. Du wirst sehen.« Er schenkte seiner Enkeltochter ein warmes Lächeln und knatterte davon.

»Pete hat mich schon angerufen«, eröffnete uns Jeanne, als wir an den Kletterfelsen ankamen. »Hier war Robyn nicht. Aber ich habe alle losgeschickt, um nach ihr zu suchen. Ich räume nur noch auf, dann mache ich mich auch auf den Weg.« Sie steckte ihr Handy weg und griff nach einer Kiste mit Karabinerhaken.

Ich schlug mir an die Stirn. Weshalb hatte ich nicht daran gedacht, auf mein Handy zu sehen? Vielleicht hatte Robyn mir eine Nachricht geschickt. »Lass uns zurück zu Lodge laufen«, erklärte ich Leah. »Da liegt noch mein Handy.«

Auf dem Weg zur Lodge begegneten uns überall aufgeregte Schüler, die nach Robyn suchten. Allerdings bisher ohne Erfolg.

Auf meinem Handy waren keine Nachrichten, und als ich Robyns Nummer wählte, ertönte zwar ein Freizeichen, aber nach einer Weile ging die Mailbox an. Leah und ich durchstöberten noch mal ihr Zimmer, in der Hoffnung, irgendeinen Hinweis zu finden.

Erschöpft setzte ich mich schließlich auf ihr Bett.

»Was machen wir jetzt?«, fragte ich Leah, die begonnen hatte, systematisch Robyns Sachen zu sortieren und wieder in den Schrank zu räumen.

»Wenn sie bis heute Abend nicht auftaucht, muss Mr. Ross die Polizei verständigen. Ihm bleibt nichts anderes übrig.«

Ich nickte und beobachtete ihre Aufräumaktion schweigend. So ordentlich hatte es in Robyns Schrank noch nie ausgesehen.

»Ich traue mich gar nicht, ihre Mom anzurufen. Sie wird ausflippen.«

»Dann lass es. Warte einfach noch. Außerdem sollte das Mr. Ross machen. Er wird schon die richtigen Worte finden.«

»Sie könnte ertrunken sein«, sprach ich meine schlimmste Angst aus.

»Robyn ist wohl kaum der Typ, der ins Wasser geht, weil ihre beste Freundin mit einem Jungen knutscht, den sie auch scharf findet.«

Wenn sie es so formulierte, klang es tatsächlich unwahrscheinlich, aber sie wusste ja auch nichts von der Frau mit den Hundeköpfen am Bauch.

Leah vertiefte sich wieder ins Aufräumen.

Ich stand auf, zog das Laken glatt und schüttelte die Bettdecke auf. Etwas rutschte hinter die Matratze und fiel klirrend auf den Boden. Murrend kroch ich unter das Bett und griff nach der Kette.

Ich richtete mich auf und musste prompt niesen. Jemand sollte dringend mal darunter wischen. Dann betrachtete ich die Kette, deren Glieder an einer Stelle zerrissen waren. Komisch, wenn Robyn mit etwas sehr sorgfältig umging, dann war es ihr Schmuck. Es war völlig untypisch für sie, ihn so achtlos liegen zu lassen. Ich knipste die Deckenlampe an, weil es mittlerweile schummerig geworden war. Mir wurde heiß und kalt gleichzeitig. Das war definitiv kein Schmuckstück von Robyn.

Gerade wollte ich die Kette unauffällig in meine Hosentasche gleiten lassen, da fragte Leah: »Was hast du da?«

Widerwillig hielt ich ihr die Kette hin. Sie bestand aus kleinen blank polierten Silberringen. Der Anhänger war ein äußerst fein gearbeiteter Dreizack, der mit winzigen Smaragden besetzt war.

»Gehört die Kette Robyn?«, fragte Leah.

»Ich habe sie noch nie bei ihr gesehen«, gab ich zu.

»Ein Dreizack ist ein griechisches Symbol, oder?« Leah sah mich fragend an. »Ob sie Apoll oder Athene gehört?«

Ich zuckte mit den Schultern. »Wir sollten sie fragen.«

»Na, dann mal los. So was lässt man nicht einfach rumliegen. Ich wette, der Besitzer hat noch gar nicht bemerkt, dass sie weg ist. Wenn wirklich jemand Robyn entführt hat, dann hat sie ihm die Kette vielleicht abgerissen, bevor er sie überwältigt hat.«

»Möglich wäre es.« Mich beschlich ein merkwürdiges Gefühl. Der Dreizack war auch ein Symbol für Wasser. Cayden hatte mir erzählt, dass seine Mutter eine Okeanide war. Was, wenn er doch etwas mit Robyns Verschwinden zu tun hatte? Ich sollte mich fragen, ob ich den Göttern wirklich trauen konnte.

Aufzeichnungen des Hermes

XVI.

Ob Agrios das Mädchen entführt hatte? Wenn ja, war es erstaunlich, mit welcher Entschlossenheit er sein Ziel verfolgte. Erst hatte er Skylla geschickt, und nachdem diese versagt hatte, nahm er offensichtlich die Sache selbst in die Hand. Ich konnte mir nur nicht erklären, was er damit bezweckte.

Und glaubte er wirklich, er könnte Zeus stürzen? Es war lächerlich. Aber so spannend war mein Leben schon seit Hunderten von Jahren nicht mehr gewesen.

Ares hatte bei Hephaistos, dem Gott der Schmiedekunst, bereits jede Menge Schwerter in Auftrag gegeben. Die alten waren mittlerweile verrostet gewesen. Mich hatte er auch gefragt, ob ich eine neue Waffe bräuchte, aber ich hatte ihn ausgelacht. Als ob *ich* mir die Hände schmutzig machen würde. Nein, nein. Ich schrieb die Chronik, überbrachte ein paar Botschaften und beobachtete die Sache ansonsten von einem sicheren Ort aus.

Metis hatte also für Agrios eine Kette des Zeus anfertigen lassen. Wahrscheinlich schon vor seiner Geburt. Sie musste ihre Rache lange geplant haben. Typisch Frau – am besten, man hielt sich von ihnen fern.

Es hatte eine Versammlung in der Mensa gegeben, die wir verpasst hatten. Leah wurde von ein paar Schülern aufgehalten, die gerade wild durcheinanderplappernd herauskamen.

Ich drängelte mich zwischen ihnen hindurch und sah Mr. Ross, Apoll, Athene und Cameron am anderen Ende des Raumes zusammenstehen.

Mr. Ross hatte die Arme vor der Brust verschränkt, während Cameron auf ihn einredete. Dessen zu laute Stimme drang bis zu mir.

»Ich habe die Polizei gerufen«, entgegnete Mr. Ross ihm gerade, als ich zu ihnen trat. »Du gehst jetzt in deine Lodge und ruhst dich aus. Ich bin sicher, morgen ist Robyn wieder da.«

Cameron gab keine Widerworte mehr. Stattdessen nickte er und ging davon, ohne mich eines Blickes zu würdigen. Ob Zeus ihn hypnotisiert hatte oder so?

Dieser wandte sich mir zu. »Du solltest in deine Lodge gehen. Hast du nicht gehört, was ich angeordnet habe?«

Ich ignorierte seinen ungeduldigen Tonfall. »Ich bin gerade erst gekommen. Leah und ich haben etwas gefunden.«

Ich holte die Kette heraus und legte sie auf meine Handfläche. Wortlos betrachteten die drei Götter das Schmuckstück.

»Könnt ihr damit etwas anfangen?«, fragte ich.

Athene nestelte an ihrem Ausschnitt und zog eine Kette hervor, die genauso aussah wie die auf meiner Hand. Fast genauso. Der Anhänger war ein anderer. Anstelle eines Dreizacks hing an ihrer Kette eine silberne Waage, besetzt mit dunkelroten Edelsteinsplittern. Die Waage war ein Symbol für Athenes Weisheit, das wusste ich. Auch Apoll hatte seine Kette hervorgezogen, an der eine silberne Laute baumelte, die mit blauen Edelsteinstücken geschmückt war. Er war der Gott der schönen Künste, was wirklich blöd klang und gar nicht zu ihm zu passen schien. Wie der Dreizack waren die Schmuckstücke außerordentlich fein gearbeitet und wahrscheinlich wahnsinnig kostbar.

»Ich bringe Hephaistos um. Wie konnte er es wagen?«, murmelte Zeus, verstummte aber, als Athene ihm beruhigend die Hand auf den Arm legte.

»Wem gehört die Kette?« Ich sah von Athene zu Apoll, bekam aber keine Antwort. »Cayden?«

Zeus schüttelte den Kopf. »Diese Ketten tragen nur meine leiblichen Kinder«, antwortete er missmutig.

Erleichtert atmete ich auf. »Welchem Kind gehört der Dreizack?« Warum musste ich ihnen diese Information so aus der Nase ziehen?

Zeus schnaubte. »Ich habe ihn nicht anerkannt.«

»Vater«, ließ sich Athene jetzt vernehmen, »denkst du, Metis hat dieses Schmuckstück für Agrios anfertigen lassen?«

»So sieht es ja wohl aus, oder?«

»Warum ein Dreizack?«, fragte ich.

»Metis war eine Okeanide. Natürlich hat sie als Symbol das des Meeres gewählt. Sie wollte mich damit ärgern. Nur ich habe das Recht, über die Anhänger meiner Kinder zu entscheiden.« Der goldene Schimmer, den er immer sorgfältig verbarg, flammte um ihn herum auf.

Ich wich ein Stück zurück. Ich durfte nicht vergessen, dass er ein Gott war. Und gerade war er ein sehr wütender Gott.

»Reiß dich zusammen und mach Jess keine Angst.« Apoll legte einen Arm um mich.

Von draußen erklangen Schreie und Anfeuerungsrufe. Wir sahen uns an und rannten dann gleichzeitig hinaus.

Eine Gruppe Schüler hatte sich im Kreis aufgestellt. Sie johlten und schrien. In ihrer Mitte prügelten sich zwei Jungs. Den einen erkannte ich sofort: Es war Cameron, und der zweite … ich hielt die Luft an … war Cayden. Er war zurück. Ich war so froh, ihn zu sehen, dass ich für einen Moment vergaß, dass er beschuldigt wurde, etwas mit Robyns Verschwinden zu tun zu haben. Er kassierte gerade von Cameron einen Kinnhaken, den er mit einem Schlag in dessen Magen quittierte. Cameron ging zu Boden. Cayden stand atemlos über ihm und reichte ihm die Hand. Cameron ergriff sie, stand aber nicht auf, sondern zog Cayden zu sich herunter und warf sich auf ihn. Wie ein Verrückter drückte er dessen Gesicht in den harten Rindenmulch. Dann drehte er ihm einen Arm auf den Rücken.

»Wo ist sie?«, zischte er.

Er ließ Cayden gerade so viel Luft, dass dieser fragen konnte: »Wen meinst du?«

»Robyn, wen sonst? Du hast sie entführt.«

Cayden bäumte sich so schnell auf, dass Cameron von seinem Rücken flog und hinter ihm zu liegen kam. Die Jungs, die sie umringten, stöhnten auf.

»Warum sollte ich sie entführt haben?« Verwundert sah Cayden sich um. Sein Blick blieb an mir hängen.

»Schluss mit dem Unfug!«, ertönte Mr. Ross' volle Stimme. »Ihr verschwindet jetzt alle in euren Hütten und ich will nichts mehr davon hören. Morgen kommt die Polizei und wird die Gegend nach Robyn absuchen. Und du, mein Junge«, er trat vor Cameron, den Cayden mittlerweile hochgezerrt hatte, »hüte deine Zunge. Wenn du die Polizei mit falschen Verdächtigungen ablenkst, finden sie deine Freundin vielleicht nie. Gebt euch die Hand und dann ab mit dir. Es ist schon spät. Wenn du weiter so ein Theater veranstaltest, dann schicke ich dich nach Hause.«

Cameron warf Cayden einen hasserfüllten Blick zu, ignorierte dessen ausgestreckte Hand und ging davon.

Zeus trat auf Cayden zu. »Alles in Ordnung?«

»Ich habe schon härtere Kämpfe geführt.«

Zeus grinste. »Das glaube ich.«

»Was ist hier passiert?«

»Das sollten wir zu Hause besprechen.« Zeus wandte sich an Athene. »Bring Jess zu Rosie. Es ist besser, wenn sie die Nacht nicht allein in der Lodge verbringt.«

Leah, die neben mir stand, boxte in die Luft. »Pyjamaparty«, sagte sie, wurde aber wieder ernst, als ihr der Anlass einfiel.

»Sollten wir Robyn nicht weitersuchen?«, fragte ich.

»Das übernehmen ab jetzt wir.« Zeus sah mich streng an. »Keine Alleingänge. Wir finden sie.«

Henry hatte mir eine Luftmatratze aufgepustet. Das Haus, in dem Leah mit ihren Großeltern wohnte, war winzig und hatte nur zwei Stockwerke. Rosie hatte es mit allem möglichen Firlefanz vollgestopft, und trotzdem war es hundertmal gemütlicher als das mondäne Haus, in dem Zeus mit seiner Familie lebte. Aber wahrscheinlich konnte man von Göttern nicht erwarten, dass sie sich mit allerlei Nippes und Tand belasteten.

Ich drehte mich auf die Seite. Blöderweise war mittlerweile fast die ganze Luft aus der Matratze entwichen. Sie musste ein Loch haben. Ich wollte Leah nicht wecken, die leise schnarchend in ihrem Bett lag. Also wälzte ich mich von einer Seite auf die andere. Leider hielt mich nicht nur die harte Unterlage wach, ich machte mir auch Sorgen um Robyn. Ob Agrios sie in seiner Gewalt hatte, und wenn ja, warum? Was hatte Zeus vor und weshalb hatte Cayden mich kaum eines Blickes gewürdigt? Ich war so in meine Überlegungen versunken, dass ich das Geräusch erst gar nicht hörte. Es klang ein bisschen wie Regen oder besser wie Hagel, der an eine Fensterscheibe klopft. Ich richtete mich auf und schlich zum Fenster. Der abnehmende Mond warf sein helles Licht auf den abgewetzten Holzfußboden. Vorsichtig schob ich den Riegel zurück. Nach meinen Skylla-Agrios-Erfahrungen war mein Forscherdrang etwas gedämpft.

»Ich hätte nicht gedacht, dass du so tief schläfst.« Caydens Stimme klang vorwurfsvoll.

»Ich habe nicht geschlafen«, verteidigte ich mich, »ich habe nachgedacht.«

»Worüber?«

»Was denkst du wohl? Über Robyn natürlich.« Das *und über dich* verkniff ich mir lieber. »Was tust du hier?« Sollten die Götter nicht gerade jeden Stein umdrehen und meine Freundin suchen?

»Ich wollte dich sehen.«

Ein warmes Gefühl rieselte durch meinen Körper.

»Kannst du runterkommen? Ich dachte, du möchtest mich vielleicht bei der Suche begleiten.«

Ich musterte den Abstand zwischen Fensterbrett und Boden und entschied mich gegen den direkten Weg.

»Ich würde dich auffangen.« Cayden zwinkerte mir zu.

Wahrscheinlich könnte er das sogar. »Ich überlasse mein Leben doch nicht einem launischen Gott«, wies ich ihn zurecht, und bevor er mich überreden konnte, hatte ich das Fenster schon wieder geschlossen. Ich zog meine Jeans an und stopfte das Schlafshirt hinein. Dann griff ich nach meinen Doc Martens und schlich die Treppe hinunter. Da die Haustür von innen verriegelt war, blieb mir nichts anderes übrig, als aus einem der Wohnzimmerfenster zu klettern.

Cayden stand draußen und fing mich grinsend auf. »Bist du doch noch in meinen Armen gelandet.« Ich spürte seine Nase in meinem Haar und gratulierte mir dazu, dass ich es frisch gewaschen hatte. Mit einem Shampoo, das nach Kokos roch. Keine Ahnung, ob ich einen Gott damit beeindrucken konnte.

»Aber der Fall war nicht ganz so tief, wie er hätte sein können«, erwiderte ich doppeldeutig.

»Sie haben eine ziemlich spitze Zunge, Miss Harper.« Er ließ mich immer noch nicht los.

»Die einzige Waffe, die bei dir etwas ausrichtet, fürchte ich. Oder was ist deine Achillesferse?«

Cayden stöhnte theatralisch. »Erinnere mich bloß nicht an den Typen. Er war unausstehlich arrogant und unhöflich. Ständig musste alles nach seiner Nase gehen. Ich konnte ihn nicht leiden.«

Ich schob Cayden von mir weg. »Und ich dachte bisher, arrogant wäre *dein* zweiter Vorname.«

»Ich hatte gehofft, du freust dich, mich wiederzusehen.«

»Oh, ich war total erfreut, als du mich vorhin ignoriert hast.«

Zögernd zog er mich zurück in seine Arme. »Ich wollte nicht vor den anderen …«, erklärte er stockend.

Sein Herz schlug bewundernswert gleichmäßig. Ganz im Gegensatz zu meinem. Eine Weile sagte keiner von uns etwas. Ich ließ meine Hände über seinen Rücken wandern, während er mit meinen Haarspitzen spielte. Ich wünschte, er würde mich noch einmal so küssen wie im Wald. Doch dann holte mich der Gedanke ein, dass meine beste Freundin vielleicht in Lebensgefahr schwebte. »Was unternehmen wir jetzt wegen Robyn?«, fragte ich leise.

»Wir werden sie suchen. Du kommst mit mir.«

»Wir?«

»Zeus und Hera sind schon los und Athene ist mit Apoll unterwegs.«

»Ich fasse es nicht, dass ihr Götter tatsächlich zu Fuß loslatscht, um einen Menschen zu suchen. Da habe ich all die Jahre gedacht, ihr hättet wahnsinnig tolle Fähigkeiten, und nun …«, murmelte ich verdrießlich.

»Nun sind wir eine Enttäuschung für dich.« Seinem Tonfall nach zu urteilen, amüsierte Cayden sich.

»So würde ich das nicht nennen, aber ich hatte es mir doch etwas spektakulärer vorgestellt. Ich dachte, ihr könntet fliegen, euch unsichtbar machen oder Gedanken lesen.«

»Da muss ich dich wohl enttäuschen, wir können bei Weitem nicht so viel, wie du denkst. Aber das liegt nicht an uns. Schuld sind eure Geschichtenschreiber. Sie haben uns Dinge angedichtet, die haarsträubend sind. Agrios kann sich allerdings verwandeln, wie du ja weißt, also wenn du ihn mir vorziehst …« Er zwinkerte mir zu und reflexartig suchte ich das Gras zu meinen Füßen nach Schlangen ab. Ich würde mich den Rest meines Lebens vor der Farbe Weiß gruseln.

»Wärst du auch gekommen, wenn ich nicht dein Zweiertrüppchen vervollständigen müsste? War es Zeus' Idee? Hat er gewollt, dass ich doch dabei bin?«, fragte ich ihn.

Sein zerknirschtes Gesicht sagte mir, dass ich ins Schwarze getroffen hatte. Eingeschnappt wollte ich losstapfen, aber er hielt mich zurück.

»Was?«, schnauzte ich.

Er wies in die entgegengesetzte Richtung. »Wir müssen da lang.«

Ich drehte um und rannte zwischen die Baumstämme. Sollte er bleiben, wo der Pfeffer wuchs. Ich kam mir wahnsinnig blöd vor, weil ich angenommen hatte, er wäre gekommen, um mich zu sehen. Während ich wie ein Nilpferd durch die Finsternis stampfte, hörte man von Cayden kaum ein Geräusch. Nur wenn ich stehen blieb, um mich zu orientieren, erklangen leise Schritte hinter mir. Ich hatte keine Ahnung, was ich hier trieb und wonach ich Ausschau halten sollte. Eine halbe Stunde und den vierten dornigen Zweig, der mir das Gesicht und die Hände zerkratzte, später wandte ich mich um. »Welchen Sinn hat das Ganze?«

»Bis jetzt keinen.« Er lehnte sich aufreizend gelassen gegen einen Baumstamm. »Hast du dich beruhigt und erklärst mir, was mit dir los ist?«

Wenn er das nicht selbst wusste, würde ich ihm in dem Bereich sicher keine Nachhilfe geben. »Ich werde nicht gern mitten in der Nacht aus dem Schlaf gerissen.«

»Ich denke, du hast gar nicht geschlafen.«

Meine Zähne knirschten, so fest biss ich sie aufeinander. »Wo sollen wir Robyn suchen?« Ich betonte jedes Wort einzeln.

»Wir glauben nicht, dass Agrios sie weit weggebracht hat.« Was immer ihn zu dieser Annahme hatte kommen lassen, er ließ mich nicht daran teilhaben. »Wir müssen also den Wald durchkämmen.«

»Wir sind hier in den Rockys. Der Wald, wie du ihn nennst, ist riesig.«

»Ich weiß. Aber leider kann ein Gott sich nur zu gut vor anderen Göttern verstecken. Wir haben also keine andere Wahl, als einfach irgendwo anzufangen.«

Ich schüttelte den Kopf. »Zeus kann Unwetter heraufbeschwören, Apoll besitzt Heilkräfte, Agrios kann sich verwandeln.« Ich lächelte ihn zuckersüß an. »Ach ja, du kannst unter Wasser atmen und mit Monstern plaudern, und dann spielt ihr Verstecken?« Diese Götter waren verrückt.

Cayden näherte sich mir mit diesen Raubtierschritten, die mir schon am ersten Tag aufgefallen waren. »Und ich bin unwiderstehlich, das hast du vergessen«, raunte er mir ins Ohr.

Ich wollte ihn auslachen. Das Geräusch, das ich von mir gab, klang leider eher wie ein Seufzen. »Das hättest du wohl gern«, flüsterte ich. »Aber ich bin immun gegen deinen Charme.« Selbst ich hörte, dass es wie eine Lüge klang, und ihm würde ich eh nichts vormachen können.

Er legte seine Hände auf meine Schultern. »Ich weiß nicht, weshalb ich ständig das Bedürfnis habe, dich entweder zu küssen oder zu erwürgen.«

»Willkommen im Klub«, erwiderte ich verdrießlich.

Seine Mundwinkel wanderten nach oben und seine Fingerspitze folgte der Linie meines Kinns, fuhr über meine Kehle und meine Wangen. Jede Kontur meines Gesichtes zog er nach, als wollte er sie sich genauestens einprägen.

»Ich wäre auch zu dir gekommen, wenn Zeus es ausdrücklich verboten hätte«, flüsterte er mir ins Ohr.

Mein Pulsschlag beschleunigte sich noch mehr. Langsam war ich es leid, dass seine Lippen nur mal meine Wange streiften oder er mir einen Kuss auf die Stirn gab. Wenn ich einen richtigen Kuss wollte, dann musste ich ihn mir offensichtlich holen. Ich stellte mich auf die Zehenspitzen, schlang meine Arme um seinen Hals und zog Caydens Mund an meine Lippen. In der Dunkelheit verfehlte ich ihn ein wenig und spürte, wie Cayden erstarrte. Doch so leicht würde ich nicht aufgeben, also küsste ich erst sein Kinn, dann seine Wangenknochen, bevor ich mich zu seinen Mundwinkeln vorarbeitete. Weder erwiderte er meine Küsse, noch stieß er mich weg. Vorsichtig fuhr ich mit meiner Zunge über seine Lippen. Das war der Moment, in dem er kapitulierte. Ich konnte mir ein triumphierendes Grinsen nicht verkneifen. Er knurrte zur Antwort, sein Mund öffnete sich und seine Hände fuhren in mein Haar. Nachher würde ich sicher aussehen, als hätte ich in einem Windkanal gestanden. Es war mir egal. Das hier war mehr als ein einfacher Kuss. Cayden drängte mich gegen einen Baum. Meine Hände strichen über seine Wangen und ich spürte die Stoppeln unter meinen Fingern. Ich griff in sein Haar und zog ihn noch näher zu mir heran. Alles andere wurde unwichtig. Ich spürte nur noch seinen Mund und seine Hände. Mein Magen schlug Purzelbäume. Wenn er jetzt aufhörte, würde ich sterben. Mindestens.

Kalchas' Knurren brachte uns zur Vernunft. Hektisch strich ich mir die Haare aus dem Gesicht, als Cayden mir einen letzten zärtlichen Kuss gab. Allerdings hielt er mich weiter fest an sich gedrückt. Plötzlich war es mir peinlich, dass ich so über ihn hergefallen war. Und das, obwohl meine beste Freundin in großer Gefahr war.

»Hast du was gefunden?«, fragte Cayden den Wolf, und ich beneidete ihn um seine feste Stimme. Ich konnte noch immer nur stoßweise atmen.

»Ich hoffe, du weißt, was du da tust.«

Hilflos zuckte ich mit den Schultern. Mein Gehirn befand sich noch auf Abwegen und träumte von einem einsamen Himmelbett, wo uns niemand störte. Als Allerletztes ein Wolf, der aussah, als würde er am liebsten seine Zähne in Caydens Kehle bohren.

Kalchas sah mich zwar zweifelnd an, wechselte aber das Thema und kam auf Caydens Frage zurück.

»Keine Spur, aber das habe ich auch nicht erwartet. Er kann sich gut verbergen«, übersetzte ich seine Antwort, als Cayden mich fragend ansah.

»Das haben wir auch schon herausgefunden.«

»Warum hat er sie eigentlich entführt?« Ich versuchte, mit Cayden Schritt zu halten, der mich fest an der Hand hielt.

»Das ist eine lange Geschichte.«

»Ich denke, ich soll alles für die Nachwelt notieren«, erinnerte ich ihn. »Also musst du es mir schon erzählen, und bei der Gelegenheit kannst du mir auch gleich noch verraten, warum du mich überhaupt mitgenommen hast. Ich bin bestimmt keine große Hilfe. Wandern ist nicht so meine Sache.«

»Ich würde meinen, es war sehr eindeutig, was er mit dir nachts in einem dunklen Wald vorhatte«, brummte Kalchas neben mir. *»Und da wirft man uns Wölfen vor, wir fräßen kleine, unschuldige Mädchen.«*

Ich warf ihm einen bösen Blick zu. *»Ich habe ihn geküsst und nicht er mich. Nur um das klarzustellen.«*

»Du solltest dich schämen, junge Dame. Man wirft sich einem Mann nicht so an den Hals.«

»Was bist du? Ein Seher oder mein Anstandswauwau?«

»*Gerade offensichtlich beides.*«

»Wenn ihr mit eurem Disput fertig seid«, unterbrach uns Cayden amüsiert, »dann könnten wir vielleicht unsere Suche fortsetzen.«

Peinlich berührt, nickte ich. Ich hatte Kalchas versehentlich laut geantwortet. »Ich sehe ja meine Hand vor Augen kaum«, jammerte ich, was übersetzt hieß: *Lass uns ein Bett suchen und da weitermachen, wo wir gerade aufgehört haben.* Entsetzt über mich selbst, senkte ich den Blick. Ich sollte mich schämen, denn ich hatte tatsächlich kurz vergessen, dass wir auf der Suche nach Robyn waren. Agrios konnte sie längst verspeist haben, oder was auch immer, während ich nichts anderes wollte, als mich von Cayden vernaschen zu lassen.

Als Antwort erhielt ich nur Kalchas' leises Lachen. Na toll!

»Warte es ab«, erklärte Cayden. »Götter können sich vor Göttern verstecken, aber niemals vor einer Diafani. Wenn es hier eine Spur von ihm gibt, dann wirst du sie sehen.«

Verdutzt sah ich von ihm zu Kalchas.

»*Du musst dich nur konzentrieren*«, bestätigte dieser.

»Ich hoffe, du eröffnest mir nicht gleich, dass ich eine Halbgöttin bin, oder so einen Quatsch.«

»Nein«, erwiderte Cayden. »Mach dir keine Hoffnungen, du bist nur ein ganz gewöhnlicher Mensch.«

Das klang nicht gerade nach einem Kompliment.

»Mit einigen außergewöhnlichen Fähigkeiten.« Belustigt verfolgte er jede Regung meines Gesichts.

Wütend griff ich in Kalchas' Fell. »Zeig mir einfach, wo du noch nicht warst. Ich werde sehen, was ich tun kann. Versprechen kann ich allerdings nichts. Normalerweise halte ich mich nämlich von Monstern fern und renne ihnen nicht hinterher. Ich weiß nicht, was mich dazu gebracht hat, von dieser überaus bewährten Strategie abzuweichen.«

Der Wolf führte uns immer tiefer in den Wald hinein und höher den Berg hinauf. Cayden blieb so dicht hinter mir, dass ich seine Körperwärme spürte. Ab und zu half er mir über umgestürzte Bäume oder abgestorbene Wurzeln. Zu meinem Leidwesen ließ er mich jedoch immer sofort wieder los. Der Anstieg wurde von Minute zu Minute schwieriger. Vom Wind zerzauste Bäume wuchsen an den Hängen fast schief aus dem felsigen Untergrund. Wie Gespenster griffen die Schatten der Äste nach uns.

Dann sah ich ein Glitzern zwischen den Bäumen. Es verschwand genauso plötzlich, wie es aufgetaucht war. Ich rieb meine Augen. Sie brannten vor Müdigkeit. Kurze Zeit später erblickte ich es erneut. Diesmal flackerte es nur schwach. »Was leuchtet da so?«, fragte ich.

Cayden blieb stehen. »Wo?«

»Dort zwischen den Bäumen.« Es leuchtete jetzt klarer und dann entdeckte ich noch ein zweites Licht. Etwas weiter entfernt als das erste. »Es sieht fast aus wie eine Spur.«

»Das Erbe des Kronos?« Cayden sah Kalchas fragend an.

»Schon möglich. Agrios ist schließlich sein Enkel«, antwortete der Wolf, und ich übersetzte.

»Was soll das sein?«

»Lichtfunken«, erklärte Cayden. »Kronos ist ein Lichtgott. Sein Haar bestand aus reinsten Flammen. Wohin er auch ging, vertrieb er die Dunkelheit. Keiner seiner Söhne erbte die Gabe und bisher wusste ich auch von keinem Enkel. Offensichtlich haben die Schicksalsgöttinnen sich einen Scherz erlaubt und den dunkelsten seiner Enkel mit der Gabe bedacht. Womöglich hat er nur deshalb im Tartaros überlebt.«

Ich verspürte plötzlich Mitleid mit Agrios. Vom Vater verstoßen, aufgewachsen ohne Mutter in einem finsteren Gefängnis. Geschlagen mit einem Äußeren, durch das er zum Aussätzigen unter all den wunderschönen Göttern geworden war.

»Folgen wir der Spur«, befahl Cayden. »Bleib dicht hinter mir und sag mir, wohin wir gehen müssen.«

»Sollte Kalchas nicht vielleicht die anderen holen?«

»Erst, wenn wir wissen, ob wir ihn tatsächlich gefunden haben.«

Es erschien mir unklug, aber er war der Gott, was hatte ich da schon zu melden? Cayden ging vor mir und Kalchas gab mir Rückendeckung. Trotzdem fühlte ich mich ausgeliefert.

Der Weg schien endlos zu sein. Ich hoffte, wir folgten nicht nur Irrlichtern, die uns in einen Abgrund oder Schlimmeres führten. Hinter jeder Biegung suchte ich nach weiteren Lichtern. Meine Handflächen waren inzwischen zerkratzt und meine Hose am Knie aufgerissen. Windböen zerrten an meiner Kleidung. Trotzdem war mir warm von der Anstrengung, und ich war froh, dass ich meine Doc Martens trug. Mit Flip-Flops wäre ich aufgeschmissen gewesen, und ich bezweifelte, dass Cayden mich getragen hätte.

»Ich kann nicht mehr«, stöhnte ich, nachdem wir eine Ewigkeit durch den Wald gekraxelt waren. Es konnte ja gut sein, dass Götter ewig laufen konnten, ich konnte es nicht. Ich war müde, hungrig und meine Füße taten weh. Zu allem Überfluss sah ich die Lichter nicht mehr.

»Wir machen eine Pause«, bestimmte Cayden. »Es bringt nichts, wenn du vor Erschöpfung umfällst.«

»Aber was, wenn er Robyn etwas antut?« Ich rieb mir über die Arme. Kaum bewegte ich mich nicht mehr, wurde mir kalt. Der Schweiß, der mir eben noch über den Rücken gelaufen war, fühlte sich wie eine dünne Eisschicht an, die sich auf meine Haut legte.

»Das wird er nicht tun. Er braucht ein Druckmittel. Sie nützt ihm nur unversehrt etwas.« Cayden schichtete trockenes Holz auf. »Setz dich!«, befahl er.

Ich war zu erschöpft, um ihm weiter zu widersprechen oder nachzuhaken. Das Holz knisterte. Wie hatte er das Feuer entzündet? Streichhölzer hatte ich jedenfalls nicht gesehen. Aber Prometheus hatte den Menschen das Feuer vom Himmel gebracht. Er hatte dazu nur einen riesigen Fenchelzweig benötigt. Vermutlich trug er es heute einfach in seiner Hosentasche spazieren. Ich rückte näher, als die Flammen aufloderten.

»Kannst du die Gegend kontrollieren?«, wandte Cayden sich an Kalchas, und der Wolf verschwand zwischen den Bäumen.

Die Augen fielen mir zu. Ich wollte mich dagegen wehren, aber ich schaffte es einfach nicht. Ich war so müde, dass mich selbst die Sorge um Robyn nicht wach halten konnte.

»Ruh dich ein bisschen aus, ich wecke dich, wenn wir weitermüssen. Siehst du die Lichter noch?« Cayden setzte sich hinter mich. Als ich vor Erschöpfung schwankte, zog er mich zu sich heran.

»Mir ist so kalt«, sagte ich entschuldigend.

»Siehst du die Lichter noch?«, wiederholte er die Frage, ohne auf meine Äußerung einzugehen.

»Nein«, murmelte ich. »Sie sind verschwunden.« Tränen quollen unter meinen geschlossenen Lidern hervor. Wenn Robyn etwas zustieße, würde ich mir nie verzeihen.

»Du hast dich überanstrengt. Schlaf jetzt.«

Ich spürte, wie er mich in den Arm nahm, und hörte das Rascheln trockenen Laubes, als er mich auf die Erde legte. Mein Rücken lehnte an seiner Brust und mein Kopf ruhte auf seinem Arm. Seine Hand legte er auf meinen Bauch. Jetzt war mir zwar warm, aber so würde ich niemals einschlafen können. Dazu war er mir eindeutig zu nah. Meine Haut kribbelte und in meinem Magen spielten Schmetterlinge verrückt. Ich zappelte nervös hin und her.

»Du sollst schlafen«, befahl Cayden.

»Das ist nicht so einfach auf Kommando.«

»Aber du warst doch müde.«

»War ich auch, aber jetzt …«

»Was ist jetzt?«, hakte er nach.

Waren das seine Lippen an meinem Hals? Erwartete er wirklich eine Antwort? *Ich kann nicht schlafen, weil ich wünschte, du würdest mir die Klamotten vom Leib reißen?* Ich musste kichern.

»Was ist so lustig?«

Ich schüttelte nur den Kopf.

Seine Hand wanderte über meinen Bauch. Ob er wusste, was er da mit mir anstellte? Wahrscheinlich nicht. Ich drehte mich um, sodass jetzt mein Kopf an seiner Brust zu liegen kam. Es war ungefährlicher, wenn seine Hand auf meinem Rücken lag.

Cayden knurrte unwillig, aber ich kuschelte mich an ihn, schlang einen Arm um seine schmale Taille und schloss die Augen. Er roch zu gut, das sollte unbedingt verboten werden. Jetzt glitten seine Lippen über meine Stirn.

»*Ich konnte nichts Auffälliges entdecken*«, erklang unvermittelt Kalchas' Stimme.

Erschrocken wollte ich von Cayden abrücken, aber er hielt mich fest.

Kalchas legte sich an meine Füße. »*Du brauchst gar nicht so zu tun, als ob du schläfst*«, hörte ich die Stimme des Wolfs.

»*Ich versuche es aber*«, jammerte ich.

»*Das wird dir kaum gelingen, wenn du wie eine Briefmarke an ihm klebst. Nimm dich vor ihm in Acht. Ich will nicht, dass er dir wehtut.*«

»*Jetzt bist du ja da, um meine Jungfräulichkeit zu beschützen*«, erklärte ich sarkastisch.

»*Und das ist auch gut so.*«

Darüber konnte man durchaus geteilter Meinung sein.

Aufzeichnungen des Hermes

XVII.

Der Bengel konnte die Finger nicht von ihr lassen. Wer weiß, was passiert wäre, wenn Kalchas die beiden nicht unterbrochen hätte. Es war besser, wenn ich ihre kleine Liaison für mich behielt. Die anderen Götter mussten schließlich nicht alles wissen. Jess war sowieso aus dem Rennen.

Wenn es noch einer Bestätigung bedurft hatte, dass sie eine Diafani war, dann hatten wir sie jetzt.

Hoffentlich brachte das in Mytikas niemanden auf falsche Gedanken. Eine Diafani konnte Fluch und Segen zugleich sein. Es gab genügend Götter, die einen Grund hatten, auf Zeus sauer zu sein, und ich wollte nicht, dass die Kleine in die Schusslinie geriet. Sie hatte mit der ganzen Sache schließlich nichts zu tun.

Ich wünschte nur, Prometheus würde ihr keine falschen Hoffnungen machen. Warum spielte er mit ihr? Anders konnte ich mir sein Verhalten nicht erklären. Es war eine Sache, wenn er Robyn mit ihr eifersüchtig machen wollte. Diese Taktik war klug, aber musste er sie dann auch küssen, wenn er mit ihr allein war? Das war unnötig und grausam.

»*Wach auf.*« Eine kalte Nase stupste an meine Wange. Es war definitiv nicht Caydens.

Ich rieb mir die Augen und setzte mich auf. Das Feuer war heruntergebrannt und die Kälte kroch mir in die Glieder. Zumal Cayden nicht mehr hinter mir lag.

»*Wo ist er?*«, fragte ich Kalchas.

»*Er schaut sich nur ein bisschen um. Siehst du die Lichter wieder?*«

Ich stand auf und rieb mir über die Arme. Ohne Cayden fühlte ich mich verlassen. Es war immer noch stockdunkle Nacht, und ich fragte mich, wie lange ich geschlafen hatte. Ein Licht funkelte zwischen den Bäumen auf. »*Da ist eins.*«

»*Dann lass uns ihm folgen.*«

»*Was ist mit Cayden?*«

»*Der findet uns schon, um ihn musst du dir keine Sorgen machen.*«

Ich kratzte Sand aus dem Waldboden und löschte die Reste des Feuers, so gut es ging. Dann machte ich mich mit Kalchas auf den Weg. Ich hielt mich an seinem Fell fest. Ohne Cayden begann ich, mich zu fürchten. Die Baumwipfel ragten drohend in die Höhe und rauschten Unheil verkündend. Dann verstummte plötzlich jedes Geräusch. Nicht der kleinste Grashalm rührte sich mehr. Kalchas hielt an und lauschte. Die Kälte war fort und warme Luft hüllte mich ein. Es roch nach Honig und Lavendel. Aufmerksam sah ich mich um. Obwohl es immer noch dunkel war, konnte ich alles viel besser erkennen. Merkwürdig. Aus dem Augenwinkel sah ich etwas, was sich bewegte, aber als ich den Kopf drehte, war es wieder verschwunden. Es hatte ausgesehen wie ein Schleier. Ich musste immer noch ziemlich müde sein. Kalchas setzte seinen Weg schweigend fort. Hatten die Horen die Zeit angehalten? Wir waren seit Ewigkeiten unterwegs. Die Sonne hätte längst aufgehen müssen. Ich fühlte mich wie in einer anderen Welt, weitab von jeglicher Zivilisation. Die Luft war nicht nur wärmer, sondern auch viel weicher. Das Laub und die trockenen Kiefernnadeln unter meinen Füßen verursachten kaum noch ein Geräusch. Alle meine Sinne fühlten sich benebelt an.

»*Kalchas?*«, fragte ich nach einer Weile. »*Wo sind wir?*«

»*Du spürst die Veränderung?*«

»*Der Wald sieht genauso aus und trotzdem fühlt es sich anders an. Als wäre ich in einer anderen Zeit gelandet.*«

»*Es ist keine andere Zeit, und du bist immer noch mitten in den Rockys, aber es ist trotzdem nicht mehr deine Welt.*«

»Wie ist das möglich?«, flüsterte ich.

»*Du bist in Mytikas, der Welt der Götter.*«

»*Mytikas?*«, wiederholte ich ungläubig. Die Lichter glitzerten nun heller und waren viel dichter beieinander als zu Beginn.

Etwas Buntes tauchte zwischen den Bäumen auf und dann hörte ich das Lachen eines Mädchens. »Robyn?«, rief ich. »Robyn?«

»*Das ist nicht Robyn*«, brummte Kalchas, »*das sind Waldnymphen. Dumme Geschöpfe. Sie wollen dich vom Weg abbringen. Beachte sie einfach nicht, dann verschwinden sie von allein.*«

Ich stemmte die Hände in die Hüften. »*Waldnymphen? Was lauert hinter dem nächsten Baum? Ein Troll oder so was?*«

»*Pfff!*«, schnaubte er. »*Trolle gibt es nur im Märchen.*«

Ich zog die Augenbrauen hoch. »*Klar, und ein Wolf, der in meinem Kopf mit mir spricht, läuft mir ständig über den Weg.*«

»*Willkommen in meiner Welt*«, war alles, was Kalchas darauf sagte.

»*Was genau soll das eigentlich bedeuten? Ich gehe keinen Schritt weiter, wenn du mir nicht sagst, wo ich bin.*«

»*Unsere Welten sind fließend, wir teilen uns denselben Raum und dieselbe Zeit und trotzdem begegnen wir einander nur selten.*«

Ich verstand nur Bahnhof und das sah Kalchas mir auch an.

»*Ich glaube, ihr nennt es Parallelwelten.*«

»*Aber in einer Parallelwelt ist, wie der Name schon sagt, alles parallel. Gibt es mich jetzt zweimal?*«

»*Ich meine damit, dass wir parallel zu euch diese Welt bevölkern. Natürlich gibt es dich nicht noch mal. In dieser Welt leben nur Götter.*«

»Ihr lebt gar nicht auf dem Olymp?«, fragte ich unwillkürlich laut.

»Wir leben nicht auf dem, sondern im Olymp«, sagte Cayden plötzlich hinter mir. »Es ist die Hauptstadt von Mytikas und der Name von Zeus' Palast.«

Erschrocken fuhr ich herum und sah noch, dass er Kalchas einen bösen Blick zuwarf. »Wie seid ihr hierhergekommen?«

»Das hat sie ganz allein geschafft«, knurrte Kalchas.

Cayden blickte mich an, als sähe er mich zum ersten Mal.

»Die Luft ist anders. Irgendwie feiner«, sagte ich verlegen und verstand nicht, wo das Problem lag.

»Weicher und sanfter und langweiliger.« Cayden tat, als riebe er die Luft, die ihm ganz offensichtlich nicht gefiel, zwischen zwei Fingern. »Willkommen in Mytikas, der Welt der Götter. Sie ist nur durch einen Schleier von der euren getrennt, den ihr eigentlich nicht durchdringen könnt. Selbst Diafani …« Er brach ab und sah mich aufmerksam an. »Ich hätte damit rechnen müssen, dass das für dich nicht gilt.«

»Wovon redest du und warum hast du mich allein gelassen?«

Er antwortete mir nicht. »Wir sollten uns beeilen. Die Horen sind nicht sonderlich geduldig, sie wollen den Tag anbrechen lassen, aber dann werden wir ihn nicht mehr finden.«

»Aber wie …« Ich hatte da doch noch ein oder zwei Fragen.

»Später«, wiegelte er ab. »Das hat Zeit, bis wir Robyn gefunden haben.«

Mein schlechtes Gewissen meldete sich. Da fragte ich den beiden Löcher in den Bauch, während meine Freundin vermutlich von Agrios gefangen gehalten wurde.

Wieder folgten wir den Lichtern. Das Lachen ignorierte ich, wie Kalchas es mir empfohlen hatte, und tatsächlich ließen wir es irgendwann hinter uns. Schnaufend erreichten wir eine Anhöhe. Die Lichtung, die sich urplötzlich vor uns auftat, funkelte, als hätte jemand eine riesige Tüte Diamantsplitter ausgekippt. Der schmale Pfad, der durch die Pracht hindurchführte, mündete in den Eingang einer dunklen Höhle, der so finster war, dass er das Tor zur Hölle hätte sein können. Oder der Eingang zum Tartaros. Aber vermutlich war das dasselbe. Die Lichter führten geradewegs hinein.

Ich rückte näher an Cayden heran. »Denkst du, er hält sie dort gefangen?«

»Vermutlich. Kalchas, du bringst Jess zurück und benachrichtigst Zeus.«

Bevor ich protestieren konnte, trat jemand aus der Höhle. Das fahle Licht des abnehmenden Mondes beschien einen schneeweißen Körper. Es war unverkennbar Agrios. Wie angewurzelt blieb ich stehen, während er näher kam.

»Prometheus«, erklang die zu hohe Stimme. »Die Gerüchte sind also wahr. Ich hätte es fast nicht geglaubt.« Sein Blick fiel auf mich. »Eine neue kleine Diafani. Was für ein Glück. Da ist mein Test tatsächlich positiv ausgefallen. Hat sie euch hergebracht? Ich hatte schon fast die Hoffnung aufgegeben. Es wird so viel erzählt dieser Tage.«

Cayden neben mir knurrte, aber Agrios ließ sich davon nicht im Mindesten beeindrucken.

»Ich habe euch früher erwartet. Deine Fähigkeiten scheinen noch nicht sehr ausgeprägt zu sein«, wandte er sich an mich.

Kalchas drängte sich an meine Beine. *»Dieser Mistkerl hat uns reingelegt.«*

»Lass sie aus dem Spiel.« Cayden schob mich hinter sich. »Diese Sache geht nur uns beide etwas an. Wenn du mir eine Einladung geschickt hättest, wäre ich pünktlich gewesen. Dieses ganze Theater war unnötig«, erwiderte Cayden zynisch. »Deine heimelige Unterkunft ist schwer zu finden. Warum hast du nicht deinen Vater gefragt, ob du bei ihm unterkommen kannst? Sein Haus ist groß genug.«

Agrios' hypnotisierender Blick ließ von mir ab. »Mit Vätern ist das so eine Sache, wie du selbst ganz gut weißt. Außerdem habe ich eine Schwäche für dramatische Auftritte. Ich war wahrscheinlich zu viel allein.« Er betrachtete seine weißen Fingernägel.

»Es gibt durchaus Missverständnisse mit ihnen«, bestätigte Cayden, ohne auf Agrios' letzten Kommentar einzugehen. »Aber meistens nichts, was man nicht in einem Gespräch klären könnte.«

Agrios kam noch näher. »Es sei denn, der eigene Vater wünscht einem nichts sehnlicher als den Tod.«

Die beiden standen sich Auge in Auge gegenüber.

»Was sollen wir tun?« Flehend sah ich zu Kalchas.

»Für den Moment könntest du dich erst mal unsichtbar machen«, schlug der Witzbold vor.

»Ha, ha.«

»Hallo, Jess«, begrüßte Agrios jetzt mich direkt.

Er hatte sich meinen Namen gemerkt. Mir wurde übel.

»Schade, dass ich nicht schon bei unserer ersten Begegnung von deinem ungewöhnlichen Talent gewusst habe.« Er machte eine Pause. »Ich wäre netter zu dir gewesen.«

Mir wurde eiskalt.

Caydens Schultern spannten sich an. »Du täuschst dich. Jess ist vielleicht empfänglicher für unsere Welt, aber sie ist keine Diafani. Ich habe sie im Wald aufgegabelt. Sie wäre dir schnell lästig und kaum von Nutzen. Sie ist nur ein Mensch. Du weißt, wie die sind. Zu anhänglich und töricht. Jess ist da keine Ausnahme. Sie neigt leider dazu, erst zu handeln und dann zu denken, und sie läuft mir hinterher wie ein Hündchen.« Sein Tonfall hätte nicht abfälliger sein können.

Empört pustete ich die Backen auf und boxte ihm in den Rücken. So eine Unverschämtheit. Hündchen? Ohne mich hätte er Agrios nie gefunden.

Kalchas stupste mich an, als ich mich gerade verteidigen wollte. *»Hüte deine Zunge.«*

Was bildeten die beiden sich ein?

»Er will dich nur schützen.«

Wunderbar. Das war wohl die ultimative Entschuldigung für alles.

»Denken Menschen überhaupt?«, fragte Agrios provozierend langsam und lugte um Cayden herum. Der Blick seiner roten Augen war noch gruseliger, als ich ihn in Erinnerung hatte.

»Ab und zu«, bescheinigte Cayden dem Menschengeschlecht. »Aber ich bin nicht hier, um mit dir über die Defizite meiner Schöpfung zu diskutieren. Derer bin ich mir nur zu bewusst.«

Agrios lachte hell auf. »Seit wann so selbstkritisch, mein Freund? Warst du nicht immer der Gott, der am meisten auf sich hielt? Du dachtest, niemand könnte neben dir bestehen. Was hat sich geändert?«

»Die Zeit hat mich Demut gelehrt«, erklärte Cayden in so herablassendem Tonfall, dass ein aufmerksamerer Zuhörer als Agrios sich vor Lachen auf die Schenkel geschlagen hätte. Demütig war das Letzte, was Cayden war.

»Gut. Gut. Kommen wir zum Grund meiner Einladung«, erklärte Agrios. »Es hat sich herumgesprochen, dass du dich nach mir erkundigt hast. Ich hoffe, dein Vater hat mir meine Flucht verziehen.«

»Er ist sehr enttäuscht von dir.«

»Oh, er wird es überleben. Schließlich hat er mehrere Söhne.«

»Iapetos hat dich immer als einen von uns behandelt.«

»Und nun ist er von uns beiden enttäuscht.« Agrios begann, vor uns auf und ab zu gehen. »Schweißt uns das nicht noch mehr zusammen, Bruder?« Abrupt blieb er wieder stehen.

Cayden wich dem durchdringenden Blick nicht aus. »Nein«, entgegnete er nach einer Weile knapp, »du hast deinen Weg gewählt und ich den meinen.«

»Ich hätte dich aber gern auf meiner Seite«, beharrte Agrios trotzig wie ein kleiner Junge. »Ich bin sicher, du kannst mir den richtigen Weg weisen. Wenn du dich mir anschließt, werden die anderen Titanen dir folgen und mir Treue schwören. Ich kann unser Geschlecht zu neuer Größe führen. Ich werde die Prophezeiung erfullen und Zeus stürzen.« Er starrte Cayden so unverwandt an, als wollte er ihn hypnotisieren. »Schließ dich mir an«, lockte er, »und ich erfülle dir jeden Wunsch.«

»Es gibt keinen Wunsch, den du mir erfüllen könntest.«

Agrios begann erneut, langsam hin und her zu gehen. »Oh doch, ich denke schon.«

»Der richtige Weg wäre, Zeus zu vergeben und nicht unschuldige Menschen zu entführen«, fuhr Cayden ihn an, ohne auf das Angebot einzugehen.

»Niemand ist unschuldig«, zischte Agrios und ließ für einen Augenblick seine verlogene Kaffeekränzchenmiene fallen. Dahinter verbarg sich eine rachsüchtige Fratze.

»Wo ist Robyn?«, fragte Cayden, offenbar nicht im Geringsten beeindruckt.

»Vielleicht ist sie längst tot.« Agrios ließ uns nicht einen Moment aus den Augen.

Ich krallte meine Hand in Caydens Rücken.

»Ist sie nicht. Ich rieche sie bis hierher. Du hältst sie in der Höhle gefangen«, behauptete Cayden.

»Du riechst sie? Wie schön für dich«, beglückwünschte Agrios ihn. »Meine Sinne sind etwas verkümmert, weißt du, die Höhle …«, erklärte er wie nebenbei.

Konnte er tatsächlich weder riechen noch schmecken noch fühlen? Obwohl, was das Fühlen betraf, war ich mir da sogar ziemlich sicher. Eine gruselige Vorstellung.

»Ich lasse das Mädchen gehen, wenn du schwörst, auf meiner Seite zu kämpfen. Ist sie dir das wert?«

»Wohl kaum.« Cayden drehte sich um, nahm meine Hand und zog mich ohne ein weiteres Wort fort. Sein Griff war unerbittlich. Wollte er etwa Robyn in den Fängen dieses Kerls lassen? Ich zog und zerrte, aber er ließ mich nicht los.

Agrios' Kichern folgte uns. »Da habe ich wohl das falsche Mädchen entführt. Beim nächsten Mal bin ich klüger. Findet sie den Weg in unsere Welt allein?«

Ich realisierte erst, dass Cayden mich losgelassen hatte, als ich schon die Wucht des Aufpralls unter meinen Füßen spürte. Cayden lag auf Agrios, der weiter vor sich hin kicherte. Als wäre Cayden nur eine Puppe, warf er ihn ab und stürzte sich auf ihn. Blitze zuckten durch die Luft, als die Körper der beiden Götter aufeinanderprallten. Donner erklang und ich war sekundenlang wie gelähmt.

Kalchas' Worte rissen mich aus meiner Erstarrung. »*Lass uns Robyn suchen. Uns bleibt nicht genug Zeit, Hilfe zu holen.*«

Ich zögerte nur kurz, dann rannte ich Kalchas hinterher, direkt auf den Schlund der Höhle zu. Das konnte nicht sein Ernst sein. »Ich kann nichts sehen!«, schrie ich hektisch, kaum dass wir in der Höhle waren. Der Lärm des Kampfes grollte hinter uns wie ein donnernder Streitwagen. Grauen erfasste mich, dabei hatte Angst vor der Dunkelheit bisher nicht zu meinen Phobien gehört. Das schien sich ungünstigerweise genau jetzt zu ändern. Meine Hände begannen zu zittern und mein Pulsschlag beschleunigte sich.

»*Ich sehe sie nicht, aber ich höre sie atmen. Und pass auf, wo du hintrittst*«, sagte Kalchas.

Ich hatte nicht vor, auch nur noch einen Schritt zu machen, wahrscheinlich trat ich sonst auf Totenköpfe und abgenagte Knochen.

»*Halt dich an meinem Fell fest. Wir suchen Robyn und dann verschwinden wir. Reiß dich zusammen, sonst schaffen wir es nicht.*«

»*Was ist mit Cayden? Wir können ihn nicht mit diesem Verrückten allein lassen.*«

»Aber natürlich können wir das. Der Junge kommt sehr gut allein zurecht.«

»Der Junge lässt sich da draußen gerade zusammenschlagen.«

»Und was denkst du, warum er das macht? Damit wir genug Zeit haben, um zu verschwinden. Er wird mich lynchen, weil ich dich nicht sofort von hier weggebracht habe, aber ich vermute, ohne dieses eifersüchtige blonde Biest gehst du nicht.«

»Oh«, war das Einzige, was mir dazu einfiel.

»Jetzt komm, wir dürfen nicht noch mehr Zeit verlieren.«

Ich krallte meine Hand in sein Fell und schloss die Augen. Wenn ich nichts sehen konnte, dann waren sie eh unbrauchbar.

»Reiß es mir nicht aus«, knurrte Kalchas.

»Sorry.« Vorsichtig setzte ich einen Fuß vor den anderen. Es fühlte sich nicht an, als würde ich Knochen unter meinen Schuhen zermalmen, aber je tiefer wir gingen, umso muffiger roch es. Die warme Hitze der Höhle legte sich wie ein öliger Film auf meine Haut.

»Sind wir bald da?«, wisperte ich, als Kalchas mich um die nächste Ecke führte. Ich hatte es längst aufgegeben, mir den Weg einprägen zu wollen. Sollte ich Kalchas verlieren, würde ich in der Höhle vergammeln. So viel stand fest.

»Diese verdammte Höhle ist ein Irrgarten.«

»Was soll das heißen? Findest du Robyn nicht?« Ich konnte nichts dafür, aber meine Stimme kiekste vor Angst nur noch.

»Doch, natürlich, aber jemand mit einer weniger feinen Nase würde nie wieder herausfinden.«

»Gut zu wissen.«

»Du musst dich nicht fürchten, solange wir zusammenbleiben.«

»Ich versuche es.« Mein Trick, tief durchzuatmen, um mich zu beruhigen, fiel aus. Am liebsten hätte ich die stickige Luft gar nicht in meine Lunge gelassen, aber Kalchas konnte unmöglich zwei Mädchen retten. Also atmete ich nur ganz flach und hoffte, dass mich keine giftigen Gase lahmlegten. Mein Herz klopfte in meiner Brust, meinem Kopf und meinen Füßen.

Wir fanden Robyn schlafend auf ein Lager aus Blättern gebettet. Erleichtert warf ich mich neben sie auf den Boden. Ich fuhr ihr mit der Hand übers Gesicht, aber ihre Augen blieben geschlossen. Ich legte mein Ohr an ihr Herz. Es schlug gleichmäßig.

»Robyn?« Ich rüttelte sie. »Wach auf.«

Sie bewegte sich nicht. Wieder tastete ich über ihr Gesicht und überlegte, ob ich ihr eine runterhauen sollte, damit sie zu sich kam. Ob Agrios sie betäubt oder unter Drogen gesetzt hatte? Dem Typen war alles zuzutrauen.

»Was, wenn sie nie wieder aufwacht?« Wie sollte ich das ihrer Mutter erklären? Sie verließ sich auf mich. Ich war immer die Vernünftige von uns beiden gewesen. »Wach auf, Robyn«, flehte ich sie an, »wir müssen hier raus.«

»Du kannst sie nicht aufwecken«, beendete Kalchas meine fruchtlosen Bemühungen.

»Was hat er mit ihr gemacht?«, fuhr ich ihn an und bereute es sofort. Er versuchte nur, mir zu helfen.

»Ein normaler Mensch kann unsere Welt nicht betreten.«

»Na vielen Dank, was bin ich dann?« Ich strich Robyn die Haare aus dem Gesicht.

»Auch wenn Cayden alle davon zu überzeugen versucht, normal bist du nicht.«

»Das klingt fast so, als gäbst du mir die Schuld an dieser Diafanisache.«

»Natürlich nicht«, herrschte er mich an. *»Als Agrios Robyn entführte und herbrachte, fiel sie in den Schlaf des Vergessens. Sie wacht auf, sobald sie zurück in eurer Welt ist.«*

»Glaubst du, er hat sie nur entführt, um herauszufinden, ob ich wirklich eine Diafani bin? Habe ich sie in diese Gefahr gebracht?«

»Das war sicher einer seiner Gründe«, antwortete Kalchas.

»Oder dachte er, Robyn bedeutet Cayden so viel, dass er auf seine Forderungen eingeht?«, formulierte ich meine düstersten Befürchtungen.

»So wird es wohl sein.«

Ein knisterndes Geräusch erklang aus den Tiefen der finsteren Gänge, und in meinem Nacken begann es, unangenehm zu kribbeln. *»Was ist das?«*

Kalchas' Ohren richteten sich auf. *»Wir müssen hier weg!«*

»Nichts lieber als das«, keuchte ich und griff unter Robyns Achseln. Ich hievte sie auf Kalchas' Rücken und legte ihre Arme um seinen pelzigen Nacken.

Das Knistern und Knirschen kam näher. Es klang, als schöbe sich etwas sehr, sehr Schweres über den steinigen Boden. *»Halt sie fest und geh mir nicht verloren«*, befahl Kalchas. *»Und sieh dich nicht um.«*

»Hatte ich nicht vor.«

Kalchas machte einen Satz, und ich hatte Mühe, Robyn auf seinem Rücken zu halten.

Ein noch üblerer Gestank als bisher traf mich so unvermittelt, dass mir schlecht wurde und ich würgen musste.

»Lauf!« Das Rascheln hinter mir wurde lauter. Etwas oder jemand schlug so heftig gegen die Steinwände, dass der Boden unter meinen Füßen bebte.

»Wenn der Basiliskos uns findet, wird er uns töten.«

Ein Basilisk? Ich hoffte für ihn, dass ich mich verhört hatte. Wenn er mir nur Angst einjagen wollte, würde ich diesem Wolf den Kopf abreißen. Vorausgesetzt, wir schafften es, diese Höhle in einem Stück zu verlassen.

Ein Zischen ertönte, und es klang, als wäre es ganz dicht an meinem Ohr. Mit meiner freien Hand tastete ich nach der Tunnelwand. So hatte ich wenigstens nicht den Eindruck, im freien Raum zu schweben, auch wenn es mir die Haut von den Händen riss. Ich brauchte kein Licht, um mir die riesige Schlange vorzustellen. Ihren dicken Leib, die messerscharfen Schuppen, die glühenden Augen. Ob sie Feuer speien konnte? Fast wünschte ich, es wäre nur Agrios in Gestalt einer armlangen weißen Schlange, der uns verfolgte. Ich presste meine Augen so fest zusammen, dass rote Punkte hinter meinen Lidern zu tanzen begannen, und passte meine Schritte denen von Kalchas an. Hoffentlich wusste er, was er tat.

»Wie weit ist es noch?«, fragte ich, nachdem er um die hundertste Ecke gebogen war. Hinein in die Höhle war der Weg ja schon lang gewesen, aber jetzt … Das Poltern verstummte. Hatte

das Vieh unsere Spur verloren? Das war nur schwer vorstellbar, denn das Untier musste sich viel besser auskennen als wir.

»Wir sind gleich am Ausgang. Ich bin Umwege gelaufen, um ihn zu verwirren.«

Vor Erschöpfung konnte ich nicht antworten.

Frische Luft kitzelte mein Gesicht und ich blinzelte. Das silbrige Licht des Mondes tauchte in der Ferne auf. Erleichtert wollte ich aufatmen, als ein Krachen neben mir ertönte. Steine polterten von der Decke. Ich riss die Arme nach oben, um meinen Kopf zu schützen. Dabei verlor ich Kalchas, der mit großen Sprüngen aus der Höhle flüchtete. Ein Kreischen ertönte hinter mir und wieder hüllte entsetzlicher Gestank mich ein. Ich rannte auf das Licht zu. Der riesige Leib der Schlange befand sich direkt hinter mir. Ich bildete mir ein, ihre Zunge in meinem Nacken zu spüren, als ein Stoß mich nach draußen katapultierte. Ich rollte über die Lichtung und meine Hände schürften über den Boden. Brennender Schmerz zog durch meinen Körper, aber immerhin stoppte ich, bevor ich mit dem Kopf irgendwo dagegenknallte.

Erleichtert atmete ich auf, als ich Kalchas mit Robyn am Waldrand stehen sah. *»Komm!«*, befahl er erbarmungslos, *»wir müssen weiter.«*

Ich warf einen letzten Blick zur Höhle. In der Finsternis rührte sich nichts mehr.

»Der Basilisk verlässt die Finsternis nicht freiwillig. Hier draußen sind wir vor ihm sicher«, beruhigte mich Kalchas.

Cayden und Agrios prügelten sich immer noch, auch wenn beide erschöpft wirkten. Sie hatten sich weit vom Eingang der

Höhle entfernt. Caydens Körper war voller Blut. Mir kam es so vor, als wären wir Stunden in der Höhle gewesen, aber da täuschte ich mich wahrscheinlich.

Ich schlich zu Kalchas und hoffte, dass Agrios mich nicht bemerkte. »*Wir können ihn nicht alleinlassen. Bring du Robyn zurück und hol Zeus. Bitte!*«, flehte ich ihn an. »*Ich verstecke mich irgendwo.*«

»*Die Götter werden das nicht gutheißen.*«

»Die Götter haben aber nicht über mich zu bestimmen«, erklärte ich mit fester Stimme.

»*Wie du willst.*« Der Wolf brach durch das Unterholz und rannte mit seiner Last davon. Hoffentlich verletzte Robyn sich dabei nicht. Ich musste darauf vertrauen, dass Kalchas gut auf sie achtgab.

Als ich mich zu den Kämpfenden umwandte, fing ich einen mörderischen Blick von Cayden auf. Es war nicht schwer, ihn zu deuten. *Verschwinde oder ich bringe dich nachher persönlich um.* Die Frage war, ob es ein Nachher für ihn gab. Was konnte Agrios ihm eigentlich im schlimmsten Fall antun? Jetzt hatte auch der Albino mich entdeckt. Ein gieriges Funkeln trat in seine roten Augen und er machte einen Schritt in meine Richtung. Bildete ich mir das ein oder sah ich da die gespaltene Zunge einer Schlange in seinem Mund? O Gott! Alles, bloß das nicht auch noch. Warum war ich nicht mit Kalchas mitgegangen? Vorsichtig ging ich rückwärts, Schritt für Schritt. Ein leises Lachen erklang, als ich den Rand der Lichtung erreichte, und aus dem Augenwinkel sah ich ein buntes Kleid um einen Baumstamm wehen.

»Komm mit uns, Jess«, flüsterte eine Stimme neben mir. »Wir bringen dich in Sicherheit.« Und wieder ein Kichern. Eine Waldnymphe lugte um den Baum herum, an dem ich stand, und lächelte mich freundlich an. »Vor uns musst du dich nicht fürchten. Wir sind viel netter als die Götter«, erklärte sie.

»Könnt ihr mich zurück zum Camp bringen?«, fragte ich.

»Wohin zurück?« Ihre Augen wurden kugelrund. »Du kannst nicht zurück.« Das Lachen wurde immer lauter. *Nicht zurück, nicht zurück*, dröhnte ihr Stimmchen in meinen Ohren.

Hinter meinen Schläfen begann es zu pochen. Ich musste mich konzentrieren.

Ein Aufschrei ertönte. Cayden! Theoretisch wusste ich, dass Götter nicht sterben konnten, aber was war mit Verletzungen?

»Komm mit uns!«, forderte die Nymphe. »Sei nicht dumm. Das ist nicht dein Kampf.«

Ängstlich richtete ich den Blick wieder auf Agrios und Cayden. Der Albino hatte ihn an den Haaren gepackt und zog seinen Kopf unerbittlich nach hinten. Die Adern an Caydens Hals traten gefährlich hervor. Ich musste etwas tun, egal, wie wütend er später auf mich sein würde. Suchend sah ich mich nach etwas um, was ich Agrios über den Schädel ziehen konnte. Mit meinen Kickboxkünsten würde ich ihn sicher nicht außer Gefecht setzen können, aber vielleicht genügte ein winziger Augenblick Ablenkung, damit Cayden wieder eine Chance hatte.

In der Nähe des Höhleneingangs entdeckte ich einen Stein, der mir geeignet schien. Vorsichtig schlich ich näher. Ich musste Kalchas' Worten vertrauen, dass der Basilisk die Höhle nie verließ. Wieder schrie Cayden gellend auf. Ich atmete tief durch und konzentrierte mich nur auf den Stein. Konnten Götter sich vielleicht doch gegenseitig umbringen? Mit einem Hechtsprung stürzte ich mich auf meine Waffe, drehte mich gleichzeitig weg und dankte Josh, dass er mich beim Kickboxen bis zum Erbrechen hatte üben lassen, wie man einem Angriff auswich. Hinter mir zischte es. Ich stand auf und rannte mit meiner Beute zur anderen Seite der Lichtung. Meine Beine zitterten nicht mehr. Ich wusste genau, was ich zu tun hatte.

Die beiden Kämpfenden achteten nicht auf mich. Langsam schlich ich näher. Gerade hatte Cayden wieder die Oberhand, wurde im nächsten Augenblick aber herumgeworfen und lag unter Agrios. Zornig bäumte er sich auf und legte seine Hände um die Gurgel des Albinos. Blut lief ihm in die Augen, und ich konnte nicht erkennen, ob es sein eigenes oder das von Agrios war.

Ich nahm den Stein in die Hände, rannte zu den beiden, schloss die Augen, hob meine Waffe in die Höhe und ließ sie niedersausen. Ich hörte, wie ein Körper auf den Boden knallte. Fast war ich selbst erstaunt, dass mein Plan aufgegangen war. Erleichtert öffnete ich die Augen und blickte in Agrios' blutverschmiertes Gesicht.

Die Zeit schien stehen zu bleiben, als er mich belustigt musterte. Der rot-weiße Kontrast des Bluts auf seiner Haut ließ ihn noch unheimlicher aussehen. Er wischte sich über die Augen und verbeugte sich leicht vor mir. »Vielen Dank für die Hilfe.«

Cayden lag zu seinen Füßen und rührte sich nicht. Ich schwankte. Was hatte ich da angerichtet?

»Du bedeutest ihm etwas, oder?«, fragte Agrios und betrachtete mich noch interessierter als die Male davor.

Ich leckte über meine trockenen Lippen. Meine Kehle war wie zugeschnürt. »Ganz sicher nicht.« Der Typ musste nicht wissen, wie sehr ich mir wünschte, es wäre anders.

»Ich wundere mich, dass Athene die andere gewählt hat. Sie ist unserem Vater doch sonst so treu ergeben. Meine Zwillingsschwester. Sein Lieblingskind. Die Göttin an seiner Seite.«

Ich hatte keine Ahnung, wovon er sprach. Nur eins kapierte ich: »Bist du eifersüchtig auf sie?«

»Wärst du es nicht an meiner Stelle? Sie hat alles und ich habe nichts.«

»Vermutlich wäre ich es«, gab ich zu. »Aber ich habe den Eindruck, Zeus bereut, was er getan hat.« Ich hockte mich hin und zog Caydens Kopf auf meinen Schoß. Vorsichtig wischte ich ihm die Haare aus dem Gesicht. Als meine Hand über seinen Mund strich, spürte ich seinen Atem auf meiner Haut. Vor Erleichterung hätte ich am liebsten aufgeschluchzt. Er lebte. *Wach auf!*, bettelte ich stumm. So fest hatte ich nun auch nicht zugeschlagen. *Bitte. Ich höre zukünftig auch auf alles, was du sagst.* Gerade jetzt wünschte ich mir sehr, er könnte doch Gedanken lesen.

»Du bist wirklich eine Diafani«, sagte Agrios, ohne auf meine Bemerkung einzugehen.

Schweiß bildete sich auf meiner Stirn und alles in mir verkrampfte sich. Lange würde ich ihn nicht mehr mit Small Talk hinhalten können. Aber was dann? Würde er mich in die Höhle schleppen?

»Sie werden dich nur benutzen. Je eher dir das klar wird, umso besser.« Warnte er mich etwa?

»Ich habe nur geholfen, Robyn zu suchen.« Was war schon dabei, ein paar Lichtpunkte zu sehen? So toll war das nun wirklich nicht.

»Du erkennst Dinge zwischen den Welten, und du kannst in unsere Welt kommen, ohne in den Schlaf des Vergessens zu fallen. Haben sie dir gesagt, dass die Fähigkeiten der Diafani unterschiedlich stark ausgeprägt sind? Manche konnten die Götter lediglich hören. Manche konnten sich mit uns unterhalten. Aber ich habe noch nie von einer Diafani gehört, die es nach Mytikas geschafft hat.«

Ich schwieg, weil ich nicht wusste, was ich dazu sagen sollte.

»Prometheus hat mal wieder den großen Schweigsamen gespielt, stimmt's? Lass dich nicht von ihm einwickeln. Benutze deinen Verstand.« Er klang fast menschlich.

»Cayden«, sagte ich mehr zu mir als zu ihm. »Er heißt Cayden.«

»Ach, ich vergaß, er benutzt diese albernen menschlichen Namen. Als würde ihn das zu etwas anderem machen, als er ist.«

»Es bedeutet Kämpfer oder Kampfgeist. Das solltest du vielleicht wissen.« Meine Hand lag auf Caydens Wange. Bewegte er sich? Ich war mir nicht sicher, aber sein Atem ging plötzlich schneller.

Agrios stupste ihn mit der Fußspitze an. »Gerade hat es sich wohl ausgekämpft.«

»Wird er sich wieder erholen?«, konnte ich mir nicht verkneifen, zu fragen.

»Oh, sicher. Er ist ein Gott, oder? Verdammt zur Unsterblichkeit.« Die Bemerkung schien ihn noch mehr zu amüsieren als alles andere.

»Ich werde dich mitnehmen, kleine Diafani. Du wirst mir nützlich in meinem Kampf sein.« Er legte seine eiskalte Hand um meinen Oberarm. Ich versuchte, ein Wimmern zu unterdrücken. Nur keine Schwäche zeigen, auch wenn ich am liebsten schreiend zusammengebrochen wäre. Ich bettete Caydens Kopf ins Gras und hoffte, Zeus würde ihn finden, dann stand ich mit zitternden Beinen auf. Jeder Fluchtversuch wäre aussichtslos.

»Versprichst du mir etwas?«, fragte ich, nachdem ich meinen letzten Mut zusammengenommen hatte.

»Was immer du wünschst.« Er zog mich zu sich heran. Ein fauliger Geruch stieg in meine Nase und mir wurde übel.

»Verwandle dich nicht in eine Schlange oder in etwas, das mehr als vier Beine hat.«

»Ich denke, das lässt sich machen.« Er zog mich hinter sich her, und ich konnte das Wimmern nicht mehr unterdrücken, als meine schlimmste Befürchtung sich bestätigte.

Ich hatte gerade mal zwei Schritte in Richtung Höhle gemacht, als ich nach vorn geschleudert wurde. Agrios krachte zur Seite. Caydens Körper bedeckte meinen, während seine Hand Agrios' Kehle umklammerte.

Strahlendes Licht fiel auf die Lichtung und blendete mich. Zeus war gekommen. Cayden rollte sich von mir herunter und nahm mich gleichzeitig in einer fließenden Bewegung auf seine Arme. Vor Erleichterung wurde mir schwindelig. Ich blinzelte, als Zeus, Hera, Athene und Apoll, in gleißendes Licht gehüllt, auf uns zukamen.

»Wie geht es ihr?« Hera sah mich besorgt an. Athene wischte Blut aus meinem Gesicht, das nicht von mir stammen konnte.

»Wo ist er?«, fragten Zeus und Apoll wie aus einem Mund.

»Er hat sich nicht an sein Versprechen gehalten«, wandte Cayden sich an mich. Die wütenden Blitze aus seinen Augen schüchterten mich mehr ein als das Leuchten der vier anderen Götter.

»Was meinst du?«, stammelte ich.

»Er hat sich in etwas mit mehr als vier Beinen verwandelt.«

Apolls Mundwinkel zuckten. »Gehe ich recht in der Annahme, dass ihr beide eine unvergessliche Nacht hattet?«

»Halt den Mund«, schnauzten Cayden und ich ihn an.

»Wir müssen zurück.« Hera übernahm die Führung. »Der Tag bricht gleich an und Robyn wird zu sich kommen. Dann wird sie dich brauchen.« Ihr durchdringender Blick ruhte auf Cayden. »Du weißt, was du zu tun hast.«

Er nickte mit versteinerter Miene. Sobald wir allein waren, würde er mich lynchen.

»Soll ich dir Jess abnehmen?«, wandte Apoll sich an ihn. »Du siehst erschöpft aus.«

»Das schaffe ich schon noch.« Er drückte mich fester an sich und ich legte ihm vorsichtig die Arme um den Nacken. Mit sicheren Schritten verließ er die Lichtung.

Aufzeichnungen des Hermes

XVIII.

Apoll, dieser Witzbold, hatte den Nagel auf den Kopf getroffen. Diese Nacht würde keiner von uns so leicht vergessen.

Schade, dass ich den Kampf verpasst hatte. Warum war ich nicht Jess und Cayden gefolgt statt meinem Vater? Jetzt hatte ich das Spannendste verpasst. Ich hätte wissen müssen, das Jess den Albino aufspüren würde. Aber letztlich war ja alles gut gegangen und Prometheus hatte sogar Jess' Attacke überstanden.

Jetzt würde es sich nicht mehr verbergen lassen, dass eine neue Diafani aufgetaucht war, und dazu noch eine, die unsere Welt betreten konnte. Vielleicht gab sie mir ein Interview für meine Sendung. Die Götter gierten nach Informationen über sie.

Dummerweise war Prometheus jetzt ziemlich sauer auf das Mädchen. In ihrer Haut wollte ich nicht stecken. Aber wer wusste, wozu es gut war. Er sollte sich auf seine Aufgabe konzentrieren und sie sich auf ihre.

Er hatte mich nicht gelyncht. Er hatte mich auf meinem Bett abgesetzt und war verschwunden. Leider war ich zu erschöpft gewesen, um mich zu entschuldigen oder ihn zur Rede zu stellen. Aber es war eh egal. Er war wieder in seinen Ich-würdige-Jess-keines-Blickes-mehr-Modus verfallen. Wahrscheinlich hatte ich das dieses Mal sogar verdient. Weh tat es trotzdem.

Athene und ich saßen auf den Stufen vor unserer Lodge. Robyn war erst vor zwei Stunden aufgewacht und natürlich hatte sie als Erstes nach Cayden gefragt. Er war sofort zu ihr geeilt, als hätte er nur darauf gewartet. Cameron kochte vor Wut.

»Erzählst du mir mehr darüber, was eine Diafani so kann?« Ich stocherte mit einem Stock in dem weichen Waldboden.

»Was hat Agrios dir gesagt?«, stellte Athene eine Gegenfrage.

»Er meinte, ich könnte ihm nützlich sein.«

»Am besten vergisst du das schnell wieder. Eine Diafani hat keinerlei übernatürliche Kräfte. Es ist mehr eine spirituelle Gabe. Es ergibt keinen Sinn, dass er etwas von dir will. Außer …« Athene stockte.

»Außer?«, hakte ich nach.

Sie schüttelte abwehrend den Kopf. »Zeus wird dich vor ihm schützen, du musst keine Angst haben.«

Irgendwie beruhigte mich das nicht. Es hatte ewig gedauert, bis Zeus auf der Lichtung aufgetaucht war. Das sprach nicht unbedingt für ihn. Der Stock brach ab, so wütend hatte ich im Sand gebohrt.

Athene legte mir beruhigend die Hand auf den Arm. »Es wird alles gut werden«, versuchte sie, mich zu trösten. »Wir haben alles im Griff.«

Wem wollte sie eigentlich Mut zusprechen? Mir oder sich selbst?

»Tut Agrios dir nicht leid? Immerhin ist er dein Bruder«, fragte ich. Metis hatte ihren kleinen Sohn vor Zeus' Zorn schützen wollen. Und alles nur wegen einer blöden Prophezeiung. Der Hauptleidtragende war Agrios gewesen.

»Es fühlt sich nicht an, als wäre er mein Bruder.«

»Weil du keine Chance hattest, ihn kennenzulernen.« Es klang wie ein Vorwurf, an wen auch immer. »Und er hatte auch keine.«

»Nimmst du ihn in Schutz? Er hat deine Freundin entführt, und ich will nicht wissen, was er mit dir angestellt hätte, wenn wir nicht rechtzeitig gekommen wären.«

»Das stimmt alles, trotzdem leidet er unter einer Vorhersage, für die er gar nichts kann. Vielleicht ist er bereit, Zeus zu verzeihen, wenn dieser ihm verspricht, ihn zukünftig in Ruhe zu lassen und ihn nicht an diesen gruseligen Ort zu verbannen.«

»Dafür ist es längst zu spät«, erklärte Athene, aber sie klang nicht mehr ganz so überzeugt. »Zeus darf vor den anderen Göttern keine Schwäche zeigen. Wer weiß, auf welche dummen Gedanken sie dann kommen. Du denkst einfach wie ein Mensch.«

»Sorry«, entgegnete ich sarkastisch. Das hatte ich bisher nicht als »Schwäche« empfunden. »Warst du Zeus nie böse, dass er deine Mutter verschluckt hat?«

»Ich habe immer Hera als meine Mutter betrachtet. Zeus hat mich geboren und war ein liebevoller Vater. Dir mag das seltsam erscheinen, aber ich hatte großes Glück mit meinen Eltern.«

»Du hast recht, mir erscheint es tatsächlich seltsam.«

Die Tür hinter uns knarrte und Robyn trat auf die Veranda. Sie lächelte verlegen. Ihre blonden Haare lockten sich um ihre Schultern. Sie sah wunderschön aus.

»Wie fühlst du dich?«, fragte Athene.

»Als wäre ich stundenlang durch den Wald geirrt. Ich habe wohl einen ganz schönen Wirbel verursacht.«

Verwundert sah ich von Robyn zu Athene. Hatte sie tatsächlich alles vergessen?

»Cayden will mit mir ein Eis essen gehen. Ich bin ihm so dankbar, dass er mich gefunden hat. Ohne ihn wäre ich bestimmt verhungert.« Sie warf mir ein triumphierendes Lächeln zu, hüpfte die Stufen hinunter und verschwand.

»Sie kann sich tatsächlich an nichts mehr erinnern?« Obwohl die Götter es angekündigt hatten, schockierte es mich nun doch.

»Der Schlaf des Vergessens«, erklärte Athene, als wäre das etwas Selbstverständliches. »Sie glaubt, dass sie sich im Wald verirrt hatte. Es ist für alle am besten so.«

»Und Cayden hat sie gerettet?« Die Worte kamen nur stockend über meine Lippen.

»Hat er doch irgendwie. Wenn er Agrios nicht abgelenkt hätte, hättet ihr sie nicht aus der Höhle holen können. Auch wenn du ihn anschließend fast umgebracht hast. Was hast du dir nur dabei gedacht?« Sie griff nach ihrem geflochtenen Zopf und wand ihn sich wie eine Krone um die Stirn.

Ich spürte, wie ich rot wurde. »Der Stein war eigentlich für Agrios' Kopf bestimmt.«

»Das erkläre Cayden mal. Er ist sehr, sehr sauer auf dich.«

»Dann kann er sich ja von Robyn trösten lassen. Sie würde sich nicht mal die Hände an so einem Stein schmutzig machen.«

»Und du hättest das auch lieber sein lassen.«

»Ich merke es mir fürs nächste Mal.«

»Es wird kein nächstes Mal geben«, erklärte Athene leise. »Das weißt du doch, oder? Du wirst dich nicht noch mal in Gefahr bringen. Das lassen wir nicht zu.«

Ich schluckte. Der Moment unseres Abschieds rückte unerbittlich näher. Wie sollte ich zukünftig mit diesem Wissen umgehen? Konnte ich einfach mein normales Leben weiterleben? Zur Schule gehen, meinen Abschluss machen und studieren? Ich sollte tatsächlich mein Studienfach noch mal überdenken. Vielleicht wäre es klüger, meinen Kindheitstraum hinter mir zu lassen und nach vorn zu sehen, statt mich die nächsten Jahre mit einem Griechenland zu beschäftigen, über das ich inzwischen mehr wusste, als mir lieb war.

»Es wäre schön, wenn du dein Versprechen nicht vergisst und Agrios' Geschichte aufschreibst und alles, was bisher passiert ist.«

»Aber was weiß ich denn schon? Wie erfahre ich, wer diesen Kampf gewinnt?« Ich hoffte, meine Stimme klang nur in meinem Kopf so verzweifelt.

»Ich befürchte, wenn Agrios den Sieg davonträgt, dann wirst du es merken. Er wird Gaias Befehl erfüllen und die Menschen werden vom Antlitz der Erde verschwinden.«

»Und wenn nicht?«, flüsterte ich, schockiert darüber, wie emotionslos diese Worte über ihre Lippen gekommen waren.

»Wir werden dich in Frieden lassen«, erklärte sie nur und strich mit einer Hand tröstend über meinen Arm.

Wütend blinzelte ich die Tränen weg, die mir in die Augen stiegen. Netterweise tat sie so, als bemerkte sie sie nicht.

»Ich schätze mal, meine Geschichte wird niemanden interessieren. Weder gab es bisher eine richtige Schlacht noch von Schwänen verführte Jungfrauen.«

Robyn und Cayden hatten nur noch Augen füreinander. Mir wurde schon vom Hinsehen übel. Zum Glück war Cameron inzwischen abgereist. Er hatte zwar mit seinem Vater deswegen einen Streit gehabt, aber wie immer hatte dieser sich durchgesetzt. Seit Robyn annahm, dass Cayden sie gerettet hätte, wich sie ihm kaum noch von der Seite, und ihm schien es zu gefallen. Noch vor ein paar Wochen hätte ich gewettet, dass Cameron die wichtigste Person der Welt für sie war. Aber jedem, der sie mit Cayden sah, war klar, in welche Richtung die Sache sich nun entwickelte. Leah hatte versucht, mit ihr zu reden, aber Robyn hatte behauptet, es gehe sie nichts an, und damit hatte sie dummerweise auch noch recht. Sie hatte Leah sogar unterstellt, dass ich sie geschickt hätte, weil ich eifersüchtig war, und leider hatte sie auch damit recht.

Unser Verhältnis kühlte von Tag zu Tag mehr ab. Cayden ignorierte mich, was mich nach der Steinaktion nicht wirklich wunderte. Ich vertiefte mich in meine Griechischübungen, um mich abzulenken. Apoll begleitete mich zu meinen Fechtlektionen, und obwohl er eigentlich der Gott der schönen Künste war, stellte sich heraus, dass er auch hervorragend kämpfen konnte. Die Welt war und blieb ungerecht.

»Denkst du, ich habe in Troja gar nichts gelernt?« Er schmunzelte, als ich ihn darauf ansprach. »Zeus hat immer darauf bestanden, dass wir zu kämpfen und uns zu verteidigen lernen.«

Wir saßen nebeneinander auf einer Bank und machten eine Pause. Apoll hatte mich hart rangenommen. Fast könnte man meinen, er wollte mir die Kunst des Fechtens noch einmal ganz neu beibringen.

»Dann ist er ein sehr fürsorglicher Vater?« Ich konnte nicht verhindern, dass Neid in meiner Stimme mitschwang.

»Auf jeden Fall. Er und Hera haben sich immer gut um uns gekümmert, egal, ob wir ihre gemeinsamen Kinder waren oder die seiner Geliebten. Meine Mutter Leto war eine von ihnen. Und obwohl Hera auf Leto sauer war, hat sie mich ihren Zorn nie spüren lassen, und Athene ist fast so etwas wie ihre eigene Tochter. Ich kann mir nicht vorstellen, dass es mit Agrios anders gewesen wäre. Zeus hätte ihn nicht vernichtet. Er hätte ihn großgezogen und diese ganze Geschichte wäre in Vergessenheit geraten.«

»Du musst es ja wissen. Schließlich bist du der Schutzgott der Orakel«, erklärte ich spitz.

»Deshalb weiß ich auch, dass Prophezeiungen nicht in Stein gemeißelt sind«, antwortete er gutmütig.

»Gibst du Metis jetzt die Schuld an der ganzen Sache?«

»Sie hat Zeus gehasst. Abgrundtief. Das hat ihr den Blick auf vernünftige Alternativen verstellt.«

»Aber er hat sie gegen ihren Willen verführt, geschwängert und sie dann gefressen.«

»Früher war mein Vater wirklich aufbrausend.«

Das war ja wohl kaum eine Entschuldigung. Ich schüttelte den Kopf. *Götter!* »Was hat er jetzt vor? Agrios lässt sich bestimmt nicht in den friedlichen Schoß einer glücklichen Patchworkfamilie zurückholen.«

»Wenn nicht, bleibt uns nur der Kampf.«

»Agrios will euch alle vernichten und uns gleich mit.«

»Ich weiß. Aber das wird ihm nicht gelingen.«

»Bist du dir da sicher?« Ich sah ihn von der Seite an. Sein wunderschönes Gesicht war ungewöhnlich ernst.

»Nein, das bin ich nicht. Aber wir werden kämpfen bis zum Letzten. Genau wie Zeus die Titanen nicht töten konnte, kann Agrios uns nicht töten. Wir sind unsterblich, das Einzige, was er uns antun kann, ist die Verbannung in den Tartaros. Aber ich schwöre dir, dass er zumindest mich nicht dahin bekommt. Ich bin ein Gott des Lichts. Innerhalb kürzester Zeit wäre von mir nichts mehr übrig. Die Dunkelheit würde mich zerfressen.«

Bei der Vorstellung schauderte es mich und ich spürte Apolls Angst. Bisher hatte ich gedacht, er würde dieses Gefühl überhaupt nicht kennen. Ich nahm seine Hand in meine, um ihn zu trösten, und dankbar lächelte er mich an.

Cayden und Robyn betraten die Fechthalle. Sein Arm lag besitzergreifend um ihre Taille und sie schmiegte sich an ihn. Von dem Kerl hatte ich mich küssen lassen. Ich musste kurzzeitig den Verstand verloren haben. Seine Augenbrauen schoben sich zusammen, als er uns auf der Bank sitzen sah.

Wütend wandte ich mich Apoll zu. Was Cayden konnte, konnte ich schon lange. Ich legte meine Hand auf Apolls Wange und lächelte ihn an. Seine Furcht verschwand und er zog mich an sich. Den Blick zu Cayden ersparte ich mir. Es war eine blöde und kindische Idee, ihn eifersüchtig machen zu wollen. Ich bedeutete ihm nichts, und je früher ich das akzeptierte, umso besser.

»Pass auf, dass du ihr nicht zu nah kommst. Sie könnte dir einen Stein über den Kopf ziehen.« Caydens beißende Stimme erklang neben uns.

Apoll setzte sein übliches Grinsen auf. »Ich habe eine völlig andere Wirkung auf Frauen als du, mein lieber Cousin«, wies er ihn zurecht.

»Schön für dich«, murrte der und bedachte mich mit einem finsteren Blick, bevor er nach seiner Fechtmaske griff und sie sich überstülpte. Robyn tänzelte hinter ihm her.

Apoll betrachtete die beiden eine Weile. »Deine Technik ist viel besser als ihre. Ich werde Zeus bitten, dir von Hephaistos eine Waffe schmieden zu lassen.«

»Wenn du denkst, dass ich mit einem Degen an der Seite herumlaufe, hast du dich aber geschnitten. Es reicht, dass unsere Nachbarn meine Mutter für verrückt halten.«

»Zeus wird die Waffe tarnen. Aber wir können dich nicht ohne Schutz zurücklassen. Agrios wird nach dir suchen«, fuhr Apoll fort.

Ich schüttelte den Kopf. »Was soll ich ihm schon nützen?«

Apolls Blick wurde unergründlich. »Betrachte es mehr als Vorsichtsmaßnahme. Zerbrich dir nicht deinen hübschen Kopf. Wir kümmern uns um alles, und wenn wir diese leidige Angelegenheit hier über die Bühne gebracht haben, werden wir verschwinden. Nach einer Weile wird es dir fast so vorkommen, als hätte es uns nie gegeben. Wir werden nichts als eine vage Erinnerung sein.«

Automatisch schüttelte ich den Kopf. »Ich will aber nicht, dass ihr nur eine Erinnerung seid.« Ich griff nach meinem Florett und meiner Maske.

Apoll folgte mir auf die Bahn. Wütend hieb ich auf ihn ein und drängte ihn in die Defensive. Drei Angriffe ließ er mich gewinnen, bevor er mich entwaffnete. Ich strauchelte und fiel.

»Wut ist kein guter Ratgeber«, flüsterte mir Cayden, der plötzlich neben mir stand, durch seine Maske zu. Er reichte mir die Hand und zog mich hoch. »Lass dich nie von einem Gegner provozieren.«

»*Ich* gebe Jess die Lektion«, erklärte Apoll. Er wischte sich das schweißnasse Haar aus der Stirn. »*Du* solltest dich um Robyn kümmern.«

»Sag du mir nicht, was ich zu tun habe. Pass lieber auf, dass Jess sich nicht verletzt.«

Apoll zog amüsiert die Augenbrauen hoch. »Oh, keine Angst. Bei mir ist sie so sicher wie in Abrahams Schoß.«

»Bis du sie zur Schlachtbank führst, um sie deinem Gott zu opfern«, zischte Cayden.

»In *meiner* Hand liegt ihr Schicksal nicht.«

Cayden trat noch näher an Apoll heran. »Ist das eine Drohung?«

Apoll verzog keine Miene. »Nur eine Tatsache.«

Cayden wandte sich ab und stapfte zu Robyn zurück.

»Revanche?«, fragte Apoll.

Ich schüttelte den Kopf. »Ich gebe dir lieber ein Eis aus. Ich muss mir meine Kräfte für ernst zu nehmende Gegner aufsparen.«

Apoll stupste mich in die Seite. »Hey, ich habe nur mit halber Kraft gekämpft. Aber Eis klingt gut. Ich liebe diese Sorte mit Blaubeeren. Sollten wir in Mytikas auch einführen. Ich werde Rosie fragen, wie man es herstellt. Sie mag mich.«

Ich lachte. Rosie war völlig vernarrt in Apoll, das wusste jeder im Camp. Sogar Henry war schon eifersüchtig.

Ich zählte die Tage. Nicht, weil ich es nicht erwarten konnte, nach Hause zu kommen, sondern eher weil ich Angst davor hatte. Ich konnte mir beim besten Willen nicht vorstellen, dass die sechs Wochen schon fast um waren. Nicht mal mehr eine, bis wir wieder nach Hause mussten. Wie sollte ich weitermachen, jetzt, da ich wusste, was es alles jenseits unserer Vorstellung gab? Mit wem sollte ich darüber reden? Kein Mensch würde mir glauben. Ich konnte nicht in ein Leben zurück, das nur daraus bestand, mich um Phoebe zu sorgen und meine Mutter vom Trinken abzuhalten. Ich konnte nicht zurück in ein Leben, das sich nur darum drehte, wovon ich unsere nächste Miete und Mahlzeit bezahlen sollte.

»Du solltest dich mit dem Gedanken anfreunden, dass er sie wirklich mag.« Leahs Sinn für Realität konnte ich gerade gar nicht gebrauchen. Wir saßen in unserer Lodge und vertrödelten den Abend. Ich nahm mir ein riesiges Stück Schokolade von unserem Couchtisch, der wie ein Süßigkeitenschlachtfeld aussah, und schob es mir in den Mund. »Manchmal ist das einfach so, man wird nicht zwangsläufig zurückgeliebt.«

Das musste sie mir nicht sagen. In so etwas war ich schließlich Expertin.

»Und wahrscheinlich ist Robyn total in ihn verknallt. Ich könnte es ihr nicht verdenken. Cameron ist ganz nett, aber Cayden ist doch ein anderes Kaliber.« Sie bohrte ihren Löffel in ihr Eis. »Es wäre fast übermenschlich, wenn sie ihm widerstehen könnte«, setzte sie ihren Monolog gnadenlos fort.

Ich vergrub mein Gesicht in einem der Couchkissen.

»Ahhhhhh!«, schrie ich. »Aber muss es ausgerechnet Cayden sein? Was ist mit Apoll? Warum konnte sie sich nicht in den verknallen?«

»Der hat sie aber nicht so angebaggert.« Leah tätschelte mir den Rücken. »Wir kriegen nicht immer, was wir wollen. Sieh mich an. Josh hängt nur mit Sharon ab und ich gucke in die Röhre. Bin ich deswegen am Boden zerstört?«

»Ich bin nicht am Boden zerstört. Vielleicht verletzt. Aber nicht am Boden zerstört.«

Leah sah mich mit zusammengekniffenen Augen an. »Willst du jetzt mich oder dich überzeugen?«

Sie hatte recht. Ich musste mich zusammenreißen. »Aber Josh mag dich wenigstens. Cayden hasst mich«, erklärte ich ihr.

»Das stimmt nicht. Und das weißt du auch. Außerdem will ich nicht, dass Josh mich mag, er soll verrückt nach mir sein.«

»Josh ist auch so ein Idiot«, sagte ich seufzend. »Wie alle Jungs.«

»Sie können nichts dafür. Eigentlich sind sie zu bedauern«, bestätigte Leah und versuchte, ernst zu gucken, was ihr gründlich misslang.

Gleichzeitig kicherten wir los.

»So gefällst du mir schon viel besser. Sie können uns gestohlen bleiben.« Aus ihrer Tasche holte sie einen kleinen silbernen Flachmann und eine DVD. »Schau, was ich uns mitgebracht habe.«

»*Titanic* und Alkohol? Eine ganz schön explosive Mischung.«

»Ganz genau. Heute Nacht ist *unsere* Nacht. Wird Zeit, etwas Verbotenes zu tun. Alle anderen sind beim Karaoke-Abschluss-Wettstreit, und da ich mir Silberstimmchen Sharon nicht anhören will, habe ich beschlossen, mir die Zeit mit Film, Heulen, Schokolade und dir zu vertreiben.«

»Nicht zu vergessen, mit Wodka.«

»Stimmt. Habt ihr O-Saft? Pur kriege ich das eklige Zeug nicht runter.«

Ich stand auf und ging in die Küche, um den Saft und Gläser zu holen.

»Der Flachmann gehört Grandpa. Ich muss ihn vor morgen früh wieder in seine Werkzeugkiste legen. Granny weiß nichts von seinem Geheimvorrat, aber er sagt immer: Wer gearbeitet hat, darf sich auch mit einem Schlückchen belohnen. Diese Lebensweisheit befolge ich heute mal. Ich habe den halben Tag die Küche geschrubbt.«

Ich kicherte, wir stießen an, und Leah entschuldigte sich lang und breit, dass sie in Rosies Filmfundus nichts Besseres gefunden hatte. Mir war eigentlich egal, was über den Bildschirm flimmerte. Meine Gedanken drehten sich nur um Cayden. Als Leo zum Schluss allerdings in dem eiskalten Wasser trieb, hätte ich doch geheult, wenn Leah nicht gleichzeitig neben mir angefangen hätte, herumzubrüllen.

»Schieb deinen Hintern doch einfach zur Seite, du blöde Tussi. Dann hat Leo auch noch Platz auf der fucking Holztür. Beim Ertrinken muss man nicht erster Klasse reisen.«

Sie sprang wie eine Verrückte auf dem Sofa herum. Ich fing laut an zu lachen und konnte gar nicht mehr aufhören.

»Mir ist ja so kaaaalt«, schrien Leah und ich im Chor, während Leo im eisigen Wasser hing und Kate rumjammerte, wie sehr sie fror. Unsere Anfeuerungsrufe konnten Leo nicht retten.

»Diese dumme Pute«, sagte Leah, als der Film zu Ende war und wir uns einigermaßen beruhigt hatten. »Ich hätte die Liebe meines Lebens jedenfalls zumindest festgehalten.«

»Meinst du, das kann man?«

»Was?«, fragte sie verdattert.

»Die Liebe seines Lebens festhalten.«

»Öhm.« Der Wodka war ihr mehr zu Kopf gestiegen als mir.

»Leah, konzentrier dich. Was wäre, wenn Josh dich mehr mag, als du denkst, sich aber nicht traut, es dir zu sagen? Vielleicht glaubt er, du erwiderst seine Gefühle nicht.«

»Du sprichst jetzt nicht von mir und Josh richtig? Wir sind nur eine Metapher oder so.« Sie war doch klarer, als ich vermutet hatte.

»Ja, vielleicht«, gab ich zu.

»Ich weiß, worauf du hinauswillst. Warum traust du dich nicht einfach? Geh zu Cayden und stell ihn zur Rede. Der Kerl hat dich zwei Mal geküsst.«

»Ein Mal«, berichtigte ich sie. »Das zweite Mal bin ich über ihn hergefallen.«

Leah kicherte. »Hat er sich gewehrt?«

»So hat es sich nicht angefühlt.« Trotzdem war es mir rückblickend peinlich.

»Einen Versuch ist es wert, wenn du mich fragst.« Leah ließ sich auf die Couch fallen. »Ich bin todmüde. Kann ich heute hier schlafen?«, murmelte sie.

»Ja klar. Kein Problem.« Ich holte eine Decke aus meinem Zimmer und breitete sie über ihr aus. Dann schickte ich von ihrem Handy aus eine Nachricht an Rosie, damit diese sich keine Sorgen machte, und ging ins Bett.

Ruhelos wälzte ich mich von einer Seite auf die andere. Ich hörte, wie Robyn und Athene heimkamen. Sie kicherten und flüsterten. Türen klappten und das Wasser der Dusche lief eine halbe Ewigkeit. Robyn duschte für ihr Leben gern. Dann wurde es still.

Als ich das nächste Mal auf die Uhr sah, war es zwei Uhr nachts. Es war zwecklos. Mit diesem verflixten Gedanken in meinem Kopf würde ich nie einschlafen. Ich schlüpfte in eine Jogginghose und einen Pulli. Leise zog ich meine Sneakers an und schlich durchs Wohnzimmer. Nur Leahs Schnarchen war zu hören. Draußen angekommen, machte ich die Taschenlampe meines Handys an und rannte zu Caydens Lodge. Ich würde nicht abreisen, ohne Gewissheit zu haben, auch wenn die Gefahr, mich lächerlich zu machen, groß war. Den Gedanken an Agrios verdrängte ich. Wenn er gewollt hätte, dann hätte er mir in den letzten Tagen mehr als einmal auflauern können.

Kalchas tauchte neben mir auf. »*Was hast du vor?*«

»*Ich werde mit ihm reden. So kann er nicht mit mir umgehen.*«

»*Kann er doch, er ist ein Gott.*«

»*Das weiß ich!*«, fuhr ich ihn an. »*Wenn du keine anderen Ratschläge für mich hast, kannst du auch verschwinden.*« Dabei war ich froh, dass er da war und auf mich achtgab. Wenigstens einer.

»*Einen habe ich noch, auch wenn es eigentlich nur ein Hinweis ist. Prometheus wird stinksauer sein, wenn du bei ihm auftauchst.*«

»*Das ist nichts, was ich nicht selbst weiß, aber danke schön.*«

Ich hatte die Lodge erreicht und schlich auf die Veranda. Kalchas zog sich in den Schatten der Bäume zurück. »*Dummes Ding*«, hörte ich ihn noch murmeln. Aber jetzt würde ich zu Ende bringen, was ich angefangen hatte.

Das Fenster zu Caydens Zimmer war verschlossen, aber das von Joshs war bis zum Anschlag hochgeschoben.

Ich hörte das leise Lachen eines Mädchens und verdrehte die Augen. Er konnte es nicht lassen.

Kurz zögerte ich. Wenn ich mich jetzt nicht traute, dann würden die Götter verschwinden, und ich würde nach Hause zurück in mein erbärmliches Leben fahren, ohne zu wissen, woran ich war. Ich nahm meinen ganzen Mut zusammen, trat näher und klopfte an Caydens Fenster. Alles blieb still. Ich klopfte wieder. Nichts rührte sich. Vielleicht war er gar nicht hier. Vielleicht schmiedete er Rachepläne mit Zeus und dessen Verbündeten. Ich würde noch ein letztes Mal klopfen, und wenn er dann nicht öffnete, war das der Wink des Schicksals mit dem Zaunpfahl. Noch mal würde ich nicht nachts hinüberschleichen, um ihn um Verzeihung zu bitten, dass ich ihn niedergeschlagen hatte. Und um ihn zu fragen, ob ich mir alles, was zwischen uns gewesen war, nur eingebildet hatte. Ich hob die Hand, doch im selben Augenblick wurde das Fenster schon hochgeschoben. Caydens Haare waren völlig zerzaust. Ungläubig sah er mich an. Eins musste man ihm lassen, er war auf der Stelle hellwach. Bevor ich michs versah, sprang er mit einem Satz heraus und drängte mich auf die Veranda. Wie auch auf unserer brannte dort die ganze Nacht Licht.

»Bist du jetzt völlig wahnsinnig geworden?«, fuhr er mich flüsternd an. Dabei glitten seine Hände über meine Wangen, meine Schultern und meine Arme, als wollte er sich vergewissern, dass ich unverletzt war.

»Du gehst mir aus dem Weg«, versuchte ich zu erklären, aber seine flüchtigen Berührungen genügten, um mich durcheinanderzubringen. So hatte ich das nicht geplant. Ich wollte cool und selbstbewusst sein. »Ich muss mit dir reden.«

»Nein, musst du nicht. Das Einzige, was du musst, ist, mich

in Ruhe lassen und auf dich aufpassen. Dazu gehört nicht, im Dunkeln allein herumzulaufen.«

»Weshalb muss ich dich in Ruhe lassen?«, flüsterte ich. Cayden trug nur eine dünne Schlafhose, die bedenklich tief auf seinen Hüften saß. Seine muskulöse Brust mit dem Adlertattoo darunter war direkt vor meinen Augen. Die Versuchung, mich dagegenzulehnen, war unfassbar groß.

»Sieh mich an!«, forderte er und strich mir das Haar aus dem Gesicht. »Ich kann dir nicht geben, was du brauchst«, erklärte er langsam. Sein Blick ruhte auf mir. »Ich würde dir nur wehtun.«

»Würdest du nicht«, widersprach ich, obwohl ich wusste, dass er recht hatte. Liebe tat meistens weh.

»Du weißt, dass es so wäre. Ich tue es ja jetzt schon.«

Es klang so, als wäre es auch für ihn ein Kampf, sich von mir fernzuhalten. Die Erkenntnis ließ mich mutiger werden. Was immer er für ein Spiel trieb, er konnte mir nicht weismachen, ich wäre ihm gleichgültig. Langsam legte ich meine Hände an seine Taille. Seine Haut war weich und warm unter meinen Fingern, als ich über seine Seiten strich.

»Bitte nicht, Jess.« Seine Stimme klang gepresst. »Meine Selbstbeherrschung hat Grenzen.«

Ich beachtete seine Bitte nicht. Manchmal musste man als Mädchen einfach das Heft in die Hand nehmen. Ich zeichnete die Konturen des Adlers nach und entdeckte die Narbe, die von dem Tattoo verdeckt wurde. Als ich meine Lippen darauf senkte und sie küsste, ballten sich Caydens Hände zu Fäusten. Jeder Muskel in ihm schien sich anzuspannen, so als bräuchte er all seine Kraft, um sich zurückzuhalten. Doch dann drängte er mich gegen die Holzwand der Lodge und hob meinen Kopf an. Sein Mund strich über meine Wange.

»Ist es das, was du willst?«

Ich konnte nicht antworten, denn seine Lippen bewegten sich weiter. Erst zu meinem Hals, dann zu meinem Kinn. »Ich habe dich gewarnt«, flüsterte er mir ins Ohr, und ein Schauer lief mir über den Rücken. »Warum kannst du nicht einfach auf mich hören?«

»Ich musste es wenigstens versuchen.« Erstaunlich, wie klar diese Worte über meine Lippen kamen, dabei zitterte ich innerlich.

Cayden nahm mein Gesicht in seine Hände. Ich spürte seinen Atem auf meiner Haut, als er seine Stirn gegen meine lehnte. »Ich wünschte, du wärst in deiner Lodge geblieben.«

»Dafür kann ich ja nichts«, versuchte ich mich an einem Scherz.

Er misslang, denn nun lag Wehmut in Caydens Blick. »Wo warst du nur all die Zeit?«

Was meinte er damit? Ich wollte doch nur, dass er mich liebte, hier und jetzt. Danach würde ich zu einer Fußnote in seiner Unendlichkeit werden.

»Du verdienst etwas Besseres«, flüsterte er.

»Ich will aber dich«, widersprach ich. Es war so erbärmlich, ihn anzuflehen. Doch noch hatte ich die Hoffnung nicht aufgegeben. Seine Hände, die über meinen Körper strichen, sprachen eine verwirrend andere Sprache als seine Worte.

»Aber ich will dich nicht«, sagte er so langsam, als wollte er sicher sein, dass ich auch jedes Wort verstand.

Und da hatte ich meine Antwort. Ich versuchte, ihn von mir wegzuschieben, doch er ließ mich nicht gehen.

»Ich will dich nicht wollen«, setzte er viel leiser hinzu. Seine Arme umfassten mich fester. Er küsste mir die Tränen von den Wangen, die unter meinen geschlossenen Lidern hervorquollen. Dann fanden seine Lippen meinen Mund. Seine Hände fuhren meinen Körper entlang. Hitze breitete sich in mir aus und das Blut in meinen Adern begann zu kochen. Meine Beine wurden ganz weich, und ich war froh, dass er mich gegen das warme Holz der Lodge presste. Dieser Kuss war anders als der im Wald. Wilder, verzweifelter, und ich wusste nicht, wer von uns beiden daran schuld war. Cayden stöhnte an meinem Mund und seine Küsse wurden leidenschaftlicher. Ich klammerte mich an seinen Schultern fest, während seine Berührungen jeden noch verbliebenen Zweifel wegschwemmten. Meine Hände fuhren über seine Brust und seinen Bauch. Ein Seufzen entschlüpfte mir. Er umklammerte meine Taille und ich verlor mein Herz endgültig an ihn. Es hätte mir Angst machen sollen, aber ich wollte nur noch mehr von ihm.

Dann flüsterte ich seinen Namen auf seine Lippen und Cayden riss sich von mir los. Atemlos sahen wir uns an.

»Bist du deswegen hergekommen?«, fragte er sanft.

Ich nickte und legte ihm die Hand auf die Wange. »Ich kann nichts dafür«, antwortete ich leise. Eigentlich wollte ich nicht reden, er sollte mich einfach weiterküssen. »Ich habe mich in dich verliebt.«

Er blinzelte nur. Ich legte meine andere Hand auf seine Brust. Sein Herz schlug schnell. Zu schnell. Allerdings donnerte auch meines, als wollte es einen Wettkampf gewinnen. Ich versuchte zu lächeln, während Caydens Miene ausdruckslos wurde.

Er packte mich an den Oberarmen und schob mich weg. »Sag das nie wieder, hörst du? Hast du verstanden, Jess?« Seine Stimme klang drohend und seine Augen glitzerten vor Zorn. »Liebe mich nicht.«

Das war deutlich. Unmissverständlich. Meine Augen brannten, aber ich senkte nicht den Blick. Ich hatte ihm mein Herz auf einem Silbertablett serviert und er hatte es klitzeklein geschreddert. Mit nur wenigen Worten hatte er es kaputt gemacht. Dumm gelaufen. Ich hätte damit rechnen sollen. Eine Träne lief mir über die Wange.

Cayden hob die Hand, ließ sie aber wieder fallen, ohne mich zu berühren.

Als die Eingangstür neben uns knarrte, rückte er von mir ab, als hätte ich ihn gebissen. Josh steckte den Kopf heraus. Neben ihm tauchte Sharon auf. Sie war nur in ein Bettlaken gewickelt.

Ich wischte die Träne weg und versuchte, mich zusammenzureißen, aber Josh kannte mich zu gut. Sein Blick wanderte von Cayden zu mir und dann zurück zu ihm. »Alles in Ordnung?« Er stellte sich neben mich und sah mir ins Gesicht.

Ich wollte nicken. Aber das Einzige, was ich noch konnte, war, mir auf die Hand zu beißen, um nicht loszuschluchzen. Dann drängelte ich mich an den Jungs vorbei und rannte weg. Das Letzte, was ich hörte, war, wie etwas auf die Veranda krachte. Ich hoffte, es war Cayden gewesen. Diesmal hatte er es wirklich verdient.

Aufzeichnungen des Hermes

XIX.

Das Mädchen hatte Mumm. Wann war eigentlich das letzte Mal ein Menschenkind einem Gott hinterhergestiegen und hatte ihn so aus der Reserve gelockt?

Ich hätte ihr sagen können, was sie erwartete. Niemals würde er für die Liebe seinen Traum aufgeben. Aber das konnte sie ja nicht wissen. Das Letzte, was er brauchen konnte, war, an eine Sterbliche sein Herz zu verlieren. Obwohl es ihn ganz schön erwischt hatte. Er war völlig vernarrt in die Kleine, das sah inzwischen jeder.

Das war in all den Jahrhunderten noch nie passiert. Merkwürdig, da stolperte diese kleine Diafani in sein Leben und – peng! Warum gab er es nicht einfach zu und ließ diese Scheißwette sausen? Er wollte sie doch auch. Den Kinnhaken hatte er verdient und das wusste er vermutlich. Er hatte sich nicht mal gewehrt.

Das war es dann jetzt wohl. Noch eine Abfuhr holte Jess sich bestimmt nicht. Dafür war sie viel zu stolz. Das hatte Prometheus richtig schön vergeigt.

Diese Robyn würde ihm nicht widerstehen. Grundsätzlich

war es keine schlechte Taktik gewesen, die beiden Mädchen gegeneinander auszuspielen. Wenn der Plan aufgegangen wäre, hätten sie ihn beide abweisen müssen, aber da war ihre Freundschaft wohl nicht viel wert gewesen.

Offenbar kannte ich seine Schöpfung besser als er selbst. Vielleicht sollte ich mich dazu herablassen, dem Besserwisser ein paar Tipps zu geben.

Ich warf mich auf mein Bett und umklammerte das Kissen. Es war so demütigend. Ich schämte mich, wie ich mich noch nie geschämt hatte. Wie hatte ich mich ihm so an den Hals werfen können? Hatte ich so ausdrücklich sagen müssen, dass ich in ihn verliebt war? Hatte ich aus all diesen Liebesromanen und romantischen Filmen nichts gelernt? Als Mädchen wartete man geduldig auf seinen Prinzen. Blöd nur, dass Geduld nicht gerade eine meiner Stärken war. Wenn wenigstens Josh und Sharon das Ganze nicht mitbekommen hätten.

Die Tränen brannten in meinen Augen, und meine Kehle schmerzte von den Schluchzern, die ich unterdrückte, damit die Mädchen mich nicht hörten. Leahs Wodka musste schuld sein, dass mein gesunder Menschenverstand ausgesetzt hatte.

Ein winziger Teil in meinem Gehirn hoffte trotzdem auf ein Klopfen am Fenster. Vielleicht kam er, um sich zu entschuldigen? Ich war so unfassbar blöd. Ruhelos wälzte ich mich in meinem Bett herum, ohne einzuschlafen. Die ganze Zeit lauschte ich auf Schritte oder irgendein Geräusch. Bisher hatte ich gar nicht gewusst, dass ich masochistisch veranlagt war. Ich brauchte dringend eine kalte Dusche, damit ich wieder zu Verstand kam, aber ich konnte mich nicht aufraffen. Wenn es nur nicht so wehtun würde.

»Stimmt es, dass Josh und Cayden sich geprügelt haben?« Warum musste Leah mir so ins Ohr schreien? Ich fühlte mich wie gerädert, aber offenbar war ich doch noch eingeschlafen. Ich zog mir die Decke über den Kopf.

»Hey, was ist passiert? Das ganze Camp spricht von nichts anderem.« Sie schüttelte mich.

»Hätte Sharon nicht ein Mal den Mund halten können?«, fragte ich, obwohl ich keine Antwort erwartete.

Ich bekam sie trotzdem. »Sie hat es brühwarm beim Frühstück erzählt. Du hättest Caydens Blicke sehen sollen. Er hat sie damit quasi aufgespießt.«

Genau diese Blicke wollte ich nie mehr sehen. Prompt tauchten seine Augen in meinem Kopf auf und sahen mich vorwurfsvoll an. »Verschwinde«, murmelte ich.

»Meinst du mich? Keine Chance. Ich will erst wissen, was passiert ist. Bei Sharon klang es so, als hätte Cayden dich gegen deinen Willen vernaschen wollen. Bleibt die Frage, was du mitten in der Nacht bei seiner Lodge gemacht hast.«

Ich stöhnte auf. »Es war wohl eher so, dass ich ihn gegen seinen Willen vernaschen wollte«, grummelte ich in mein Kissen.

Leah fing so laut an zu lachen, dass ich das Türenknallen fast überhört hätte.

»Ups. Ich hätte dich vielleicht darauf hinweisen sollen, dass Robyn neben mir stand.«

Ich schob die Decke weg. »Sie hat das gerade gehört?«

Leah nickte und betrachtete mich aufmerksam. »Jetzt sag nicht, dass du die ganze Nacht geheult hast.«

»Sehe ich so aus?«

Sie nickte. »Das ist doch kein Junge wert.«

»Das sagt sich so leicht.«

»Das ist auch leicht. Erzählst du mir, was genau passiert ist?«

Obwohl sich alles in mir dagegen sträubte, berichtete ich Leah von dem Desaster. Das Einzige, was ich nicht erwähnte, waren die Gefühle, die seine Küsse in mir ausgelöst hatten. Ich schätzte, das kapierte sie auch ohne viele Worte. »Ich weiß nicht, was ich jetzt machen soll. Es ist so peinlich«, endete ich und seufzte.

Leah saß mir im Schneidersitz auf meinem Bett gegenüber. Wann hatte sie eigentlich Robyns Rolle als meine beste Freundin übernommen? Ich würde sie schrecklich vermissen.

»Willst du einen Rat von mir?«

»Ich nehme alles, was du anzubieten hast.«

»Okay. Dann ignorier ihn. Schau ihn nicht mehr an und rede nicht mehr mit ihm und fall ihm um Himmels willen nicht um den Hals.«

Ich grinste schief. »Ich werde es versuchen.«

»Denk daran: Er ist der Blödmann. Das musst du dir immer wieder sagen. Irgendwann glaubst du es dann auch.«

Ich konnte mir zwar nicht vorstellen, dass das funktionierte, aber einen Versuch war es wert. Leah hatte recht. Nicht mehr lange und ich würde ihn nie wiedersehen. Allein der Gedanke sorgte dafür, dass mir ein stechender Schmerz durch die Eingeweide zog. Warum gab es eigentlich kein Medikament gegen Liebeskummer? War schließlich eine Volkskrankheit.

»Jetzt zieh dich an. Wir gehen etwas essen und du wirst dich auf keinen Fall verstecken. Du hast nichts Schlimmes getan.«

Robyn und Sharon hatten keine Zeit verloren. Als ich mit Leah zur Mensa ging, wusste offenbar schon jeder im Camp, dass ich mich Cayden praktisch an den Hals geworfen hatte. Jetzt war er das arme Opfer. Warum war ich nur eine doofe Diafani und keine Hexe? Dann hätte ich mich jetzt vielleicht unsichtbar machen können. Was nützte es mir schon, dass ich die Welt der Götter sah?

Da wir so kurz vor Ende des Camps keine festen Kurszeiten mehr hatten, ließ ich mich von Leah überreden, nach dem Essen zu den Kletterfelsen zu gehen. Dort waren wir in den vergangenen Tagen oft gewesen.

»Ich habe dir doch gesagt, dass du dich hier auspowern kannst«, erklärte mir Jeanne, als sie mir half, meine Gurte zu lösen. Den höchsten Felsen erklomm ich mittlerweile in Bestzeit. Allein zu klettern, war cool, aber es war doch nicht dasselbe wie mit Cayden. »Alles in Ordnung bei dir?«, fragte sie.

Ich zuckte mit den Schultern. Selbstverständlich hatten auch die Trainer von den Gerüchten gehört. Es war wirklich peinlich, dass alle über mein verkorkstes Liebesleben Bescheid wussten. In dieses Camp würde ich nie wieder fahren.

»Du wirst ihn vergessen«, versuchte sie, mich zu trösten. »Wenn du erst wieder zu Hause bist, wird es leichter. Die Zeit heilt alle Wunden.«

Ich rieb mir über die Augen. »Wahrscheinlich hast du recht.« Sie hatte ja keine Ahnung.

Heute fanden die Abschlusstests statt und ich war übermüdet und unkonzentriert. Alles nur wegen dem Blödmann.

Mrs. Ross begann, die Testbögen auszuteilen. Als sie fertig war, kam sie zu mir. »Wie geht es dir?«

»Gut. Danke.« Ich sah ihr fest in die Augen.

Sie drückte meine Schulter und ging nach vorn.

Ich verdrängte alle unliebsamen Gedanken und konzentrierte mich auf die Aufgaben. Es gelang mir erstaunlich gut.

Nach dem schriftlichen Test hatten wir eine Stunde Pause, bevor die mündlichen Prüfungen begannen. Ich lief zur Cafeteria, um mir einen Muffin und einen Cappuccino zu holen. Leah lehnte hinter der Theke und kaute an einem Apfelstück.

»Wie lief es?«, fragte sie.

»Ich glaube, ganz gut. Obwohl ich kaum gelernt hatte.«

»Wundert mich nicht.« Athene tauchte neben mir auf. Während Leah einen Tee für sie machte, beugte sie sich zu mir. »Du bist eine Diafani. Unsere Welt ist ein Teil von dir. Diese Fähigkeit musste nur aktiviert werden. Du merkst es gar nicht, oder? Du sprichst mit Kalchas. Der Wolf kann nur Griechisch, und ich schätze, Agrios ist auch nicht zweisprachig aufgewachsen.«

Erstaunt sah ich sie an. Das hätte sie mir wirklich schon mal früher sagen können. Dann hätte ich mich nicht so anzustrengen brauchen und mehr Zeit am Pool verbringen können.

Leah stellte den Tee vor Athene ab. »Hat er dich angeschaut?«, fragte sie neugierig.

»Cayden? Er hat mich keines Blickes gewürdigt und ich ihn auch nicht.«

Leah grinste. »Das wollte ich hören …«

»Ich will nicht zu der Abschlussparty gehen«, erklärte ich zum hundertsten Mal und ließ mich auf mein Bett fallen.

»Du musst aber«, widersprach Leah. »Du kannst dich nicht in der Lodge verkriechen wie ein angebissenes Kaninchen.«

»Ich bin nicht angebissen, sondern angepisst.«

»Reiß dich mal zusammen. So toll ist er nun auch wieder nicht«, belehrte sie mich. Damit hatte sie grundsätzlich recht. Jetzt musste ich nur noch meinen Kopf davon überzeugen. Das war leider nicht so leicht, wie es hätte sein sollen.

Als wir nach dem mündlichen Test in die Lodge zurückgekommen waren, hatten Cayden und Robyn auf unserer Couch gesessen.

Besser gesagt: Cayden hatte auf der Couch gesessen und Robyn auf seinem Schoß. Er hatte sie von sich heruntergeschoben und fluchtartig die Lodge verlassen. Den Blick, den er mir im Hinausgehen zugeworfen hatte, versuchte ich immer noch zu interpretieren. Am ehesten würde ich ihn als sehnsüchtig beschreiben, was natürlich totaler Blödsinn und pures Wunschdenken war.

»Ziehst du das Kleid an, das Athene dir gebracht hat?«, riss Leah mich aus meinen Gedanken, und es klang so, als rechnete sie schon damit, dass ich Nein sagte.

»Warum nicht?« Ich straffte meine Schultern. »Es ist wirklich toll und es passt mir wie angegossen.«

»Vor allem ist es ein sehr freizügiges Kleid«, stellte Leah fest.

»Findest du es übertrieben?«

»Es passt nicht gerade zu deinem sonstigen Stil.« Sie zwinkerte mir zu. »Und damit ist es genau richtig.«

Ich drehte mich vor dem Spiegel. Das Kleid war tatsächlich ziemlich freizügig. Es bestand aus unzähligen glitzernden Pailletten, wurde an den Schultern von schmalen Trägern gehalten und hatte hinten einen Ausschnitt, der mir fast bis zum Steißbein reichte. Es schmiegte sich an meinen Körper wie eine zweite Haut.

Leah flocht meine Haare geschickt zu einem raffinierten Zopf, dann kaschierte sie meine Augenringe und trug ein bisschen Gloss auf meine Lippen auf.

»Übertreib es nicht«, ermahnte ich sie.

Als sie fertig war, betrachtete ich ihr Werk. Aus dem Spiegel schaute mich eine Fremde an. Aber sie war unbestreitbar schön. Meine Haare glänzten, und ich hatte gar nicht gewusst, dass ich so hohe Wangenknochen besaß und dass meine Augen leicht schräg standen.

»Ich weiß nicht, ob ich so aussehen will«, sagte ich dennoch.

Leah sah Athene, die in einem schmalen silbernen Kleid in den Raum getanzelt kam, so an, als hätte ich verkündet, dass ich einen Alien heiraten wollte.

»Das bin nicht ich. Es wirkt sonst noch so, als wollte ich ihm zeigen, was ihm entgangen ist.« Ich zog an dem Zopfgummi.

»Das lässt du schön bleiben. Du willst ihm gar nichts zeigen«, befahl Leah. »Hör auf, dir so was einzureden. Er hatte seine Chance. Es spricht nichts dagegen, dass der Rest der Welt sieht, wie hübsch du bist.«

Athene musterte mich. »Du musst eindeutig an deinem Selbstbewusstsein arbeiten.«

»Das ist gerade etwas angeknackst, aber okay. Ihr habt gewonnen.«

Als wir die festlich geschmückte Mensa betraten, war es zu spät, einen Rückzieher zu machen. Außerdem wollte ich nicht Cayden etwas beweisen, sondern mir. Was war es noch mal gewesen? Ach ja. Ich konnte schön und begehrenswert sein, wenn ich wollte. Und heute wollte ich.

Caydens Augen weiteten sich für einen Moment, als ich mit Athene den Saal betrat und in Richtung Bar ging. In den Pailletten meines Kleides glitzerten tausend Lichter. Leah strahlte mich an, vermutlich froh, dass ich ihre Arbeit nicht zunichtegemacht hatte. Dann schob sie mir einen bunten Cocktail über den Tresen.

»Ist nichts drin.« Sie zwinkerte.

Eine warme Hand legte sich auf meinen Rücken, und als ich mich umdrehte, sah ich in Apolls funkelnde Augen. »Ich finde, es ist an der Zeit, dass wir jemandem doch mal zeigen, worauf er freiwillig verzichtet hat.«

»Das ist ein blödes Spiel«, flüsterte ich zurück.

»Ich weiß, aber es macht trotzdem Spaß. Du kannst es nicht sehen, aber mein lieber Cousin tötet mich gerade mit seinen Blicken.«

»Er kann dich nicht töten, du bist ein Gott.«

»Sei nicht so kleinlich. Was ist? Spielen wir?«

Was hatte ich schon noch zu verlieren? »Spielen wir!« Ich konnte es mir nicht verkneifen, zu Cayden zu schauen. Apoll hatte recht. Obwohl Robyn ganz nah bei ihm stand und er keinen Grund hatte, ausgerechnet uns zu beobachten, blitzte Wut in seinen Augen auf.

Apoll zog mich auf die Tanzfläche und ich legte einen Arm um seine Taille. Es war erbärmlich, und es war blöd, aber der Gedanke, dass es Cayden vielleicht eifersüchtig machte, wenn ich mit seinem Cousin tanzte, ließ mich auflachen, als Apoll mich herumzuschwenken begann. Er war ein ausgesprochen guter Tänzer, aber wahrscheinlich gab es nichts, was Götter nicht gut konnten.

Langsam entspannte ich mich und überließ mich Apolls Führung. Als ein langsames Lied begann, schmiegte ich mich an ihn. »Es wird leichter werden, wenn wir weg sind«, raunte Apoll mir ins Ohr.

»Das hoffe ich.« Seine Hände lagen auf meiner Taille, mein Kopf lag an seiner Brust. Ich fing einen Blick von Melissa auf. Obwohl sie unbestreitbar hübsch war, war es ihr nicht gelungen, in diesem Sommer einen der Jungs aufzureißen. Das wurmte sie. Bestimmt fragte sie sich, was Apoll ausgerechnet an mir fand. Ich musste grinsen und legte meine Arme um Apolls Nacken.

»Das Spiel beginnt dir wohl Spaß zu machen«, feixte er.

»Es ist ganz unterhaltsam.«

»Ich frage mich, wie lange mein lieber Cousin sich noch zurückhalten kann, bevor er dich von mir wegreißt«, überlegte Apoll laut. »Vielleicht sollte ich dich küssen.«

»Untersteh dich«, warnte ich ihn. »Mein Bedarf an Küssen ist für diesen Sommer gedeckt.«

Apoll zog die Augenbrauen hoch. »Schade eigentlich. Es würde zum Spiel gehören.«

Das glaubte ich ihm unbesehen.

Cayden lehnte neben Josh an der Theke. Beide ließen mich und Apoll nicht aus den Augen.

»Man könnte meinen, sie wären deine Wachhunde. Bist du dir sicher mit dem Kuss?«

»Ganz sicher.«

»Ich bin nicht schlecht in dieser Disziplin«, versuchte er, mich zu überreden. Seine Augen funkelten belustigt.

»Das glaube ich dir gern, aber wir sollten es nicht zu weit treiben.«

»Ganz, wie du möchtest. Ich glaube auch, wir haben ihn genug geärgert.« Als das Lied verklang, brachte Apoll mich zu meinem Platz zurück.

Ich trank meinen Cocktail aus und überlegte, was ich mit dem restlichen Abend anfangen sollte. Die Party ging noch mindestens bis Mitternacht. Am besten verzog ich mich mit meinem gerade aufpolierten Selbstvertrauen in meine Lodge, bevor es jemand wieder zerstören konnte.

»Musstest du dich so an ihn heranschmeißen?« Cayden stand plötzlich neben mir.

Ich zog an meinem Strohhalm. »Ich weiß nicht, wovon du sprichst.«

»Und dieses Kleid! Woher hast du das überhaupt?«

»Ich finde es sehr schön. Athene hat es mir geliehen.« Ich

drehte mich einmal im Kreis, damit er auch die Rückenansicht bewundern konnte. Er schluckte und ich verkniff mir ein Grinsen.

»Es ist schön«, gab er widerwillig zu. »*Du* bist schön«, setzte er leiser hinzu und nahm mir damit den Wind aus den Segeln. Er sah mich an und alles wirbelte durcheinander. Ich wollte meinen Blick von ihm lösen, aber ich konnte es nicht. Fast schien es mir, als ob die Energie, die sich zwischen uns aufbaute, flimmerte.

Cayden umklammerte sein Glas so fest, dass seine Knöchel ganz weiß wurden. Wenn er so weitermachte, hätte er gleich nur noch Scherben in der Hand. »Ich wollte dir noch sagen, dass es mir leidtut, was neulich Abend passiert ist.«

Meinte er den Kuss oder dass er mich abgewiesen hatte? Ich wollte es lieber nicht so genau wissen. »Ich hätte mich dir nicht so an den Hals werfen dürfen. Das war blöd. Ich hatte etwas getrunken. War ja nur ein Kuss. Nichts Besonderes.«

Cayden seufzte. »Dann bleiben wir Freunde?«

»Wir werden uns eh nie wiedersehen, von daher ist Freunde wohl okay.«

Er strich mit seinem Zeigefinger über meine Wange. In meinem Bauch kribbelte es wie verrückt und ich trat einen Schritt zurück.

Seine sonst smaragdgrünen Augen waren jetzt fast schwarz. »Es tut mir leid, vergiss das nicht«, sagte er noch einmal und ging mit langen Schritten davon. Irgendwie klang es nicht, als entschuldigte er sich für etwas, was bereits passiert war.

Robyn tauchte neben mir auf. »Hast du noch immer nicht

genug Abfuhren von ihm bekommen? Wann begreifst du endlich, dass er dich nicht will?«

Ihre Stimme klang so feindselig, dass ich vor Schreck gar nicht wusste, was ich sagen sollte. Offensichtlich hatte Leah recht gehabt und sie war einfach ein selbstsüchtiges Biest. Ich hatte es nur all die Jahre nicht kapiert.

»Und wie du aussiehst.« Sie musterte mich von oben bis unten. »Dachtest du, er nimmt dich, nur weil du mal ein hübsches Kleid trägst und deine Haare zurechtgemacht hast?«

Ich schluckte. »Das meinst du doch nicht so«, erklärte ich und versuchte, leise zu sprechen. Die Ersten drehten sich schon nach uns um. »Willst du wirklich alles kaputt machen? Seinetwegen?«

Robyn zog einen Schmollmund und verschränkte die Arme vor der Brust.

»Wir sind seit Ewigkeiten befreundet«, erinnerte ich sie. »Wir sind beste Freundinnen. Bedeutet dir das denn nichts?«

»Bedeutet es dir denn etwas? Du gönnst ihn mir nicht. Du willst ihn für dich«, behauptete sie. Fehlte nur noch, dass sie mit dem Fuß aufstampfte.

»Darum geht es jetzt nicht. Es geht um unsere Freundschaft. Wir haben uns mal geschworen, dass kein Junge sie jemals zerstören wird.« Ich drang nicht zu ihr durch und hatte das Gefühl, mit einer Fremden zu reden. Sie wollte etwas und würde es sich holen. Alles andere war egal.

»Wir waren zehn Jahre alt«, erklärte Robyn. »Das zählt ja wohl kaum.« Sie seufzte. »Wenn du meine Freundin bist, dann misch dich nicht mehr ein und sei nicht sauer, nur weil ich gewonnen habe«, lenkte sie ein. »Zu Hause suchen wir dir endlich einen netten Jungen. Versprochen.« Damit drehte sie sich um und ließ mich stehen. Sie ging geradewegs auf Cayden zu, der an einem Holzpfosten lehnte.

Ich öffnete die Tür zu unserer Lodge. Leah und Athene hinter mir kicherten. Im Gegensatz zu mir hatten die beiden heimlich etwas getrunken. Josh, Apoll und Sharon folgten uns in einigem Abstand. Keiner hatte Lust gehabt, den Abend schon zu beenden.

Im Wohnzimmer brannten ein paar Kerzen. Was ich in ihrem schummerigen Licht sah, ließ mich zu einer Salzsäule erstarren. Das Kichern verklang. Leah rutschte noch ein Ups heraus.

Cayden stand mit zerzausten Haaren und bloß mit Jeans bekleidet neben der Couch. Robyns Hände lagen auf seiner Brust. Sie war in ein Laken gewickelt. Eindeutiger konnte eine Situation nicht sein.

Mit aufgerissenen Augen starrten wir uns an. Cayden fand als Erster die Fassung wieder. Er griff nach seinem Hemd und zog es sich über. Robyn blickte triumphierend. Sie hatte wohl gehofft, dass wir sie erwischten.

Apoll legte seine Hand auf meine Schulter. Ich versuchte, mir nicht anmerken zu lassen, wie sehr die Situation mich verletzte. Leider gelang mir das nicht sonderlich gut. Robyn hatte bekommen, was sie wollte, und lächelte. Cayden schaute einfach durch mich hindurch. Seine Kiefermuskeln mahlten, als wäre er wütend, und das war er sicherlich auch. Es war eben blöd, wenn man erwischt wurde. Ich musste etwas sagen. Irgendwas

Cooles. Aber ich konnte es nicht. Meine Lippen bewegten sich, ohne dass ich ein Wort herausbrachte. Übelkeit stieg in mir auf. Ich trat einen Schritt zurück und stolperte.

Josh fing mich auf. »Lass uns gehen«, flüsterte er mir ins Ohr.

Ich lehnte mich an ihn, während er mich die Treppe hinunterzog und wegbrachte. Erst in seinem Zimmer, als wir allein waren, erlaubte ich mir, zu weinen. Josh hielt mich fest, auch als sein T-Shirt schon völlig durchnässt von meinen Tränen war. Er sagte nichts und dafür war ich ihm dankbar. Noch nie hatte mir etwas so wehgetan, nicht mal, als mein Vater abgehauen war. Damals war ich schockiert gewesen und hatte ihn furchtbar vermisst. Aber meine Mutter hatte viel mehr gelitten, denn ich hatte immerhin noch Josh gehabt und Robyn. Ein erneutes Schluchzen schüttelte mich. Es fühlte sich tatsächlich an, als hätte man mir das Herz aus der Brust gerissen, als würde ich nie wieder aufrecht stehen können, weil mir jeder einzelne Körperteil wehtat.

Irgendwann legte mich Josh auf sein Bett und zog eine Decke über uns. Mein Kopf lag an seiner Schulter. Draußen donnerte und blitzte es wie am Tag unserer Ankunft. Meine Finger bohrten sich in Joshs Brust, und er zuckte kurz zusammen, bevor er mich noch fester an sich zog. Sein Herz schlug ganz ruhig. »Ich könnte ihn umbringen«, sagte er leise. »Du musst es nur sagen.«

Ich lachte trocken auf. Einen Gott konnte man schlecht ermorden. Er würde ewig leben und so lange vermutlich Herzen brechen. Was sonst sollte man tun, wenn man die Ewigkeit vor sich hatte? Was scherte es ihn, uns Sterbliche zu verletzen?

»Er ist es nicht wert«, antwortete ich.

»Bist du ganz sicher?«

Ich nickte.

»Du solltest schlafen.« Er strich mir mein zerstrubbeltes Haar aus der Stirn. »Ich bleibe bei dir, wenn du magst.«

Ich schloss die Augen und versuchte, in Gedanken einen Ort zu finden, der mich nicht an Cayden erinnerte. Es gelang mir nicht. Ich dachte an unsere erste Begegnung, an seine Blicke und an jedes einzelne Wort, das wir gewechselt hatten. Warum hatte ich zugelassen, dass er mir so wehtat? Gerade ich hätte es besser wissen müssen. Hatte ich nicht bereits am ersten Tag vermutet, dass er Herzen brechen würde? Und nun lag mein eigenes in winzigen Scherben zu meinen Füßen.

Aufzeichnungen des Hermes

XX.

Ich hatte meine Wette gewonnen und jede Menge Gewinn eingestrichen. Aber so richtig glücklich war ich dieses Mal nicht. Jess tat mir leid. Offensichtlich wurde ich mit dem Alter sentimental. Bisher hatte es mich doch auch nicht interessiert, was aus den Mädchen wurde, die Prometheus benutzt hatte. Aber immerhin war sie eine Diafani.

Er wollte diese Wette eben endlich gewinnen. Wer konnte es ihm verübeln, so lange, wie er es schon versuchte? Die Kleine war am Boden zerstört. Schade, dass sie uns nicht vergessen konnte. Das würde vieles leichter machen. Aber Menschenherzen waren erstaunlich robust. Sie würde schon darüber hinwegkommen.

Rosafarbenes Licht schlich sich durch die Vorhänge. Die Sonne streckte ihre Fühler nach uns aus und ihre Strahlen tanzten über die Bettdecke. Josh betrachtete mich aufmerksam, als ich die Augen öffnete. Sie brannten wie Feuer.

»Hey«, sagte er.

Ich nickte und räusperte mich. Meine Kehle fühlte sich an wie ein Reibeisen. »Hey.«

»Willst du duschen oder was essen?«

»Duschen wäre wahrscheinlich gut.« Plötzlich konnte ich mir nichts Schöneres vorstellen als eine heiße Dusche, die alle meine Tränen und meinen Schmerz fortspülte. »Aber ich gehe nicht zurück in meine Lodge.«

»Du kannst hierbleiben. Ich lass dich allein«, bot Josh an, stand auf und schlüpfte in seine Jeans. Dann wandte er sich mir noch mal zu.

»Cayden war noch mal hier. Er wollte mit dir reden, aber ich habe ihn weggeschickt. Ich hoffe, das war okay.«

»Ich glaube schon«, stammelte ich, obwohl mein verräterisches Herz schneller schlug. Vielleicht gab es irgendeine Erklärung. Die Hoffnung stellte verrückte Dinge mit mir an.

Josh kam zurück und nahm meine Hand. »Sie haben miteinander geschlafen, Jess. Die Situation war mehr als eindeutig.«

Ich wollte das nicht hören.

»Es tut mir leid. Ich hätte dir diese Erfahrung gern erspart. Aber du verdienst einen Mann, der dich aufrichtig liebt, und zwar nur dich. Ich werde nicht zulassen, dass er dir wehtut.« Seine Stimme klang ungewohnt hart. »Normalerweise bist du so vernünftig, aber was ihn betrifft, kannst du irgendwie nicht klar denken.«

»Ich bin dir wirklich dankbar«, flüsterte ich unter Tränen. »Und ich weiß das wirklich zu schätzen, aber manche Kämpfe muss man allein kämpfen. Wenn er mit mir reden will, dann schaffe ich das schon.«

Josh legte mir einen Arm um die Schultern. »Das musst du nicht, Jessy. Ich dachte, das hättest du längst verstanden. Um erfolgreich kämpfen zu können, braucht man Freunde, die einem den Rücken decken. Sonst hat man von vornherein verloren.«

Als ich aus dem Bad kam, klopfte es an der Eingangstür. »Lass uns bitte einen Moment mit Jess allein«, verlangte Zeus von Josh, der inzwischen zurück war.

Josh sah zu mir, und als ich nickte, verschwand er wieder nach draußen.

Hera setzte sich zu mir auf die Couch. »Wir wollten uns verabschieden«, sagte sie. Ihren Neffen erwähnte sie mit keinem Wort. »Wir werden auf dich achtgeben.«

»Das ist nicht nötig«, wehrte ich ab. »Ich habe alles im Griff.«

»Wir möchten nicht, dass es dir an etwas fehlt.«

Ich runzelte die Stirn. »Warum?«

»Du bist eine Diafani. Wir fühlen uns für dich verantwortlich.« Hera warf ihrem Mann, der an der Tür stehen geblieben war, einen Blick zu.

Zeus lächelte aufmunternd. »Du kannst uns jederzeit um Hilfe bitten. Wir werden für dich da sein.«

»Bisher kam ich ja auch ohne euch zurecht. Ich würde das auch in Zukunft ganz gern so handhaben.« Das klang bockig, aber das war mir egal.

Zeus sah zu Hera. »Warum ist sie so dickköpfig? Früher waren die Menschen froh, wenn wir ihnen unsere Unterstützung anboten.«

Hera zuckte mit den Schultern, lächelte aber. »Wir werden auf dich aufpassen, solange es nötig ist.«

Ich wollte, dass sie mich in Ruhe ließen, aber um Zeus nicht noch mehr zu verärgern, sagte ich lieber nichts. Ich würde ihre Hilfe nicht brauchen, außer, sie boten an, unsere Fenster zu putzen, einzukaufen, den Rasen zu mähen oder mit Phoebe Mathe zu üben. Ich vermutete aber, auf solche profanen Aufgaben bezog sich ihr Hilfsangebot nicht.

»Ich habe ein Abschiedsgeschenk für dich. Apoll war bei Hephaistos und hat es für dich anfertigen lassen.« Zeus hielt mir etwas auf der flachen Handfläche hin, sodass ich näher treten musste.

Es war eine Kette. Die gleiche Kette, wie sie die Kinder des Zeus trugen. Als Anhänger schmückte diese ein Adler. Offensichtlich hatte Apoll sich einen Scherz erlaubt. Die silbern schimmernden Flügel des Vogels waren ausgebreitet, und er war so sorgfältig gearbeitet, dass man fast jede Feder erkennen konnte. In seinem Schnabel hielt er ein Schwert.

»Solltest du jemals in Gefahr geraten, umfasse den Adler, und er wird dir eine Waffe sein«, erklärte Hera.

»Ich kann es nicht annehmen. Es ist viel zu wertvoll«, sagte ich abwehrend.

Zeus beachtete meinen Einwand gar nicht, sondern stand auf und kam zu mir. Er legte mir die Kette um. »Zögere nicht, sie zu benutzen. Agrios ist zwar verschwunden, aber wir wissen nicht, für wie lange. Ich glaube nicht, dass er aufgibt.«

Ich nickte. Wenigstens waren keine Edelsteinsplitter in der Farbe von Caydens Augen auf dem Schmuckstück.

Hera überreichte mir ein Zertifikat, auf dem meine Testergebnisse standen. Ich hatte überall die volle Punktzahl. Der Versuch, mich darüber zu freuen, scheiterte kläglich.

»Vielen Dank«, murmelte ich. »Für alles.«

»Viel Glück, kleine Diafani«, hörte ich Zeus noch sagen, als die Tür hinter ihnen zuschlug.

Als es draußen wieder dunkel wurde, lag ich immer noch auf der Couch.

»Sie reisen ab«, hörte ich Josh sagen. Er stand am Fenster und schaute hinaus. Die Gardine hatte er ein Stück zur Seite geschoben.

Ich richtete mich auf. Meine Handflächen wurden feucht. Fassungslos schüttelte ich den Kopf, als mir klar wurde, dass ich darauf gehofft hatte, dass er noch einmal zu mir käme. War er natürlich nicht. Warum auch? Offensichtlich hatte ich nicht mal eine Erklärung verdient. Kein Wort des Abschieds. Ich rappelte mich auf und rannte zur Tür. Warme Abendluft schlug mir entgegen, als ich sie aufriss, doch der Volvo war fort, nicht einmal die Rücklichter waren noch zu sehen.

Josh trat neben mich. »Er hat dich gar nicht verdient.«

Verzweifelt nickte ich. Ich durfte ihn nicht lieben. Das musste ein Ende haben. Ein Gedanke manifestierte sich in meinem Kopf: Gehörten Liebe und Hass nicht zusammen? Zwei Seiten einer Medaille. Wenn ich ihn schon nicht lieben durfte, dann würde ich ihn eben hassen.

Mehr zu Marah Woolfs fantastischen Welten

Leseprobe

Götterfunke

Hasse mich nicht

Buch II

Aufzeichnungen des Hermes

1.

Neues Spiel, neues Glück. Es ging für Prometheus in die zweite Runde. Die erste hatte er mal wieder verloren, obwohl seine Taktik diesmal nicht schlecht gewesen war.

Bisher hatte er noch nie versucht, zwei Mädchen gegeneinander auszuspielen. Besser gesagt: zwei beste Freundinnen. Aber was zählte eine lebenslange Freundschaft schon, wenn ein Mann ins Spiel kam? Offenbar wenig.

Ich war gespannt, wo Zeus uns dieses Mal hinschleppen würde. Hoffentlich nicht in eine dieser riesigen Städte mit ihrem Lärm und dem ganzen Gestank.

Ich fragte mich, wie es unserer kleinen Diafani ging. Ihre Freundin mit Prometheus zu sehen, hatte sie geschockt, aber sie hatte erstaunlich viel Würde bewahrt. Ein bisschen geheult, ja, aber das war zu erwarten gewesen.

Vielleicht sollte ich mal nach ihr schauen. Konnte ja nicht schaden. Wenn Zeus es erlaubte, könnte ich ihr sogar helfen, alles niederzuschreiben. Immerhin kannte ich mich damit aus.

Josh strahlte übers ganze Gesicht, als ich ihm die Tür öffnete. Der Geruch von Algen und Salz drang vom Meer zu uns. »Bereit?«, fragte er.

Ich schulterte meine Umhängetasche und warf einen Blick zurück. Mom lehnte mit einer Kaffeetasse in der Hand in der Küchentür und nickte aufmunternd.

»Hi, Mrs. Harper«, rief Josh, »Sie sehen gut aus.«

»Du bist und bleibst ein Charmeur.« Mom kam zu uns geschlendert. Josh hatte recht. Sie trug eine saubere Jeans und ein hübsches T-Shirt. Die Nägel ihrer nackten Füße waren ordentlich lackiert und ihre frisch gewaschenen Haare hatte sie zu einem Zopf gebunden. Sie hatte keinen Schluck Alkohol angerührt, seit ich vor fünf Tagen aus dem Camp zurückgekommen war, obwohl ihre Hände zitterten. Ich wagte nicht zu hoffen, dass dieser Zustand anhielt.

»Pass gut auf meine Kleine auf«, bat sie meinen besten Freund und strich mir zum Abschied über den Arm. Früher hatte sie mir einen Kuss auf die Wange gegeben, aber das tat sie schon lange nicht mehr.

»Bis später, Mom.« Ich folgte Josh die gekieste Einfahrt hinunter zu seinem Wagen.

Er wartete, bis ich angeschnallt war, bevor er mit seinem Verhör begann. »Wie geht es dir?«

»Gut«, antwortete ich so gelassen wie möglich und zog mein Handy aus der Tasche, um meine Nachrichten zu checken. Leah hatte geschrieben.

»Willst du nicht mit mir reden?«, fragte er. Wenigstens startete er dabei den Wagen. Ich wollte am ersten Schultag nicht zu spät kommen.

»Doch, klar. Was hast du heute für Kurse?«

»Das meinte ich nicht«, antwortete er genervt und reihte sich in die Schlange der Autos ein, die nach Monterey hineinfuhren. Unser Haus lag etwas außerhalb, und ich war froh, dass er mich abgeholt hatte. Bis zum Ende des vorigen Schuljahres hatte meine beste Freundin Robyn diesen Job übernommen. Aber seit unserer Rückkehr aus dem Camp hatte sie sich nicht gemeldet. Ich war noch nicht sicher, ob ich darüber froh oder unglücklich sein sollte. Das entschied sich vermutlich heute, wenn wir uns wiedersahen.

»Ich will wissen, wie es dir wirklich geht. Meinst du, mir ist nicht aufgefallen, wie sehr du dich in Cayden verliebt hattest?«

»*Hattest* trifft es genau«, unterbrach ich ihn. Ich wollte auf keinen Fall noch mal über dieses Desaster im Sommercamp mit ihm sprechen. Ich hatte heute Morgen mindestens eine halbe Stunde damit verbracht, meine Augenringe zu überschminken, um nicht wie ein Zombie auszusehen. Wenn ich jetzt anfing zu heulen, konnte er gleich umdrehen und mich wieder nach Hause bringen.

Und die Wahrscheinlichkeit, dass ich in Tränen ausbrechen würde, war ziemlich hoch. Meine kleine Schwester Phoebe hatte behauptet, dass der Meeresspiegel um ungefähr einen Zentimeter gestiegen wäre, wenn wir meine Tränen der letzten Tage direkt ins Meer gekippt hätten. Ihrer Meinung nach war es eine Zumutung, so viel zu heulen, wenn man bedachte, dass, bedingt durch die Klimaerwärmung, etliche Gebiete der Welt sowieso schon von Überflutung bedroht waren. Diese zwingenden Argumente hatten meine Springflut versiegen lassen, und ich hatte kein Interesse daran, dass es wieder losging. Meine Augen brannten höllisch. Vielleicht sollte ich eine Sonnenbrille aufsetzen und behaupten, ich wäre erblindet.

»Ich glaube dir zwar kein Wort, aber vorerst lasse ich dich in Ruhe«, erklärte Josh gerade. »Du weißt ja, wenn du mich brauchst, genügt ein Anruf.«

Ich griff nach seiner Hand und drückte sie. In dem ganzen Chaos der letzten Woche war er mein Fels in der Brandung gewesen. Ich weiß nicht, wie ich ohne ihn nach Hause gekommen wäre.

Der Parkplatz war bereits brechend voll, als wir an der Schule ankamen. Ich sah Robyns Auto in der vordersten Reihe stehen. Ich brauche kein schlechtes Gewissen zu haben, wiederholte ich immer wieder geradezu mantraartig. Robyn war diejenige, die unsere Freundschaft aufs Spiel gesetzt hatte. Trotzdem schlug mein Magen Purzelbäume. Vielleicht hätte ich sie anrufen sollen. Robyn machte nicht gern den ersten Schritt nach einem Streit, aber wenn ich ihr ein Stückchen entgegenginge, dann … Ja, was eigentlich?

Josh rührte sich nicht, obwohl er längst eine Lücke gefunden und eingeparkt hatte. »Du hoffst sicher, dass ihr euch wieder vertragt, oder?«

Ich nickte und knibbelte an den Nähten meiner Jeans.

»Sie ist ganz schön verzogen, aber das weißt du ja. Du solltest ihr nicht so schnell verzeihen.«

»Das ist dein Rat?« Erstaunt sah ich ihn an. Josh war eigentlich ziemlich harmoniebedürftig. Wenn wir uns stritten, dann dauerte es maximal fünf Sekunden, bis er einlenkte.

»Robyn hat dich und Cameron betrogen. Aber ich befürchte, sie redet sich ihr Gewissen irgendwie rein. So ist sie nun mal.«

Ich verknotete meine Finger. »Ich kann mir nicht vorstellen, wie es ohne sie wäre.« Das war ein schwaches Argument, das wusste ich selbst. Aber Robyn und ich waren seit Ewigkeiten befreundet. Dass ein Junge uns auseinanderbringen könnte, wäre vor ein paar Monaten noch undenkbar gewesen.

Okay. Cayden war kein normaler Junge, sondern ein Gott. Ein Titan, um genau zu sein. Er hatte mich glauben lassen, dass ich ihm etwas bedeutete, und dann mit meiner besten Freundin geschlafen. Ich schluckte. Daran hatte ich doch nicht denken wollen. Ich würde ihn und die anderen Götter nie wiedersehen. Ich musste mich darauf konzentrieren, mein eigenes Leben wieder auf die Bahn zu bekommen, und dazu gehörte, mich mit Robyn zu vertragen. Und dann würde ich vielleicht irgendwann mal darüber nachdenken, Zeus' Bitte zu folgen und die ganze

Geschichte aufschreiben. Legenden, an denen ich mich orientieren könnte, gab es zur Genüge, schließlich hatten die Götter immer wieder Menschenfrauen verführt. Und Cayden hatte sich dazu nicht mal verwandeln müssen. Er war so schön, ein paar Blicke und Küsse – das hatte genügt, damit mein Herz ihm zu Füßen gefallen war. Von *Verführung* konnte da eigentlich keine Rede sein. Leider. Wenn ich geahnt hätte, dass er auf meinem Herzen herumtrampeln würde, hätte ich besser aufgepasst.

»Ich möchte nicht, dass sie dir noch mehr wehtut«, sagte Josh, stieg aus und kam um das Auto herum, um mir die Tür zu öffnen. Er zupfte den Kragen meiner Bluse gerade. »Ich habe Cameron nichts gesagt«, erklärte er wie beiläufig. »Das muss Robyn schon selbst tun.«

Ich nickte, obwohl ich mich fragte, ob das eine kluge Entscheidung gewesen war. In seiner Haut wollte ich nicht stecken. Cameron wäre am Boden zerstört, wenn er von Robyns Betrug erfahren würde. Sagte Josh nichts, und es kam irgendwann heraus, würde Cameron sich von ihm genauso betrogen fühlen. Auch konnte ich mir nicht vorstellen, dass Robyn mit ihm zusammenblieb. Sie hatte mit Cayden geschlafen, dann konnte sie Cameron doch eigentlich nicht mehr lieben? Andererseits würde sie Cayden nie wiedersehen. Ob sie das wusste? Oder hatte der Idiot ihr versprochen, sie anzurufen? Wenn ja, würde sie eine Enttäuschung erleben. Etwas sagte mir, dass es mit dem Mobilfunknetz in der Götterwelt nicht besonders weit her war.

»Jess, du hast immer noch mich«, erklärte Josh eindringlich und riss mich damit aus meinen Gedanken.

»Ich weiß.« Kurz lehnte ich mich an ihn, bevor ich mich dazu aufraffte, in die Höhle des Löwen zu gehen. So schlimm würde es schon nicht werden.

Die Glocke läutete das erste Mal, als wir die Eingangshalle unserer Schule betraten. Ich rieb über meine Arme, weil es hier drinnen deutlich kühler war als draußen. Aufgeregtes Summen lag in der Luft wie jedes Jahr am ersten Schultag. In wenigen Wochen würde die Euphorie in normale Lethargie umschlagen, die meist bis zum Ende des Schuljahres anhielt. Es war mein letztes Schuljahr; was danach kam, stand in den Sternen oder lag in den Händen der Götter. Allerdings würde ich ihnen mein Schicksal nicht widerstandslos überlassen.

Ich schulterte meine Tasche und folgte Josh zu dem Gang mit unseren Spinden. Robyn lehnte an ihrem und unterhielt sich mit einem Mädchen, mit dem wir im vergangenen Jahr gemeinsam Sport gehabt hatten. Robyns blondes, glattes Haar fiel ihr sorgfältig gekämmt über die Schultern. Sie trug ein enges dunkelblaues Polokleid und sah nicht im Mindesten so aus, als litte sie an einem gebrochenen Herzen. Mich würdigte sie keines Blickes. Etwas in der Art hatte ich erwartet und befürchtet und doch auf ein Wunder gehofft. Die beiden kicherten, während ich meine Bücher in den Schrank räumte. Krampfhaft überlegte ich, was ich sagen könnte. Leider fiel mir nichts Unverfängliches ein. Ich atmete auf, als das Mädchen sich von ihr verabschiedete und verschwand.

»Robyn«, setzte ich an und verstummte, als sie sich zu mir umdrehte und mich kalt musterte.

»Wehe, du sagst etwas zu Cameron. Ich werde alles abstreiten«, zischte sie, drehte sich um und schlenderte ohne ein weiteres Wort davon. Fassungslos sah ich ihr hinterher.

Cameron wartete am Ende des Flurs auf sie. Er winkte mir kurz zu und legte einen Arm um ihre Schultern. Sie stellte sich auf die Zehenspitzen und küsste ihn.

»Tief durchatmen«, sagte Josh, der wieder neben mir aufgetaucht war und den beiden hinterhersah. »Es bringt nichts, wenn du dich aufregst.«

»Du hast gewusst, dass sie so reagieren würde, oder?«

»Sagen wir mal, ich habe so etwas vermutet. Sie ist, gleich nachdem sie zurück war, zu Cameron gefahren und hat ihm eine ziemlich haarsträubende Geschichte erzählt. Du bist dabei nicht sonderlich gut weggekommen.«

Ich schloss kurz die Augen, weil mir schwindelig wurde. »Verschone mich mit Details«, bat ich. »Wir müssen zum Kunstkurs.«

Josh nahm meine Hand und ließ sie nicht los, bis wir an unserem Raum angekommen waren. Es war gut, dass ich mich an ihm festhalten konnte. Mein Herz hatte bei der ganzen Geschichte ganz schön viele blaue Flecken davongetragen. Niemals hätte ich gedacht, dass ein angeknackstes Herz so wehtun könnte.

Ms Bley, unsere Kunstlehrerin, teilte bereits Infozettel aus und sah uns missbilligend an, als wir eine Minute nach dem zweiten Läuten den Raum betraten.

»Beehren die Herrschaften uns auch endlich?« Sie schob ihre Brille von der Nasenspitze nach oben und musterte mich.

»Ich lege in meinem Kurs besonderen Wert auf Pünktlichkeit.«

»Es war meine Schuld«, erklärte Josh und lächelte sie an. »Ich habe Jess aufgehalten.« Die Lehrerin, die seinem Lächeln widerstehen konnte, musste erst noch geboren werden.

»Beim nächsten Mal bekommt ihr eine Verwarnung«, brummte sie. »Setzt euch.«

Ich sah mich um. Alle Tische waren belegt. Ein Mädchen, das mit Josh in der Schulband spielte, klopfte auf den freien Platz neben sich.

»Ist das in Ordnung?«, fragte er und wartete ab, bis ich genickt hatte.

»Dort hinten ist auch noch ein Platz frei«, sagte Ms Bley, immer noch missmutig, zu mir. »Setz dich da hin. Cayden ist neu an unserer Schule«, fuhr sie fort. »Du kannst ihm ein bisschen helfen.«

Noch bevor ich zu ihm hinübergesehen hatte, wusste ich, dass das keine zufällige Namensgleichheit war. Mein Kunstbuch polterte auf den Boden.

Josh sprang wieder auf.

»Setz dich!«, blaffte Ms Bley. »Und du geh sorgfältiger mit deinen Büchern um.«

Ich bückte mich und presste das Buch an meine Brust. Dann ging ich mit gesenktem Blick zu dem mir zugewiesenen Platz. So musste ein Tier sich fühlen, das man zur Schlachtbank führte. Was tat er hier? Kurz überlegte ich, mich umzudrehen und einfach wegzulaufen. Ich suchte Joshs Blick, der offenbar mindestens ebenso erschrocken war, mir aber aufmunternd zunickte.

Mein Stuhl wurde zurückgeschoben, als ich mich setzen wollte. »Hey«, raunte seine vertraute Stimme.

Ich antwortete nicht. Das war die einzige vernünftige Strategie, die mir einfiel. Ich würde ihn ignorieren. Wenn ich ihn nie wieder an mich heranließ, verschwand er vielleicht, löste sich in Luft auf oder was immer Götter eben so taten, wenn sie der Menschen überdrüssig wurden. Im Gegensatz zu ihm hatte ich nur dieses eine Leben und er würde es mir nicht vermasseln.

»Jess, sprich mit mir.« Seine Stimme klang flehend. Dachte er, ich fiele noch mal auf diese Masche herein?

Ihn zu ignorieren, würde nicht so einfach werden, das merkte ich sofort. Vielleicht half es, mir die Nase zuzuhalten, denn er roch immer noch göttlich. Ich raffte meinen ganzen Mut zusammen und sah zu ihm auf. Seine grünen Augen strahlten noch intensiver, als ich sie in Erinnerung hatte. Fast unmerklich veränderten sich seine Gesichtszüge. Sie wurden klarer, leuchtender. Mir stockte der Atem und mein Mund wurde trocken. Ob er das bei Robyn auch gemacht hatte? War sie deshalb so besessen von ihm gewesen? Mich hätte er auch ohne dieses Kunststückchen haben können. Meine Finger krallten sich um meinen Stift.

Etwas prallte gegen meine Wange und riss mich aus der Trance, in die sein Blick mich versetzt hatte. Ich schüttelte mich und faltete das Papierkügelchen auseinander. »Sei eine Eisprinzessin«, stand dort in Joshs chaotischer Schrift. Dankbar sah ich zu ihm hinüber.

»Mach das nicht noch einmal!«, zischte ich Cayden dann wutentbrannt an.

»Entschuldige, das war dumm von mir. Aber ich wünschte, du würdest mich nicht hassen.«

Meine Augen fixierten die Tafel. »Es gibt Wünsche, die erfüllen sich selbst für Götter nicht«, erwiderte ich mit eisiger Stimme.

***

Stammbaum

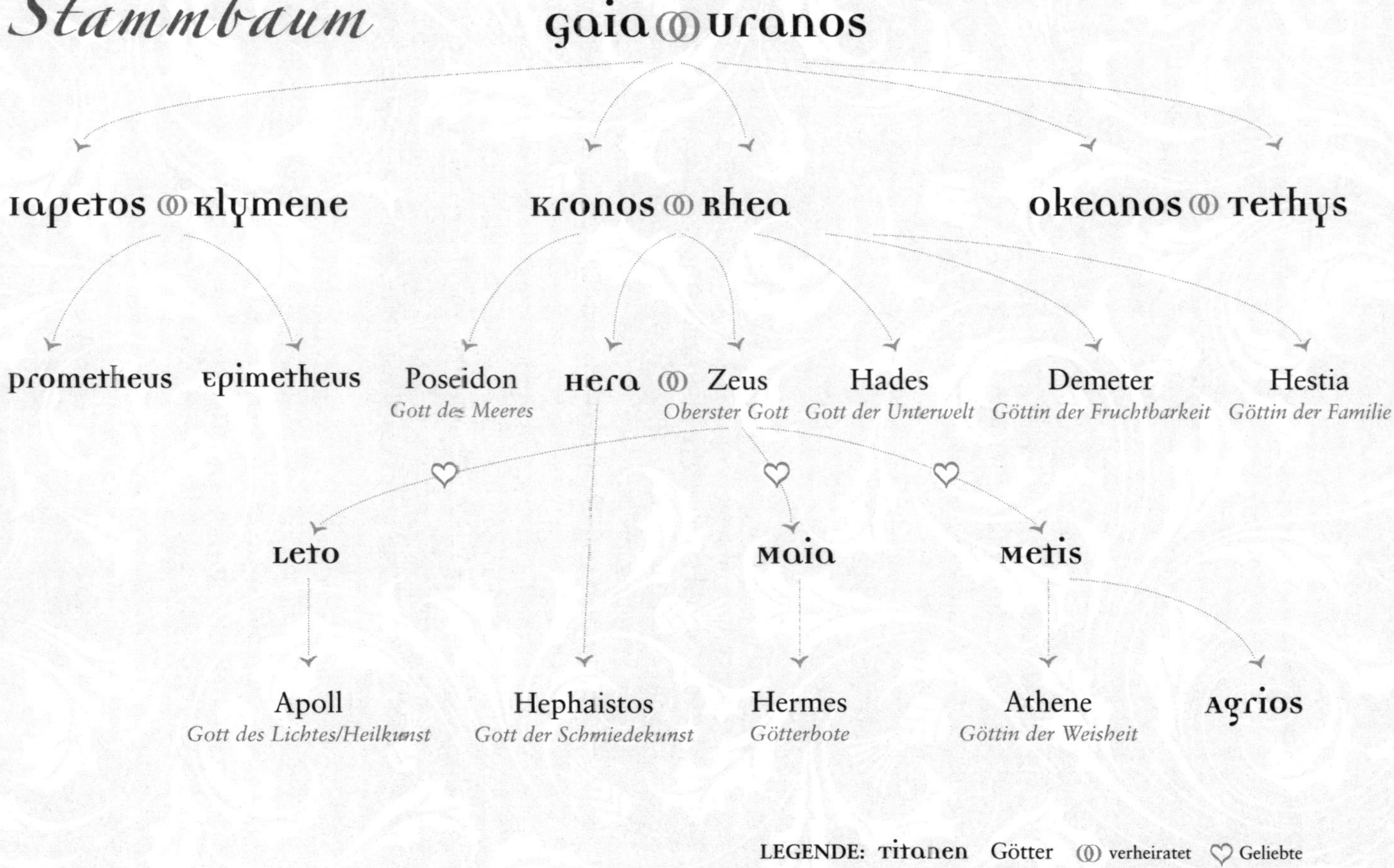
Gaia Uranos
Iapetos Klymene
Kronos Rhea
Okeanos Tethys
Prometheus
Epimetheus
Poseidon
Gott des Meeres
Hera
Zeus
Oberster Gott
Hades
Gott der Unterwelt
Demeter
Göttin der Fruchtbarkeit
Hestia
Göttin der Familie
Leto
Maia
Metis
Apoll
Gott des Lichtes/Heilkunst
Hephaistos
Gott der Schmiedekunst
Hermes
Götterbote
Athene
Göttin der Weisheit
Agrios
LEGENDE: Titanen Götter verheiratet Geliebte

Glossar

Ich würde gerne ein paar Dinge erklären, die ihr sicher schon immer über griechische Götter wissen wolltet, und einige Dinge erzählen, die ihr gar nicht wissen könnt, weil ich sie mir ausgedacht habe.

prometheus

Ein Titanensohn, der sich nicht am Kampf gegen die Götter beteiligt hat und trotzdem zwischen die Fronten geraten ist. Zeus war wütend auf ihn, weil er die Menschen erschaffen und ihnen das Feuer gebracht hatte. Aber das war nicht sein schlimmster Frevel. Nach dem Sieg über die Titanen wollte Zeus, dass Prometheus sich ihm unterwirft und ihm verrät, wer die Macht haben könnte, ihn zu stürzen. Prometheus fühlte sich seinem Vater verpflichtet und wollte Metis nicht verraten. Zur Strafe ließ Zeus ihn von Hephaistos an den Kaukasus schmieden. Jede Nacht fraß der Adler Ethon von seiner Leber, bis Herakles diesen tötete und Prometheus befreite. Der Ring mit dem kleinen Stein, den Prometheus am Finger trägt, ist immer noch ein Symbol seiner Unterwerfung.

In *GötterFunke* hat Prometheus nur noch einen Wunsch: Er möchte seine Unsterblichkeit aufgeben und Mytikas verlassen. Aber nur wenn er ein Menschenmädchen findet, das ihm widersteht, wird Zeus ihm diesen Wunsch erfüllen. Zeus ist fest davon überzeugt, dass dieses Mädchen nicht existiert.

Zeus

Den obersten Göttervater kennt wohl jeder. Dummerweise wird er oft darauf reduziert, dass er seine Finger nicht von den Frauen lassen konnte, denken wir nur an Europa oder Leda. Seine Fähigkeit, sich zu verwandeln, machte es ihm natürlich leicht, sich den Frauen zu nähern. Allerdings sind mittlerweile ein paar Tausend Jahre ins Land gegangen und auch ein Gott wird irgendwann vernünftiger. Deshalb ist der Zeus in *GötterFunke* ein sympathischer Mann, der versucht, seine Familie zusammenzuhalten, und der seine Jugendsünden bereut.

Hera

Zeus' Ehefrau kommt in den meisten Sagen nicht besonders gut weg. Sie wird als zickig und chronisch eifersüchtig dargestellt. Aber welche Ehefrau wäre das nicht, wenn ihr Mann ständig hinter anderen Frauen her wäre? In *GötterFunke* steht Hera über diesen Dingen und kümmert sich liebevoll um Zeus' Kinder, und zwar nicht nur um die gemeinsamen. Ihr wäre es lieber, wenn sie Mytikas nicht mehr verlassen müssten. Aber Zeus hat nun mal diesen Deal mit Prometheus geschlossen, und auch wenn Hera nicht glaubt, dass ihr Mann sie noch mal betrügen würde, lebt sie doch nach dem Motto »Vorsicht ist besser als Nachsicht« und begleitet ihn alle einhundert Jahre in die Welt der Menschen.

Hermes

Der Götterbote ist unter anderem der Schutzgott der Reisenden, der Diebe und der Redekunst. Er fungiert als Zeus' Sprachrohr und bringt die Seelen verstorbener Menschen in den Hades. In *GötterFunke* führt er zudem die Chronik der Götter, damit keine Erinnerung und kein Geschehen verloren gehen. Er kann es natürlich nicht lassen, die Chronik mit eigenen Bemerkungen auszuschmücken, und nimmt dabei kein Blatt vor den Mund.

Kassandra

Sie war die Tochter der Hekabe und des trojanischen Königs Priamos. Zu ihren Geschwistern zählen Hektor und Paris. Wegen ihrer Schönheit erhielt sie von Apoll die Gabe der Weissagung. Er verfluchte sie jedoch, weil sie nicht auf seine Versuche, sie zu verführen, eingegangen war.

Seitdem schenkte niemand ihren Weissagungen mehr Glauben. Später bereute Apoll diese Tat und ließ Kassandra als Wölfin weiterleben. Sie ist in *GötterFunke* seine Begleiterin.

Kalchas

Während des Trojanischen Krieges diente er den Griechen als offizieller Seher.

Auch er erhielt diese Gabe von Apoll. Er starb, als er auf einen Seher traf, der fähiger war als er. In *GötterFunke* ließ Apoll ihn ebenfalls als Wolf weiterleben. Kalchas ernennt sich selbst zu Jess' Beschützer.

Iapetos

Der Vater des Prometheus und des Epimetheus liebte Metis und konnte Zeus nie verzeihen, dass dieser sie verschluckt hatte. In *GötterFunke* wird er sich entscheiden müssen, ob er auf Agrios' Seite steht oder an der Seite von Zeus gegen den Sohn seiner Geliebten kämpft, den er jahrhundertelang großgezogen hat.

Metis

Nur wenigen Göttern ist die Gabe, sich in andere Wesen zu verwandeln, gegeben. Metis gehörte zu ihnen. So gelang es ihr lange Zeit, Zeus zu entkommen, als dieser sie zu seiner Geliebten machen wollte. Aber Zeus überlistete sie und kam zu ihr in der Gestalt ihres Geliebten Iapetos.

Das Orakel von Delphi hatte Prometheus geweissagt, dass der Sohn der Metis Zeus stürzen und deren Tochter ihm ebenbürtig sein würde. Als Zeus von der Weissagung erfuhr, fraß er die schwangere Metis auf, die die Gestalt einer Fliege angenommen hatte.

Der Sohn, mit dem Metis gleichzeitig schwanger war, wurde nicht befreit, blieb ungeboren und unbenannt. Das dachte Zeus jedenfalls. In der Welt von *GötterFunke* brachte Metis ihren Sohn Agrios in der Dunkelheit des Tartaros zur Welt und gab ihn in Iapetos' Obhut. Dieser musste ihr schwören, ihren Sohn vor Zeus zu verbergen und zu schützen.

Metis gehört zu den Okeaniden, da sie eine Tochter von Okeanos und Tethys ist. Sie unterstützte Zeus bei seinem Versuch, seine Geschwister zu befreien, die Kronos verschlungen hatte. Dank eines von Metis gebrauten Tranks erbrach Kronos seine Kinder schließlich wieder. Wenn sie geahnt hätte, wie Zeus ihr diesen Gefallen lohnen würde, hätte sie ihn wahrscheinlich zum Teufel geschickt.

Agrios

Er ist der Sohn der Metis und des Zeus und wurde angeblich nie geboren.

In *GötterFunke* brachte Metis ihn jedoch zur Welt und versteckte ihn vor Zeus, bevor dieser sie verschluckte. Der Name Agrios bedeutet »wild«. Denn genau das ist er: Aufgewachsen fernab jeglicher Kontakte zu anderen Göttern und in absoluter

Dunkelheit, wurde er zum Albino und begann, die Götter zu hassen. Weder Iapetos, sein Ziehvater, noch Prometheus ahnten, dass Gaia ihm die Geschichte seiner Herkunft erzählt hatte. Sie offenbarte ihm die Prophezeiung und hetzte ihn gegen seinen eigenen Vater auf. Agrios versucht, die Macht der zwölf olympischen Götter zu brechen und ein neues Zeitalter einzuläuten. Ob ihm dies gelingen wird, hängt davon ab, wen er auf seine Seite ziehen kann.

Apoll

Er ist der schönste der Götter. Der Gott der Künste, der Weissagung und der Heilkunst. Er ist der Sohn des Zeus und der Titanin Leto. Seine Zwillingsschwester ist Artemis. Obwohl Apoll wunderschön ist, war es ihm nie vergönnt, eine Frau zu finden, die ihn liebte. In *GötterFunke* stellt sich heraus, dass er überaus charmant ist.

Athene

Athene, die Lieblingstochter des Zeus und der Okeanide Metis. Sie ist die Göttin der Weisheit und des Kampfes und ist klüger als die meisten anderen Götter. Deshalb hat sie den größten Einfluss auf ihren Vater. Der Legende nach wuchs Athene in Zeus' Kopf heran, nachdem dieser ihre Mutter Metis verschlungen hatte. Eines Tages bekam der Göttervater große Kopfschmerzen und befahl Hephaistos, seinen Kopf zu spalten. Als dieser dem Wunsch nachkam, sprang Athene in voller Rüstung heraus. Sie war es auch, die Prometheus dabei half, die Menschen zu erschaffen. Agrios ist ihr Zwillingsbruder.

Gaia

Sie ist die personifizierte Mutter Erde und eine der ersten Göttinnen. Gaia entstand aus dem Chaos und zeugte mit Uranos die Titanen. Sie überredete Kronos, seinen eigenen Vater zu entmannen, und half Zeus wiederum, Kronos zu stürzen. Was liegt näher, als dass sie jetzt Agrios gegen seinen Vater aufhetzt? Mutter Erde hat Zeus nie verziehen, dass er ihre Kinder, die Giganten und Titanen, in den Tartaros sperrte und dass die Menschen ihn mehr anbeten als sie.

Diafani

Jess ist eine Diafani. Diese gibt es nur in *GötterFunke*. Das Wort geht auf das Adjektiv diafanis zurück, was auf Deutsch so viel wie *durchsichtig* bedeutet. Früher gab es deutlich häufiger Diafani. Die Welt der Götter ist für sie sichtbar. Anders als normale Sterbliche vergessen sie ihre Begegnungen mit den Unsterblichen nicht. Diafani haben die Aufgabe, ihre Begegnungen mit den Göttern niederzuschreiben und dafür zu sorgen, dass diese eben nicht in Vergessenheit geraten. Alle Sagen der griechischen Mythologie wurden durch einen oder eine Diafani überliefert. Homer ist wohl der bekannteste von ihnen. In *GötterFunke* bittet Zeus nun Jess, diese Aufgabe zu übernehmen und über seine Auseinandersetzung mit Agrios zu berichten.

Horen

Die Horen sind unter anderem die Göttinnen der Jahreszeiten und der Ordnung. Sie sind Töchter des Zeus und der Themis. In *GötterFunke* können sie die Zeit dehnen, strecken oder krümmen – was auch immer ihr Vater befiehlt. Die Zeitspanne von hundert Jahren, nach der die Götter wieder zu den Menschen kommen, bezieht sich aber auf ganz normale Menschenjahre.

Schicksalsgöttinnen / Moiren

Die drei bekanntesten Schicksalsgöttinnen sind Klotho, die Spinnerin der Lebensfäden, Lachesis, die das Schicksal zuteilt, und Atropos, die darüber bestimmt, welchen Tod ein Mensch stirbt. Die Griechen glaubten daran, dass jedem Menschen ein bestimmtes Schicksal zugewiesen wird, das mehr oder minder gerecht sein kann. Es ist möglich, sich gegen sein Schicksal aufzulehnen. Ob es etwas bringt, steht allerdings in den Sternen.

Olymp

Eigentlich habe ich immer gedacht, der Olymp wäre ein Berg und dort oben säßen die zwölf ranghöchsten Götter der Griechen. Das Leben auf einem einzigen Berg stellte ich mir selbst für Götter ziemlich langweilig vor, zumal die Menschen diese heute weder brauchen noch an sie glauben. Bei meiner Recherche stellte sich nun heraus, dass der Olymp gar kein einzelner Berg, sondern das höchste Gebirge Griechenlands ist. Um nicht alle meine Vorstellungen über den Haufen werfen zu müssen, habe ich in *GötterFunke* den Palast der Götter auf den Namen Olymp getauft. So ist es neu und vertraut zugleich. In diesem Palast residiert Zeus mit seiner Frau Hera und seinen Kindern.

Mytikas

Mytikas ist der Name des mit 2918 Metern höchsten Gipfels des Gebirges Olymp. In *GötterFunke* ist Mytikas eine Welt, die parallel zu unserer existiert. Sie ist bevölkert von Göttern, Titanen,

Ungeheuern, Nymphen und all den anderen Geschöpfen der griechischen Sagenwelt. Langweilig wird es dort ganz sicher nie. Normale Menschen können diese Welt nicht betreten. Geraten sie zufällig doch hinein, fallen sie in den Schlaf des Vergessens. Ausgenommen davon sind die Diafani.

Elysion

Elysion ist ein paradiesischer, friedlicher Ort. In der griechischen Mythologie leben hier Helden, die sich in besonderer Weise verdient gemacht haben. In *GötterFunke* dürfen dort auch die Titanen leben. Prometheus' Abkommen mit Zeus umfasst unter anderem Zeus' Versprechen, die Titanen nicht zurück in den Tartaros zu schicken. Allerdings dürfen diese die Insel nicht verlassen und sich nie wieder gegen Zeus erheben. Sonst droht ihnen die unendliche Verbannung.

Tartaros

Der Tartaros gehört zur Unterwelt, liegt jedoch noch unter dem Hades. Würde man einen Amboss von der Erde zu ihm hinunterwerfen, bräuchte er neun Tage, bis er unten ankäme. Es ist der Strafort der Unterwelt. Die meisten Titanen wurden nach ihrem Kampf gegen die Götter dorthin verbannt.

Orakel von Delphi

Dem Mythos zufolge ließ Zeus zwei Adler von je einem Ende der Welt losfliegen, die sich in Delphi trafen. Seither galt dieser Ort als Mittelpunkt der Welt. Nach dem Ende des Goldenen Zeitalters blieb nur noch Schlamm von der Welt übrig. Aus ihm gebar Erdmutter Gaia eine geflügelte Python mit hellseherischen

Fähigkeiten. Diese lebte in Delphi. Als Apoll die Python tötete, übertrug sich durch deren Blut die Fähigkeit, in die Zukunft zu sehen, auf den Ort und auf Apoll selbst. Delphi untersteht seitdem Apolls Schutz und Kontrolle. Noch etwas, was Gaia den Göttern nicht verzeihen kann.

Fluss Lethe

Wer vom Wasser der Lethe trinkt, verliert seine Erinnerung, bevor er das Totenreich betritt. Seelen, die den Hades betreten wollen, müssen aus dem Fluss trinken, damit sie sich nicht mehr an ihr vergangenes Leben erinnern und wiedergeboren werden können.

Aigis

Der Legende nach fertigte Hephaistos, Sohn des Zeus und der Hera und Gott der Schmiedekunst, einen großen Schild aus einem Ziegenfell. Er verzierte den Schild mit Orakelschlangen und dem versteinerten Haupt der Medusa. Die Aigis war das Symbol der göttlichen Macht des Zeus und galt als unzerstörbar. Zeus benutzte sie, um Gewitter heraufziehen zu lassen. Wenn er das Fell schüttelte, zogen Blitz und Donner über die Welt.

Nachwort

Dieses Buch ist ein ganz besonderes Buch für mich. Ich hatte schon immer ein Faible für die griechischen Götter und kannte mit zehn Jahren den gesamten Götterstammbaum auswendig. Als ich mit dem Buch anfing, war ich erstaunt, wie viel davon mir wieder einfiel. Das einzige Buch, das ich je unrechtmäßig erworben habe (ich habe es nie in die Schulbibliothek zurückgebracht), war eine in braunes Leder gebundene Ausgabe der *Irrfahrten des Odysseus* und der *Abenteuer des Äneas* von Gustav Schwab. In Äneas war ich sogar ein bisschen verliebt. Wahrscheinlich rührte daher auch mein unbedingter Wunsch, Archäologie zu studieren und nach Schätzen zu suchen. Letztlich ist es dann doch »nur« Geschichte geworden. Ein bisschen findet ihr mich also in Jess wieder, aber einem echten Gott bin ich leider nie begegnet.

Die Eingebung zu dieser Geschichte kam mir trotzdem sehr spontan, und ich bin froh, dass der Dressler Verlag den Mut hatte, sich mit mir in das Abenteuer zu stürzen und die durchaus als rudimentär zu bezeichnende Ausgangsidee umzusetzen.

Darum bin ich meiner Lektorin Kristine Buchholz auch sehr dankbar, dass sie mir auf einem ganzen Stapel eng beschriebener DIN-A4-Seiten und in etlichen Kommentaren auseinandergesetzt hat, was an der Geschichte alles noch nicht stimmte. Es war zwar eine Heidenarbeit, aber ich finde, es hat sich gelohnt.

Ich bin Euch, meinen treuen Lesern, unendlich dankbar, dass Ihr auch dieser Geschichte von mir eine Chance gegeben habt, und noch mehr den Lesern, die meine Bücher noch nicht kannten und sich »rangetraut« haben. Ich hoffe, Cayden und Jess haben Euch gefallen.

Ich danke meiner Familie, die gern über Wäsche- und Geschirrberge klettert, während ich schreibe. Und besonders danke ich meinem Mann, der klaglos die Einkäufe und das Kochen übernommen hat und der sich auch nie beschwert, wenn ich ihn zu falschen Zeiten zu Terminen schicke, weil ich, während ich schreibe, leicht verpeilt bin. Ein Gutes hat die Sache: Er versteht jetzt, dass ein Haushalt und Kinder sich nicht von selbst erledigen und organisieren. Aber damit bin ich ja nicht allein auf der Welt.

Dann bleibt mir nur noch eins, nämlich Euch wie immer um Einschätzungen zu meinem Buch zu bitten. Ich würde mich riesig freuen, wenn Ihr ganz viele Rezensionen schreiben würdet.

Wenn Ihr persönlich Kontakt mit mir aufnehmen wollt, freue ich mich natürlich auch. Nicht böse sein, wenn eine Antwort manchmal ein paar Tage auf sich warten lässt. Manchmal muss ich Prioritäten setzen. Aber ich verspreche, ich antworte immer.

Last but not least wünsche ich Euch viele aufregende neue Welten zum Abtauchen.

Eure Marah

Weitere Informationen zu »GötterFunke« findet Ihr hier:*

Facebook: Marah Woolf
Instagram: marah_woolf
Pinterest: Marah Woolf
Webseite: www.marahwoolf.de
Mail: marah.woolf@googlemail.com
WhatsApp-Feed: 0162/1011176 mit dem Vermerk News

* Mit Ausnahme der Seite www.marahwoolf.de handelt es sich dabei um Angebote der Autorin, für die die Dressler Verlag GmbH keine Haftung übernimmt.

Leseprobe aus: *Wörter durchfluten die Zeit* –
der erste Band der faszinierenden *BookLessSaga*
von Marah Woolf.

Zielstrebig betrat Nathan den Lesesaal im oberen Stockwerk und reichte der Dame am Empfang seine Bestellnummer. Diese prüfte sorgfältig seine Berechtigung, bevor sie im Archiv anrief. Dann wies sie ihn an, Platz zu nehmen. Nathan setzte sich und knipste eine altmodische Tischlampe mit grünem Schirm an. Das Mobiliar des Lesesaals war seit der Eröffnung mehrmals restauriert, aber niemals erneuert worden. Nathan mochte den Geruch nach altem Holz und Politur, der der dunklen Tischplatte entströmte, die vom jahrelangen Gebrauch so blank poliert war, dass man sich fast darin spiegeln konnte.

Er schlug seine Beine übereinander und klopfte mit den Fingern ungeduldig auf das Holz, bis ein strenger Blick der Empfangsdame ihn an den obersten Grundsatz des Lesesaals erinnerte: Hier herrschte absolute Ruhe. Die einzigen Geräusche, die erlaubt waren, waren das Umblättern der Buchseiten und das Kratzen eines Stiftes auf Papier.

Nathans Anspannung wuchs. Weshalb dauerte das so lange? Lag es womöglich an dem Titel, den er bestellt hatte? Das Buch von Lewis Caroll war mit Sicherheit eines der wertvollsten Werke, das die Bibliothek zu bieten hatte.

In diesem Moment öffnete sich eine Tür. Ungeduldig blickte er zu dem Mädchen, das in den Saal trat und sich suchend umsah. Sie war es. Jetzt kniff sie ihre Augen leicht zusammen. Das gab ihr ein beinahe hilfloses Aussehen, aber er durfte sich davon nicht täuschen lassen.

Sie ging zu der Tür des kleinen Aufzugs und schloss sie auf. Von der Seite betrachtete er ihr dichtes rotes Haar, die schmale Nase und ihre geschwungenen Lippen. Sie wirkte sehr jung, doch die Sicherheit in ihren Bewegungen ließ sie älter erscheinen. Im Aufzug stand ein Karton, aus dem sie ein Buch nahm. Es war noch verpackt, und er konnte den Einband nicht erkennen. Nervosität überkam ihn, wie immer, wenn er ein neues Projekt in Angriff nahm.

Das Mädchen ging mit dem sorgfältig verschnürten Paket zum Empfang. Nach einem kurzen Wortwechsel mit ihrer Kollegin kam sie zu seinem Tisch und legte das Paket vor ihm ab. Er bemerkte das Aufflackern des Erkennens in ihrem Blick. Diese grauen Augen, in denen winzige silberne Pünktchen tanzten, waren von Nahem noch faszinierender als von Weitem.

»Mein Name ist Lucy«, stellte sie sich vor, und Nathan fand, dass der Name perfekt zu ihr passte. »Ich bin die Aushilfe der Archivarin. Du wolltest bereits gestern kommen.« Ihre Stimme klang vorwurfsvoll.

Nathan wollte etwas erwidern, überlegte es sich aber im letzten Moment anders und lächelte sie stattdessen nur an. Einen winzigen Moment lang brachte er sie damit aus dem Konzept.

»Wir werden das Paket gemeinsam öffnen«, fuhr Lucy fort, und Nathan wandte seinen Blick ihren Händen zu, die den Knoten der Schnur lösten, die um das Paket gewickelt war. Zarte, feingliedrige Finger, stellte er fest. Er musste sich zwingen, seine

Aufmerksamkeit dem Buch zu widmen. Sie reichte ihm ein Paar Baumwollhandschuhe.

»Dann prüfen wir die Unversehrtheit des Buches. Wenn du fertig bist, wird meine Kollegin mich rufen, und wir werden gemeinsam sichergehen, dass nichts beschädigt wurde. Hast du alles verstanden?«

Nathan nickte und beobachtete, wie sie das Wachspapier, das das Buch zusätzlich schützte, auseinanderschlug. Beinahe gleichzeitig hielten sie, angesichts des Schatzes, der vor ihnen lag, den Atem an. Nathan sah das verzückte Lächeln, das sich auf Lucys Gesicht ausbreitete. Leichte Röte überzog ihre Wangen.

»Es ist wunderschön, oder?«, stammelte sie verlegen.

»Ja, das ist es.«

»Weltweit sind von dieser Erstausgabe nur noch 22 Exemplare erhalten«, erklärte sie ihm. »Bitte sei vorsichtig damit.«

Sie sah aus, als wollte sie das Buch am liebsten gar nicht aus den Händen geben.

Nathan lächelte sie beruhigend an. »Ich kenne mich mit alten Büchern aus.«

Natürlich glaubte sie ihm nicht.

Der cremefarbene Einband der Originalausgabe von *Alice im Wunderland* war mit grünen Ranken verziert, an deren Enden winzige blaue Blüten saßen. Der Titel prangte in altertümlichen Buchstaben auf der Vorderseite.

Lucy konzentrierte sich wieder auf ihre Aufgabe. Vorsichtig zog sie das Papier vollständig zur Seite und faltete es zusammen.

»Essen, Getränke oder sonstige Flüssigkeiten sind im Lesesaal nicht erlaubt. Du hast doch nichts heimlich hereingeschmuggelt?« Sie musterte ihn streng und seine Mundwinkel zuckten. »Krümel können Insekten anlocken, die die Bücher zerstören oder beschädigen. Draußen steht ein Kaffee- und Getränkeautomat. Dort kannst du dich bedienen, wenn du eine Pause machen möchtest. Nimm das Buch immer mit beiden Händen hoch. Am besten ist es aber, du lässt es einfach liegen und blätterst nur vorsichtig um.«

»Bist du sicher, das du es mir überlassen möchtest?«, fragte Nathan amüsiert über ihren Eifer. »Ich könnte mit meinen Blicken Löcher in das Papier brennen.«

»Sehr witzig.«

Nathan zuckte mit den Schultern. Seinen Humor teilte sie offensichtlich nicht.

»Hast du alles verstanden?«

»Wenn nicht, erzählst du es mir dann noch mal?«

»Wenn du mich nicht ernst nimmst, dann packe ich das Buch gleich wieder ein.«

»Ist ja schon gut.« Er hob seine Hände. »Ja, ich habe alles verstanden.«

Lucy nickte nicht sonderlich überzeugt und schlug das Buch vorsichtig auf. Sie blätterte mehrere Seiten durch, bevor sie es ihm hinüberschob. Ihre Fingerspitzen berührten sich. Selbst durch die Handschuhe spürte Nathan eine unnatürliche Hitze, die durch seine Finger floss. Bilder manifestierten sich in seinem Kopf. Bilder von Büchern. Leeren Büchern. Ungläubig starrten ihre grauen Augen ihn an. Krampfhaft versuchte er, sich nichts anmerken zu lassen. Beinahe zärtlich strich er über die aufgeschlagene Seite, obwohl seine Hände zitterten.

Dann stand er abrupt auf und schlug das Buch zu. »Ich komme ein anderes Mal wieder. Ich fühle mich nicht wohl. Entschuldige mich bitte.« Mit langen Schritten verließ er den Lesesaal. Auf sie musste es wie eine Flucht wirken. Und im Grunde war es das auch. Er hatte noch nie in seinem Leben einen Menschen getroffen, der Bücher genauso fühlen konnte wie er. Und obwohl er es sich immer gewünscht hatte, machte es ihm ausgerechnet jetzt Angst.

Verunsichert sah Lucy Nathan de Tremaine hinterher. Er sah sehr gut aus, mit seinem schwarzen Haar und den durchdringenden Augen. Gleichzeitig hatte er etwas Düsteres an sich. Er wirkte so unnahbar, bis er lächelte. Sie schüttelte sich und ließ sich auf den Stuhl fallen, auf dem er vor wenigen Sekunden noch gesessen hatte. Was waren das für Bilder gewesen? Hatte er sie auch gesehen und war deswegen fortgelaufen? Ob sie ihn darauf ansprechen sollte? Diesen Gedanken verwarf sie jedoch gleich wieder. Die Gefahr, dass er sie für übergeschnappt hielt, war zu groß.

Sorgsam packte sie das Buch wieder ein und verschnürte es. Nachdem sie es mit dem Aufzug wieder nach unten geschickt hatte, eilte sie aus dem Lesesaal.

Als sie das Archiv betrat, begrüßten die Bücher sie lauter als je zuvor, und dieses Mal beschloss Lucy, ihnen zu folgen. Es hatte keinen Zweck, sie konnte sie nicht länger ignorieren. In den letzten Tage hatte sie es versucht. Sie hatte weder den Büchern, die sie bei jeder sich bietenden Gelegenheit bestürmten, noch dem Schmerz an ihrem Handgelenk Beachtung geschenkt.

Sie hatte keine Kraft mehr. Die Stimmen raubten ihr den Schlaf. Sie verfolgten sie überall hin, selbst wenn sie an Orte ging, an denen es gar keine Bücher gab.

Das Wispern lockte sie tiefer und immer tiefer ins Archiv hinein. Die Stimmen füllten ihren Kopf und wurden von Minute zu Minute drängender. Vorsichtig zog sie den Pulswärmer von ihrem Handgelenk. Das Mal pulsierte. Es war rot und geschwollen.

»Alles ist gut«, flüsterten die Bücher. »Hab keine Angst. Wir sind bei dir.«

Sie hielt sich an einem der Regale fest und wartete, bis ihr Atem sich beruhigt hatte. Es gab nur einen Weg, um herauszufinden, ob sie wirklich verrückt wurde. Sie musste das leere Buch noch einmal finden.

»Also gut«, sagte sie, und die Bücher verstummten. Lucy konnte es nicht fassen, sie sprach tatsächlich mit ihnen. »Ich weiß nicht, was ihr von mir wollt. Bücher sprechen nicht mit Menschen. Also nicht so, wie ihr es mit mir tut.«

Empörtes Gemurmel setzte ein, bis eine tiefe Stimme ein »Ruhe« brummte.

»Danke schön«, sagte Lucy. »Ihr habt mich zu dem leeren Manuskript von Emma geführt. Könntet ihr es mir noch mal zeigen? Nur damit ich sicher sein kann, dass ich nicht verrückt werde?«

»Du wirst nicht verrückt«, wisperten die Bücher im Chor.

»Okay«, erwiderte Lucy resigniert. Sie war ziemlich sicher, dass sie lieber verrückt wäre, als flüsternden Bücherstimmen nachzulaufen. Sie hastete den Stimmen hinterher, was weitaus schwieriger war als beim ersten Mal. Die Bücher plapperten durcheinander, führten sie immer wieder in Sackgassen. Schweiß stand auf ihrer Stirn und ihr Atem ging hastig.

»Ruhe«, brüllte da wieder die autoritäre Stimme. »Ich werde dir jetzt sagen, wo du langlaufen musst. Und ihr Plappermäuler seid gefälligst still. Das Kind ist völlig außer Atem, und den braucht sie, wenn sie für uns kämpfen soll.«

Lucy folgte seinen Anweisungen und tatsächlich stand sie nur Minuten später vor dem gesuchten Karton. Sie hätte schwören können, mindestens vier Mal an ihm vorbeigerannt zu sein. Erleichtert, ihn gefunden zu haben, zog sie ihn heraus und öffnete ihn.

Sie war nicht wirklich überrascht über das, was sie erwartete, als sie das Manuskript erneut durchblätterte. Die Seiten wirkten noch brüchiger als beim ersten Mal. Und wieder schwieg es. Nachdem sie den Karton zurück an seinen Platz gestellt hatte, lehnte sie sich gegen das Regal. Sie fühlte sich leer.

»Komm«, hörte sie die Bücher flüstern. »Wir möchten dir noch etwas zeigen.«

»Noch etwas? Ich finde, ich habe genug gesehen. Bis vor einer Stunde konnte ich mir noch einreden, dass alles nur Einbildung war. Was ist mit dem Manuskript passiert?« Die Stille, die ihren Worten folgte, erschien ihr traurig. Die Bücher waren enttäuscht von ihr. »Ist ja schon gut. Tut mir leid. Was ist es diesmal?«

Die Bücher führten Lucy weiter in das Innere des Archivs. Sie wusste, dass die Temperatur in allen Räumen gleich niedrig war, trotzdem erschien es ihr in diesem Bereich wesentlich kälter. Gänsehaut überzog ihren Körper, als das Wispern endlich stoppte. Wieder wusste Lucy sofort, welchen Karton die Bücher ihr zeigen wollten. Auch er verströmte diese unnatürliche Stille. Sie hätte nie gedacht, dass man Stille hören oder besser gesagt fühlen konnte. Aber so war es.

Mit den Fingerspitzen fuhr sie über die restlichen Kartons in der Regalreihe. Alt waren sie alle, aus dem ersten ertönte ein Brummen. Der zweite kicherte, und der dritte schnurrte beinahe, als sie über seine Kanten strich.

Der Karton, zu dem die Bücher sie geführt hatten und dem Lucy sich nun widerwillig zuwandte, war ein bisschen älter als seine Nachbarn. Beinahe zu alt, als dass man darin ein wertvolles Buch vermuten konnte. Die Muster, die ihn verzierten, waren längst verblasst. Die ehemals feste Pappe war brüchig und von tiefen Falten durchzogen. Die Beschriftung war verschwunden, soviel sie ihn auch drehte und wendete. Ihre Hände lagen auf der bröseligen Pappe, und was sie nun spürte, ließ sie zurücktaumeln. Sie atmete hektisch ein und aus. Es war nicht nur die Stille, die ihr die Luft nahm. Es war viel mehr als das, oder besser gesagt, viel weniger. Denn auch in diesem Karton befand sich nur noch ein winziger Nachhall der Wörter, die er früher einmal beherbergt hatte. Sie konnte es nicht richtig erklären, nicht mal begreifen. Sie nahm den Karton und zog ihn heraus. Er war leicht, deutlich leichter jedenfalls als der, in dem das Manuskript von Emma gelegen hatte. Vorsichtig hob sie den Deckel. Sie verzichtete darauf, das Buch aufzuschlagen. Sie wusste, was sie dort erwartete. Nur Leere, nichts als Leere. Welches Buch mochte das gewesen sein? Es gab keine Möglichkeit für sie, das herauszufinden.

»Was hat das alles zu bedeuten?«, fragte sie in die Stille hinein. Sie bekam keine Antwort. »Ihr müsst mir verraten, weshalb ihr mir das alles zeigt!«

Sehr leise setzte das Flüstern wieder ein. »Das musst du allein herausfinden.«

»Ihr seid mir keine besonders große Hilfe«, beschwerte sie sich und machte sich auf den Rückweg. Als sie das Büro erreicht hatte, sank sie auf den Drehstuhl und schwenkte gedankenverloren hin und her.

Miss Olive, Jules und Colin hatten nie von Emma gehört. Im Internet war nichts über das Buch zu finden. Es schien, als hätte es nie existiert oder nur in ihrem Kopf.

Sie würde herausfinden, wer sich noch an das Buch erinnerte. Es konnte nicht sein, dass es so mir nichts, dir nichts aus dem Gedächtnis der Menschen verschwunden war. Lucy weigerte sich, das zu glauben.

* * *

Haus Zeus
see
sprungturm im see
schwimmbereich
strand
Theater
sporth